PORTRAIT SÉPIA

DU MÊME AUTEUR

LE PLAN INFINI, Fayard, 1994.
LA MAISON AUX ESPRITS, Fayard, 1994.
EVA LUNA, Fayard, 1995.
PAULA, Fayard, 1997.
LES CONTES D'EVA LUNA, LGF, 1998.
D'AMOUR ET D'OMBRE, LGF, 1998.
FILLE DU DESTIN, Grasset, 2000.

ISABEL ALLENDE

PORTRAIT SÉPIA

roman

Traduit de l'espagnol
par
CLAUDE DE FRAYSSINET

BERNARD GRASSET
PARIS

L'édition originale de cet ouvrage a été publiée par Plaza & Janès Editores S.A., à Barcelone, Espagne, en 2000, sous le titre :

RETRATO EN SEPIA

Pour Carmen Balcells et Ramón Huidobro,
deux lions nés le même jour, et vivants pour toujours.

C'est pour ça que je dois retourner
à tant d'endroits à venir
pour me retrouver avec moi-même
et m'examiner sans cesse,
sans autre témoin que la lune
et ensuite siffler d'allégresse
foulant pierres et mottes de terre,
sans autre travail qu'exister,
sans autre famille que le chemin.

Pablo Neruda
Fin de mundo (El viento)

PREMIÈRE PARTIE

1862-1880

Je suis venue au monde un mardi d'automne de l'année 1880, dans la maison de mes grands-parents maternels, à San Francisco. Tandis que dans cette maison en bois labyrinthique ma mère haletait ventre en l'air, avec le cœur vaillant et le corps au désespoir pour me trouver une sortie, dans la rue grouillait la vie sauvage du quartier chinois avec ses odeurs tenaces de cuisine exotique, son torrent assourdissant de dialectes vociférés, sa foule infinie d'abeilles humaines allant et venant d'un pas pressé. Je suis née à l'aube, mais à Chinatown les horloges n'obéissent à aucune règle, tout commence à cette heure matinale : le marché, la circulation des charrettes et les aboiements tristes des chiens dans leurs cages qui attendent le couteau du cuisinier. J'ai appris les détails de ma naissance assez tard dans ma vie, mais il aurait été encore pire de ne les avoir jamais découverts, ils auraient pu s'égarer pour toujours dans les méandres de l'oubli. Il y a tant de secrets dans ma famille que je n'aurai peut-être pas suffisamment de temps pour tous les élucider : la vérité est fugace, comme lavée par des torrents de pluie. Mes grands-parents maternels m'accueillirent avec émotion — bien que j'aie été, selon plusieurs témoins, un bébé horrible — et me posèrent sur la poitrine de ma mère, où je suis restée blottie quelques minutes, les seules que j'ai passées avec elle. Puis mon oncle Lucky a soufflé sur mon visage pour me transmettre sa chance. L'intention était généreuse et la méthode infaillible, car au moins pendant les trente premières années de mon existence, tout s'est bien passé pour moi. Mais, attention, pas de précipitation. Cette histoire est longue et commence bien avant ma naissance, il faut de la patience pour la raconter et davantage de patience encore pour l'écouter. Si vous perdez le fil en chemin, ne désespérez pas car vous êtes sûr de le retrouver quelques pages plus loin. Comme il faut bien démarrer avec une date, arrêtons-nous à l'année 1862 et disons, au hasard, que l'histoire débute avec un meuble aux proportions invraisemblables.

Le lit de Paulina del Valle fut commandé à Florence, un an après le couronnement de Victor Emmanuel, alors que dans le nouveau Royaume d'Italie vibrait encore l'écho des balles de Garibaldi. Il traversa la mer en pièces détachées dans un transatlantique génois, débarqua à New York au milieu d'une grève sanglante et fut transporté sur l'un des vapeurs de la compagnie maritime de mes grands-parents paternels, les Rodríguez de Santa Cruz, Chiliens résidant aux Etats-Unis. Le capitaine John Sommers fut chargé de réceptionner les caisses marquées d'un unique mot en italien : *naïades*. Ce robuste marin anglais, dont il ne reste qu'un portrait pâli et un coffre en cuir, usé par les innombrables traversées en mer et rempli de curieux manuscrits, était mon arrière-grand-père. Je l'ai appris il y a peu, lorsque mon passé a commencé à s'éclaircir, après de longues années de mystère. Je n'ai pas connu le capitaine John Sommers, père d'Eliza Sommers, ma grand-mère maternelle, mais j'ai hérité de lui une certaine vocation de vagabonde. C'est sur cet homme de la mer, fait d'horizon et de sel, qu'est retombée la tâche d'acheminer le lit florentin, dans la cale de son bateau, jusqu'à l'autre côté du continent américain. Il lui fallut contourner le blocus yankee et les attaques des Confédérés, atteindre les limites australes de l'Atlantique, traverser les eaux traîtresses du détroit de Magellan, pénétrer dans l'océan Pacifique, s'arrêter brièvement dans plusieurs ports sud-américains, puis mettre le cap vers le nord de la Californie, l'ancienne terre de l'or. Il avait l'ordre strict d'ouvrir les caisses sur le quai de San Francisco, de surveiller le charpentier de bord pendant que ce dernier assemblait les pièces comme dans un puzzle, de veiller à ce qu'il n'ébrèche pas les décors sculptés, de poser le matelas et le couvre-lit de brocart rouge vif, de monter l'engin sur une charrette et de le transporter lentement vers le centre de la ville. Le cocher devait faire deux fois le tour de la Place de l'Union, puis encore deux autres fois en agitant une clochette sous le balcon de la concubine de mon grand-père, avant de l'emmener vers sa destination finale, la maison de Paulina del Valle. Il devait réaliser cette prouesse en pleine Guerre Civile, alors que les armées des Yankees et des Confédérés se massacraient au sud du pays et que personne n'avait le cœur à la plaisanterie et aux clochettes. John Sommers donna des instructions en pestant, parce que durant les mois de navigation ce lit avait fini par symboliser tout ce qu'il détestait dans son travail : les caprices de sa patronne, Paulina del Valle. En voyant le lit sur la charrette il poussa un soupir et décida que ce serait la dernière chose qu'il ferait pour elle, cela faisait douze ans qu'il travaillait sous ses ordres et sa patience était à bout. Le meuble existe toujours, intact, c'est un lourd dinosaure en bois polychrome. A la tête du lit trône le dieu Neptune entouré de vagues écumeuses et de créatures sous-marines en bas-relief, tandis qu'à ses pieds

15

jouent dauphins et sirènes. En l'espace de quelques heures la moitié de la ville de San Francisco put apprécier ce lit olympique, mais la bien-aimée de mon grand-père, à qui le spectacle était dédié, se cacha pendant que la charrette passait et repassait, accompagnée de tintements de cloche.

— Mon triomphe a été de courte durée, me confessa Paulina bien des années plus tard, quand j'insistais pour photographier le lit et connaître les détails. La plaisanterie s'est retournée contre moi. J'ai cru qu'on allait se moquer de Feliciano, mais c'est de moi qu'on s'est moqué. J'ai mal jugé les gens. Qui aurait imaginé une telle hypocrisie ! A cette époque, San Francisco était un repaire de politiciens corrompus, de bandits et de femmes de mauvaise vie.

— Le défi ne leur a pas plu, suggérai-je.

— Non. On attend de nous, les femmes, que nous préservions la réputation de nos maris, aussi vils soient-ils.

— Votre mari n'était pas quelqu'un de vil, réfutai-je.

— Non, mais il faisait des bêtises. Ceci étant, je ne regrette pas ce lit fantastique, j'y ai dormi pendant quarante ans.

— Qu'a fait votre mari lorsqu'il s'est vu découvert ?

— Il a dit que pendant que le pays était à feu et à sang, engagé dans une Guerre Civile, moi j'achetais des meubles dignes de Caligula. Et il a tout nié, bien entendu. Il suffit de deux doigts de jugeote pour savoir qu'il ne faut jamais reconnaître une infidélité, même si on est pris la main dans le sac.

— Vous le dites par expérience personnelle ?

— Malheureusement non, Aurora ! répliqua Paulina del Valle sans hésitation.

Sur la première photographie que j'ai prise d'elle, lorsque j'avais treize ans, Paulina apparaît dans son lit mytholo-

16

gique, appuyée sur des coussins en satin brodé, avec une chemise de nuit en dentelle et un demi-kilo de bijoux sur elle. C'est ainsi que je l'ai vue bien des fois, et c'est ainsi que j'aurais aimé la veiller après sa mort, mais elle souhaitait aller dans la tombe vêtue du triste habit des Carmélites et que des messes chantées fussent données pour le repos de son âme pendant plusieurs années. « J'ai assez fait de scandale, le moment est venu de baisser la tête », expliqua-t-elle avant de se plonger dans la mélancolie hivernale de ses dernières années. Voyant que sa fin était proche, elle prit peur. Elle exila le lit dans le grenier et fit installer à sa place un sommier en bois avec un matelas en crin de cheval, pour mourir sans luxe, après une vie de dissipation, pour voir si saint Pierre faisait table rase sur le livre de ses péchés, comme elle disait. Cependant, elle n'avait pas peur au point de se débarrasser de tous ses biens matériels, et jusqu'au dernier soupir elle garda entre ses mains les rênes de son empire financier, à l'époque fort réduit. Il ne restait plus grand-chose du courage de sa jeunesse, ma grand-mère en oublia même son ironie, mais elle créa sa propre légende, et ni le matelas en crin ni l'habit de Carmélite ne parviendraient à l'entamer. Le lit florentin, qu'elle se plut à promener dans les rues principales pour provoquer son mari, fut un de ses moments de gloire. A cette époque, la famille vivait à San Francisco sous un nouveau patronyme – Cross – parce que les Américains ne pouvaient pas prononcer le nom sonore de Rodríguez de Santa Cruz y del Valle, ce qui est dommage, parce que ce nom a des résonances qui datent de l'Inquisition. Ils venaient de déménager dans le quartier de Nob Hill, où ils se firent construire une demeure insensée, une des plus opulentes de la ville, un vrai délire conçu par plusieurs architectes rivaux sitôt engagés, sitôt renvoyés. La

17

famille n'avait pas fait fortune pendant la fièvre de l'or de 1849, comme le prétendait Feliciano, mais grâce à l'extraordinaire instinct commercial de sa femme, qui avait eu l'idée de transporter des produits frais du Chili jusqu'en Californie, installés sur un lit de glace antarctique. A cette époque agitée, une pêche coûtait une once d'or, et elle avait su profiter de ces circonstances. L'affaire prospéra et ils finirent par posséder une flotte de bateaux naviguant entre Valparaiso et San Francisco qui, la première année, revenaient à vide, mais que l'on chargeait par la suite avec de la farine de Californie. Ainsi acculèrent-ils à la ruine des agriculteurs chiliens, y compris le père de Paulina, le redouté Agustín del Valle, dont le blé pourrit dans les entrepôts faute de pouvoir concurrencer la blanche farine des Yankees. Il fut pris d'une telle rage que son foie pourrit lui aussi. Quand la fièvre de l'or retomba, des milliers et des milliers d'aventuriers retournèrent chez eux, plus pauvres qu'ils n'en étaient partis, ayant perdu leur santé et leur âme à la recherche d'un rêve. Paulina et Feliciano, eux, firent fortune. Ils atteignirent les plus hautes sphères de la société de San Francisco, malgré l'obstacle presque insurmontable de leur accent espagnol. Elle marmonnait avant de s'avouer vaincue et de retourner au Chili : « En Californie, il n'y a que des nouveaux riches et des canailles ; notre arbre généalogique, lui, remonte aux Croisades. » Cependant, les titres de noblesse et les comptes en banque ne suffirent pas à leur ouvrir toutes les portes, le caractère sympathique de Feliciano, qui se fit des amis parmi les hommes les plus puissants de la ville, y fut pour beaucoup. En revanche, on supportait assez difficilement sa femme, hautaine, mauvaise langue, irrévérencieuse et sans scrupules. Disons-le, Paulina inspirait de prime abord ce mélange de fascination et de crainte que l'on ressent devant un iguane ; en la connaissant mieux, on découvrait sa veine sentimentale. En 1862, elle lança son mari dans l'entreprise commerciale des chemins de fer transcontinentaux qui assit définitivement leur fortune. Je ne comprends pas d'où cette femme tirait un tel flair pour les affaires. Elle venait d'une famille de propriétaires terriens chiliens à l'esprit étroit et peu éclairé. Elle avait grandi entre les quatre murs de la maison paternelle de Valparaiso, occupée à réciter son chapelet et à broder parce que, selon son père, l'ignorance garantissait la soumission des femmes et des pauvres. Elle possédait quelques vagues rudiments d'écriture et d'arithmétique, n'avait pas lu un seul livre de sa vie et additionnait avec les doigts – elle ne soustrayait jamais –, mais tout ce qu'elle touchait se transformait en argent. Si elle n'était pas morte avec toute la splendeur d'une impératrice, c'était à cause de ses fils et autres membres de la famille qui étaient des paniers percés. Dans ces années-là, on construisait la ligne de chemin de fer qui devait relier l'est et l'ouest des Etats-Unis. Alors que tout le monde achetait des actions des deux compagnies et misait pour savoir laquelle poserait les rails le plus vite, elle, indifférente à cette course frivole, déploya une carte sur la table de la salle à manger et étudia avec une patience de topographe le futur tracé de la ligne et les endroits où l'eau se trouvait en abondance. Bien avant que les pauvres travailleurs chinois ne plantent le dernier clou pour réunir les rails de la voie ferrée à Promontory, Utah, et que la première locomotrice ne traverse le continent avec son bruit de ferraille, sa fumée volcanique et son hurlement d'apocalypse, elle réussit à convaincre son mari d'acheter des terres dans les endroits marqués sur sa carte par des croix faites à l'encre rouge.

— C'est là que les villages seront construits, parce qu'il y a de l'eau, et dans chacun d'eux nous aurons un magasin, expliqua-t-elle.

— Cela représente beaucoup d'argent, s'exclama Feliciano effrayé.

— Demande un prêt, les banques sont là pour ça. Pourquoi risquer notre argent si nous pouvons disposer de celui des autres ? répliqua Paulina, comme toujours dans ces cas-là.

Ils en étaient là, négociant avec les banques et achetant des terrains dans la zone de cette ligne qui traversait le pays, lorsque éclata l'affaire de la concubine. Il s'agissait d'une actrice appelée Amanda Lowell, une Ecossaise appétissante, à la chair laiteuse, avec des yeux épinard et un goût de pêche, selon ceux qui avaient succombé à ses charmes. Elle chantait et dansait mal, mais avec éclat, elle jouait dans des comédies de quatre sous et animait les fêtes des magnats. Elle possédait un boa originaire de Panama, long, gros et paisible, à l'aspect repoussant, qui s'enroulait autour de son corps lors de ses danses exotiques. Un caractère en or, jusqu'à la fameuse nuit où Amanda se présenta avec un diadème de plumes dans les cheveux, et où l'animal, confondant le couvre-chef avec un perroquet distrait, fut sur le point d'étrangler sa maîtresse en cherchant à l'avaler. La belle Lowell était loin d'être une de ces nombreuses « colombes souillées » de la vie galante californienne, c'était une courtisane de haut vol, ses faveurs ne se gagnaient pas seulement avec de l'argent, mais avec des bonnes manières et de la séduction. Grâce à la générosité de ses protecteurs elle vivait confortablement, et elle disposait de moyens qui lui permettaient d'aider une bande d'artistes sans talent. Elle était condamnée à mourir pauvre car elle dépensait l'équivalent du budget d'un Etat et donnait le reste. Dans la fleur de l'âge, avec son port gracieux et sa rousse crinière de lionne, elle faisait sensation dans la rue, mais son goût du scandale avait eu des conséquences sur son destin : dans un mouvement d'humeur elle pouvait détruire une réputation. Pour Feliciano, ce risque était un excitant de plus, il avait une âme de corsaire et l'idée de jouer avec le feu le séduisit autant que les superbes fesses de la Lowell. Il l'installa dans un appartement en plein centre, mais jamais il ne se présentait en public à ses côtés, parce qu'il connaissait trop bien le caractère de son épouse, qui lors d'une crise de jalousie avait tailladé à coups de ciseaux tous ses pantalons et toutes ses vestes et les avait jetés devant la porte de son bureau. Pour un homme aussi élégant, qui commandait ses costumes au tailleur du prince Albert à Londres, cela avait été un coup mortel.

A San Francisco, ville d'hommes, l'épouse était toujours la dernière à apprendre une infidélité conjugale, mais Amanda Lowell était différente, elle s'empressait d'en faire état. Dès que son protecteur tournait les talons, elle traçait une croix pour chacun de ses amants sur les montants de son lit. C'était une collectionneuse, les hommes ne l'intéressaient pas pour leurs qualités particulières, mais pour le nombre de croix. Elle voulait dépasser la mythique et fascinante Lola Montes, la courtisane irlandaise qui était passée par San Francisco comme une déflagration à l'époque de la fièvre de l'or. L'histoire des petites croix de la Lowell courait de bouche en bouche et les messieurs se bousculaient devant sa porte, tant pour les charmes de la belle, que beaucoup connaissaient déjà dans le sens biblique, que pour le plaisir de coucher avec la femme entretenue par l'un des hommes les plus en vue de la ville. Paulina del Valle apprit la nouvelle après que celle-ci eut fait le tour de la Californie.

— Le plus humiliant c'est que cette bâtarde te fait cocu, et tout le monde va raconter que je suis mariée avec un chapon ! lança Paulina à son mari dans le langage de charretier qu'elle employait dans ces occasions.

Feliciano Rodríguez de Santa Cruz ne savait rien des activités de la collectionneuse et la contrariété faillit le tuer. Il n'aurait jamais imaginé que ses amis, ses connaissances et les autres, qui lui devaient d'immenses faveurs, se moqueraient ainsi de lui. En revanche, il n'accabla pas sa protégée, parce qu'il acceptait avec résignation les velléités du sexe opposé, créatures délicieuses mais dépourvues de sens moral, toujours prêtes à céder à la tentation. Elles appartenaient à la terre, à l'humus, au sang et aux fonctions organiques ; eux étaient destinés à l'héroïsme, aux grandes idées et, bien que ce ne fût pas son cas, à la sainteté. Devant le fait accompli, il se défendit tant bien que mal et profita d'une trêve pour jeter à la figure de sa femme le verrou avec lequel elle fermait la porte de sa chambre. Croyait-elle qu'un homme comme lui pouvait vivre dans l'abstinence ? Tout cela était de sa faute, elle l'avait repoussé, allégua-t-il. L'histoire du verrou était exacte, Paulina avait renoncé aux plaisirs de la chair, non qu'elle en eût perdu l'envie, comme elle me l'avoua quarante ans plus tard, mais par pudeur. Se regarder dans la glace la répugnait, et elle en déduisit que tous les hommes devaient ressentir la même chose en la voyant nue. Elle se rappelait exactement le moment où elle avait pris conscience que son corps commençait à devenir son ennemi. Quelques années auparavant, alors que Feliciano revenait d'un long voyage d'affaires au Chili, il l'avait saisie par la taille et avec sa franche bonne humeur habituelle, il avait voulu la soulever pour l'emmener jusqu'au lit, mais il n'avait pas réussi à la déplacer.

— Crénom, Paulina! Tu as des pierres dans tes culottes? dit-il en riant.

— C'est de la graisse, soupira-t-elle tristement.

— Je veux la voir!

— Il n'en est pas question. Dorénavant tu ne viendras dans ma chambre que la nuit et quand la lampe sera éteinte.

Pendant quelque temps ces deux êtres, qui s'étaient aimés sans pudeur, firent l'amour dans le noir. Paulina resta imperméable aux supplications et aux colères de son mari, qui ne voulait pas la retrouver sous une montagne de linge dans l'obscurité de la chambre, et l'étreindre à la va-vite, tandis qu'elle lui maintenait les mains pour l'empêcher de palper ses chairs. Cette lutte les laissait exténués et les nerfs à vif. Finalement, prenant prétexte du déménagement dans la nouvelle maison de Nob Hill, Paulina installa son mari à une extrémité de la maison et ferma la porte de sa chambre au verrou. Le dégoût de son propre corps était plus fort que son désir pour lui. Son cou disparaissait sous le double menton, ses seins et son ventre ne faisaient qu'un seul promontoire de monseigneur, ses pieds ne la supportaient que quelques minutes. Elle ne pouvait pas s'habiller seule ou lacer ses chaussures, mais avec ses vêtements en soie et ses splendides bijoux, son accoutrement le plus fréquent, elle offrait un spectacle saisissant. Sa principale préoccupation était la transpiration entre ses plis, et elle me demandait souvent en un murmure si elle sentait mauvais, mais jamais je ne perçus chez elle d'autre odeur que celle du gardénia et du talc. Ne partageant pas l'idée si répandue selon laquelle l'eau et le savon étaient nuisibles aux bronches, elle passait des heures à barboter dans sa baignoire en métal émaillé, où elle se sentait à nouveau légère comme dans sa jeunesse. Elle était tombée amoureuse de Feliciano quand ce dernier était jeune, beau et ambitieux, propriétaire de mines d'argent au nord du Chili. Pour cet amour elle avait affronté la colère de son père, Agustín del Valle, qui figure dans les livres d'histoire du Chili comme le fondateur d'un minuscule et peu reluisant parti politique ultra-conservateur, disparu il y a plus de deux décennies, mais qui resurgit de temps en temps tel un phénix déplumé et pathétique. C'est avec le même amour pour cet homme qu'elle avait décidé de lui interdire son alcôve à un âge où sa nature réclamait plus que jamais quelque étreinte. Contrairement à elle, Feliciano prenait de l'âge en beauté. Il avait des cheveux grisonnants, mais c'était toujours cet homme fort et gai, passionné et dépensier. Paulina aimait son côté vulgaire, l'idée que ses noms de famille clinquants descendaient de juifs séfarades et que sous ses chemises en soie aux initiales brodées, il arborait un tatouage de crapule fait dans un port lors d'une beuverie. Elle rêvait d'entendre à nouveau les propos orduriers qu'il lui murmurait à l'époque où ils fricotaient encore dans le lit toutes lumières allumées, et elle aurait donné n'importe quoi pour dormir encore une fois la tête appuyée sur le dragon bleu gravé à l'encre indélébile sur l'épaule de son mari. Elle n'aurait jamais cru qu'il rêvait à la même chose. Pour Feliciano, elle avait toujours été la fiancée entreprenante avec qui il s'était enfui dans sa jeunesse, la seule femme qu'il admirait et craignait. Je crois que ce couple n'a jamais cessé de s'aimer, malgré leurs disputes orageuses, qui faisaient trembler tout le monde dans la maison. Les étreintes qui les avaient rendus jadis si heureux devinrent des combats qui se terminaient par des trêves à long terme et des vengeances mémorables, comme le lit florentin, mais aucun malheur ne détruisit leur relation et, jusqu'à la fin, lorsqu'il fut terrassé par une crise d'apoplexie, ils restèrent unis par une complicité de voyous que l'on enviait.

Une fois que le capitaine John Sommers se fut assuré que le meuble mythique se trouvait sur la charrette et que le cocher avait compris ses instructions, il partit à pied vers Chinatown, comme il le faisait lors de chaque escale à San Francisco. Cette fois, cependant, les forces lui manquèrent et deux rues plus loin il dut arrêter une voiture. Il y monta non sans efforts, indiqua l'adresse au cocher et s'effondra sur le siège en haletant. Il y avait un an que les symptômes avaient commencé, mais les dernières semaines ils s'étaient aggravés. Ses jambes le soutenaient à peine et sa tête s'emplissait de brume, il devait lutter sans relâche contre la tentation de s'abandonner à la cotonneuse indifférence qui envahissait peu à peu son âme. Sa sœur Rose avait été la première à remarquer un changement, alors que lui-même ne sentait encore aucune douleur. Il pensait à elle avec un sourire : c'était la personne la plus proche et la plus aimée, le guide de son existence transhumante, plus réelle dans son affection que sa fille Eliza ou que n'importe laquelle des femmes qu'il avait connues dans son long pèlerinage de port en port.

Rose Sommers avait passé sa jeunesse au Chili, au côté de son frère aîné, Jeremy, mais à la mort de ce dernier elle était retournée en Angleterre pour finir ses jours au pays. Elle résidait à Londres, dans une petite maison à quelques rues des théâtres et de l'Opéra, un quartier qui avait un peu perdu de son lustre, où elle pouvait vivre selon son bon plaisir. Ce n'était plus l'impeccable gouvernante de son frère Jeremy, maintenant elle pouvait laisser libre cours à ses penchants excentriques. Elle s'habillait comme une actrice en disgrâce, pour prendre le thé au Savoy, ou en comtesse russe pour promener son chien, elle était l'amie des mendiants et des musiciens de rue, dépensait son argent en balivernes et en œuvres de charité. « Il n'est rien de plus libérateur que l'âge », disait-elle en comptant ses rides, heureuse. « Ce n'est pas l'âge, Rose, mais ton indépendance économique que tu as gagnée grâce à ta plume », répliquait John Sommers. Cette vénérable célibataire aux cheveux blancs avait amassé une petite fortune en écrivant des livres pornographiques. Le plus drôle, pensait le capitaine, c'était que, maintenant que Rose n'avait plus besoin de se cacher, comme lorsqu'elle vivait à l'ombre de son frère Jeremy, elle n'écrivait plus de romans érotiques mais des histoires à l'eau de rose, à un rythme épuisant et avec un succès phénoménal. Toutes les femmes dont la langue maternelle était l'anglais, y compris la reine Victoria, avaient lu au moins l'un des romans de *Dame* Rose Sommers. Le titre distingué n'avait fait qu'officialiser une situation que Rose avait prise d'assaut depuis des années. Si la reine Victoria avait soupçonné que son écrivain préférée, à laquelle elle avait octroyé personnellement le titre de *Dame*, était responsable d'une vaste collection de littérature indécente signée *Une Dame Anonyme*, elle aurait eu une attaque. Pour le capitaine, la pornographie était une chose délicieuse, mais ces romans d'amour n'étaient que pure saloperie. Pendant des années il s'était occupé de la publication et de la distribution des récits interdits que Rose produisait en cachette de son frère aîné, lequel mourut convaincu que c'était une vertueuse demoiselle sans autre mission que de lui rendre la vie agréable. « Prends soin de toi, John, tu ne peux pas me laisser seule ici-bas. Tu es en train de maigrir et tu as une drôle de couleur », lui avait répété Rose jour après jour, lorsque le capitaine lui avait rendu visite à Londres. Depuis, il se métamorphosait peu à peu en lézard.

Tao Chi'en enlevait les dernières aiguilles d'acupuncture des oreilles et des bras d'un patient lorsque son assistant vint l'avertir que son beau-père venait d'arriver. Le *zhong yi* déposa soigneusement les aiguilles en or dans de l'alcool pur, se lava les mains dans une cuvette, enfila une veste et sortit accueillir le visiteur, étonné qu'Eliza ne lui ait pas dit que son père arrivait ce jour-là. Chaque visite du capitaine Sommers était un événement. La famille l'attendait avec impatience, surtout les enfants, qui n'en finissaient pas d'admirer les cadeaux exotiques et d'écouter les récits de monstres marins et de pirates malais de ce grand-père fabuleux. Grand, massif, la peau tannée par le sel de toutes les mers, la barbe en bataille, la voix tonitruante et des yeux bleus innocents de bébé, le capitaine avait une allure imposante dans son uniforme ; mais l'homme que Tao Chi'en vit assis dans un fauteuil de sa clinique était si diminué qu'il eut du mal à le reconnaître. Il le salua avec respect, n'ayant pas réussi à perdre l'habitude de s'incliner devant lui selon la coutume chinoise. Il avait connu John Sommers dans sa jeunesse, lorsqu'il travaillait comme cuisinier sur son bateau. « Toi tu m'appelles monsieur, compris, Chinois ? » lui avait-il intimé la première fois qu'il lui avait adressé la parole. Nous avions encore les cheveux noirs tous les deux, pensa Tao Chi'en avec une pointe d'angoisse face à l'annonce de la mort. L'Anglais se leva avec difficulté, lui tendit la main puis le serra en une brève accolade. Le *zhong yi* vit que c'était lui maintenant qui était le plus grand et le plus corpulent des deux.

— Eliza savait que vous veniez aujourd'hui, monsieur ? demanda-t-il.

— Non. Nous devons parler seul à seul, Tao. Je suis en train de mourir.

Le zhong yi l'avait compris au premier coup d'œil. Sans un mot il le conduisit jusqu'à la salle de consultation, où il l'aida à se déshabiller et à s'allonger sur une banquette. Son beau-père nu avait un aspect pathétique : la peau épaisse, sèche, cuivrée, les ongles jaunes, les yeux injectés de sang, le ventre gonflé. Il commença par l'ausculter puis il prit son pouls aux poignets, au cou et aux chevilles pour vérifier ce qu'il savait déjà.

— Vous avez le foie détruit, monsieur. Vous continuez à boire ?

— Vous ne pouvez pas me demander d'abandonner une si vieille habitude, Tao. Vous croyez qu'on peut supporter l'activité de marin sans un coup de temps en temps ?

Tao Chi'en sourit. L'Anglais buvait une demi-bouteille de gin les jours normaux et une entière s'il devait célébrer un événement, bon ou mauvais, sans que cela semble l'affecter le moins du monde. Il ne sentait même pas l'alcool, parce que la forte odeur du tabac de mauvaise qualité imprégnait ses vêtements et son haleine.

— D'ailleurs, il est trop tard pour regretter quoi que ce soit, non ? ajouta John Sommers.

— Vous pouvez vivre encore quelque temps et dans une meilleure forme physique si vous cessez de boire. Pourquoi ne prenez-vous pas un peu de repos ? Venez vivre avec nous un temps, Eliza et moi nous vous soignerons jusqu'à ce que vous alliez mieux, proposa le *zhong yi* sans le regarder, pour que l'autre ne s'aperçoive pas de son émotion.

Comme souvent dans son métier de médecin, il devait lutter contre la sensation qui le saisissait en constatant combien toute sa science était impuissante, et combien la douleur d'autrui était immense.

28

— Vous ne pensez tout de même pas que je vais me mettre volontairement entre les mains d'Eliza, pour qu'elle me condamne à l'abstinence ! Combien de temps me reste-t-il, Tao ? demanda John Sommers.

— Je ne peux pas le dire avec certitude. Il faudrait avoir un autre avis.

— Le vôtre est le seul qui mérite mon respect. Depuis que vous m'avez arraché une molaire sans douleur à mi-chemin entre l'Indonésie et les côtes africaines, aucun autre médecin n'a posé ses sales mains sur moi. Cela fait combien de temps ?

— Une quinzaine d'années. Je vous remercie de votre confiance, monsieur.

— Quinze ans seulement ? Pourquoi ai-je l'impression que nous nous connaissons depuis toujours ?

— Peut-être nous sommes-nous connus dans une autre existence.

— La réincarnation m'horrifie, Tao. Imaginez que dans ma prochaine vie je me réincarne en musulman. Vous saviez que ces pauvres gens ne boivent pas d'alcool ?

— C'est sans doute leur karma. Dans chaque réincarnation nous devons résoudre ce que nous avons laissé en suspens dans la vie antérieure, se moqua Tao.

— Je préfère l'enfer chrétien, c'est moins cruel. Bien, nous ne dirons rien de tout cela à Eliza, conclut John Sommers en se rhabillant, se battant avec les boutons qui échappaient à ses doigts tremblants. Comme c'est peut-être ma dernière visite, il me paraît juste qu'Eliza et mes petits-enfants se souviennent de moi gai et en bonne santé. Je m'en vais en paix, Tao, car personne ne pourrait mieux s'occuper de ma fille Eliza que vous.

— Personne ne pourrait l'aimer davantage que moi, monsieur.

— Quand je ne serai plus là, quelqu'un devra s'occuper de ma sœur. Vous savez que Rose a été comme une mère pour Eliza...

— Ne vous en faites pas, Eliza et moi nous prendrons régulièrement de ses nouvelles, lui assura son gendre.

— La mort... je veux dire... arrivera rapidement et dignement ? Comment saurai-je que la fin est proche ?

— Lorsque vous vomirez du sang, monsieur, dit Tao Chi'en tristement.

Cela arriva trois semaines plus tard, au milieu du Pacifique, dans l'intimité de sa cabine de capitaine. Etant parvenu laborieusement à se mettre debout, le vieux navigateur nettoya les restes de vomi, se rinça la bouche, changea sa chemise maculée de sang, alluma sa pipe et gagna la proue du bateau, où il s'installa pour regarder, une dernière fois, les étoiles qui scintillaient dans un ciel de velours noir. Plusieurs marins le virent et attendirent à une certaine distance, le béret à la main. Quand il eut tiré la dernière bouffée, le capitaine John Sommers enjamba la rambarde et se laissa tomber sans bruit dans la mer.

Severo del Valle fit la connaissance de Lynn Sommers au cours d'un voyage qu'il effectua avec son père du Chili en Californie en 1872, pour rendre visite à son oncle et à sa tante, Feliciano et Paulina, dont on racontait les pires choses dans la famille. Severo avait vu sa tante Paulina à deux reprises lors de sporadiques apparitions à Valparaiso, mais c'est en la voyant dans son milieu américain qu'il comprit les soupirs d'intolérance chrétienne de sa famille. Loin du milieu religieux et conservateur du Chili, du grand-père Agustín cloué dans son fauteuil de paralytique, de la grand-mère Emilia avec ses dentelles lugubres et ses lavements de linette, des autres membres de la famille, tous envieux et timorés, Paulina prenait sa véritable ampleur d'amazone. A l'occasion de son premier voyage, Severo del Valle était trop jeune pour apprécier le pouvoir ou la fortune de ce célèbre couple, mais il avait noté tout ce qui les séparait du reste de la tribu del Valle. C'est en revenant des années plus tard qu'il comprit que cette famille était parmi les plus riches de San Francisco, à côté des magnats de l'argent, des chemins de fer, des banques et des transports. Lors de ce premier voyage, à quinze ans, assis au pied du lit polychrome de sa tante Paulina, tandis qu'elle mettait en place la stratégie de ses guerres mercantiles, Severo prit une décision quant à son avenir.

— Tu devrais devenir avocat, comme ça tu m'aiderais à démolir mes ennemis avec tous les artifices de la loi, lui conseilla ce jour-là Paulina entre deux bouchées de mille-feuille.

— Oui, ma tante. Grand-père Agustín dit que dans toute famille respectable il faut un avocat, un médecin et un évêque, répliqua le neveu.

— Il faut aussi un cerveau pour les affaires.

— Grand-père considère que le commerce n'est pas une activité pour les gens de qualité.

— Dis-lui que la qualité ne nourrit pas, qu'il peut se la mettre dans le cul.

Le garçon n'avait entendu ce gros mot que dans la bouche du cocher de la famille, un Madrilène échappé d'une prison de Ténériffe qui, pour des raisons incompréhensibles, caguait également sur Dieu et dans le lait.

— Ne fais pas cette tête, mon petit, tu sais, nous avons tous un cul! s'exclama Paulina morte de rire en voyant l'expression de son neveu.

31

Ce même après-midi, elle l'emmena dans la pâtisserie d'Eliza Sommers. Severo avait été émerveillé par San Francisco dès qu'il avait aperçu la ville du bateau : une cité lumineuse installée dans un vert paysage de collines plantées d'arbres qui descendaient en ondulant jusqu'aux rives d'une baie aux eaux paisibles. De loin elle avait l'air sévère, avec un tracé espagnol de rues parallèles et transversales, mais de près, elle avait le charme de l'inattendu. Habitué à l'aspect somnolent du port de Valparaiso, où il avait grandi, le garçon fut étourdi par l'excentricité des maisons et des bâtiments construits dans les styles les plus divers, luxe et pauvreté, tout mélangé, comme si ce port avait surgi à la vitesse de l'éclair. Il vit un cheval mort et couvert de mouches devant la porte d'un magasin élégant qui vendait des violons et des pianos à queue. Dans un va-et-vient bruyant d'animaux et de voitures, une foule cosmopolite se frayait un passage : Américains, Espagnols et Hispano-Américains, Français, Irlandais, Italiens, Allemands, quelques Indiens et d'anciens esclaves noirs, libres maintenant, mais toujours marginalisés et pauvres. Ils pénétrèrent dans Chinatown et en un rien de temps ils se trouvèrent dans un pays peuplé de *célestes*, comme on appelait les Chinois, que le cocher écartait en faisant claquer son fouet pour conduire le fiacre vers la Place de l'Union. Il s'arrêta devant une maison de style victorien, simple en comparaison de l'avalanche de moulures, de bas-reliefs et de rosaces que l'on voyait généralement dans ces parages.

— Voici le salon de thé de madame Sommers, le seul digne de ce nom, expliqua Paulina. Tu peux boire du café dans plein d'endroits, mais pour une tasse de thé, tu dois venir ici. Les Yankees détestent ce breuvage depuis la Guerre d'Indépendance, qui a commencé quand les rebelles se sont mis à brûler le thé des Anglais à Boston.

— Mais tout ça ne s'est pas passé il y a un siècle ?

— Tu vois, Severo, comme le patriotisme peut être absurde.

Les fréquentes visites de Paulina dans ce salon ne se devaient pas au thé, mais à la célèbre pâtisserie d'Eliza Sommers, qui était imprégnée d'un délicieux parfum de sucre et de vanille. La maison, une de celles importées en nombre d'Angleterre au moment de la construction de San Francisco, avec un manuel d'instructions pour la monter comme un jouet, avait deux étages couronnés d'une tour, qui lui donnait une allure d'église champêtre. Au rez-de-chaussée ils avaient réuni deux pièces pour agrandir la salle à manger, où se trouvaient plusieurs fauteuils aux pieds torsadés et cinq petites tables rondes recouvertes de nappes blanches. A l'étage, on vendait des boîtes de friandises faites à la main avec le meilleur chocolat belge, du massepain et plusieurs sortes de gâteaux typiques du Chili, le péché mignon de Paulina del Valle. Deux employées mexicaines, portant de longues tresses, des tabliers blancs et des coiffes amidonnées, faisaient le service. Elles étaient dirigées de façon télépathique par la petite madame Sommers, qui donnait à peine l'impression d'exister, contrastant avec la présence imposante de Paulina. La mode cintrée avec des jupons mousseux favorisait la première, mais multipliait le volume de la seconde, d'autant plus que Paulina del Valle n'économisait pas sur les tissus, les franges, les pompons et les plissés. Ce jour-là, elle était habillée comme la reine des abeilles, en jaune et noir de la tête aux pieds, avec un chapeau qui se terminait par des plumes et un corsage à rayures. Beaucoup de rayures. Elle envahissait le salon, prenait tout l'air pour elle et, à chaque déplacement, faisait tinter les tasses et gémir les fragiles cloisons en bois. En la voyant entrer, les employées coururent remplacer une des délicates chaises en jonc tressé par un fauteuil plus solide, où Paulina s'installa avec grâce. Elle se déplaçait avec des gestes lents, car elle considérait que rien n'enlaidissait tant que l'affairement ; elle évitait aussi ces bruits propres à la vieillesse : jamais de halètements, de toux, de grincements ou de soupirs de fatigue en public, même si ses pieds la faisaient souffrir le martyre. « Je ne veux pas avoir une voix de grosse », disait-elle, et tous les jours elle se faisait des gargarismes avec du jus de citron coupé au miel pour conserver une voix fine. Eliza Sommers, mince et droite comme une épée, vêtue d'une jupe bleu sombre et d'une blouse couleur melon, boutonnée aux poignets et au cou, avec un collier de perles discret comme unique ornement, paraissait extrêmement jeune. Elle parlait un espagnol rouillé par manque de pratique et l'anglais avec un accent britannique, sautant d'une langue à l'autre dans la même phrase, comme le faisait Paulina. La fortune et le sang aristocratique de madame del Valle plaçaient cette dernière bien au-dessus du niveau social d'Eliza Sommers. Une femme qui travaillait par plaisir ne pouvait être qu'une virago, mais Paulina savait qu'Eliza n'appartenait plus au milieu dans lequel elle avait été élevée au Chili, et qu'elle travaillait plus par nécessité que par plaisir. Elle avait également entendu dire qu'elle vivait avec un Chinois, mais malgré son manque de discrétion dévastateur, elle n'alla jamais jusqu'à le lui demander directement.

— Madame Eliza Sommers et moi, nous nous sommes connues au Chili en 1840 ; elle avait alors huit ans et moi seize, mais maintenant nous avons le même âge, expliqua Paulina à son neveu.

Pendant que les employées servaient le thé, Eliza Sommers écoutait amusée le babil incessant de Paulina, qui s'interrompait seulement quand elle prenait une nouvelle bouchée. Severo oublia leur présence en découvrant à une autre table une superbe fillette qui collait des images sur un album à la lumière des lampes à gaz et à la douce clarté de la fenêtre, qui l'éclairaient avec des éclats mordorés. C'était Lynn Sommers, fille d'Eliza, enfant d'une si rare beauté que déjà à cette époque, à douze ans, plusieurs photographes de la ville l'utilisaient comme modèle. Son visage illustrait des cartes postales, des affiches et des calendriers représentant des anges jouant de la lyre et des nymphes lutines dans des forêts en carton-pâte. Severo était encore à l'âge où les filles sont un mystère plutôt repoussant pour les garçons, mais là il fut fasciné. Debout à son côté, il la regarda bouche bée sans comprendre pour quelle raison il avait la poitrine comprimée et ressentait une envie de pleurer. Eliza Sommers le tira de sa torpeur en les appelant pour venir boire un chocolat. La fillette referma l'album sans faire attention à lui, comme si elle ne le voyait pas, et se leva, légère et flottante. Elle s'installa en face de sa tasse de chocolat sans dire un mot ni relever les yeux, résignée aux regards impertinents du garçon, tout à fait consciente que son physique la séparait du reste des mortels. Elle supportait sa beauté comme une difformité, avec le secret espoir que cela passerait avec le temps.

Quelques semaines plus tard, Severo s'embarqua pour retourner au Chili avec son père, emportant en mémoire les grands espaces de la Californie et la vision de Lynn Sommers ancrée fermement dans son cœur.

Severo del Valle ne revit Lynn que bien des années plus tard. Il retourna en Californie fin 1876 pour vivre chez sa tante Paulina, mais c'est seulement à partir d'un mercredi d'hiver de l'année 1879 qu'il eut des relations suivies avec Lynn, et alors il était déjà trop tard pour eux deux. Lors de sa seconde visite à San Francisco, le jeune homme avait atteint sa taille définitive, mais il était encore osseux, pâle, dégingandé et mal dans sa peau, comme s'il avait des coudes et des genoux en trop. Trois ans plus tard, lorsqu'il se planta sans voix devant Lynn, il était devenu un homme, avec les traits nobles de ses ancêtres espagnols, l'allure flexible d'un torero andalou et l'air ascétique d'un séminariste. Beaucoup de choses avaient changé dans sa vie depuis la première fois qu'il avait vu Lynn. L'image de cette fillette silencieuse à la langueur d'un chat au repos l'avait accompagné durant les années difficiles de son adolescence et dans la douleur du deuil qu'il lui fallut vivre. Son père, qu'il avait adoré, mourut prématurément au Chili et sa mère, déconcertée devant ce fils encore imberbe, trop lucide et irrévérencieux, l'inscrivit dans un collège catholique de Santiago pour terminer ses études. Mais très vite on le renvoya chez lui avec une lettre expliquant en termes secs qu'une pomme pourrie dans un pot contamine toutes les autres, ou quelque chose comme ça. Alors cette mère dévouée fit un pèlerinage à genoux dans une grotte miraculeuse où la Vierge, jamais à court d'idées, lui souffla la solution : l'envoyer au service militaire pour mettre le problème entre les mains d'un sergent. Pendant une année Severo marcha avec la troupe, supporta la rigueur et la stupidité du régiment et en sortit avec le rang d'officier de réserve, décidé à ne plus jamais mettre les pieds dans une garnison. Dès son retour à la vie civile il retrouva ses anciens amis et ses sautes d'humeur vagabondes. Et là, ses oncles prirent les choses en main. Ils se réunirent en conseil dans l'austère salle à manger de la maison du grand-père Agustín, en l'absence du jeune homme et de sa mère, qui n'avaient pas voix au chapitre à la table patriarcale. Dans cette même pièce, trente-cinq ans auparavant, Paulina del Valle, le crâne rasé et couronné d'une tiare en diamants, avait affronté les hommes de sa famille pour épouser Feliciano Rodríguez de Santa Cruz, l'homme qu'elle avait choisi. En ce même lieu étaient présentées maintenant devant le grand-père les preuves contre Severo : il refusait de se confesser et de communier, il fréquentait le milieu de la bohème, on avait trouvé des livres de la liste noire sur lui, bref, on le soupçonnait d'avoir été recruté par les francs-maçons ou, pire encore, par les libéraux. Le Chili traversait une période de luttes idéologiques irréconciliables, et plus les libéraux gagnaient des postes au gouvernement, plus la colère des ultra-conservateurs s'amplifiait, tout à leur ferveur messianique, comme la famille del Valle, par exemple, qui prétendait instaurer ses idées à coups d'anathèmes et à coups de feu, écraser les francs-maçons et les anticléricaux, et en finir une fois pour toutes avec les libéraux. Le clan del Valle n'était pas disposé à tolérer un dissident de leur propre sang au sein de la famille. L'idée de l'envoyer aux Etats-Unis vint du grand-père Agustín : « Les Yankees le guériront de son envie de semer la zizanie », pronostiqua-t-il. On l'embarqua pour la Californie sans lui demander son avis, en habits de deuil, avec la montre en or de son défunt père dans la poche de son gilet, un équipage léger parmi lequel se trouvait un grand Christ avec une couronne d'épines, et une lettre scellée pour son oncle et sa tante, Feliciano et Paulina.

Les protestations de Severo furent purement formelles, car ce voyage coïncidait avec ses plans. Il lui pesait seulement de se séparer de Nívea, la jeune fille que tout le monde attendait de le voir épouser un jour, obéissant à la vieille coutume de l'oligarchie chilienne de se marier entre cousins.

Il étouffait au Chili. Il avait grandi dans un carcan de dogmes et de préjugés, mais le contact avec d'autres étudiants au collège de Santiago lui avait ouvert l'esprit et réveillé une veine patriotique. Jusque-là, il croyait qu'il n'existait que deux classes sociales, la sienne et celle des pauvres, séparées par une imprécise zone grise de fonctionnaires et autres « petits Chiliens ordinaires », comme les appelait son grand-père Agustín. A la caserne, il avait constaté que ceux de sa classe sociale, blancs de peau et fortunés, n'étaient qu'une poignée ; la grande majorité était métisse et pauvre. Mais à Santiago il avait découvert qu'il existait aussi une classe moyenne nombreuse et en expansion, éduquée, avec des ambitions politiques, qui était en fait la colonne vertébrale du pays, où l'on trouvait des émigrants échappés des guerres et de la misère, des scientifiques, des enseignants, des philosophes, des libraires, des gens aux idées avancées. Les propos de ses nouveaux amis l'avaient laissé pantois, comme qui tombe amoureux pour la première fois. Il voulait changer le Chili, le transformer de fond en comble, le purifier. Il comprit que les conservateurs – sauf ceux de sa propre famille, qui à ses yeux n'œuvraient pas par méchanceté, mais par ignorance – appartenaient aux armées de Satan, dans le cas hypothétique où Satan serait autre chose qu'une invention pittoresque, et il prit la décision de s'intéresser de près à la politique une fois son indépendance acquise. Il voyait bien qu'il lui faudrait encore quelques années pour cela, et il considéra donc le voyage aux Etats-Unis comme une bouffée d'air frais ; il aurait le loisir d'observer la démocratie américaine tellement convoitée et d'en tirer des leçons, de lire ce qu'il voudrait sans penser à la censure catholique et d'être au fait des idées d'avant-garde. Tandis que dans le reste du monde on assistait à l'effondrement des monarchies, à la naissance de nouveaux Etats, à la colonisation des continents et à l'invention de choses merveilleuses, au Chili, le Parlement discutait pour savoir si les personnes adultères avaient ou non le droit d'être enterrées dans des cimetières consacrés. Devant son grand-père, il ne se permettait pas de mentionner la théorie de Darwin, qui était en train de révolutionner les connaissances humaines, en revanche il pouvait passer toute une soirée à discuter sur d'improbables miracles de saints et de martyrs. L'autre intérêt de ce voyage était le souvenir de la petite Lynn Sommers, qui venait s'interposer dans l'affection qu'il avait pour Nívea avec une incroyable persévérance, même s'il refusait de l'admettre au plus profond de son âme.

Severo del Valle ne savait pas quand ni comment avait surgi l'idée d'épouser Nívea, la décision n'était peut-être d'ailleurs pas venue d'eux mais de la famille, car le fait est que ni l'un ni l'autre ne s'était rebellé contre ce destin car ils se connaissaient et s'aimaient depuis l'enfance. Nívea appartenait à une branche de la famille qui avait vécu dans l'opulence jusqu'à la mort du père, puis les ressources avaient fondu et sa veuve s'était retrouvée dans le besoin. Un oncle fortuné, qui allait devenir une figure prédominante pendant la guerre, don José Francisco Vergara, prit en main l'éducation de ses neveux. « Il n'est de pire pauvreté que celle des personnes qui ont eu les moyens, parce qu'il faut faire semblant d'avoir ce que l'on n'a pas », avait confié Nívea à son cousin Severo dans l'un de ses moments de lucidité subite qui la caractérisaient. Elle avait quatre ans de moins que lui, mais elle était beaucoup plus mûre. C'était elle qui avait pris l'initiative de cette affection entre enfants, la conduisant d'une main ferme vers la relation romantique qu'ils vivaient au moment du départ de Severo aux Etats-Unis. Dans les énormes demeures où ils vivaient, les magnifiques recoins pour s'aimer ne manquaient pas. Tâtonnant dans l'obscurité, les cousins découvrirent avec une maladresse de chiots les secrets de leurs corps. Ils se caressaient avec curiosité, prenant acte des différences, sans savoir pourquoi lui avait ceci et elle cela, étourdis par la pudeur et la faute, toujours muets, parce que les choses qu'ils ne formulaient pas en paroles étaient comme inexistantes et, de ce fait, un péché moindre. Ils s'exploraient en vitesse et la peur au ventre, conscients qu'il serait impossible d'avouer ces jeux de cousins au confessionnal, au risque d'être pour cela condamnés à l'enfer. Il y avait mille yeux en train de les espionner. Les vieilles domestiques qui les avaient vus naître protégeaient ces amours innocentes, mais les tantes célibataires veillaient comme des corbeaux. Rien n'échappait à leurs yeux secs dont l'unique fonction était d'enregistrer chaque instant de la vie familiale, à leurs langues crépusculaires qui dévoilaient les secrets et suscitaient les querelles, même si c'était toujours au sein du clan. Rien ne transpirait des murs de ces maisons. Le premier devoir de chacun était de préserver l'honneur et le renom de la famille. Nívea avait mis du temps à se développer et, à quinze ans, elle avait encore un corps d'enfant et un visage innocent ; rien dans son allure ne révélait la force de son caractère : de petite taille, grassouillette, avec de grands yeux sombres comme unique trait marquant, elle avait un air insignifiant tant qu'elle n'ouvrait pas la bouche. Tandis que ses sœurs gagnaient leur paradis en lisant des livres pieux, elle lisait en cachette les articles et les livres que son cousin Severo lui passait sous la table, et les classiques que lui prêtait son oncle José Francisco Vergara. Quand pour ainsi dire personne n'en parlait dans son milieu, elle sortit de sa manche l'idée du vote des femmes. La première fois qu'elle en fit mention lors d'un déjeuner de famille, chez Agustín del Valle, il y eut une explosion d'effroi. « Quand les femmes et les pauvres vont-ils voter dans ce pays ? » demanda Nívea à brûle-pourpoint, oubliant que les enfants n'ouvraient pas la bouche en présence des adultes. Le vieux patriarche del Valle donna un coup de poing sur la table qui fit valser les verres et lui intima l'ordre d'aller se confesser sur-le-champ. Nívea exécuta en silence la pénitence imposée par le curé et nota dans son journal, avec sa passion habituelle, qu'elle n'avait pas l'intention de baisser les bras avant d'avoir obtenu les droits élémentaires pour les femmes, même si elle devait être expulsée de sa famille. Par chance elle avait eu une maîtresse exceptionnelle, sœur María Escapulario, une nonne avec un cœur de lionne caché sous son habit, qui avait remarqué l'intelligence de Nívea. Devant cette jeune fille qui absorbait tout avec avidité, qui soulevait des problèmes auxquels elle-même n'avait jamais songé, qui la défiait avec une capacité de raisonnement inattendue pour son âge, et qui donnait l'impression d'éclater de vitalité et de santé dans son horrible uniforme, la nonne, en tant que maîtresse, se sentait récompensée. Nívea valait à elle seule l'effort d'avoir enseigné pendant des années à une multitude de filles riches, mais pauvres d'esprit. Par affection pour elle, sœur María Escapulario violait systématiquement le règlement de l'établissement, dont l'intention déclarée était de transformer les élèves en créatures dociles. Elle entretenait avec Nívea des conversations qui auraient effrayé la mère supérieure et le directeur spirituel du collège.

— Quand j'avais ton âge, il n'y avait que deux solutions : se marier ou entrer au couvent, dit sœur María Escapulario.

— Pourquoi avez-vous choisi la deuxième, ma mère ?

— Parce qu'elle me laissait davantage de liberté. Le Christ est un époux tolérant...

— Nous les femmes, nous sommes cuites, ma mère. Avoir des enfants et obéir, voilà notre lot, soupira Nívea.

— Ça ne doit pas continuer ainsi. Toi, tu peux changer les choses, répliqua la nonne.

— Moi seule ?

— Seule, non, il y a d'autres filles comme toi, qui ont deux doigts de jugeote. J'ai lu dans un journal que, maintenant, il existe des femmes médecins, tu vois.

— Où ça ?

— En Angleterre.

— C'est très loin.

— Certes, mais si elles peuvent le faire là-bas, un jour ce sera possible au Chili. Ne désespère pas, Nívea.

— Mon confesseur dit que je pense beaucoup et ne prie pas assez, ma mère.

— Dieu t'a donné un cerveau pour t'en servir, seulement je t'avertis que le chemin de la rébellion est semé de dangers et de douleurs, il faut beaucoup de courage pour l'emprunter. Il n'est pas inutile de demander à la Divine Providence de t'aider un peu..., lui conseilla sœur María Escapulario.

La détermination de Nívea devint si forte qu'elle écrivit dans son journal qu'elle renoncerait au mariage pour se consacrer entièrement à la lutte en faveur du vote des femmes. Elle ignorait qu'un tel sacrifice serait inutile, car elle se marierait par amour avec un homme qui l'épaulerait dans ses projets politiques.

Severo monta sur le bateau avec une mine grave pour que les membres de sa famille ne soupçonnent pas la joie qu'il ressentait au moment de quitter le Chili – il ne fallait pas qu'ils changent d'avis –, et il fit de son mieux pour tirer profit de cette aventure. Il prit congé de sa cousine Nívea avec un baiser volé, après lui avoir juré qu'il lui ferait parvenir des livres intéressants grâce un ami, pour contourner la censure de la famille, et qu'il lui écrirait toutes les semaines. Elle s'était résignée à une séparation d'une année, sans imaginer qu'il avait élaboré des plans pour rester aux Etats-Unis le plus longtemps possible. Severo ne voulut pas rendre ce départ encore plus pesant en annonçant ses projets, il les expliquerait à Nívea par lettre, décida-t-il. De toute façon, ils étaient trop jeunes pour se marier. Il la vit debout sur le quai à Valparaiso, entourée de toute la famille, avec sa robe et son bonnet couleur olive, lui disant adieu avec la main et faisant un effort pour sourire. « Elle ne pleure ni ne se plaint, pour cela je l'aime et l'aimerai pour toujours », dit Severo à haute voix contre le vent, prêt à affronter les élans de son cœur et les tentations du monde à force de ténacité. « Très Sainte Vierge, rends-le-moi sain et sauf », supplia Nívea en se mordant les lèvres, vaincue par l'amour, sans se rappeler qu'elle avait juré de rester célibataire tant qu'elle n'aurait pas accompli son devoir de suffragette.

Le jeune del Valle manipula la lettre de son grand-père Agustín entre Valparaiso et Panama, brûlant de l'ouvrir, mais sans oser le faire, car on lui avait fortement inculqué qu'une personne respectable ne devait ni lire les lettres ni toucher de l'argent. Finalement, la curiosité fut plus forte que son sens du respect – son destin était en jeu, se dit-il – et, brisant délicatement le sceau avec sa lame de rasoir, il exposa l'enveloppe à la vapeur d'une théière et l'ouvrit avec mille précautions. Ainsi découvrit-il les plans de son grand-père qui étaient de l'envoyer dans une école militaire américaine. Il était dommage, ajoutait le grand-père, que le Chili ne fût pas en guerre avec l'un de ses voisins, cela aurait permis à son petit-fils de devenir un homme les armes à la main, comme il se devait. Severo jeta la lettre à la mer et en écrivit une autre dont il choisit lui-même les termes, il la glissa dans la même enveloppe et laissa couler de la cire fondue sur le sceau brisé. A San Francisco, sa tante Paulina l'attendait sur le quai accompagnée par deux laquais et par Williams, son pompeux majordome. Elle portait un chapeau extravagant et une profusion de voiles voletant au vent, qui l'auraient soulevée dans les airs si elle n'avait été si lourde. Elle éclata d'un rire strident en voyant son neveu descendre la passerelle avec le Christ dans les bras, puis elle l'étreignit contre sa poitrine de soprano, l'étouffant dans la montagne de ses seins parfumés au gardénia.

— D'abord, nous nous débarrasserons de cette monstruosité, dit-elle en montrant le Christ. Il faudra aussi t'acheter des vêtements, on ne porte plus de tels accoutrements ici, ajouta-t-elle.

— Ce costume était celui de mon père, dit Severo, humilié.

— Ça se voit, on dirait un croque-mort, lança Paulina, qui se souvint tout à coup que le jeune homme avait perdu son père peu de temps auparavant. Excuse-moi, Severo, je ne voulais pas t'offenser. Ton père était mon frère préféré, le seul de la famille avec qui on pouvait parler.

— On m'a arrangé certains de ses vêtements, pour ne pas les perdre, expliqua Severo avec la voix brisée.

— Ça commence mal. Tu me pardonnes, au moins ?

— Mais oui, ma tante.

A la première occasion le jeune homme lui tendit la

fausse lettre du grand-père Agustín. Elle y jeta un regard plutôt distrait.

— Que disait l'autre ? s'enquit-elle.

Les oreilles en feu, Severo essaya de nier ce qu'il avait fait, mais elle ne lui laissa pas le temps de s'empêtrer dans ses mensonges.

— J'aurais fait la même chose, neveu. Je veux savoir ce que disait la lettre de mon père pour lui répondre, non pour suivre ses conseils.

— Que vous m'envoyiez dans une école militaire ou à la guerre, s'il y en a une dans ces parages.

— Tu arrives trop tard, elle est finie. Mais en ce moment ils sont en train de massacrer les Indiens, si ça t'intéresse. Les Indiens se défendent assez bien. Tu sais, ils viennent de tuer le général Custer et plus de deux cents soldats du Septième de Cavalerie dans le Wyoming. On ne parle de rien d'autre. On dit qu'un Indien appelé Pluie sur le Visage — nom très poétique, tu ne trouves pas ? — avait juré de se venger sur le frère du général Custer et que, dans cette bataille, il lui a arraché le cœur et qu'il l'a mangé. Tu as encore envie d'être soldat ? fit Paulina del Valle avec un petit rire.

— Je n'ai jamais voulu être militaire, ce sont des idées de grand-père Agustín.

— Dans la lettre que tu as falsifiée tu dis que tu veux être avocat, je vois que le conseil que je t'ai donné il y a quelques années n'est pas tombé dans l'oreille d'un sourd. J'aime ça, petit. Les lois américaines ne sont pas comme les lois chiliennes, mais peu importe. Tu seras avocat. Tu feras ton apprentissage dans le meilleur cabinet de Californie, mes influences doivent bien servir à quelque chose, trancha Paulina.

— J'aurai une dette envers vous pour le restant de mes jours, ma tante, dit Severo, impressionné.

— Certes. J'espère que tu ne l'oublieras pas, tu sais, la vie est longue et j'aurai peut-être recours à tes services un jour.

— Comptez sur moi, ma tante.

Le lendemain, Paulina del Valle se présenta avec Severo dans les bureaux de ses avocats, ceux qui avaient travaillé à son service pendant un quart de siècle en gagnant d'énormes commissions, et leur annonça sans préambule qu'elle souhaitait voir son neveu se joindre à eux dès le lundi suivant afin d'apprendre le métier. Ils ne purent s'y refuser. La tante installa le jeune homme chez elle, dans une chambre ensoleillée du premier étage, lui acheta un bon cheval, lui assigna une mensualité, mit un professeur d'anglais à sa disposition et commença à le présenter en société, car selon elle il n'y avait pas de meilleur capital que les relations.

— J'attends deux choses de toi, fidélité et bonne humeur.

— Vous n'attendez pas aussi que j'étudie?

— Ça, c'est ton problème, mon garçon. Ce que tu fais avec ta vie ne me regarde pas le moins du monde.

Cependant, durant les mois qui suivirent, Severo constata que Paulina était très attentive à ses progrès dans le cabinet d'avocats, elle surveillait ses amitiés, comptabilisait ses dépenses et connaissait, à l'avance, ses allées et venues. Comment faisait-elle pour savoir tout cela, c'était un mystère, à moins que Williams, l'impénétrable majordome, eût organisé un réseau de surveillance. Cet homme dirigeait une armée de domestiques qui exécutaient leurs tâches comme des ombres silencieuses. Ils vivaient dans un bâtiment séparé au fond du parc, et il leur était défendu de parler aux maîtres de maison, à moins d'y être invités. Ils ne pouvaient pas davantage s'adresser au majordome sans passer au préalable par la gouvernante. Severo eut quelque mal à comprendre ces hiérarchies car, au Chili, les choses étaient beaucoup plus simples. Les patrons, même les plus despotiques comme son grand-père, traitaient leurs employés avec dureté, mais ils subvenaient à leurs besoins et les considéraient comme étant de la famille. A sa connaissance, jamais aucune femme de service n'avait été renvoyée, ces femmes entraient dans la maison à la puberté et y restaient jusqu'à leur mort. La demeure de Nob Hill était très différente des grosses bâtisses conventuelles dans lesquelles il avait passé son enfance, avec leurs gros murs de pisé, leurs lugubres portes ferrées, et quelques rares meubles poussés contre les murs nus. Il aurait été impossible de faire un inventaire de tout ce que la maison de sa tante Paulina renfermait, cela allait des poignées de porte et des robinets en argent massif jusqu'aux collections de figurines en porcelaine, en passant par les boîtes russes laquées, les ivoires chinois et quantité d'objets d'art, ou simplement à la mode. Feliciano Rodríguez de Santa Cruz achetait pour impressionner les visiteurs, mais ce n'était pas un ignare, comme d'autres magnats de ses amis, qui faisaient l'acquisition de livres au poids et de tableaux selon la couleur, pour aller avec les fauteuils. Paulina, elle, n'était pas du tout attachée à ces trésors ; le seul meuble qu'elle avait commandé dans sa vie était le lit, et elle l'avait fait pour des raisons qui n'avaient rien à voir avec l'esthétique ou l'ostentation. Ce qui l'intéressait c'était l'argent, tout simplement, et son défi consistait à le gagner avec astuce, l'accumuler avec ténacité et l'investir avec intelligence. Elle ne se souciait pas des objets que son mari achetait, ni de l'endroit où il les mettait, et le résultat était une demeure magnifique, où les habitants se sentaient comme des étrangers. Les peintures étaient énormes, les cadres massifs, les sujets grandiloquents — *Alexandre le Grand à la conquête de la Perse* –, mais il y avait aussi des centaines de tableaux plus petits regroupés par thèmes, qui donnaient leur nom aux différentes pièces : le salon de chasse, celui des marines, des aquarelles. Les rideaux étaient d'un velours épais avec d'incroyables franges, et les miroirs vénitiens reflétaient jusqu'à l'infini les colonnes de marbre, les grands vases de Sèvres, les statues de bronze, les vasques débordant de fleurs et de fruits. Il y avait deux salons de musique avec de délicats instruments italiens, bien que dans cette famille personne ne sût en jouer – la musique donnait des maux de tête à Paulina –, et une bibliothèque de deux étages. A chaque angle se trouvaient des crachoirs en argent portant des initiales en or, parce que dans cette ville frontière, il était tout à fait naturel de cracher en public. Feliciano avait ses appartements dans l'aile orientale, ceux de sa femme se trouvaient au même étage, mais à l'autre extrémité de la demeure. Entre les deux, réunies par un large couloir, s'alignaient les chambres des enfants et des invités, toutes vides à l'exception de celle de Severo et d'une autre occupée par Matías, le fils aîné, le seul qui vivait encore dans la maison. Severo del Valle, habitué au manque de confort et au froid, considérés comme bons pour la santé au Chili, mit des semaines à s'habituer à l'oppressante étreinte du matelas et des oreillers en plumes, à l'été éternel des réchauds et à la surprise quotidienne de tourner le robinet de la baignoire et trouver un jet d'eau chaude. Dans la maison de son grand-père, les toilettes étaient des cabanes malodorantes au fond de la cour, et en hiver à l'aube, l'eau pour se laver était gelée dans les bassines.

L'heure de la sieste surprenait généralement le jeune neveu et son incomparable tante dans la chambre de cette dernière, elle entre les draps de son lit mythologique, avec ses livres de comptes d'un côté et ses gâteaux de l'autre, et lui assis à ses pieds entre la naïade et le dauphin. Ils se racontaient des histoires de famille et parlaient affaires. Ce n'est qu'avec Severo que Paulina se permettait une telle intimité, très peu avaient accès à ses appartements privés ; avec lui, elle se sentait totalement à l'aise en chemise de nuit. Ce neveu lui donnait des satisfactions qu'elle n'avait jamais eues avec ses enfants. Les deux plus jeunes menaient une vie de rentier, occupant des postes symboliques à la direction des entreprises du clan, l'un à Londres, l'autre à Boston. Matías, l'aîné, était destiné à porter le flambeau des familles Rodríguez de Santa Cruz y del Valle, mais il n'avait pas la moindre vocation pour cela. Loin de suivre les pas de ses parents si travailleurs, de s'intéresser aux entreprises ou de mettre au monde des enfants mâles pour assurer la pérennité du nom, il avait fait de l'hédonisme et du célibat une forme d'art. « Ce n'est qu'un sot bien habillé », déclara une fois Paulina devant Severo, mais voyant que son neveu et son fils s'entendaient bien, elle s'efforça de faciliter cette amitié naissante. « Ma mère ne fait rien gratuitement, elle doit avoir un plan pour que tu me ramènes dans le droit chemin », se moquait Matías. Severo n'avait nullement l'intention de transformer son cousin, au contraire, il aurait voulu lui ressembler ; en comparaison, il se sentait rigide et lugubre. Tout chez Matías le subjuguait, son style impeccable, son ironie glaciale, la facilité avec laquelle il jetait l'argent par les fenêtres.

— Je veux que tu te familiarises avec mes affaires. Nous sommes dans une société matérialiste et vulgaire, qui a un respect très limité pour les femmes. Ici, tout ce qui compte, c'est l'argent et les relations, c'est pourquoi j'ai besoin de toi : tu seras mes yeux et mes oreilles, annonça Paulina à son neveu, quelques mois après son arrivée.

— Je n'entends rien aux affaires.

— Moi si. Je ne te demande pas de penser, ça c'est mon travail. Toi, tu ne dis rien, tu observes, tu écoutes et tu me racontes. Ensuite, tu feras ce que je te dirai sans poser trop de questions, nous sommes d'accord ?

— Ne me demandez pas de faire des entourloupettes, ma tante, répliqua dignement Severo.

— Je vois qu'on t'a raconté des méchancetés sur moi... Ecoute, petit, les lois ont été inventées par les puissants pour dominer les faibles, qui sont beaucoup plus nombreux. Je ne suis pas obligée de les respecter. J'ai besoin d'un avocat en lequel je puisse avoir une totale confiance, pour faire ce que bon me semble sans avoir de problèmes.

— De façon honorable, j'espère..., l'avertit Severo.

— Oh là là, mon petit ! comme ça nous n'irons pas loin. Ton honneur sera sain et sauf, si tu n'exagères pas, répliqua Paulina.

Ainsi scellèrent-ils un pacte aussi fort que les liens de sang qui les unissaient. Paulina, qui l'avait accueilli sans grandes illusions, convaincu que c'était un vaurien — c'était la seule raison pour laquelle on le lui avait envoyé —, eut une agréable surprise avec ce neveu dégourdi et aux sentiments nobles. En l'espace de quelques années Severo apprit à parler l'anglais, avec une aisance inhabituelle dans la famille, il finit par connaître les entreprises de sa tante comme sa poche, traversa deux fois les Etats-Unis en train — un des voyages fut agrémenté par une attaque de bandits mexicains —, et il trouva même le temps de devenir avocat. Avec sa cousine Nívea il entretenait une correspondance hebdomadaire qui, les années passant, devint plus intellectuelle que romantique. Elle lui parlait de la famille, de la politique chilienne ; de son côté, il lui achetait des livres et découpait des articles évoquant les progrès des suffragettes en Europe et aux Etats-Unis. La nouvelle annonçant la présentation au Congrès américain d'un amendement pour autoriser le vote des femmes fut célébrée par tous les deux à distance, mais ils tombèrent d'accord pour penser qu'une pareille chose au Chili était inimaginable. « Qu'est-ce que je gagne à étudier et à lire autant, cousin, s'il n'y a pas de place pour l'action dans la vie d'une femme ? Ma mère dit que je ne pourrai pas me marier parce que je fais fuir les hommes, qu'il faut me faire belle et ne pas ouvrir la bouche si je veux un mari. Toute la famille applaudit dès que mes frères font le moindre étalage de connaissances – je dis le moindre car tu sais comme ils sont bêtes –, mais venant de moi c'est considéré comme du bavardage. Le seul à faire attention à moi, c'est mon oncle José Francisco, car je lui donne l'occasion de parler de science, d'astronomie et de politique, sujets sur lesquels il aime pérorer, bien qu'il se fiche de mes opinions. Tu n'imagines pas combien j'envie les hommes comme toi, pour qui le monde est une scène », écrivait la jeune fille. L'amour n'occupait que quelques lignes dans les lettres de Nívea et quelques mots dans celles de Severo, comme si d'un tacite accord ils voulaient oublier leurs caresses furtives dans les recoins. Deux fois l'an, Nívea lui envoyait une photographie d'elle, pour qu'il voie comment elle se transformait en femme, et il lui promettait d'en faire autant, mais il oubliait toujours, comme il oubliait de dire qu'il ne passerait pas non plus ces fêtes de Noël chez lui. Une autre fille plus pressée de se marier que Nívea aurait ouvert ses antennes pour trouver un fiancé moins fuyant, mais elle ne douta pas un seul instant que Severo del Valle deviendrait

51

son mari. Elle en était tellement sûre que cette séparation qui durait depuis des années ne la préoccupait pas outre mesure, elle était disposée à attendre jusqu'à la fin des temps. Severo, de son côté, considérait sa cousine comme le symbole de tout ce qui était bon, noble et pur.

Si l'allure de Matías pouvait justifier l'opinion de sa mère selon laquelle ce n'était qu'un sot bien habillé, il n'avait absolument rien d'un sot. Il avait visité tous les musées importants d'Europe, s'y connaissait en art, pouvait réciter de mémoire tous les poètes classiques et c'était le seul à utiliser la bibliothèque de la maison. Il cultivait un style personnel, mélange de bohème et de dandy : il avait le même goût pour la vie nocturne que le premier et la même manie du détail vestimentaire que le second. On le considérait comme le meilleur parti de San Francisco, mais il se voulait résolument célibataire, préférant une conversation triviale avec son pire ennemi à un rendez-vous avec la plus séduisante de ses conquêtes. La seule chose que nous avons en commun avec les femmes, c'est la procréation, un propos en soi absurde, disait-il. Quand la nature réclamait, il préférait une professionnelle, et il n'en manquait pas autour de lui. Il lui était inconcevable de terminer une soirée entre hommes sans aller boire un brandy dans un bar et faire un tour au bordel. Il y avait plus de deux cent cinquante mille prostituées dans le pays et une grande partie gagnaient leur vie à San Francisco, depuis les misérables *sing song girls* de Chinatown jusqu'aux délicates demoiselles des Etats du Sud, précipitées par la Guerre Civile dans la vie galante. Le jeune héritier, si peu enclin à accepter les faiblesses féminines, se montrait fort tolérant envers la grossièreté de ses amis de bohème. C'était une de ses singularités, comme son goût pour les fines cigarettes noires qu'il faisait venir d'Egypte, et pour les crimes littéraires et réels. Il vivait dans la demeure paternelle de Nob Hill et disposait d'un luxueux appartement dans le centre, surmonté d'une mansarde spacieuse qu'il appelait sa « garçonnière », où il peignait de temps en temps et organisait souvent des fêtes. Il fréquentait le petit monde de la bohème, pauvres diables qui survivaient stoïques dans une misère irrémédiable ; poètes, journalistes, photographes, apprentis écrivains et artistes, individus sans famille qui passaient leur existence à moitié malades, toussant et discutant, vivant à crédit et sans montre, parce que le temps n'avait pas été inventé pour eux. Dans le dos de l'aristocrate chilien ils se moquaient de ses vêtements et de ses manières, mais le toléraient parce qu'ils pouvaient à tout moment faire appel à lui pour quelques dollars, un verre de whisky ou un coin dans la mansarde où s'abriter une nuit de brouillard.

— Tu as remarqué que Matías a des manières de pédéraste ? demanda Paulina à son mari.

— Comment peux-tu dire une énormité pareille de ton propre fils ! Il n'y en a jamais eu un seul dans ma famille ni dans la tienne, répliqua Feliciano.

— Est-ce qu'un homme normal marie la couleur de son écharpe avec le papier des murs ? lança Paulina.

— Mais, nom de Dieu ! Tu es sa mère et c'est à toi de lui trouver une fiancée ! Ce garçon a trente ans et il est encore célibataire. Tu ferais bien de lui en trouver une très vite avant qu'il ne devienne alcoolique, tuberculeux ou encore pire, l'avertit Feliciano, sans savoir qu'il était déjà trop tard pour le sauver.

Lors d'une nuit ventée et glacée, typique de l'été à San Francisco, Williams, le majordome à la veste en queue-de-pie, frappa à la porte de la chambre de Severo del Valle.

— Excusez-moi, monsieur, murmura-t-il avec un raclement de gorge discret, entrant avec un candélabre à trois bougies dans sa main gantée.

— Que se passe-t-il, Williams ? demanda Severo l'air inquiet, car c'était la première fois que l'on interrompait son sommeil dans cette maison.

— Je crains qu'il y ait un petit problème. Il s'agit de don Matías, dit Williams avec cette pompeuse déférence britannique, inconnue en Californie, qui résonnait toujours de façon plus ironique que respectueuse.

Il expliqua qu'à cette heure tardive un message venait d'arriver, envoyé par une dame à la réputation douteuse, une certaine Amanda Lowell, que le jeune monsieur fréquentait, une personne d'un « autre milieu », comme il dit. Severo lut la note à la lueur des bougies : juste trois lignes demandant une aide immédiate pour Matías.

— Il faut avertir mon oncle et ma tante, Matías a peut-être eu un accident, s'inquiéta Severo del Valle.

— Regardez l'adresse, monsieur, c'est au cœur de Chinatown. Il me semble préférable que mes maîtres ne sachent rien de cela, dit le majordome.

— Tiens ! Je pensais que vous n'aviez pas de secrets pour ma tante Paulina.

— Je tâche de lui éviter des désagréments, monsieur.

— Que suggérez-vous ?

— Si ce n'est trop vous demander, que vous vous habilliez, preniez vos armes et que vous m'accompagniez.

Williams avait réveillé un garçon d'écurie pour qu'il prépare une voiture, mais il voulait agir le plus discrètement possible et il prit lui-même les rênes. Sans hésiter il se dirigea à travers des rues sombres et vides vers le quartier chinois, guidé par l'instinct des chevaux, car le vent éteignait à tout instant les lanternes du véhicule. Severo eut l'impression que ce n'était pas la première fois que cet homme circulait dans les ruelles du quartier. Ils abandonnèrent bientôt la voiture et empruntèrent un passage qui débouchait sur une cour non éclairée, où flottait une étrange odeur douceâtre, comme de noix grillées. Il n'y avait âme qui vive, et pour tout bruit que le vent ; l'unique lumière filtrait entre les planches de deux volets au niveau de la rue. Williams craqua une allumette, lut une fois encore l'adresse sur le papier, puis il poussa sans cérémonie une des portes qui donnait sur la cour. Severo, la main sur son arme, le suivit. Ils pénétrèrent dans une petite pièce, non ventilée, mais propre et ordonnée, où l'on avait du mal à respirer tant l'odeur d'opium était dense. Autour d'une table centrale se trouvaient des compartiments en bois, alignés contre les murs, l'un au-dessus de l'autre comme les couchettes d'un bateau, recouverte d'une natte et d'un morceau de bois creusé en guise d'oreiller. Ils étaient occupés par des Chinois, parfois deux par couchette, allongés sur le côté devant des petits plateaux où étaient posées une boîte contenant une pâte noire et une petite lampe allumée. Il était très tard dans la nuit et la drogue avait produit son effet chez la plupart d'entre eux. Les hommes gisaient affalés, déambulant dans leurs rêves, seuls deux ou trois avaient encore la force de plonger une baguette métallique dans l'opium, de la chauffer à la lampe, de charger le minuscule dé de la pipe et d'aspirer à travers un tube de bambou.

— Mon Dieu ! murmura Severo, qui avait entendu parler de ça, mais qui ne l'avait jamais vu de près.

— C'est meilleur que l'alcool, si je peux me permettre, dit

Williams. Cela n'engendre pas la violence et ne fait de mal à personne, seulement à celui qui en fume. Regardez comme cet endroit est calme et propre, plus calme et plus propre que n'importe quel bar.

Un vieux Chinois, vêtu d'une tunique et d'un large pantalon en coton, vint à leur rencontre en boitant. On voyait à peine ses petits yeux rouges entre les rides profondes de son visage, sa moustache était clairsemée et grise, comme la mince tresse qui lui pendait dans le dos. Ses ongles, sauf ceux du pouce et de l'index, étaient si longs qu'ils s'enroulaient sur eux-mêmes, comme les queues de quelque ancien mollusque, sa bouche était une cavité noire et les rares dents qui lui restaient étaient jaunies par le tabac et l'opium. Ce vieillard bancal s'adressa aux nouveaux arrivants en chinois et, à la surprise de Severo, le majordome anglais lui répondit avec quelques aboiements dans la même langue. Il y eut une pause très longue durant laquelle personne ne bougea. Le Chinois soutint le regard de Williams, comme s'il était en train de l'étudier et finalement il allongea la main, l'autre y déposa quelques dollars que le vieux mit à l'intérieur de sa tunique, sur sa poitrine, puis prenant une bougie, il leur fit signe de le suivre. Ils entrèrent dans une seconde pièce puis dans une troisième et une quatrième, toutes semblables à la première, empruntèrent un long couloir tortueux, descendirent un petit escalier et se retrouvèrent dans un autre couloir. Le guide leur fit signe d'attendre et disparut l'espace de quelques minutes, qui leur semblèrent interminables. En nage, Severo gardait son doigt sur la détente du pistolet armé, sur ses gardes et sans oser ouvrir la bouche. Le vieillard finit par revenir et les conduisit par un labyrinthe jusqu'à une porte close, qu'il regarda avec une extrême attention, comme qui déchiffre une carte, jusqu'à ce que Williams lui tende deux autres dollars ; alors seulement il l'ouvrit. Ils pénétrèrent dans une pièce identique aux autres, mais en plus petit, plus enfumé et plus oppressant car elle se trouvait sous le niveau de la rue et n'avait aucune aération. Sur les couchettes en bois se trouvaient cinq Américains blancs, quatre hommes et une femme plus toute jeune, mais encore superbe, avec une chevelure rousse qui l'enveloppait telle une cape scandaleuse. A en juger par la finesse de leurs vêtements, ces personnes étaient d'un milieu aisé. Ils se trouvaient tous dans le même état de béate torpeur, hormis l'un d'eux qui gisait sur le dos en respirant à peine, la chemise déboutonnée, les bras en croix, la peau couleur ardoise et les yeux révulsés. C'était Matías Rodríguez de Santa Cruz.

— Allons, monsieur, aidez-moi, dit fermement Williams à Severo del Valle.

Ils parvinrent à le mettre debout, chacun passa un bras de l'homme inconscient autour de son cou et ils l'emportèrent, tel un crucifié, la tête pendante, le corps flasque, les pieds traînant sur le sol en terre battue. Ils refirent en sens inverse le long chemin par les étroits couloirs, traversèrent l'une après l'autre les suffocantes pièces, et finirent par se retrouver à l'air libre, dans la nuit immaculée. Ils respirèrent à fond, tout étourdis. Ils installèrent Matías comme ils purent dans la voiture puis Williams prit la direction de la garçonnière, dont Severo n'aurait jamais pensé que l'employé de sa tante connût l'existence. Sa surprise fut encore plus grande lorsque Williams tira une clef, ouvrit la porte principale de l'édifice et en tira une seconde pour ouvrir celle du dernier étage.

— Ce n'est pas la première fois que vous sauvez mon cousin, n'est-ce pas, Williams ?

— Disons que ce ne sera pas la dernière, répondit-il.

Ils allongèrent Matías sur le lit qui se trouvait dans un coin, derrière un paravent japonais, après quoi Severo se mit à lui passer des linges humides sur le corps et à le secouer pour le faire redescendre du ciel où il s'était évadé. Avant de sortir chercher le médecin de famille, Williams indiqua à Severo qu'il était préférable de ne pas dire à son oncle et à sa tante ce qui était arrivé.

— Mon cousin peut mourir ! s'exclama Severo, encore tout tremblant.

— Dans ce cas, il faudra le dire à monsieur et madame, concéda Williams avec courtoisie.

Matías passa cinq jours à se débattre entre la vie et la mort, empoisonné jusqu'au sang. Williams fit venir un infirmier dans l'appartement pour qu'il s'occupe de lui et s'arrangea pour que son absence ne mette pas la maison sens dessus dessous. Cet incident créa un étrange lien entre Severo et Williams, une tacite complicité qui ne se traduisit jamais par des gestes ou des paroles. Avec un autre individu moins hermétique que le majordome, Severo aurait pensé qu'ils partageaient une certaine amitié, ou du moins une certaine sympathie, mais autour de l'Anglais se dressait une muraille de réserve impénétrable. Il commença à l'observer. Williams traitait les employés sous ses ordres avec la même froide et impeccable courtoisie que lorsqu'il s'adressait à ses patrons, ainsi parvenait-il à se faire craindre. Rien n'échappait à sa vigilance, ni l'éclat des couverts en argent ni les secrets de chacun des habitants de cette immense maison. Il était impossible de calculer son âge ou ses origines, il semblait s'être arrêté éternellement à la quarantaine et, hormis son accent britannique, aucun indice ne venait éclairer son passé. Il changeait trente fois par jour de gants blancs, son habit d'une belle étoffe noire était toujours repassé, sa chemise blanche du meilleur lin de Hollande était amidonnée comme une carte de visite et ses chaussures brillaient comme des miroirs. Il suçait des pastilles à la menthe pour son haleine et s'aspergeait d'eau de Cologne, mais il le faisait avec une telle discrétion que la seule fois où Severo avait senti l'odeur de menthe et de lavande, ce fut dans la fumerie d'opium lorsqu'il le frôla en soulevant Matías inconscient. A cette occasion il nota aussi ses muscles durs comme du bois sous sa veste, les tendons de son cou, sa force et sa flexibilité ; rien de tout cela ne correspondait à son image de lord anglais appauvri.

Les cousins Severo et Matías n'avaient en commun que leurs traits patriciens et une passion pour les sports et la littérature, pour le reste ils n'avaient pas l'air d'être du même sang. Le premier était aussi noble, téméraire et naïf que le second était cynique, indolent et libertin, et ils se lièrent d'amitié malgré leurs tempéraments opposés et les années qui les séparaient. Matías s'efforça d'enseigner l'escrime à Severo à qui manquaient l'élégance et la rapidité indispensables pour cet art, et il l'initia aux plaisirs de San Francisco, mais le jeune homme était un mauvais compagnon pour les sorties nocturnes car il s'endormait debout. Il travaillait quatorze heures par jour dans le cabinet d'avocats et le reste du temps, il lisait ou étudiait. Ils nageaient nus dans la piscine privée et s'affrontaient dans des tournois de lutte au corps à corps. Ils dansaient l'un autour de l'autre, se surveillant, prêts à bondir, et finalement se rencontraient, sautant et roulant, enlacés, jusqu'à ce que l'un parvienne à soumettre l'autre, le plaquant contre le sol. Ils finissaient en nage, haletants, excités. Severo s'écartait d'un coup brusque, déconcerté, comme si le pugilat avait été une inadmissible étreinte. Ils parlaient de livres et commentaient les classiques. Matías aimait la poésie et lorsqu'ils étaient seuls, il en récitait de mémoire, tellement ému par la beauté des vers que des larmes lui coulaient le long des joues. Dans ces occasions aussi Severo se sentait troublé : l'intense émotion de son cousin lui apparaissait comme une forme d'intimité défendue entre hommes. Il était passionné par les découvertes scientifiques et les expéditions exploratoires, qu'il commentait avec Matías dans une vaine tentative de l'intéresser, mais les seules nouvelles qui semblaient transpercer l'armure d'indifférence de son cousin étaient les crimes locaux. Matías entretenait une étrange relation, basée sur des litres de whisky, avec Jacob Freemont, un vieux journaliste peu scrupuleux, toujours à court d'argent, avec lequel il partageait la même fascination morbide pour le délit. Freemont continuait à publier des reportages sur les faits divers dans les journaux, mais il avait définitivement perdu sa réputation des années auparavant, après avoir inventé l'histoire de Joaquín Murieta, un soi-disant bandit mexicain à l'époque de la fièvre de l'or. Ses articles avaient créé un personnage mythique, qui avait accru la haine de la population blanche contre les Hispano-Américains. Pour apaiser les esprits, les autorités avaient offert une récompense à un certain capitaine Harry Love pour qu'il pourchasse Murieta. Après avoir passé trois mois à arpenter la Californie à sa recherche, le capitaine avait opté pour une solution expéditive : il avait tué sept Mexicains dans une embuscade puis il était revenu avec une tête et une main. Personne n'avait pu identifier les restes, mais la prouesse de Love apaisa les Blancs. Les macabres trophées étaient toujours exposés dans un musée, même si tout le monde savait que Joaquín

Murieta avait été une monstrueuse création de la presse en général, et de Jacob Freemont en particulier. Cet épisode, ajouté à beaucoup d'autres, où la plume trompeuse du journaliste avait maquillé la réalité, avait fini par lui forger une réputation bien méritée de faussaire, et par lui fermer toutes les portes. Grâce à ses curieux liens avec Freemont, Matías parvenait à voir les victimes assassinées avant qu'elles ne soient emmenées à la morgue et pouvait assister aux autopsies, spectacle qui heurtait autant sa sensibilité qu'il l'excitait. Il sortait ivre d'horreur de ces aventures du monde souterrain du crime. Alors il gagnait directement les bains turcs, où il passait des heures à transpirer l'odeur de la mort qui adhérait à sa peau, à la suite de quoi il s'enfermait dans sa garçonnière pour peindre des scènes de gens dépecés à coups de couteau.

— Que signifie tout ceci ? demanda Severo la première fois qu'il vit les tableaux dantesques.

— Tu n'es pas fasciné par l'idée de la mort ? L'homicide est une incroyable aventure et le suicide, une solution pratique. Je joue avec ces deux idées. Certaines personnes méritent d'être assassinées, tu ne crois pas ? Et quant à moi, je t'apprendrai, cousin, que je n'ai pas l'intention de mourir décati, je préfère mettre fin à mes jours avec le même soin que je prends à choisir mes costumes, c'est pour ça que j'étudie les crimes, pour m'entraîner.

— Tu es fou et en plus tu n'as pas de talent, trancha Severo.

— On n'a pas besoin de talent pour être un artiste, l'audace suffit. Tu as entendu parler des impressionnistes ?

— Non, mais si c'est ce genre de choses que peignent ces pauvres diables, ils n'iront pas loin. Tu ne pourrais pas choisir des sujets plus agréables ? Une jolie fille, par exemple ?

Matías éclata de rire et lui annonça que le mercredi suivant une fille vraiment jolie se trouverait dans sa garçonnière, la plus belle de San Francisco, selon la vox populi, ajouta-t-il. C'était un modèle que ses amis voulaient à tout prix immortaliser dans la glaise, sur la toile et les plaques photographiques, avec le secret espoir de lui faire l'amour. Les paris étaient ouverts pour savoir qui serait le premier, mais pour le moment personne n'avait même réussi à lui toucher la main.

— Elle a un défaut détestable, la vertu. C'est la seule vierge qu'il reste en Californie, mais cela se guérit facilement. Tu aimerais la connaître ?

C'est ainsi que Severo del Valle revit Lynn Sommers. Jusqu'à ce jour il s'était contenté d'acheter en secret des cartes postales la représentant dans les magasins pour touristes, les cachant entre les pages de ses livres de droit, tel un trésor honteux. Il avait souvent rôdé dans la rue où se trouvait le salon de thé sur la Place de l'Union, pour la voir de loin, et il avait effectué de discrètes recherches par l'entremise du cocher, qui allait tous les jours chercher des friandises pour sa tante Paulina, mais il n'avait jamais osé se présenter devant Eliza Sommers et lui demander la permission de voir sa fille. Tout acte direct lui paraissait une irréparable trahison envers Nívea, sa douce fiancée de toujours ; mais croiser Lynn par hasard, ce n'était pas pareil, décida-t-il, puisque dans ce cas ce serait un coup du destin, et personne ne pourrait lui faire de reproches. Il n'aurait jamais pensé qu'il la verrait chez son cousin Matías dans de si curieuses circonstances.

Lynn Sommers était l'heureux résultat d'un mélange de races. Elle aurait dû s'appeler Lin Chi'en, mais ses parents décidèrent d'angliciser les prénoms de leurs enfants et de leur donner le nom de famille de leur mère, Sommers, pour faciliter leur existence aux Etats-Unis, où les Chinois étaient traités comme des chiens. L'aîné fut appelé Ebanizer, en l'honneur d'un ancien ami de son père, mais on l'appelait Lucky – le Chanceux –, car c'était le gamin le plus chanceux que l'on eût jamais vu à Chinatown. La fille cadette, née six ans plus tard, fut appelée Lin, en mémoire de la première épouse de son père, enterrée à Hong Kong longtemps auparavant, mais sur les registres, ils l'orthographièrent à l'anglaise : Lynn. La première épouse de Tao Chi'en, dont la fillette avait hérité le prénom, était une fragile créature aux pieds bandés, adorée par son mari et emportée très jeune par la consomption. Eliza Sommers apprit à vivre avec le souvenir toujours présent de Lin et finit par la considérer comme un membre de la famille, une sorte d'invisible protectrice qui veillait sur le bien-être du foyer. Vingt ans auparavant, constatant qu'elle était à nouveau enceinte, elle avait prié Lin de l'aider à mener sa grossesse à terme, car elle avait déjà fait plusieurs fausses couches, et avait peu d'espoir, vu sa faible constitution, de pouvoir garder l'enfant. Ainsi l'avait-elle expliqué à Tao Chi'en qui, à chaque fois, avait mis à la disposition de sa femme ses connaissances de *zhong yi*, et l'avait emmenée chez les plus grands spécialistes de médecine occidentale de la Californie.

— Cette fois c'est une enfant saine qui va voir le jour, lui assura Eliza.

— Comment le sais-tu ? demanda son mari.

— Parce que je l'ai demandé à Lin.

Eliza avait toujours eu la conviction que la première épouse l'avait soutenue tout au long de sa grossesse, lui avait donné des forces pour mettre au monde sa fille et ensuite, telle une fée, s'était penchée sur le berceau pour offrir au bébé le don de la beauté. « Elle s'appellera Lin », avait annoncé la mère épuisée quand elle eut finalement sa fille dans les bras, mais cela effraya Tao Chi'en : ce n'était pas une bonne idée de lui donner le nom d'une femme morte si jeune. Ils finirent par décider de changer l'orthographe du prénom pour ne pas attirer le mauvais sort. « La prononciation est la même, c'est ce qui importe », dit Eliza pour conclure.

Du côté de sa mère, Lynn Sommers avait du sang anglais et chilien, du côté de son père elle portait les gènes de ces grands Chinois du Nord. Le grand-père de Tao Chi'en, un humble guérisseur, avait légué à ses descendants mâles des connaissances concernant les plantes médicinales, ainsi que des rituels magiques pour guérir divers maux du corps et de l'esprit. Tao Chi'en, le dernier de cette lignée, avait enrichi l'héritage paternel en faisant son apprentissage de *zhong yi* au contact d'un sage de Canton, et à travers une vie consacrée à l'étude, non seulement de la médecine traditionnelle, mais de tout ce qui tombait entre ses mains sur la médecine occidentale. Il s'était forgé une réputation si solide à San Francisco que certains docteurs américains venaient le consulter. Parmi sa clientèle se trouvaient des individus de races différentes, mais il n'avait pas le droit de travailler dans les hôpitaux et sa pratique était limitée au quartier chinois. Il y avait acheté une grande maison qui faisait office de clinique au rez-de-chaussée et de résidence à l'étage. Il était protégé par sa réputation : personne ne s'immisçait dans ses activités concernant les *sing song girls*, comme on appelait à Chinatown les pathétiques esclaves du trafic sexuel, toutes des filles très jeunes. Tao Chi'en s'était fixé pour mission d'en sauver le plus grand nombre des bordels où elles travaillaient. Les *tongs* – bandes qui au sein de la communauté chinoise contrôlaient, surveillaient et monnayaient leur protection – savaient qu'il achetait les petites prostituées pour leur offrir une nouvelle voie loin de la Californie. Ils l'avaient menacé à deux ou trois reprises, mais ils n'étaient pas allés au-delà parce que, tôt ou tard, ils pouvaient avoir besoin des services du célèbre *zhong yi*. Tant que Tao Chi'en ne faisait pas appel aux autorités américaines, qu'il agissait dans l'ombre et sauvait les filles une par une, par son patient travail de fourmi, ils le toléraient, car il n'entamait pas les énormes bénéfices tirés de ce trafic. La seule personne qui voyait en Tao Chi'en un danger public, c'était Ah Toy, la maquerelle la plus célèbre de San Francisco, patronne de plusieurs salons spécialisés dans les adolescentes asiatiques. Elle importait à elle seule des centaines d'enfants par an, sous les yeux impassibles des fonctionnaires yankees grassement soudoyés. Ah Toy haïssait Tao Chi'en et, comme elle l'avait souvent répété, elle aurait préféré mourir plutôt que d'avoir recours à ses services. Elle l'avait fait une fois, pour soigner une mauvaise toux, et à cette occasion tous deux avaient compris, sans échanger un mot, qu'ils seraient à jamais des ennemis mortels. Chaque *sing song girl* sauvée par Tao Chi'en était une épine plantée sous les ongles de Ah Toy, même si la petite ne lui appartenait pas. Pour elle, comme pour lui, c'était une question de principe.

Tao Chi'en se levait avant l'aube, il sortait dans le jardin et effectuait ses exercices martiaux pour conserver un corps sain et un esprit clair. A la suite de quoi il méditait pendant une demi-heure, puis il allumait le feu pour faire bouillir de l'eau. Il réveillait Eliza avec un baiser et une tasse de thé vert, qu'elle buvait lentement dans son lit. Ce moment était sacré pour tous deux : la tasse de thé qu'ils buvaient ensemble scellait la nuit qu'ils avaient partagée en une étroite étreinte. Ce qui se passait entre eux derrière la porte close de leur chambre compensait toutes les peines de la journée. Leur amour avait commencé comme une douce amitié subtilement tissée malgré de multiples obstacles, qui allaient de la nécessité de se comprendre en anglais et de laisser de côté les préjugés de culture et de race, jusqu'à leur différence d'âge. Ils avaient vécu et travaillé ensemble, sous le même toit, pendant plus de trois ans, avant de s'enhardir à traverser la frontière invisible qui les séparait. Il avait fallu qu'Eliza se lance sur les chemins en parcourant des centaines de kilomètres, dans un périple interminable à la poursuite d'un amant hypothétique qui lui échappait comme une ombre, qu'en chemin elle abandonne par bribes son passé et son innocence, et qu'elle affronte ses obsessions devant la tête décapitée, qui macérait dans le gin, du légendaire bandit Joaquín Murieta, pour comprendre que son destin était de vivre à côté de Tao Chi'en. Le *zhong yi*, en revanche, le savait depuis longtemps et il l'avait attendue avec la muette ténacité d'un amour véritable.

La nuit où Eliza s'était enhardie, finalement, à parcourir les huit mètres de couloir qui séparaient sa chambre de celle de Tao Chi'en, leurs vies avaient changé du tout au tout, comme si un coup de hache avait tranché les racines du passé. A partir de cette nuit ardente, il n'y avait eu ni la possibilité ni la tentation de faire marche arrière, il restait le défi de se créer un espace dans un monde qui ne tolérait pas le mélange entre les races. Eliza était arrivée pieds nus, en chemise de nuit, tâtonnant dans l'ombre, elle avait poussé la porte de Tao Chi'en, certaine de ne pas la trouver fermée à clef, car elle devinait qu'il la désirait autant qu'elle le désirait, mais cette certitude ne l'empêchait pas d'être effrayée par l'irréparable finalité de sa décision. Elle avait beaucoup hésité avant de franchir ce pas parce que le *zhong yi* était son protecteur, son père, son frère, son meilleur ami, sa seule famille sur cette terre étrangère. Elle craignait de tout perdre en devenant sa maîtresse, mais elle était sur le seuil de la porte et le désir de le toucher fut plus fort que les arguties de la raison. Elle entra dans la chambre et à la lueur d'une bougie, qui se trouvait sur la table, elle le vit assis sur le lit les jambes croisées, vêtu d'une tunique et d'un pantalon de coton blanc. Il l'attendait. Eliza refusa de se demander combien de nuits il avait passées à l'attendre ainsi, attentif au bruit de ses pas dans le couloir, car elle était étourdie de sa propre audace, tremblante de timidité et d'anxiété. Tao Chi'en ne lui laissa pas le temps de faire marche arrière. Il vint à sa rencontre et lui ouvrit ses bras. Elle avança à tâtons jusqu'à buter contre sa poitrine, où, accrochée à deux mains à sa tunique parce qu'elle sentait ses genoux fléchir, elle enfouit sa tête en respirant l'odeur tellement familière de cet homme, une odeur d'eau de mer, tandis qu'un fleuve d'explications sortait malgré elle de ses lèvres et se mélangeait aux paroles d'amour qu'il murmurait en chinois. Eliza sentit ses bras qui la soulevaient du sol et la déposaient délicatement sur le lit, elle sentit l'haleine tiède sur son cou et les mains qui l'entouraient, et fut alors saisie d'une angoisse irrépressible qui la fit frissonner, prise de regrets et de peur.

Depuis la mort de sa femme à Hong Kong, Tao Chi'en avait trouvé de rares consolations lors de courtes étreintes avec des femmes qu'il payait. Il n'avait pas fait l'amour en aimant vraiment depuis six ans, mais avait refusé de se laisser gagner par l'empressement. Il avait si souvent parcouru le corps d'Eliza en pensée, et il la connaissait si bien, que ce fut pour lui comme évoluer dans de douces profondeurs et de petites collines avec une carte. De son côté, elle croyait avoir connu l'amour dans les bras de son premier amant, mais l'intimité auprès de Tao Chi'en avait mis en évidence l'ampleur de son ignorance. La passion qui la rongeait à seize ans, pour laquelle elle avait traversé la moitié de la planète et risqué plusieurs fois sa vie, avait été un mirage qui lui semblait à présent absurde. Elle était tombée amoureuse de l'amour, se satisfaisant des miettes que lui donnait un homme qui pensait plus à s'en aller qu'à rester à son côté. Elle l'avait cherché pendant quatre ans, convaincue que le jeune idéaliste qu'elle avait connu au Chili s'était transformé, en Californie, en un bandit fantastique appelé Joaquín Murieta. Pendant tout ce temps, Tao Chi'en l'avait attendue avec son calme proverbial, sûr que tôt ou tard elle franchirait le seuil qui les séparait. C'est lui qui l'avait accompagnée lorsque la tête de Joaquín Murieta avait été exposée pour satisfaire les Américains et faire la leçon aux Latino-Américains. Il pensait qu'Eliza ne supporterait pas la vue de ce trophée repoussant, mais elle s'était plantée devant le flacon dans lequel reposait le supposé criminel et l'avait regardé sans se troubler, comme s'il s'agissait d'un chou-fleur en marinade, jusqu'à ce qu'elle se fût assurée que ce n'était pas l'homme qu'elle avait poursuivi depuis toutes ces années. En réalité, son identité importait peu, car dans son long périple à la poursuite d'un amour impossible, Eliza avait acquis une chose aussi précieuse que l'amour : la liberté. « Je suis enfin libre », s'était-elle contentée de dire en voyant la tête. Tao Chi'en comprit qu'elle avait fini par se débarrasser de son ancien amant, que cela lui était égal de savoir s'il était vivant ou s'il était mort en cherchant de l'or sur les flancs de la Sierra Nevada. Elle ne le rechercherait plus, et s'il surgissait à l'improviste, elle pourrait le voir sous son véritable jour. Tao Chi'en lui avait pris la main et ils étaient sortis de la sinistre exposition. Dehors ils avaient respiré l'air frais et s'étaient mis à marcher l'âme en paix, prêts à commencer une nouvelle étape de leurs vies.

L'expérience qu'avait eue Eliza la nuit où elle était entrée dans la chambre de Tao Chi'en fut très différente des étreintes clandestines et furtives avec son premier amant au Chili. Cette nuit-là, elle avait découvert quelques-unes des innombrables possibilités du plaisir et s'était initiée à la profondeur d'un amour qui serait le seul et unique pour le restant de ses jours. Très calmement Tao Chi'en l'avait dépouillée de ses peurs accumulées et de ses souvenirs inutiles. Il l'avait longuement caressée jusqu'à ce qu'elle cesse de trembler, ouvre les yeux, et se relâche sous ses doigts savants ; il l'avait alors sentie onduler, s'épanouir, s'illuminer. Il l'avait entendue qui gémissait, l'appelait, le suppliait ; il l'avait vue exténuée et humide, prête à se donner et à le recevoir pleinement. Bientôt ils n'avaient plus su où ils se trouvaient, qui ils étaient, où lui terminait et où elle commençait. Tao Chi'en l'avait entraînée au-delà de l'orgasme, dans une dimension mystérieuse où l'amour et la mort sont identiques. Ils avaient senti que leurs esprits s'ouvraient, que leurs désirs et leurs mémoires disparaissaient, qu'ils s'abandonnaient à une seule et immense clarté. Ils s'étaient étreints dans cet extraordinaire espace en se reconnaissant, parce qu'ils avaient peut-être vécu cela dans des vies antérieures et le vivraient bien d'autres fois dans des vies futures, comme l'avait suggéré Tao Chi'en. Ils étaient des amants éternels, leur karma était de se chercher et se trouver encore et encore, avait-il dit avec émotion. Eliza avait répliqué en riant qu'il s'agissait d'une chose beaucoup moins solennelle que le karma, une simple envie de forniquer, et qu'à dire vrai, il y avait des années qu'elle mourait d'envie de le faire avec lui et elle espérait que l'ardeur de Tao ne faiblirait jamais, car ce serait sa priorité dans la vie. Ils avaient folâtré cette nuit-là et une bonne partie de la journée suivante, jusqu'à ce que la faim et la soif les fassent quitter la chambre en zigzaguant, ivres et heureux, sans se lâcher les mains par peur de se réveiller tout à coup et de découvrir qu'ils s'étaient égarés dans une hallucination.

La passion qui les unissait depuis cette nuit et qu'ils alimentaient avec un soin extraordinaire, les soutint et les protégea dans les moments difficiles, inévitables. Avec le temps, cette passion s'accommoda lentement à la tendresse et aux rires, ils cessèrent d'explorer les deux cent vingt-deux positions de l'amour, car avec trois ou quatre ils en avaient suffisamment et ils ne ressentaient plus le besoin de se surprendre mutuellement. Plus ils se connaissaient, plus ils avaient de l'affection l'un pour l'autre. Depuis cette première nuit d'amour ils prirent l'habitude de s'endormir en un nœud serré, respirant le même air et rêvant les mêmes rêves. Mais leurs vies n'étaient pas simples, ils avaient vécu ensemble pendant presque trente ans dans un monde où il n'y avait pas place pour un couple comme le leur. Au fil des ans, cette petite femme blanche et ce grand Chinois devinrent une image familière de Chinatown, même s'ils ne furent jamais totalement acceptés. Ils apprirent à ne pas se toucher en public, à s'asseoir séparément au théâtre et à marcher dans la rue à quelques pas de distance. Dans certains restaurants et hôtels, ils ne pouvaient entrer ensemble et quand ils allèrent en Angleterre, elle pour rendre visite à sa mère adoptive Rose Sommers, et lui pour donner une conférence sur l'acupuncture à la clinique Hobbs, ils ne purent ni voyager en première classe, ni partager la même cabine, mais la nuit elle se glissait hors de son lit pour aller dormir avec lui. Ils se marièrent discrètement selon le rite bouddhiste, mais leur union n'avait aucune valeur légale. Lucky et Lynn étaient enregistrés comme enfants illégitimes reconnus par le père. Tao Chi'en était parvenu à obtenir la citoyenneté américaine après d'interminables démarches et maints pots-de-vin ; il était l'un des rares à avoir réussi à contourner l'Acte d'exclusion des Chinois, une des nombreuses lois discriminatoires de la Californie. Son admiration et sa loyauté pour sa patrie adoptive étaient inconditionnelles, comme il l'avait démontré lors de la Guerre Civile, en traversant le continent pour se présenter volontairement sur le front, afin d'assister les médecins yankees pendant les quatre années que dura le conflit, mais il se sentait toujours étranger et son souhait, même si toute sa vie devait se dérouler en Amérique, était que son corps fût enterré à Hong Kong.

Eliza Sommers, Tao Chi'en et leurs enfants vivaient dans une maison spacieuse et confortable, plus solide que toutes les autres constructions de Chinatown. Autour d'eux on parlait principalement le cantonais et de la nourriture jusqu'aux journaux, tout était chinois. A quelques rues de là se trouvait la Misión, le quartier latino-américain, où Eliza Sommers aimait se promener pour le plaisir de parler espagnol, mais sa journée se déroulait dans un environnement américain, aux abords de la Place de l'Union où se trouvait son élégant salon de thé. Avec ses pâtisseries elle avait, depuis le début, fait vivre toute la famille, car une bonne partie des revenus de Tao Chi'en aboutissait entre des mains étrangères : ce qui ne partait pas en aides pour les travailleurs chinois acculés par la maladie ou le malheur, servait à financer le rachat de filles esclaves. Sauver ces enfants d'une vie ignominieuse était devenu la mission sacrée de Tao Chi'en, Eliza Sommers l'avait tout de suite compris et accepté, c'était une des nombreuses raisons pour lesquelles elle l'aimait. Elle avait monté son affaire de gâteaux pour ne pas l'embêter avec des histoires d'argent, et pour donner à ses enfants la meilleure éducation possible. Elle souhaitait les voir s'intégrer totalement à la société américaine et vivre sans les restrictions imposées aux Chinois et aux Hispano-Américains. Elle y était parvenue avec Lynn, mais avec Lucky ses plans avaient échoué parce que le garçon, fier de ses origines, n'avait pas l'intention de quitter Chinatown.

Lynn adorait son père – comment ne pas aimer cet homme doux et généreux? –, mais elle avait honte de sa race. Elle s'était rendu compte très jeune que le seul endroit où les Chinois pouvaient vivre c'était dans leur quartier, partout ailleurs on les détestait. Le sport favori des jeunes Blancs était de jeter des pierres sur les *célestes*, ou de couper leur tresse après les avoir roués de coups. Comme sa mère, Lynn vivait avec un pied en Chine et l'autre aux Etats-Unis. Toutes deux ne parlaient qu'anglais et elles se coiffaient et s'habillaient à la mode américaine, mais à la maison elles portaient des tuniques et des pantalons en soie. Lynn n'avait pas grand-chose de son père, à part les longs membres et les yeux en amande, et encore moins de sa mère ; nul ne savait d'où elle tirait cette beauté rare. Elle n'avait pas la permission de jouer dans la rue, comme son frère Lucky : à Chinatown, les femmes et les filles de familles aisées vivaient totalement recluses. Les rares fois où elle se déplaçait dans le quartier, c'était accrochée à la main de son père et les yeux rivés au sol, pour ne pas provoquer la foule presque entièrement masculine. Tous deux attiraient l'attention, elle pour sa beauté et lui parce qu'il s'habillait comme un Yankee. Tao Chi'en avait renoncé depuis de nombreuses années à la tresse traditionnelle, il avait les cheveux courts, gominés et coiffés en arrière, il portait un costume noir impeccable, une chemise à col dur et un chapeau haut de forme. Hors de Chinatown, cependant, Lynn se déplaçait tout à fait librement, comme n'importe quelle jeune fille blanche. Elle avait été éduquée dans une école presbytérienne, où elle avait appris les rudiments du christianisme qui, ajoutés aux pratiques bouddhistes de son père, finirent par la convaincre que le Christ était la réincarnation de Bouddha. Elle allait toute seule faire les courses, prendre ses leçons de piano et rendre visite à ses amies du collège, et l'après-midi elle s'installait dans le salon de thé de sa mère pour faire ses devoirs et relire les romans à l'eau de rose qu'elle achetait pour dix sous, ou que lui envoyait sa grand-tante Rose de Londres. Les tentatives d'Eliza Sommers pour l'intéresser à la cuisine ou à toute autre activité d'intérieur furent inutiles : sa fille ne semblait pas faite pour les travaux domestiques.

En grandissant, Lynn conserva son visage d'ange venu d'ailleurs et son corps se sculpta de courbes troublantes. Pendant des années des photographies d'elle avaient circulé, sans conséquences majeures, mais tout changea lorsque, à quinze ans, apparurent ses formes définitives et qu'elle prit conscience de l'attraction dévastatrice qu'elle exerçait sur les hommes. Sa mère, atterrée par les conséquences de ce terrible pouvoir, tenta de contrôler la puissance de séduction de sa fille, lui inculquant des principes de modestie et lui apprenant à marcher comme un soldat, sans remuer les épaules et les hanches ; mais en pure perte : les hommes de tous les âges, toutes les races et conditions se retournaient pour l'admirer. Comprenant les avantages de sa beauté, Lynn cessa de la maudire, comme elle l'avait fait durant son enfance, et décida qu'elle servirait de modèle aux artistes, pour une brève période, jusqu'à l'arrivée du prince charmant sur son cheval ailé qui l'emmènerait vers la félicité matrimoniale. Ses parents avaient toléré pendant son enfance les photographies de fées et de balançoires, comme un caprice innocent, mais ils estimaient que c'était un risque immense qu'elle exhibe son corps de femme devant les appareils des photographes. « Poser n'est pas un travail décent, c'est de la perdition pure et simple », lâcha Eliza Sommers avec tristesse, comprenant qu'elle ne parviendrait pas à détourner sa fille de ses fantaisies, ni à la protéger du piège qu'était sa beauté. Elle fit part de ses inquiétudes à Tao Chi'en, dans l'un de ces moments parfaits où ils étaient allongés côte à côte après avoir fait l'amour, et en réponse il lui expliqua que chacun avait son karma, qu'il était impossible de diriger la vie des autres ; on pouvait seulement corriger, parfois, le tracé de la sienne propre. Il n'était pas question pour Eliza de permettre que le malheur la prît au dépourvu. Elle avait toujours accompagné Lynn lorsque cette dernière posait pour les photographes, afin de veiller à la décence – pas de jambes nues sous des prétextes artistiques –, et maintenant que la petite avait dix-neuf ans, elle était prête à redoubler de zèle.

— Il y a un peintre qui court après Lynn. Il veut la faire poser pour un tableau représentant Salomé, annonça-t-elle un jour à son mari.

— Qui ça? demanda Tao Chi'en en levant à peine les yeux de l'*Encyclopédie de médecine*.

— Salomé, la femme aux sept voiles, Tao. Lis la Bible.

— Si c'est dans la Bible ça doit être correct, je suppose, murmura-t-il distrait.

— Tu sais comment était la mode à l'époque de saint Jean-Baptiste ? Si je n'y mets pas bon ordre, on verra ta fille avec les seins à l'air !

— Dans ce cas, mets-y bon ordre, dit Tao tout sourire en enlaçant son épouse par la taille et en la faisant asseoir sur le gros livre qu'il avait sur les genoux, la priant de ne pas se laisser emporter par une imagination débordante.

— Ah, Tao ! Qu'allons-nous faire avec Lynn ?

— Rien, Eliza, elle se mariera et nous donnera des petits-fils.

— C'est encore une enfant !

— En Chine elle serait déjà trop âgée pour avoir un fiancé.

— Nous sommes en Amérique et elle n'épousera pas un Chinois, dit-elle avec détermination.

— Pourquoi ? Tu n'aimes pas les Chinois ? se moqua le *zhong yi*.

— Il n'y a pas deux hommes comme toi, tu es unique au monde, Tao, mais je crois que Lynn épousera un Blanc.

— Les Américains ne savent pas faire l'amour, d'après ce que l'on m'a dit.

— Tu pourrais leur apprendre, dit en rougissant Eliza, le nez dans le cou de son mari.

Lynn posa pour le tableau de Salomé avec un collant en soie couleur chair sous les voiles, soumise au regard infatigable de sa mère. Mais Eliza Sommers ne put s'imposer avec la même fermeté quand on offrit à sa fille l'immense honneur de servir de modèle pour la statue de la République, qui devait s'élever au centre de la Place de l'Union. La campagne pour la récolte des fonds avait duré des mois, les gens contribuaient comme ils pouvaient, les écoliers avec quelques cents, les veuves avec quelques dollars et les magnats comme Feliciano Rodríguez de Santa Cruz avec des chèques conséquents. Les journaux publiaient tous les jours la somme atteinte la veille, jusqu'au jour où il y eut suffisamment d'argent pour commander le monument à un célèbre sculpteur que l'on fit venir spécialement de Philadelphie pour cet ambitieux projet. Les familles les plus distinguées de la ville rivalisaient de fêtes et de bals pour donner à l'artiste l'occasion de choisir leurs filles. On savait que le modèle de la République serait le symbole de San Francisco et toutes les demoiselles aspiraient à une telle distinction. Le sculpteur, un homme moderne aux idées avancées, chercha la jeune fille idéale pendant des semaines, mais aucune ne fut à son goût. Pour représenter la vigoureuse nation américaine, faite de courageux immigrants venus des quatre coins du monde, il désirait une personne aux races mélangées, annonça-t-il. Les parrains du projet et les autorités de la ville furent effrayés. Les Blancs ne pouvaient concevoir que quelqu'un d'une autre couleur fût complètement humain, et personne ne voulut entendre parler d'une mulâtresse présidant la ville, juchée sur l'obélisque de la Place de l'Union, comme le voulait cet homme. La Californie se trouvait à l'avant-garde en matière d'art, disaient les journaux, mais cette histoire de mulâtresse allait trop loin. Le sculpteur était sur le point de céder à la pression et d'opter pour une descendante de Danois quand, entrant par hasard dans la pâtisserie d'Eliza Sommers pour se consoler avec un éclair au chocolat, il découvrit Lynn. C'était la femme qu'il avait si longtemps cherchée pour sa statue : grande, bien proportionnée, d'une ossature parfaite, elle avait non seulement la dignité d'une

76

impératrice et un visage aux traits classiques, mais aussi la touche exotique qu'il souhaitait. Il y avait chez elle plus qu'une harmonie, quelque chose de singulier, un mélange d'Orient et d'Occident, de sensualité et d'innocence, de force et de délicatesse qui le séduisit totalement. Lorsqu'il eut informé la mère qu'il avait choisi sa fille pour modèle, convaincu qu'il faisait un très grand honneur à cette modeste famille de pâtissiers, il rencontra une ferme résistance. Eliza Sommers était fatiguée de perdre son temps à surveiller Lynn dans les studios des photographes, dont l'unique travail consistait à appuyer sur un bouton. L'idée de faire la même chose devant ce petit homme qui avait imaginé une statue en bronze de plusieurs mètres de hauteur l'accablait. Mais Lynn était si fière d'incarner la République que sa mère n'eut pas le courage de refuser. Le sculpteur eut du mal à convaincre la mère qu'une courte tunique était la tenue appropriée pour la circonstance, Eliza ne voyant pas la relation qui pouvait exister entre la république américaine et les vêtements portés par les Grecs. Finalement, ils tombèrent d'accord, Lynn poserait avec les jambes et les bras nus, mais les seins couverts.

Lynn ne vivait pas, comme sa mère, dans l'obsession de sa vertu, perdue qu'elle était dans son monde de fantaisies romantiques. Hormis son physique époustouflant, rien ne la distinguait des autres jeunes filles, et comme tant d'autres elle recopiait des vers sur un cahier aux pages roses et collectionnait des miniatures en porcelaine. Sa langueur n'était pas de l'élégance, mais de la paresse, et sa mélancolie n'était pas de l'ordre du mystère, mais du vide. « Fichez-lui la paix, tant que je vivrai, Lynn ne manquera de rien », avait promis Lucky à plusieurs reprises, car c'était le seul à s'être rendu compte que sa sœur était vraiment bête.

Lucky, qui avait quelques années de plus que Lynn, était un vrai Chinois. Sauf les rares fois où il devait effectuer une démarche officielle ou se faire prendre en photo, il portait une tunique, des pantalons bouffants, une ceinture autour de la taille et des espadrilles à talon de bois, mais toujours avec un chapeau de cow-boy. Il n'avait pas l'allure distinguée de son père, la délicatesse de sa mère ou la beauté de sa sœur ; il était petit, court sur pattes, la tête carrée et la peau verdâtre, mais il séduisait par son irrésistible sourire et son optimisme contagieux, qui lui venait de la certitude d'être marqué par un sort favorable. Rien de mauvais ne pouvait lui arriver, pensait-il, le bonheur et la chance lui étaient garantis par sa naissance. Il avait découvert ce don à l'âge de neuf ans, en jouant au *fan tan* dans la rue avec d'autres garçons. Ce jour-là, il était revenu chez lui en annonçant que dorénavant il s'appellerait Lucky – au lieu d'Ebanizer –, et il ne répondit plus quand on l'appelait par un autre prénom. La chance le suivait partout, il gagnait à tous les jeux de hasard possibles et imaginables et, bien que remuant et audacieux, jamais il n'eut maille à partir avec les *tongs* ou avec les autorités blanches. Même les policiers irlandais succombaient à son charme et tandis que ses compagnons recevaient des coups, lui se tirait des mauvaises passes avec une blague ou un des nombreux tours de magie qu'il pouvait réaliser avec ses prodigieuses mains de jongleur. Tao Chi'en ne se résignait pas à la légèreté d'esprit de son unique fils et maudissait cette bonne étoile qui lui permettait de ne pas fournir les efforts auxquels tout pauvre mortel était assujetti. Ce n'est pas du bonheur qu'il souhaitait pour lui, mais de la transcendance. Il était angoissé de le voir passer sur cette terre comme un oiseau guilleret, attitude préjudiciable à son karma. Pour lui, l'âme se dirigeait vers le ciel à travers la compassion et la souffrance, en évitant les obstacles avec noblesse et générosité, mais si le chemin de Lucky était toujours facile, comment allait-il se surpasser ? Il craignait que dans une autre vie il ne se réincarnât en bestiole. Tao Chi'en aurait voulu que son aîné, dont le devoir était de veiller sur ses vieux jours et d'honorer sa mémoire après sa mort, continuât la noble tradition familiale de guérir autrui, il rêvait même de le voir devenir le premier médecin sino-américain muni d'un diplôme, mais Lucky avait horreur des potions malodorantes et des aiguilles d'acupuncture, rien ne lui répugnait tant que les maladies des autres et il ne comprenait pas que son père prît du plaisir à soigner une vessie enflammée ou un visage envahi de pustules. Jusqu'à l'âge de seize ans, où il prit la poudre d'escampette, il dut assister Tao Chi'en dans la salle de consultation, où ce dernier lui assenait le nom des remèdes et leurs applications, et essayait de lui enseigner l'art de prendre les différents pouls, d'équilibrer l'énergie et d'identifier les humeurs, subtilités qui lui rentraient par une oreille et lui ressortaient par l'autre, mais du moins ne traumatisaient-elles pas le garçon comme les textes scientifiques de médecine occidentale que son père étudiait avec grande attention. Les illustrations de corps sans peau, avec les muscles, les veines et les os apparents, ainsi que les opérations chirurgicales décrites dans leurs plus cruels détails, l'horrifiaient. Il avait toujours un bon prétexte pour fuir le cabinet, mais il était disponible chaque fois qu'il fallait cacher une des misérables *sing song girls* que son père ramenait à la maison. Cette activité secrète et dangereuse était faite à sa mesure. Nul n'était meilleur que lui pour emmener les petites exténuées dans le dos des *tongs*, nul n'était plus habile pour les faire sortir du quartier dès qu'elles avaient récupéré quelque force, nul plus ingénieux pour les faire disparaître à jamais aux quatre vents de la liberté. Il ne faisait pas cela par compassion, comme Tao Chi'en, mais par exaltation, à l'idée de s'exposer aux risques et de mettre sa chance à l'épreuve.

Avant d'avoir atteint ses dix-neuf ans, Lynn Sommers avait déjà éconduit plusieurs prétendants. Habituée aux hommages masculins, elle les accueillait avec un dédain de reine, car aucun de ses admirateurs ne coïncidait avec son image du prince charmant, aucun ne disait les phrases écrites par sa tante Rose Sommers dans ses romans, elle les trouvait tous ordinaires, indignes d'elle. Elle crut avoir trouvé le destin sublime auquel elle avait droit en faisant la connaissance du seul homme qui ne la regarda pas deux fois, Matías Rodríguez de Santa Cruz. Elle l'avait vu de loin à plusieurs occasions, dans la rue ou dans la voiture auprès de Paulina del Valle, mais ils n'avaient jamais échangé un mot. Il était assez âgé et évoluait dans un milieu auquel Lynn n'avait pas accès, et si ce n'avait été pour la statue de la République, ils ne se seraient jamais rencontrés.

Sous prétexte de surveiller le coûteux projet, les hommes politiques et les magnats qui avaient contribué à financer la statue se donnaient rendez-vous dans l'atelier du sculpteur. L'artiste aimait la gloire et la belle vie. Tout en travaillant, apparemment absorbé par la construction du moule dans lequel on coulerait le bronze, il profitait de la bonne compagnie masculine, ainsi que des bouteilles de champagne, des huîtres fraîches et des bons cigares qu'apportaient les visiteurs. Sur une estrade, éclairée par une lucarne du plafond, d'où filtrait une lumière naturelle, Lynn Sommers était en équilibre sur la pointe des pieds, les bras en l'air, dans une position impossible à conserver au-delà de quelques minutes, avec une couronne de laurier dans une main et un parchemin de la Constitution américaine dans l'autre, vêtue d'une légère tunique plissée qui, retenue sur une épaule, lui tombait jusqu'aux chevilles, révélant son corps autant qu'il le couvrait. San Francisco était un bon marché pour le nu féminin. Dans tous les bars on voyait des tableaux de splendides odalisques, des photographies de courtisanes avec le derrière à l'air et des fresques en plâtre représentant des nymphes poursuivies par d'infatigables satyres, et un modèle totalement nu aurait provoqué moins de curiosité que cette jeune fille qui refusait d'enlever ses vêtements et qui ne quittait pas le regard vigilant de sa mère. Toute vêtue de noir, Eliza Sommers était assise bien droite sur une chaise contre l'estrade où posait sa fille, et elle la surveillait tout en refusant les huîtres et le champagne avec quoi ils essayaient de distraire son attention. C'était la luxure qui attirait ces petits vieux, pas l'amour de l'art, cela était clair comme de l'eau de roche. Elle n'avait pas le pouvoir d'empêcher leur présence, mais elle pouvait au moins s'assurer que sa fille n'accepterait aucune invitation, et si possible, ne rirait pas de leurs blagues et ne répondrait pas à leurs questions déplacées. « Il n'y a rien de gratis ici-bas. Pour ces bagatelles tu paieras un prix très élevé », l'avertissait-elle quand la petite se renfrognait, contrainte de refuser un cadeau. Poser pour la statue fut une épreuve interminable et ennuyeuse, qui laissait Lynn avec des crampes aux jambes et tout engourdie. C'étaient les premiers jours de janvier et les poêles, dans les angles, ne parvenaient pas à tempérer cet espace haut de plafond, traversé par des courants d'air. Le sculpteur travaillait en manteau et avec une lenteur déconcertante, dé-

81

faisant aujourd'hui ce qu'il avait fait la veille, comme s'il n'avait pas une idée bien définie, malgré les centaines d'esquisses de la République collées aux murs.

Un certain mardi funeste, Feliciano Rodríguez de Santa Cruz apparut avec son fils Matías. Il avait eu vent de la nouvelle concernant l'exotique modèle et voulait la connaître avant que le monument ne fût élevé sur la place, que son nom n'apparût dans le journal et que la fille ne devînt une proie inaccessible, dans le cas hypothétique où le monument serait inauguré. A l'allure où avançait le travail, il se pouvait très bien qu'avant de couler le bronze les opposants au projet gagnent la bataille et que tout s'en aille à vau-l'eau. Il y avait beaucoup de gens opposés à l'idée d'une République qui ne fût pas anglo-saxonne. Les odeurs de la conquête faisaient encore vibrer le vieux cœur de voyou de Feliciano, c'était la raison de sa présence en ces lieux. Il avait soixante ans passés, mais le fait que le modèle n'en eût pas encore vingt ne lui semblait pas un obstacle insurmontable, convaincu qu'il était que tout pouvait s'obtenir avec de l'argent. Il lui suffit d'un coup d'œil pour évaluer la situation : Lynn sur l'estrade, si jeune et vulnérable, grelottant sous sa tunique indécente, et l'atelier rempli de mâles prêts à la dévorer. Mais s'il refréna son impulsion première de la séduire, ce ne fut pas par compassion pour la jeune fille ou par crainte d'une concurrence entre anthropophages, mais à cause d'Eliza Sommers. Il ne l'avait vue qu'à de rares occasions, mais il la reconnut aussitôt. Il ne pouvait pas savoir que le modèle qui avait suscité tant de commentaires était la fille d'une amie de sa femme.

Lynn Sommers ne s'aperçut de la présence de Matías qu'une demi-heure plus tard, quand le sculpteur mit fin à la séance et qu'elle put se débarrasser de sa couronne de laurier et du parchemin, et descendre de l'estrade. Sa mère lui jeta une couverture sur les épaules et lui tendit une tasse de chocolat, puis elle l'entraîna derrière le paravent où elle devait se rhabiller. Matías se trouvait près de la fenêtre, observant la rue d'un air rêveur, il était le seul à ce moment-là à ne pas avoir les yeux fixés sur elle. Lynn nota sur-le-champ la beauté virile, la jeunesse et la noblesse de cet homme, ses vêtements de qualité, son port altier, la mèche de cheveux châtains lui tombant en un désordre soigné sur le front, les mains parfaites avec des anneaux en or aux petits doigts. Tout étonnée de se voir ainsi ignorée, elle feignit de trébucher pour attirer son attention. Plusieurs mains s'empressèrent de venir à son secours, sauf celles du dandy rivé à la fenêtre, qui la regarda à peine, totalement indifférent, comme si elle faisait partie des meubles. Alors Lynn, l'imagination en ébullition, décida, sans aucune raison valable, que cet homme était le prince annoncé pendant des années dans les romans d'amour : elle avait finalement trouvé son destin. En s'habillant derrière le paravent ses mamelons étaient devenus durs comme des cailloux.

L'indifférence de Matías n'était pas feinte, en fait il n'avait pas remarqué la jeune fille. Il se trouvait là pour des raisons qui n'avaient rien à voir avec la concupiscence : il devait parler argent avec son père et n'avait pas trouvé de meilleure occasion pour le faire. Pris à la gorge, il avait besoin immédiatement d'un chèque pour couvrir ses dettes de jeu contractées dans un tripot de Chinatown. Son père l'avait averti qu'il n'allait pas continuer à financer ce genre de passe-temps et, s'il ne s'était agi d'une affaire de vie ou de mort, comme ses créanciers le lui avaient clairement fait savoir, Matías se serait débrouillé pour soutirer petit à petit l'argent dont il avait besoin à sa mère. Cette fois, les *célestes* n'avaient pas l'intention d'attendre et Matías se dit, à juste titre, que la visite chez le sculpteur mettrait son père de bonne humeur et qu'il lui serait facile d'obtenir ce qu'il attendait de lui. Ce n'est que quelques jours plus tard, lors d'une fête avec ses compagnons de bohème, qu'il apprit s'être trouvé en présence de Lynn Sommers, la jeune fille la plus convoitée du moment. Il dut faire un effort pour s'en souvenir et il se demanda même s'il serait capable de la reconnaître dans la rue. Lorsque surgirent les paris pour savoir qui serait le premier à la séduire, il s'inscrivit par inertie et ensuite, avec son habituelle insolence, il annonça qu'il ferait cela en trois étapes. La première, dit-il, serait de l'attirer dans sa garçonnière, seule, pour la présenter à ses bons amis ; la deuxième serait de la convaincre de poser nue devant eux ; et la troisième de lui faire l'amour, tout cela dans un délai d'un mois. Quand il invita son cousin Severo del Valle à faire la connaissance de la fille la plus jolie de San Francisco un mercredi après-midi, il en était à la première étape de son pari. Faire un signe discret à Lynn par la fenêtre du salon de thé de sa mère, l'attendre au coin de la rue lorsqu'elle sortirait sous un prétexte quelconque, marcher avec elle quelques centaines de mètres, lui dire deux ou trois galanteries, qui auraient provoqué l'hilarité d'une femme plus expérimentée, et lui donner rendez-vous dans son atelier en lui demandant de venir seule, rien de tout cela n'avait présenté de difficulté. Il se sentit frustré parce qu'il pensait que le défi serait plus intéressant. Avant le mercredi du rendez-vous, il n'eut même pas besoin de faire des efforts excessifs pour la séduire, il lui avait suffi de quelques regards langoureux, d'un frôlement de lèvres sur sa joue, d'un jeu de souffles et de phrases archiconvenues murmurées à son oreille pour désarmer la petite qui tremblait devant lui, prête à l'amour. Pour Matías, ce désir typiquement féminin de se donner et de souffrir lui semblait pathétique, c'était justement ce qu'il détestait chez les femmes. C'était la raison pour laquelle il s'entendait si bien avec Amanda Lowell, qui avait comme lui un souverain mépris pour les sentiments et un grand respect pour le plaisir. Lynn, hypnotisée comme une souris devant un cobra, avait enfin un destinataire pour l'art fleuri de sa correspondance amoureuse, avec ses estampes de demoiselles fanées et de beaux jeunes hommes gominés. Elle ne soupçonnait pas que Matías exhibait ses missives romantiques devant ses bons amis. Lorsqu'il voulut les montrer à Severo del Valle, ce dernier refusa. Il ignorait encore qu'elles étaient envoyées par Lynn Sommers, mais l'idée de se moquer de l'amour d'une jeune fille naïve lui répugnait. «Je constate que tu restes un gentleman, cousin, mais ne t'inquiète pas, cela se soigne aussi facilement que la virginité», dit Matías.

Ce mercredi mémorable, répondant à l'invitation de son cousin, qui voulait lui faire connaître la femme la plus jolie de San Francisco, comme il le lui avait annoncé, Severo del Valle constata qu'il n'était pas le seul à avoir été convoqué pour l'événement. Il y avait au moins une demi-douzaine de ses compagnons de bohème qui buvaient et fumaient dans la garçonnière, et cette femme aux cheveux roux qu'il avait aperçue l'espace de quelques secondes deux ans auparavant, lorsqu'il était allé avec Williams récupérer Matías dans une fumerie d'opium. Il savait qui elle était, son cousin lui en avait parlé, et son nom circulait dans le milieu des spectacles frivoles et de la vie nocturne. C'était Amanda Lowell, grande amie de Matías. Ils aimaient se moquer du scandale qu'elle avait provoqué à l'époque où elle était la maîtresse de

Feliciano Rodríguez de Santa Cruz. Matías avait promis de lui offrir, à la mort de ses parents, le lit de Neptune que Paulina del Valle avait fait venir de Florence par dépit. Sa vie de courtisane était derrière elle, car avec l'âge la Lowell avait découvert que la plupart des hommes étaient arrogants et ennuyeux, mais avec Matías elle sentait une profonde affinité, malgré les différences fondamentales entre leurs deux personnalités. Ce mercredi-là, elle resta en retrait, allongée sur un sofa, buvant du champagne, consciente que pour une fois elle n'était pas le centre d'attention. Elle avait été invitée pour que Lynn Sommers ne se retrouvât pas seule parmi des hommes lors de ce premier rendez-vous car, intimidée, elle pouvait faire marche arrière.

On frappa à la porte et le célèbre modèle de la République fit son apparition, enveloppée dans une cape de grosse laine, une capuche lui couvrant la tête. En enlevant sa cape ils purent voir son visage virginal couronné de cheveux noirs, partagés au milieu et coiffés en arrière en un chignon tout simple. Severo del Valle sentit son cœur bondir, le sang lui monter à la tête et résonner sur ses tempes comme un tambour de régiment. Il n'aurait jamais imaginé que la victime du pari de son cousin pût être Lynn Sommers. Il fut incapable de prononcer un mot, pas même de la saluer comme faisaient les autres. Il recula dans un coin et resta cloué là pendant toute l'heure que dura la visite de la jeune fille, le regard fixé sur elle, paralysé par l'angoisse. Il ne se faisait aucune illusion sur l'issue du pari organisé par ce groupe d'hommes. Il vit Lynn Sommers comme un agneau sur la pierre sacrificielle, inconsciente du sort qui l'attendait. Un relent de haine envers Matías et ses acolytes lui parcourut le corps, mélangé à une rage sourde contre Lynn. Il ne comprenait pas comment la jeune fille ne se rendait pas compte de ce qui se tramait, comment elle ne voyait pas le piège de ces phrases à double sens, de son verre de champagne qu'on remplissait en permanence, de la parfaite rose rouge que Matías lui mettait dans les cheveux, tout tellement prévisible et vulgaire que cela donnait la nausée. « Elle doit être complètement idiote », pensa-t-il dégoûté, aussi bien par elle que par les autres, mais vaincu par un amour inéluctable qui avait attendu depuis des années le moment de germer et qui éclatait maintenant, à l'en étourdir.

— Tu te sens mal, cousin ? demanda Matías d'un air moqueur, lui tendant un verre.

Il ne put répondre et dut tourner la tête pour dissimuler ses envies de meurtre, mais l'autre avait deviné ses sentiments et décida de pousser la plaisanterie plus loin. Quand Lynn Sommers annonça qu'elle devait partir, après avoir promis de revenir la semaine suivante pour poser devant les appareils de ces « artistes », Matías pria son cousin de la raccompagner. C'est ainsi que Severo del Valle se retrouva seul à seul avec la femme qui avait réussi à maintenir à distance l'amour acharné de Nívea. Il accompagna Lynn le long des quelques rues séparant l'atelier de Matías du salon de thé d'Eliza Sommers sans savoir, tel était son trouble, comment engager la conversation. Il était trop tard pour lui révéler l'enjeu du pari. Lynn était amoureuse de Matías comme lui-même l'était d'elle : d'un amour aveugle. Elle ne le croirait pas, se sentirait insultée et, même s'il lui expliquait que pour Matías elle n'était qu'un jouet, elle irait malgré tout droit à l'abattoir. C'est elle qui rompit le silence embarrassant pour lui demander s'il était le cousin chilien évoqué par Matías. Severo comprit alors que cette jeune fille n'avait pas le moindre souvenir de leur première rencontre quelques années auparavant, lorsqu'elle collait des images sur un album à la lumière d'une fenêtre, elle ne soupçonnait pas qu'il l'aimait depuis lors avec la ténacité du premier amour, elle ne s'était pas non plus rendu compte qu'il rôdait autour de la pâtisserie et qu'ils se croisaient souvent dans la rue. Ses yeux ne l'avaient tout simplement pas vu. En prenant congé, il lui tendit sa carte de visite, s'inclina avec le geste de lui baiser la main et dit en balbutiant qu'elle n'hésite pas à lui faire signe en cas de besoin. A partir de ce jour-là, il évita Matías, se plongea dans l'étude et le travail pour éloigner de son esprit Lynn Sommers et l'humiliant pari. Lorsque son cousin l'invita le mercredi suivant à la deuxième séance, où la jeune fille devait se déshabiller, il l'insulta. Pendant des semaines il fut incapable d'écrire une seule ligne à Nívea, et il ne pouvait pas non plus lire ses lettres, qu'il n'ouvrait pas, accablé par la faute. Il se sentait ignoble, comme si lui aussi participait à cette bravade dont le but était de souiller Lynn Sommers.

Matías Rodríguez de Santa Cruz gagna le pari sans effort, mais en chemin il perdit son cynisme et, sans le vouloir, il se trouva attrapé dans ce qu'il craignait le plus au monde : une affaire sentimentale. Il n'alla pas jusqu'à tomber amoureux de la belle Lynn Sommers, mais l'amour inconditionnel de cette dernière et l'innocence avec laquelle elle se donna à lui, réussirent à l'émouvoir. La jeune fille s'abandonna avec une totale confiance, disposée à lui obéir, sans juger ses intentions ni en calculer les conséquences. Matías comprit le pouvoir absolu qu'il exerçait sur elle lorsqu'il la vit nue dans son atelier, rouge de honte, se couvrant le pubis et les seins avec les bras, au milieu du cercle de ses amis, lesquels feignaient de la photographier, aussi excités par ce petit jeu cruel que des chiens devant une femelle. Le corps de Lynn n'avait pas la forme de sablier tellement à la mode à cette

époque – pas de hanches, des seins opulents et une taille impossible –, elle était mince et sinueuse, avait de longues
jambes et des seins ronds avec des mamelons sombres, la
peau couleur fruit d'été et une cascade de cheveux noirs et
lisses qui lui tombaient jusqu'à mi-dos. Matías l'admira
comme l'un des nombreux objets d'art qu'il collectionnait ;
elle lui parut délicieuse, mais il constata avec satisfaction
qu'elle ne l'attirait pas. Sans penser à elle, uniquement pour
parader devant ses amis et exercer sa cruauté, il lui fit signe
d'écarter les bras. Lynn le regarda l'espace de quelques secondes et obéit lentement, tout en laissant des larmes de
honte couler le long de ses joues. Devant ces larmes inatten-
dues, le silence se fit dans la pièce, les hommes tournèrent
les yeux et attendirent leur appareil à la main, sans savoir
quoi faire, un moment qui sembla très long. Alors Matías,
confus pour la première fois de sa vie, saisit un manteau et
en couvrit le corps de Lynn, puis il la prit dans ses bras.
« Allez-vous-en ! La séance est terminée », fit-il d'un ton
autoritaire à ses hôtes, lesquels se retirèrent l'un après
l'autre, déconcertés.

Une fois seuls, Matías l'attira sur ses genoux et commença à la bercer comme un enfant, lui demandant pardon
en pensée, mais incapable de formuler cela avec des mots,
pendant que la jeune fille continuait à pleurer en silence.
Après quoi il l'entraîna doucement derrière le paravent, vers
le lit, puis il s'allongea à son côté, l'enlaçant comme un
frère, lui caressant la tête, l'embrassant sur le front, perturbé
par un sentiment inconnu et tout-puissant qu'il ne savait pas
nommer. Il ne la désirait pas, il voulait seulement la protéger
et préserver son innocence, mais il ne put résister à
l'incroyable douceur de la peau de Lynn, à ses cheveux vivants qui l'enveloppaient et à son odeur de pomme. Le don

sans réserve de ce corps nubile qui s'ouvrait au contact de ses mains le surprit et, sans savoir comment, il se retrouva en train de l'explorer, l'embrassant avec un désir qu'il n'avait jamais ressenti avec aucune autre femme, lui enfonçant la langue dans la bouche, les oreilles, partout, l'écrasant, la pénétrant dans un ouragan de passion incontrôlable, la chevauchant sans miséricorde, aveugle, essoufflé, jusqu'à exploser en elle dans un orgasme dévastateur. Durant un très bref instant ils se retrouvèrent dans une autre dimension, sans défenses, nus de corps et d'esprit. Matías eut la révélation d'une intimité qu'il avait évitée jusque-là, sans même savoir qu'elle existait, il traversa une ultime frontière et se retrouva de l'autre côté, sans volonté. Il avait eu beaucoup de maîtresses, et aussi des amants, mais il n'avait jamais perdu ainsi le contrôle, l'ironie, la distance, la notion de son intouchable individualité, pour se fondre simplement avec un autre être humain. D'une certaine façon, lui aussi perdit sa virginité dans cette étreinte. Le voyage dura une infime fraction de temps, mais cela fut suffisant pour le terrifier ; il retrouva son corps exténué, et se renferma aussitôt dans l'armure de son sarcasme habituel. Quand Lynn ouvrit les yeux, ce n'était plus l'homme avec qui elle avait fait l'amour, c'était celui d'avant, mais elle manquait d'expérience pour savoir ces choses-là. Endolorie, tachée de sang et heureuse, elle s'abandonna au mirage d'un amour illusoire, tandis que Matías la maintenait enlacée, bien que son esprit fût déjà loin. Ainsi restèrent-ils jusqu'à ce que la lumière disparaisse complètement de la fenêtre ; elle comprit alors qu'il lui fallait rentrer chez sa mère. Matías l'aida à s'habiller et l'accompagna jusqu'aux abords du salon de thé. « Attends-moi demain, je viendrai à la même heure », murmura-t-elle avant de disparaître.

Severo del Valle n'apprit ce qui s'était passé ce jour-là et les jours suivants que trois mois plus tard. En avril 1879, le Chili déclara la guerre à ses voisins, le Pérou et la Bolivie, pour une histoire de terres, de salpêtre et d'orgueil. La Guerre du Pacifique avait éclaté. Lorsque la nouvelle parvint à San Francisco, Severo se présenta devant son oncle et sa tante et leur annonça qu'il partait se battre.

— Tu n'avais pas dit que tu ne mettrais plus les pieds dans une caserne ? lui rappela sa tante Paulina.

— C'est différent, ma patrie est en danger.

— Tu es un civil.

— Je suis officier de réserve, expliqua-t-il.

— La guerre sera finie avant que tu n'atteignes le Chili. Voyons ce que disent les journaux et ce que pense la famille. Il ne faut pas te précipiter, lui conseilla sa tante.

— C'est mon devoir, répliqua Severo, pensant à son grand-père, le patriarche Agustín del Valle, qui venait de mourir ratatiné comme un chimpanzé, mais avec son mauvais caractère intact.

— Ton devoir est ici, auprès de moi. La guerre est une bonne chose pour les affaires. C'est le moment de spéculer sur le sucre, répliqua Paulina.

— Le sucre ?

— Aucun de ces trois pays n'en produit et dans les mauvaises périodes, les gens mangent davantage de choses sucrées, lui assura Paulina.

— Comment le savez-vous, ma tante ?

— Par expérience personnelle, mon garçon.

Severo alla faire ses valises, mais au lieu d'embarquer sur le bateau qui devait lever l'ancre vers le sud quelques jours plus tard, comme il l'avait projeté, il ne partit que fin octobre. Ce soir-là, sa tante lui annonça qu'ils devaient recevoir une étrange visite ; elle tenait à ce qu'il fût présent, car son mari était en voyage et cette affaire requerrait sans doute les bons conseils d'un avocat. A sept heures du soir Williams, avec cet air dédaigneux qu'il prenait lorsqu'il était obligé de servir des gens de condition inférieure, fit entrer un Chinois grand, aux cheveux gris, entièrement vêtu de noir, et une petite femme à l'aspect juvénile et anodin, mais aussi fière que Williams. Tao Chi'en et Eliza Sommers se retrouvèrent dans le salon des bêtes sauvages, comme on l'appelait, entourés de lions, d'éléphants et d'autres animaux africains qui les observaient de leurs cadres dorés sur les murs. Paulina voyait souvent Eliza dans la pâtisserie, mais jamais elles ne s'étaient rencontrées ailleurs, elles appartenaient à des mondes différents. Elle ne connaissait pas le *céleste*, qui à en juger par la façon dont il la tenait par le bras, devait être son mari ou son amant. Elle se sentit ridicule dans sa demeure de quarante-cinq pièces, vêtue de satin noir et couverte de diamants, devant ce couple modeste qui la saluait avec simplicité, gardant ses distances. Elle remarqua que son fils Matías les accueillait d'un air gêné, avec une inclinaison de tête, sans leur tendre la main et que, séparé du groupe, il se tenait derrière un bureau de jacaranda, apparemment absorbé par le nettoyage de sa pipe. De son côté, Severo del Valle devina aussitôt la raison de la présence des parents de Lynn Sommers dans la maison et il aurait voulu se trouver à mille lieues de là. Intriguée et toutes antennes dehors, Paulina ne perdit pas de temps à leur offrir à boire, elle fit signe à Williams de se retirer et de fermer les portes. « Que puis-je faire pour vous ? » demanda-t-elle. Alors Tao Chi'en se mit à expliquer, sans se troubler, que sa fille Lynn était enceinte, que l'auteur du forfait était Matías et qu'il attendait de lui la seule réparation envisageable. Pour une fois dans sa vie, cette maîtresse femme qu'était Paulina del Valle demeura sans voix. Elle resta assise la bouche grande ouverte comme une baleine échouée, et quand elle retrouva sa voix ce fut pour émettre un grognement.

— Mère, je n'ai rien à voir avec ces gens. Je ne les connais pas et j'ignore de quoi ils parlent, dit Matías de son bureau de jacaranda, sa pipe en ivoire sculpté dans la main.

— Lynn nous a tout raconté, l'interrompit Eliza en se mettant debout, la voix brisée, mais sans verser une larme.

— Si c'est de l'argent que vous voulez..., commença à dire Matías, mais sa mère l'interrompit d'un regard féroce.

— Je vous prie de m'excuser, dit-elle en s'adressant à Tao Chi'en et Eliza Sommers. Mon fils est aussi surpris que moi. Je suis sûre que nous pouvons trouver un arrangement honorable, comme il se doit...

— Lynn désire se marier, bien entendu. Elle m'a dit que vous vous aimiez, dit Tao Chi'en, lui aussi debout, s'adressant à Matías, lequel répondit avec un bref éclat de rire, qui résonna comme un aboiement de chien.

— Vous me paraissez des gens respectables, dit Matías. Cependant votre fille ne l'est pas, comme mes amis peuvent en témoigner. Je ne sais pas lequel d'entre eux est le responsable de ce malheur, mais ce n'est certainement pas moi.

Eliza Sommers avait complètement perdu ses couleurs, elle était pâle comme un linge et tremblait, prête à s'effondrer. Tao Chi'en la saisit fermement par le bras et la soutenant comme une invalide, il l'entraîna vers la porte. Severo del Valle crut mourir d'angoisse et de honte, comme s'il avait été l'unique coupable dans cette affaire. Il s'empressa de leur ouvrir la porte et les raccompagna dehors, où les attendait une voiture de location. Il ne sut quoi leur dire. En revenant dans le salon, il entendit la fin de la discussion.

— Je ne tolérerai pas qu'il y ait des bâtards de mon sang éparpillés ici et là ! cria Paulina.

— A qui va votre loyauté, mère ? Qui allez-vous croire, votre fils ou une pâtissière et un Chinois ? répliqua Matías en sortant avec un claquement de porte.

Ce soir-là, il y eut un face-à-face entre Severo del Valle et Matías. Le premier possédait suffisamment d'informations pour reconstituer les faits et il voulait désarmer son cousin à travers un interrogatoire ferme, mais ce fut inutile parce que Matías lui avoua tout sur-le-champ. Il se sentait prisonnier d'une situation absurde dont il n'était pas responsable, dit-il. Lynn Sommers l'avait poursuivi et s'était donnée à lui sur un plateau, il n'avait jamais vraiment eu l'intention de la séduire, le pari n'avait été qu'une simple fanfaronnade. Cela faisait deux mois qu'il essayait de s'en séparer sans lui faire de mal, il craignait qu'elle fît une bêtise, c'était le genre de jeune fille hystérique capable de se jeter à la mer par amour, expliqua-t-il. Il admit que Lynn n'était qu'une enfant et qu'elle était arrivée vierge dans ses bras, la tête pleine de poèmes à l'eau de rose et totalement ignorante des choses du sexe, mais il n'avait aucune obligation envers elle, répéta-t-il, il ne lui avait jamais parlé d'amour et encore moins de mariage. Les filles comme elle étaient toujours une source de complications, c'était la raison pour laquelle il les évitait comme la peste. Il n'aurait jamais imaginé que la brève rencontre avec Lynn engendrerait de telles conséquences. Ils s'étaient retrouvés à plusieurs occasions, dit-il, et il lui avait conseillé de se faire des lavements avec du vinaigre et de la moutarde, il ne pouvait pas deviner qu'elle fût à ce point fertile. En tout cas, il était disposé à prendre financièrement l'enfant à sa charge, quel que fût le coût, mais il n'envisageait pas de lui donner son nom, car il n'y avait aucune preuve qu'il fût réellement le père. « Je n'ai pas l'intention de me marier, ni maintenant ni jamais, Severo. Connais-tu une personne ayant moins de vocation bourgeoise que moi ? » dit-il en conclusion.

Une semaine plus tard, Severo del Valle se présenta dans la clinique de Tao Chi'en, après avoir tourné cent fois dans sa tête la scabreuse mission dont l'avait chargé son cousin. Le *zhong yi* venait de libérer le dernier patient de la journée et le reçut seul dans la petite salle d'attente, au rez-de-chaussée. Il écouta la mine impassible la proposition de Severo.

— Lynn n'a pas besoin d'argent, pour ça elle a ses parents, dit-il sans manifester d'émotion. Quoi qu'il en soit, je vous remercie de votre geste, monsieur del Valle.

— Comment va mademoiselle Sommers ? demanda Severo, humilié par la dignité de Tao Chi'en.

— Ma fille continue de penser qu'il y a un malentendu. Elle est persuadée que tôt ou tard monsieur Rodríguez de Santa Cruz viendra lui demander sa main, non par devoir, mais par amour.

— Monsieur Chi'en, je ne sais ce que je donnerais pour changer le cours des choses. Le fait est que mon cousin ne jouit pas d'une bonne santé, il ne peut pas se marier. Je le regrette infiniment..., murmura Severo del Valle.

— Nous autres le regrettons encore davantage. Pour votre cousin, Lynn n'est qu'un dérivatif ; pour Lynn, il est toute sa vie, dit Tao Chi'en d'une voix douce.

— J'aimerais donner une explication à votre fille, monsieur Chi'en. Me serait-il possible de la voir ?

— Il faut que je demande à Lynn. Pour l'instant elle ne

veut voir personne, mais si elle change d'avis je vous le ferai savoir, répliqua le *zhong yi* en le raccompagnant à la porte.

Severo del Valle attendit trois semaines sans avoir la moindre nouvelle de Lynn, après quoi, gagné par l'impatience, il se rendit dans le salon de thé pour supplier Eliza Sommers de l'autoriser à parler avec sa fille. Il s'attendait à trouver une résistance inflexible, mais elle l'accueillit entourée de son odeur de sucre et de vanille, avec la même sérénité avec laquelle Tao Chi'en l'avait reçu. Eliza avait commencé par s'attribuer la faute de ce qui était arrivé : elle n'avait pas été assez vigilante, elle n'avait pas été capable de protéger sa fille et maintenant sa vie était gâchée. Elle avait pleuré dans les bras de son mari, mais ce dernier lui avait rappelé qu'à seize ans elle avait vécu une expérience similaire : le même amour démesuré, l'abandon de son amant, la grossesse et la terreur. La différence, c'était que Lynn ne se retrouvait pas seule, qu'elle n'aurait pas à s'enfuir de chez elle et à traverser un continent dans la soute d'un navire pour suivre un homme indigne, comme elle l'avait fait. Lynn s'était tournée vers ses parents et ces derniers avaient la grande chance de pouvoir l'aider, avait dit Tao Chi'en. En Chine ou au Chili, ce serait une fille perdue, la société ne lui pardonnerait pas, mais en Californie, terre sans traditions, il y avait de la place pour tout le monde. Le *zhong yi* avait réuni sa petite famille et avait expliqué que le bébé était un cadeau du ciel et qu'ils devaient l'accueillir avec joie, les larmes étaient nocives pour le karma, elles blessaient l'enfant dans le ventre de la mère et laissaient la marque d'une vie d'incertitude. Cet enfant, garçon ou fille, serait le bienvenu, son oncle Lucky et lui-même, son grand-père, se substitueraient dignement au père absent. Quant à l'amour frustré de Lynn, eh bien, on y penserait plus tard, avait-il dit. Il était tellement enthousiaste à l'idée d'être grand-père qu'Eliza avait eu honte de ses prudes considérations, elle avait séché ses larmes et elle ne s'incrimina jamais plus. Si pour Tao Chi'en la compassion pour sa fille comptait davantage que l'honneur de la famille, il devait en être de même pour elle, avait-il décidé, son devoir était de protéger Lynn, le reste était sans importance. Voilà ce qu'elle raconta aimablement à Severo del Valle ce jour-là dans le salon de thé. Elle ne comprenait pas pour quelle raison le Chilien insistait tant pour parler à sa fille, mais elle intercéda en sa faveur et la jeune fille finit par accepter de le voir. Lynn s'en souvenait à peine, mais elle le reçut avec l'espoir qu'il viendrait comme émissaire de Matías.

Dans les mois qui suivirent, les visites de Severo del Valle chez les Chi'en devinrent une habitude. Il arrivait à la nuit tombée, après sa journée de travail, laissait son cheval attaché devant la porte et se présentait le chapeau dans une main et un cadeau dans l'autre, ainsi la chambre de Lynn finit-elle par se remplir de jouets et de linge pour bébé. Tao Chi'en lui apprit à jouer au *mah-jong* et ainsi passaient-ils des heures, avec Eliza et Lynn, à déplacer les belles pièces en ivoire. Lucky n'était pas de la partie car il considérait que jouer sans parier était une perte de temps, en revanche Tao Chi'en jouait uniquement en famille parce que, dans sa jeunesse, il avait renoncé à jouer pour de l'argent et il était persuadé que s'il brisait cette promesse, il lui arriverait malheur. Les Chi'en s'habituèrent si bien à la présence de Severo que lorsqu'il était en retard, ils regardaient leur montre d'un air déconcerté. Eliza Sommers en profitait pour pratiquer son espagnol avec lui et évoquer des souvenirs du Chili, ce lointain pays où elle n'avait pas remis les pieds depuis plus de trente ans, mais qu'elle continuait à considérer comme sa patrie. Ils évoquaient les dernières nouvelles de la guerre et les changements politiques : après plusieurs décennies de gouvernements conservateurs, les libéraux avaient triomphé, et la lutte pour diminuer la puissance du clergé et obtenir des réformes avait divisé les familles chiliennes. La majorité des hommes, aussi catholiques qu'ils fussent, voulaient moderniser le pays, mais les femmes, beaucoup plus religieuses, se retournaient contre leurs pères et maris pour défendre l'Eglise. Selon les explications données par Nívea dans ses lettres, pour libéral que fût le gouvernement, le sort des pauvres n'avait pas changé, et elle ajoutait que, comme à l'accoutumée, les femmes de la haute société et le clergé tiraient les cordons du pouvoir. Séparer l'Eglise de l'Etat était certes un grand pas en avant, écrivait la jeune fille dans le dos du clan del Valle, qui ne tolérait pas ce genre d'idées, mais c'était toujours les mêmes familles qui contrôlaient la situation. « Fondons un autre parti, Severo, un parti qui défende la justice et l'égalité », écrivait-elle, encouragée par ses conversations clandestines avec sœur María Escapulario.

Dans le sud du continent américain, la Guerre du Pacifique se poursuivait, de plus en plus acharnée. Les armées chiliennes se préparaient pour leur campagne dans les déserts du Nord, un territoire aussi désolé et inhospitalier que la lune, où ravitailler les troupes était une tâche de titan. La seule façon de transporter les soldats jusqu'aux endroits où devaient se dérouler les combats était de les acheminer par voie de mer, mais l'escadre péruvienne n'était pas disposée à laisser faire. Severo del Valle pensait que la guerre tournerait en faveur du Chili, dont l'organisation et la férocité semblaient insurpassables. Ce n'était pas l'armement et l'élan guerrier seuls qui détermineraient l'issue du conflit, expliquait-il à Eliza Sommers, mais l'exemple d'une poignée d'hommes héroïques qui étaient parvenus à enflammer l'âme de la nation.

— Je crois que la guerre a commencé en mai, madame, lors d'un combat naval devant le port d'Iquique. C'est là qu'une vétuste frégate chilienne s'est battue contre des forces péruviennes bien supérieures. Elle était commandée par Arturo Prat, un jeune capitaine très pieux et plutôt timide, qui n'était pas un habitué des fêtes et autres parades prisées par les militaires, si peu gradé que ses supérieurs doutaient de son courage. Ce jour-là, il est devenu le héros qui a galvanisé l'esprit de tous les Chiliens.

Eliza connaissait les détails, elle les avait lus dans un vieil exemplaire du *Times* de Londres, où l'événement avait été décrit comme « ... un des combats les plus glorieux qui ait jamais eu lieu. Un vieux navire en bois, qui tombait presque en morceaux, s'est battu pendant trois heures et demie contre une batterie postée à terre et contre un puissant cuirassier, et à l'issue de cette action le drapeau flottait en haut de son mât ». Le navire péruvien, sous le commandement de l'amiral Miguel Grau, lui aussi un héros dans son pays, s'était lancé à plein régime contre la frégate chilienne en la traversant de son éperon, le capitaine Prat avait alors sauté à l'abordage, suivi par l'un de ses hommes. Tous deux moururent quelques minutes plus tard, transpercés par les balles sur le pont ennemi. Lors de la seconde charge, plusieurs autres hommes sautèrent, pour suivre l'exemple de leur chef, et moururent de la même façon. Finalement, les trois quarts de l'équipage du navire avaient péri avant que la frégate ne sombre. Un héroïsme d'une telle démesure avait donné du courage aux compatriotes chiliens, et il avait tellement impressionné le camp ennemi que l'amiral

Grau répétait, incrédule : « Comme ils se battent ces Chiliens ! »

— Grau est un gentleman. Il a ramassé personnellement l'épée et les affaires de Prat et les a rendues à sa veuve, raconta Severo, et il ajouta qu'après cette bataille, la consigne sacrée au Chili était de « lutter jusqu'à la victoire ou mourir », comme le criaient ces hommes courageux.

— Et vous, Severo, vous ne pensez pas aller à la guerre ? lui demanda Eliza.

— Si, très bientôt, répliqua le jeune homme tout honteux, sans savoir ce qu'il attendait pour faire son devoir. Entre-temps, Lynn grossissait sans rien perdre de sa grâce et de sa beauté. Elle cessa de porter les vêtements qu'elle ne pouvait plus boutonner et se rabattit sur de gaies tuniques en soie achetées à Chinatown. Elle sortait très peu, malgré l'insistance de son père qui l'incitait à aller marcher. Parfois, Severo del Valle venait la chercher en voiture et l'emmenait promener dans le parc Presidio ou sur la plage, où ils s'installaient sur un châle pour manger quelque chose ou lire, lui ses journaux et ses livres de droit, elle ses romans à l'eau de rose dont les histoires ne la faisaient plus rêver, mais qui lui servaient encore de refuge. Severo vivait au jour le jour, de visite en visite chez les Chi'en, sans autre objectif que celui de voir Lynn. Il n'écrivait plus à Nívea. Il avait plusieurs fois pris sa plume pour lui avouer qu'il en aimait une autre, mais il détruisait les lettres sans les envoyer parce qu'il ne trouvait pas les mots pour rompre avec sa fiancée sans lui porter un coup fatal. Pourtant, Lynn n'avait jamais donné de signes pouvant lui laisser imaginer un avenir commun. Ils ne parlaient pas de Matías, de même que ce dernier ne faisait jamais allusion à Lynn, mais la question était toujours en suspens. Severo se garda bien d'évoquer devant son oncle et sa tante sa nouvelle amitié avec les Chi'en, et personne, se dit-il, ne devait être au courant de la chose, à l'exception du fier Williams, à qui il n'eut pas besoin de l'apprendre car le majordome le savait déjà comme il savait tout ce qui se passait dans cette vaste maison. Cela faisait deux mois que Severo rentrait tard avec un sourire idiot collé au visage, quand Williams le conduisit au grenier et, à la lumière d'une lampe à alcool, lui montra un objet recouvert de draps. En le découvrant, il vit que c'était un superbe berceau.

— Il est en argent repoussé, argent qui vient des mines que possèdent les maîtres au Chili. Tous les enfants de cette famille y ont dormi. Vous pouvez l'emporter, se contenta-t-il de dire.

Paulina del Valle, accablée par la honte, ne mit plus les pieds dans le salon de thé, incapable qu'elle était de recoller les morceaux d'une longue amitié maintenant brisée avec Eliza Sommers. Il lui fallut renoncer aux friandises chiliennes et se résigner à la pâtisserie française de son cuisinier. Son énergie débordante, si utile pour se jouer des obstacles et parvenir à ses fins, se retournait maintenant contre elle ; condamnée à la paralysie, elle se consumait d'impatience et son cœur bondissait sans relâche dans sa poitrine. « Les nerfs sont en train de m'achever, Williams », se plaignait-elle, en proie à des douleurs pour la première fois de sa vie. Elle se disait qu'avec un mari volage et trois fils tête en l'air, quantité d'enfants illégitimes de son sang devaient courir un peu partout, et il n'y avait aucun souci à se faire. Cependant, ces bâtards hypothétiques n'avaient ni nom ni visage, alors que celui-là, elle l'avait sous les yeux. Si au moins c'était tombé sur une autre que Lynn Sommers !

101

Elle ne pouvait oublier la visite d'Eliza et de ce Chinois, dont elle ne se rappelait pas le nom ; l'image de ce couple si digne dans son salon la peinait. Matías avait séduit la petite, aucune argutie ne pouvait contredire cette vérité que son intuition avait acceptée dès le premier instant. Les dénégations de son fils et ses commentaires sarcastiques sur la vertu de Lynn n'avaient fait que renforcer sa conviction. L'enfant que cette jeune fille portait dans son ventre entraînait chez elle un ouragan de sentiments ambivalents, d'un côté une colère sourde contre Matías et, de l'autre, une tendresse légitime pour ce premier petit-fils, ou première petite-fille. Quand Feliciano revint de son voyage, elle lui raconta ce qui était arrivé.

— Ces choses-là arrivent à tout moment, Paulina, il ne faut pas en faire une tragédie. La moitié des gamins en Californie sont des bâtards. Le plus important est d'éviter le scandale et de serrer les coudes autour de Matías. La famille vient en premier, telle fut l'opinion de Feliciano.

— Cet enfant fait partie de la famille, argua-t-elle.

— Il n'est pas encore né et tu l'y mets déjà ! Je connais cette Lynn Sommers. Je l'ai vue poser presque nue dans l'atelier d'un sculpteur, s'exhibant au milieu d'une brochette d'hommes, n'importe lequel peut être son amant, tu es aveugle, ou quoi ?

— C'est toi qui es aveugle, Feliciano.

— Tout ça peut se transformer en un chantage sans fin. Je te défends d'avoir le moindre contact avec ces gens, et s'ils viennent ici, c'est moi qui m'en occuperai, lança Feliciano.

A partir de ce jour-là Paulina ne parla plus de l'affaire devant son fils ou son mari, mais incapable de garder ça pour elle-même, elle finit par tout raconter au fidèle Williams, qui possédait cette qualité de savoir l'écouter jusqu'à la fin, sans donner son avis, à moins d'y être invité. Si elle pouvait aider Lynn Sommers, elle se sentirait un peu mieux, pensait-elle, mais pour une fois sa fortune ne servait à rien.

Les mois qui suivirent furent désastreux pour Matías. Son histoire avec Lynn lui rongeait les entrailles, ses articulations le faisaient de plus en plus souffrir, au point qu'il dut renoncer à l'escrime et à la pratique d'autres sports. Il était à ce point perclus de douleurs au réveil qu'il se demandait si le moment n'était pas venu d'envisager le suicide, idée qu'il nourrissait depuis qu'il avait appris le nom de son mal, mais quand il se levait et commençait à remuer il se sentait mieux, alors il reprenait doublement goût à la vie. Il avait les poignets et les chevilles qui enflaient, les mains qui tremblaient et l'opium cessa d'être un dérivatif dans Chinatown pour devenir une nécessité. C'est Amanda Lowell, sa compagne de débauche et unique confidente, qui lui montra les avantages de s'injecter de la morphine, plus efficace, propre et élégante qu'une pipe d'opium : une petite dose et l'angoisse disparaissait à l'instant pour vous laisser dans un état extatique. Le scandale du bâtard qui était en route finit de briser sa bonne humeur et au milieu de l'été, il annonça à brûle-pourpoint qu'il partait quelques jours plus tard pour l'Europe ; le changement d'air, les eaux thermales de l'Italie et les médecins anglais pourraient peut-être soulager ses maux. Il ne dit rien de son intention de retrouver Amanda Lowell à New York, avec qui il comptait poursuivre la traversée, car on ne prononçait jamais son nom en famille, où le souvenir de l'Ecossaise rousse provoquait une indigestion chez Feliciano et une rage sourde chez Paulina. Les raisons du départ précipité de Matías ne furent pas seulement ses problèmes de santé et son désir de s'éloigner de Lynn

Sommers, mais aussi de nouvelles dettes de jeu, comme on le sut peu après, quand deux Chinois discrets entrèrent dans le bureau de Feliciano pour lui annoncer avec une extrême courtoisie que, soit il remboursait la somme due par son fils, avec les intérêts, soit une chose extrêmement désagréable arriverait à un membre de son honorable famille. Pour toute réponse, le magnat les fit déguerpir manu militari, après quoi il convoqua Jacob Freemont, le journaliste, grand spécialiste des bas-fonds de la ville. L'homme l'écouta avec sympathie, car c'était un ami de Matías, puis il l'accompagna derechef chez le chef de la police, un Australien à la réputation trouble qui lui devait certaines faveurs, et le pria de régler l'affaire à sa façon. « La seule façon que je connaisse, c'est de payer », répliqua le policier, et il se mit à expliquer que personne n'affrontait les *tongs* de Chinatown. Il lui était arrivé de ramasser des corps éventrés, avec les viscères impeccablement empaquetés dans une boîte posée à côté. C'étaient des vengeances entre *célestes*, bien entendu, ajoutat-il, avec les Blancs ils faisaient en sorte que cela passe pour un accident. N'avait-il pas remarqué combien de gens mouraient brûlés dans des incendies inexpliqués, écrasés sous les sabots d'un cheval dans une rue solitaire, noyés dans les eaux paisibles de la baie ou assommés par des briques qui tombaient inopinément d'un bâtiment en construction ? Feliciano Rodríguez de Santa Cruz paya.

Lorsque Severo del Valle expliqua à Lynn Sommers que Matías était parti en Europe, sans intention de revenir dans un futur proche, elle fondit en larmes et ne cessa de pleurer pendant les cinq jours suivants, malgré les tranquillisants que lui administrait Tao Chi'en, jusqu'à ce que sa mère lui donne deux gifles et l'oblige à voir la réalité en face. Elle avait commis une imprudence et maintenant elle devait en payer les conséquences ; ce n'était plus une petite fille, elle allait être mère et devait être reconnaissante d'avoir une famille disposée à l'aider, parce que d'autres filles dans le même état étaient jetées à la rue et devaient gagner leur vie de la pire façon, pendant que les bâtards finissaient dans un orphelinat. Il fallait se rendre à l'évidence : son amant s'était évanoui dans la nature et dorénavant, il lui faudrait être une mère et aussi un père pour l'enfant, et devenir adulte une fois pour toutes, parce que dans cette maison on en avait assez de supporter ses caprices. Cela faisait vingt ans qu'elle recevait à pleines mains, elle n'allait quand même pas passer sa vie allongée sur un lit à gémir ; qu'elle veuille bien se moucher et s'habiller parce qu'elles allaient sortir et marcher, et elles feraient cela deux fois par jour sans exception, qu'il pleuve ou qu'il vente, elle avait bien compris ? Lynn avait écouté jusqu'à la fin, les yeux exorbités par la surprise et les joues en feu à cause des gifles, les seules qu'elle eût jamais reçues. Elle s'habilla et obéit sans rien dire. A partir de cet instant, le bon sens lui tomba sur la tête comme une massue, elle accepta son sort avec une étonnante sérénité, ne se plaignit plus, avala les remèdes de Tao Chi'en, fit de longues marches avec sa mère, et elle fut même capable de rire à gorge déployée quand elle apprit, par son frère Lucky, que le projet de la statue de la République était tombé à l'eau pas seulement faute de modèle, mais parce que le sculpteur s'était enfui au Brésil avec l'argent.

Fin août, Severo del Valle s'enhardit finalement à faire part de ses sentiments à Lynn Sommers. Elle se sentait lourde comme un éléphant et ne reconnaissait pas son visage dans la glace, mais aux yeux de Severo elle était plus belle que jamais. Ils revenaient d'une promenade, et comme ils avaient eu chaud, il tira son mouchoir pour le lui passer sur le front et dans le cou, mais il ne put terminer son geste. Sans savoir comment, il s'était retrouvé penché sur elle, la tenant fermement par les épaules et l'embrassant sur la bouche en pleine rue. Il lui demanda de l'épouser, et elle lui expliqua très simplement qu'elle n'aimerait jamais un autre homme que Matías Rodríguez de Santa Cruz.

— Je ne vous demande pas de m'aimer, Lynn, l'affection que je ressens pour vous suffit pour deux, répliqua Severo, de ce ton un peu cérémonieux qu'il prenait toujours lorsqu'il s'adressait à elle. Le bébé a besoin d'un père. Laissez-moi vous protéger tous les deux et je vous promets qu'avec le temps, je parviendrai à être digne de votre affection.

— Mon père dit qu'en Chine les couples se marient sans se connaître et qu'ils apprennent à s'aimer ensuite, mais je suis sûre que ce ne serait pas mon cas, Severo. Je suis vraiment désolée..., répliqua-t-elle.

— Vous ne seriez pas obligée de vivre avec moi, Lynn. Dès que vous aurez mis l'enfant au monde, je partirai au Chili. Mon pays est en guerre et je n'ai déjà que trop repoussé le moment de faire mon devoir.

— Et si vous ne revenez pas de la guerre ?

— Au moins votre enfant portera mon nom et vous aurez l'héritage de mon père, qui est intact. Il n'est pas très important, mais il suffira à son éducation. Et vous, ma chère Lynn, vous y gagnerez en respectabilité...

Cette même nuit, Severo del Valle écrivit à Nívea la lettre qu'il n'avait pas réussi à lui écrire avant. Il lui annonça la chose en quatre phrases, sans préambule ni excuses, sachant qu'elle n'accepterait pas la vérité présentée d'une autre façon. Il n'eut même pas le courage de lui demander pardon pour le gaspillage d'amour et de temps que ces quatre années de fiançailles épistolaires signifiaient pour elle, parce que ces comptes mesquins étaient indignes du cœur généreux de sa cousine. Il appela un domestique pour qu'il porte la lettre à la poste le lendemain, puis il s'allongea tout habillé sur le lit, épuisé. Il dormit sans faire de rêves pour la première fois depuis très longtemps. Un mois plus tard, Severo del Valle et Lynn Sommers se marièrent lors d'une brève cérémonie, en présence de sa famille à elle et de Williams, unique personne que Severo invita. Il savait que le majordome le dirait à sa tante Paulina, il décida donc d'attendre qu'elle fasse le premier pas en lui posant la question. Il n'annonça rien à personne parce que Lynn lui avait demandé la plus grande discrétion jusqu'à la naissance de l'enfant, et jusqu'à ce qu'elle eût repris une taille normale; elle n'osait pas sortir avec ce ventre de calebasse et ce visage constellé de taches, dit-elle. Ce soir-là, Severo prit congé de sa flambante épouse avec un baiser sur le front et s'en fut comme tous les jours dormir dans sa chambre de célibataire.

Cette même semaine, une nouvelle bataille navale se livra sur les eaux du Pacifique et l'escadre chilienne neutralisa les deux cuirassiers ennemis. L'amiral péruvien, Miguel Grau, le même homme qui quelques mois auparavant avait rendu l'épée du capitaine Prat à sa veuve, périt de façon aussi héroïque que ce dernier. Pour le Pérou, ce fut un désastre car en perdant le contrôle maritime, ses communications se trouvèrent coupées et ses armées, fractionnées et isolées. Les Chiliens devinrent maîtres des mers, ils purent transporter leurs troupes jusqu'aux points névralgiques du Nord et mener à bien leur plan, progresser à travers le territoire ennemi pour occuper Lima. Severo del Valle se tenait au courant des nouvelles avec la même passion que tous ses compatriotes aux Etats-Unis, mais son amour pour Lynn

107

était beaucoup plus fort que son patriotisme et il n'avança pas son départ.

A l'aube du deuxième lundi d'octobre, Lynn se réveilla avec sa chemise de nuit trempée et poussa un cri d'horreur, croyant que c'était de l'urine. « Mauvais, la poche s'est crevée trop tôt », dit Tao Chi'en à sa femme, mais devant sa fille il se montra calme et souriant. Dix heures plus tard, alors que les contractions étaient à peine perceptibles et que la famille était épuisée à force de jouer au *mah-jong* pour distraire Lynn, Tao Chi'en décida d'utiliser ses herbes. La future mère plaisantait avec un air de défi : c'était ça les douleurs de l'accouchement dont on lui avait tellement parlé ? Elles étaient beaucoup plus supportables que les maux d'estomac provoqués par la cuisine chinoise, dit-elle. Elle souffrait plus de l'ennui que des incommodités et elle avait faim, mais pendant qu'il lui plantait ses aiguilles d'acupuncture pour accélérer l'accouchement, son père ne l'autorisa à boire que de l'eau et des tisanes d'herbes médicinales. La combinaison de drogues et d'aiguilles en or fit son effet et, la nuit venue, lorsque Severo del Valle vint pour sa visite quotidienne, il trouva Lucky sur le seuil, le visage fermé. La maison était secouée par les gémissements de Lynn et par les allées et venues d'une sage-femme chinoise qui hurlait et courait avec des linges et des brocs d'eau. Tao Chi'en tolérait la sage-femme parce que, sur ce terrain, elle avait plus d'expérience que lui, mais il lui avait défendu de torturer Lynn en s'asseyant sur elle ou en lui administrant des coups de poing sur le ventre, comme c'était son intention. Severo del Valle resta dans le salon, collé au mur en essayant de passer inaperçu. Chaque plainte de Lynn lui fendait le cœur, il aurait voulu s'enfuir le plus loin possible, mais il était incapable de bouger et de prononcer un mot. Sur ce, il vit surgir Tao Chi'en, impassible, impeccablement habillé comme toujours.

— Je peux attendre ici ? Je ne dérange pas ? Comment puis-je me rendre utile ? balbutia Severo, séchant les gouttes de sueur qui lui coulaient dans le cou.

— Vous ne dérangez pas du tout, jeune homme, mais vous ne pouvez pas aider Lynn, elle doit travailler seule. En revanche, vous pouvez aider Eliza qui est un peu secouée.

Eliza Sommers avait connu les souffrances de l'accouchement et elle savait, comme toutes les femmes, que c'était l'antichambre de la mort. Elle connaissait le voyage difficile et mystérieux au cours duquel le corps s'ouvre pour laisser passer une autre vie ; elle se rappelait le moment où l'on commence à rouler sans freins sur une pente, poussant et se contractant jusqu'à n'en plus pouvoir, la terreur, la souffrance et l'incroyable surprise lorsque, finalement, l'enfant se détache et surgit à la lumière. Tao Chi'en, avec toute sa science de *zhong yi*, fut plus long qu'elle à comprendre que, pour Lynn, ça n'allait pas bien du tout. Le recours à la médecine chinoise avait engendré de fortes contractions, mais l'enfant se trouvait dans une mauvaise position, il était coincé par les os de sa mère. C'était un accouchement sec et difficile, comme l'expliqua Tao Chi'en, mais sa fille était forte et le principal était que Lynn garde son calme et ne se fatigue pas plus que nécessaire ; c'était une course d'endurance, pas de vitesse, ajouta-t-il. Lors d'une pause, Eliza Sommers, aussi épuisée que Lynn, sortit de la chambre et tomba sur Severo del Valle dans un couloir. Elle lui fit un signe et il la suivit, déconcerté, dans la petite pièce où se trouvait l'autel, qu'il ne connaissait pas. Sur une table basse une croix toute simple, une petite statue de Kuan Yin, déesse chinoise de la compassion, et au centre un vulgaire dessin à l'encre d'une femme portant une tunique verte, avec deux fleurs sur les oreilles. Il vit deux bougies allumées et des petites assiettes avec de l'eau, du riz et des pétales de fleurs. Eliza s'agenouilla devant l'autel, sur un coussin en soie orange, et demanda au Christ, à Bouddha et à l'esprit de Lin, la première épouse, d'aider sa fille dans son accouchement. Severo resta debout derrière elle, murmurant sans y penser les prières catholiques apprises dans son enfance. Ainsi restèrent-ils un bon moment, unis par la peur et par l'amour de Lynn, jusqu'à ce que Tao Chi'en appelle sa femme pour lui demander de l'aide ; il venait de renvoyer la sage-femme et avait l'intention de tourner le bébé et de le sortir à la main. Severo resta avec Lucky à fumer sur le seuil de la maison, tandis que Chinatown se réveillait lentement.

L'enfant vit le jour le mardi à l'aube. La mère, couverte de sueur et toute tremblante, luttait pour mettre l'enfant au monde, mais elle ne criait plus, elle se contentait de haleter, attentive aux indications de son père. Finalement elle serra les dents, s'accrocha aux barreaux du lit et se mit à pousser avec une énergie brutale, alors apparut une mèche de cheveux sombres. Tao Chi'en prit la tête et tira doucement mais avec fermeté jusqu'aux épaules, il fit pivoter le petit corps et le tira à lui d'un seul mouvement rapide, tandis qu'avec l'autre main il défaisait le cordon rouge enroulé autour de son cou. Eliza Sommers réceptionna une petite masse tout en sang, une fillette minuscule, avec le visage écrasé et la peau bleue. Tandis que Tao Chi'en coupait le cordon et mettait en place la deuxième phase de l'accouchement, la grand-mère nettoya sa petite-fille avec une éponge et lui tapota le dos jusqu'à ce qu'elle respire. Quand elle entendit le cri qui annonçait son entrée dans le monde, et qu'elle la vit reprendre une couleur normale, elle la posa sur le ventre de Lynn. Exténuée, la mère se dressa en s'appuyant sur un coude pour l'accueillir, tandis que son corps continuait à être secoué de contractions, elle la prit sur sa poitrine, l'embrassa et lui souhaita la bienvenue dans un mélange d'anglais, d'espagnol, de chinois et de mots inventés. Une heure plus tard, Eliza appela Severo et Lucky pour leur présenter la petite. Ils la trouvèrent en train de dormir paisiblement dans le berceau en argent repoussé qui avait appartenu aux Rodríguez de Santa Cruz, vêtue de soie jaune, avec un bonnet rouge qui lui donnait une allure de petit lutin. Lynn sommeillait, pâle et paisible, dans des draps propres, et Tao Chi'en, assis à son côté, surveillait son pouls.

— Quel nom lui donnerez-vous ? demanda Severo del Valle, ému.

— C'est à Lynn et à vous d'en décider, répliqua Eliza.

— A moi ?

— N'êtes-vous pas le père ? demanda Tao Chi'en avec un clin d'œil moqueur.

— Elle s'appellera Aurora parce qu'elle est née à l'aube, murmura Lynn sans ouvrir les yeux.

— Son nom en chinois est Lai-Ming, qui veut dire aube, dit Tao Chi'en.

— Bienvenue au monde, Lai-Ming, Aurora del Valle..., dit en souriant Severo, embrassant la petite sur le front, persuadé que ce jour était le plus heureux de sa vie et que cette enfant ridée, habillée en poupée chinoise était tout autant sa fille que si elle avait été de son propre sang. Lucky prit sa nièce dans les bras et lui souffla son haleine de tabac et de sauce au soja au visage.

— Que fais-tu ! s'exclama la grand-mère, en essayant de la lui enlever des mains.

— Je lui transmets ma chance. Quel autre cadeau valable puis-je offrir à Lai-Ming ? dit en riant son oncle.

Lorsque Severo del Valle vint dans la demeure de Nob Hill annoncer, à l'heure du dîner, qu'il avait épousé Lynn Sommers une semaine auparavant, et que ce jour même était née sa fille, son oncle et sa tante furent aussi déconcertés que s'il avait déposé un chien mort sur la table de la salle à manger.

— Et tout le monde qui rejetait la faute sur Matías ! J'ai toujours su qu'il n'était pas le père, mais j'étais loin de penser que c'était toi, éructa Feliciano, une fois remis de sa surprise.

— Je ne suis pas le père biologique, je ne suis que le père légal. La petite s'appelle Aurora del Valle, dit Severo.

— Voilà un culot impardonnable ! Tu as trahi cette famille qui t'a accueilli comme un fils ! fit son oncle en hurlant.

— Je n'ai trahi personne. Je me suis marié par amour.

— Mais cette fille n'était pas amoureuse de Matías ?

— Cette fille s'appelle Lynn et elle est ma femme, j'exige qu'elle soit traitée avec respect, dit sèchement Severo en se levant.

— Tu es idiot, Severo, un parfait idiot ! l'insulta Feliciano en quittant la salle à manger à grands pas furieux.

L'impénétrable Williams, qui entrait à ce moment-là pour superviser le service des desserts, ne put éviter un rapide sourire de complicité avant de se retirer discrètement. Paulina écouta, l'air incrédule, Severo lui expliquer que dans quelques jours il partait faire la guerre au Chili, que Lynn vivrait dans la maison de ses parents à Chinatown et que, si tout marchait bien, il reviendrait pour assumer son rôle de mari et de père.

— Assieds-toi, neveu, parlons comme des personnes sensées. Matías est le père de cette enfant, non ?

— Demandez-le-lui, ma tante.

— Je vois. Tu t'es marié pour racheter l'attitude de Matías. Mon fils est un cynique et toi un romantique... Mais gâcher ta vie pour une bravade ! s'exclama Paulina.

— Vous vous trompez, ma tante. Je n'ai pas gâché ma vie, tout au contraire, je crois que c'est la seule chance pour moi d'être heureux.

— Avec une femme qui en aime un autre ? Avec une fille qui n'est pas la tienne ?

— Tout s'arrangera avec le temps. Si je reviens de la guerre, Lynn apprendra à m'aimer et la petite croira que je suis son père.

— Matías peut revenir avant toi, fit-elle.

— Cela ne changera rien.

— Il suffira d'un mot de Matías pour que Lynn Sommers le suive jusqu'au bout du monde.

— C'est un risque à courir, répliqua Severo.

— Tu as perdu la tête, neveu. Ces gens ne sont pas de notre milieu, décréta Paulina del Valle.

— C'est la famille la plus respectable que je connaisse, ma tante, lui assura Severo.

— Je vois que tu n'as rien appris à mon côté. Pour triompher ici-bas, il faut calculer avant d'agir. Tu es un avocat destiné à un brillant avenir et tu portes un des noms les plus anciens du Chili. Crois-tu que ta femme sera acceptée dans la bonne société ? Et ta cousine Nívea, elle ne t'attend donc pas ? demanda Paulina.

— Cette histoire est terminée, dit Severo.

— Bien, je vois que tu t'es enfoncé jusqu'au cou, Severo, je suppose qu'il est trop tard pour regretter quoi que ce soit.

Nous allons faire notre possible pour limiter les dégâts. L'argent et la position sociale ont beaucoup d'importance ici comme au Chili. Je t'aiderai de mon mieux, je suis quand même la grand-mère de cette fillette, comment tu as dit qu'elle s'appelle ?

— Aurora, mais ses grands-parents l'appellent Lai-Ming.

— Elle porte le nom des del Valle, il est de mon devoir de l'aider, puisque Matías s'est lavé les mains de cette lamentable affaire.

— C'est inutile, ma tante. Tout est arrangé pour que Lynn dispose de mon héritage.

— L'argent n'est jamais de trop. Je pourrai au moins voir ma petite-fille, non ?

— Nous le demanderons à Lynn et à ses parents, promit Severo del Valle.

Ils se trouvaient encore dans la salle à manger lorsque Williams entra avec un message urgent annonçant que Lynn avait eu une hémorragie et que sa vie était en danger, qu'il vienne au plus vite. Severo partit comme une flèche vers Chinatown. En entrant dans la maison des Chi'en, il trouva la petite famille rassemblée autour du lit de Lynn, tous tellement immobiles qu'ils avaient l'air de poser pour une scène dramatique. L'espace d'un instant il fut pris du fol espoir de voir tout propre et en ordre, sans traces de l'accouchement, sans linges sales ni odeur de sang, mais il vit l'expression de douleur sur les visages de Tao, d'Eliza et de Lucky. Dans la chambre l'air était devenu léger. Severo respira profondément, il étouffait comme s'il était sur la cime d'une montagne. Il s'approcha du lit en tremblant et vit Lynn allongée les mains sur la poitrine, les paupières closes et la peau transparente : une belle sculpture en albâtre cendré. Il lui prit une main, dure et froide comme de la glace, se pencha

sur elle et constata que sa respiration était à peine perceptible, elle avait les lèvres et les doigts bleus ; il déposa un
interminable baiser dans la paume de sa main, la baignant de
larmes, effondré de tristesse. Elle parvint à balbutier le nom
de Matías, puis elle soupira par deux fois et s'en fut avec
cette légèreté avec laquelle elle avait flotté en ce monde. Un
silence absolu accueillit le mystère de la mort et, pour un
temps impossible à mesurer, ils restèrent immobiles, tandis
que l'esprit de Lynn finissait de s'élever. Severo sentit un
hurlement qui surgissait du fond de la terre et le transperçait
depuis les pieds jusqu'à la bouche, mais qui ne parvenait pas
à sortir de ses lèvres. Ce fut un cri intérieur, qui l'envahit
entièrement et éclata dans sa tête en une explosion silencieuse. Il resta là, à genoux contre le lit, appelant Lynn
sans voix, incrédule face au destin qui lui avait ravi subitement la femme dont il avait rêvé pendant des années,
l'emportant juste au moment où il croyait avoir concrétisé
ce rêve. Une éternité plus tard il sentit qu'on lui touchait
l'épaule et se trouva devant les yeux méconnaissables de
Tao Chi'en. « Ça va, ça va », crut-il l'entendre murmurer, et
il vit derrière lui Eliza Sommers et Lucky, qui sanglotaient
enlacés, et il se sentit comme un intrus dans la douleur de
cette famille. Alors il pensa à l'enfant. Il alla jusqu'au berceau en argent, titubant comme un ivrogne, il prit la petite
Aurora dans ses bras, l'emmena jusqu'au lit et l'approcha du
visage de Lynn pour qu'elle fasse un dernier adieu à sa mère.
Puis il s'assit en la tenant sur ses genoux, la berçant,
inconsolable.

Lorsque Paulina del Valle apprit la mort de Lynn Sommers, elle eut un sursaut de joie et lança un cri de triomphe,
avant que la honte d'un sentiment si bas ne la ramène à la

réalité. Elle avait toujours voulu avoir une fille. Dès sa première grossesse elle avait rêvé de cette fille qui porterait son nom, Paulina, elle aurait été sa meilleure amie et sa compagne. Avec chacun des trois garçons qu'elle avait mis au monde, elle s'était sentie flouée, mais maintenant, à l'âge mûr, ce cadeau lui tombait du ciel : une petite-fille qu'elle pourrait élever comme sa propre fille, quelqu'un à qui donner tout ce que l'affection et l'argent pouvaient offrir, pensait-elle, quelqu'un qui l'accompagnerait dans ses vieux jours. Avec Lynn Sommers hors circuit, elle pouvait réclamer l'enfant au nom de Matías. Elle fêtait cette imprévisible bonne fortune avec une tasse de chocolat et trois gâteaux à la crème lorsque Williams lui rappela que, légalement, la petite était la fille de Severo del Valle, seule personne habilitée à décider de son avenir. Tant mieux, conclut-elle, son neveu au moins était sur place, alors que faire venir Matías d'Europe et le convaincre de réclamer sa fille serait une tâche de longue haleine. Elle n'avait pas prévu la réaction de Severo après qu'elle lui eut exposé ses plans.

— Légalement tu es le père, et donc tu peux apporter la petite dans cette maison dès demain, dit Paulina.

— Je n'en ferai rien, ma tante. Les parents de Lynn s'occuperont de leur petite-fille tout le temps que je serai à la guerre, ils veulent l'élever et je suis d'accord, répliqua le neveu sur un ton ferme, qu'elle ne lui avait jamais connu auparavant.

— Tu es fou ? Nous ne pouvons pas laisser ma petite-fille entre les mains d'Eliza Sommers et de ce Chinois ! s'exclama Paulina.

— Pourquoi donc ? Ce sont ses grands-parents.

— Tu veux qu'elle grandisse à Chinatown ? Nous, nous

116

pouvons lui offrir une éducation, des chances, une vie de luxe, un nom respectable. Eux ne peuvent rien lui offrir de tout ça.

— Ils lui offriront de l'amour, répliqua Severo.

— Moi aussi ! Rappelle-toi que tu me dois beaucoup, neveu. C'est un moyen de me payer et de faire quelque chose pour cette fillette.

— Je suis désolé, ma tante, la décision est prise. Aurora restera avec ses grands-parents maternels.

Paulina del Valle eut une de ses nombreuses crises qui jalonnaient sa vie. Elle avait du mal à croire que ce neveu qu'elle pensait être un allié inconditionnel, qui était devenu un vrai fils pour elle, pût la trahir de si vile manière. Elle cria si fort, proféra tant d'insultes et de vains raisonnements qu'elle finit par s'étouffer, et Williams dut faire venir un médecin pour qu'il lui administre une dose de tranquillisants proportionnels à son volume, pour la faire dormir un bon moment. Lorsqu'elle se réveilla, trente heures plus tard, son neveu se trouvait à bord du vapeur qui l'emportait au Chili. Son mari et Williams parvinrent à la dissuader de recourir à la violence, comme elle le souhaitait, car pour corrompue que fût la justice à San Francisco, il n'y avait aucun moyen légal pour arracher le bébé à ses grands-parents maternels, compte tenu que le père légal en avait ainsi décidé par écrit. Ils lui suggérèrent aussi de ne pas tenter d'offrir de l'argent pour la petite, parce que cela pouvait se retourner contre elle et lui être très préjudiciable. La seule voie possible était la diplomatie, jusqu'au retour de Severo del Valle, alors ils pourraient parvenir à un accord, lui conseillèrent-ils. Mais elle ne voulut rien savoir, et deux jours plus tard elle se présenta dans le salon de thé d'Eliza Sommers avec une proposition que l'autre grand-mère ne pouvait pas refuser, elle en était sûre. Eliza portait le deuil de sa fille, mais elle était illuminée par la consolation de cette petite-fille qui dormait placidement à son côté. En voyant le berceau en argent, qui avait été celui de ses enfants, installé devant la fenêtre, Paulina eut un choc, mais elle se souvint d'avoir donné à Williams la permission de l'offrir à Severo et elle se mordit les lèvres, elle n'était pas venue pour se battre à propos d'un berceau, quelle que fût sa valeur, mais pour négocier l'avenir de sa petite-fille. « Ne gagne pas celui qui a raison, mais celui qui marchande le mieux », avait-elle l'habitude de dire. Et dans ce cas, il lui semblait non seulement évident que la raison était de son côté, mais que personne ne la surpassait dans l'art de marchander.

Eliza souleva le bébé dans son berceau et le lui tendit. Paulina prit ce minuscule paquet, si léger qu'on aurait dit une enveloppe de linges, et sentit que son cœur éclatait avec une émotion tout à fait nouvelle. « Mon Dieu, mon Dieu », répéta-t-elle, effrayée devant cette vulnérabilité inconnue, sentant ses chevilles vaciller et un sanglot lui traverser la poitrine. Elle prit place dans un fauteuil avec sa petite-fille à moitié perdue sur ses énormes genoux et se mit à la bercer, tandis qu'Eliza Sommers commandait le thé et les gâteaux qu'elle avait l'habitude de prendre jadis, à l'époque où elle était la cliente la plus assidue de la pâtisserie. Ces quelques minutes permirent à Paulina del Valle de se remettre de son émotion et de placer son artillerie en position d'attaque. Elle commença par lui présenter ses condoléances pour la mort de Lynn et en vint à admettre que son fils Matías était sans doute le père d'Aurora, il suffisait de voir l'enfant pour s'en convaincre : elle portait la marque des Rodríguez de Santa Cruz et des del Valle. Elle regrettait beaucoup, dit-elle, que Matías se trouvât en Europe pour raisons de santé et ne fût, de ce fait, pas encore en mesure de réclamer la petite. A la suite de quoi, elle annonça son souhait de récupérer sa petite-fille ; sachant qu'Eliza travaillait beaucoup, disposait de peu de temps et de moyens limités, il lui serait sans doute impossible de donner à Aurora le niveau de vie qu'elle aurait dans sa maison de Nob Hill. Elle dit cela sur le ton d'une faveur, dissimulant l'anxiété qui lui nouait la gorge et le tremblement qui agitait ses mains. Eliza Sommers la remercia de cette généreuse proposition, mais elle était certaine qu'avec Tao Chi'en ils pouvaient s'occuper de Lai-Ming, selon le souhait exprimé par Lynn avant de mourir. Bien entendu, ajouta-t-elle, Paulina serait toujours la bienvenue dans la vie de la fillette.

— Il ne faut pas créer de confusion concernant la paternité de Lai-Ming, ajouta Eliza Sommers. Comme vous-même et votre fils l'avez affirmé il y a quelques mois, il n'y a jamais rien eu entre Lynn et lui. Vous vous rappelez que votre fils a dit clairement que le père de la petite pouvait être n'importe lequel de ses amis.

— Ce sont des choses que l'on dit dans le feu de la discussion, Eliza. Matías a lancé cela sans penser..., balbutia Paulina.

— Le fait que Lynn épouse monsieur Severo del Valle prouve que votre fils disait vrai, Paulina. Ma petite-fille n'a aucun lien de sang avec vous, mais je vous répète que vous pouvez venir la voir quand vous le voudrez. Plus elle aura d'affection, mieux ce sera pour elle.

Dans la demi-heure qui suivit, les deux femmes s'affrontèrent comme des gladiateurs, chacune dans son style. Paulina del Valle passa de la flatterie au harcèlement, de la prière à la subornation, puis comme rien de tout cela ne donnait de résultat, à la menace, sans que l'autre grand-mère

119

ne bouge d'un millimètre, sauf pour prendre délicatement la petite et la remettre dans son berceau. Paulina ne sut à quel moment la rage lui monta à la tête ; elle perdit complètement le contrôle de la situation et finit par hurler qu'Eliza Sommers allait voir qui étaient les Rodríguez de Santa Cruz, le pouvoir qu'ils avaient dans cette ville, et comment ils pouvaient la ruiner, son ridicule négoce de gâteaux et son Chinois aussi, que personne n'avait intérêt à devenir l'ennemi de Paulina del Valle et que, tôt ou tard, elle lui prendrait la petite, elle pouvait en être totalement certaine, car il n'était pas encore né celui qui se mettrait en travers de son chemin. Du revers de la main elle balaya les fines tasses en porcelaine et les gâteaux chiliens qui atterrirent par terre dans un nuage de sucre et elle sortit en soufflant comme un taureau de combat. Une fois dans la voiture, elle sentit le sang frapper ses tempes et son cœur cogner sous ses couches de graisses emprisonnées dans son corset, et elle fondit en larmes, pleurant comme elle n'avait pas pleuré depuis le jour où elle avait installé le verrou à la porte de sa chambre et était restée seule dans son grand lit mythologique. Comme à cette époque lointaine, elle venait de gâcher ses meilleures armes : son habileté à marchander comme un commerçant arabe, qui lui avait valu tellement de succès à d'autres moments de sa vie. En voulant être trop ambitieuse, elle avait tout perdu.

DEUXIÈME PARTIE

1880-1896

Il existe un portrait de moi à l'âge de trois ou quatre ans, le seul de cette époque qui a survécu aux aléas du destin et à la volonté de Paulina del Valle de gommer mes origines. C'est un carton usé enfermé dans un cadre de voyage, un de ces anciens étuis en velours et métal, très à la mode au XIXᵉ siècle et que plus personne n'utilise aujourd'hui. Sur la photographie, on peut voir une enfant très petite, habillée dans le style des fiancées chinoises, avec une longue tunique en satin brodé recouvrant un pantalon d'une autre couleur. Elle porte de délicates sandales montées sur un feutre blanc, protégées par une fine lamelle de bois. Elle a des cheveux sombres remontés en chignon, trop volumineux pour sa taille et maintenu par de grosses aiguilles, peut-être en or ou en argent, unies par une courte guirlande de fleurs. La fil-lette tient un éventail ouvert dans la main et semble rire, mais on distingue à peine ses traits, le visage n'est qu'une lune claire et les yeux, deux petites taches noires. Derrière elle, on découvre une grande tête de dragon en papier et les brillantes étoiles d'un feu d'artifice. La photographie a été prise lors de la célébration du Nouvel An chinois à San Francisco. Je ne me souviens pas de cet instant et je ne re-connais pas la petite fille de cet unique portrait.

En revanche, ma mère Lynn Sommers apparaît sur plusieurs photographies que j'ai sauvées de l'oubli grâce à ma ténacité et à de bonnes relations. Je suis retournée à San Francisco il y a quelques années pour faire la connaissance de mon oncle Lucky et j'ai arpenté les bouquinistes et les studios de photographes pour rechercher des calendriers et des cartes postales pour lesquels elle avait posé. Je continue d'en recevoir, lorsque mon oncle Lucky en trouve. Ma mère était très belle, c'est tout ce que je peux dire à son sujet, car je ne la reconnais pas davantage sur ces portraits. Je ne m'en souviens pas, bien entendu, puisqu'elle est morte à ma naissance, mais la femme des calendriers est une étrangère, nous n'avons rien en commun; je suis incapable de la visualiser comme ma mère, seulement comme un jeu d'ombre et de lumière sur le papier. On a également du mal à croire qu'elle est la sœur de mon oncle Lucky, qui est un Chinois court sur pattes avec une grosse tête, d'allure quelconque, mais d'une grande bonté. Je ressemble davantage à mon père, j'ai son type espagnol, et malheureusement, je n'ai pour ainsi dire rien hérité de mon extraordinaire grand-père Tao Chi'en. Si ce n'était parce que ce grand-père est le souvenir le plus net et persistant de ma vie, le plus vieil amour contre lequel viennent échouer tous les hommes que j'ai connus, car aucun ne peut l'égaler, j'aurais du mal à croire que j'ai du sang chinois dans les veines. Tao Chi'en m'accompagne à tout moment. Je peux le voir, grand et de belle allure, toujours impeccablement habillé, les cheveux gris, des lunettes rondes et un regard d'incommensurable bonté éclairant ses yeux en amande. Dans mon souvenir, il sourit toujours, parfois je l'entends qui me chante un air en chinois. Il m'entoure, m'accompagne, me guide, comme il l'avait promis à ma grand-mère Eliza. Il existe un daguerréotype de ces deux grands-parents quand ils étaient jeunes, avant leur mariage : elle assise sur une chaise à haut dossier et lui, debout derrière elle, tous deux habillés à la mode américaine d'alors, regardant l'appareil en face avec une vague expression de frayeur. Ce portrait, finalement en ma possession, est sur ma table de chevet et c'est la dernière chose que je vois avant d'éteindre ma lampe chaque nuit, mais j'aurais aimé l'avoir dans mon enfance, quand j'avais tellement besoin de la présence de ces grands-parents.

Aussi loin que je me souvienne, le même cauchemar n'a cessé de me hanter. Les images de ce rêve tenace restent en moi pendant des heures, gâchant ma journée et me rongeant l'âme. La même scène se répète sans fin : je marche dans les rues vides d'une ville inconnue et exotique, une personne dont je ne parviens jamais à voir le visage me tient par la main, je ne distingue que ses jambes et la pointe de ses chaussures brillantes. Tout à coup nous sommes entourés par des enfants en pyjamas noirs qui dansent une ronde sauvage. Une tache sombre, du sang peut-être, se répand sur les pavés, tandis que le cercle des enfants se referme inexorablement, de plus en plus menaçant, autour de la personne qui me tient par la main. Ils nous coincent, nous poussent, nous tirent, nous séparent, je cherche la main amie et je rencontre le vide. Je crie sans voix, je tombe sans bruit et je me réveille alors avec le cœur qui explose. Parfois, je passe plusieurs jours sans ouvrir la bouche, consumée par le souvenir de ce rêve, essayant de pénétrer les couches de mystère qui l'entourent, tâchant de découvrir un détail, jusqu'alors passé inaperçu, qui me donnerait la clef. Pendant ces jours-là, je suis prise d'une sorte de fièvre froide, mon corps se referme et mon esprit reste prisonnier d'un territoire glacé. Je suis restée dans cet état de paralysie les premières semaines que j'ai passées chez Paulina del Valle. J'avais cinq ans quand on

125

m'a amenée dans la demeure de Nob Hill et personne ne s'est donné la peine de m'expliquer pourquoi, tout à coup, ma vie prenait un tournant dramatique, où étaient mes grands-parents Eliza et Tao, qui était cette dame monumentale couverte de bijoux qui m'observait de son trône avec des yeux baignés de larmes. J'ai couru me réfugier sous une table et je suis restée là comme un chien battu, d'après ce qu'on m'a raconté. C'est Williams, qui à cette époque était le majordome des Rodríguez de Santa Cruz – la chose est difficile à imaginer, il est vrai –, qui a eu l'idée, dès le lendemain, de poser ma nourriture sur un plateau attaché à une ficelle. Ils tiraient peu à peu sur la ficelle et moi, poussée par la faim j'ai fini par me traîner derrière le plateau, et c'est comme ça qu'ils ont réussi à m'extraire de mon refuge, mais chaque fois que je me réveillais après ce cauchemar, j'allais à nouveau me cacher sous la table. Cela dura un an, et c'est seulement après notre départ pour le Chili, dans l'étourdissement du voyage et de notre installation à Santiago, que cette manie est passée.

Mon cauchemar est en noir et blanc, silencieux et sans appel, il a une qualité éternelle. Je suppose que je possède maintenant suffisamment d'informations pour en connaître la signification, mais il n'a pas cessé pour autant de me torturer. Si je suis différente, c'est à cause de mes rêves, comme ces gens qui, à la suite d'une maladie de naissance ou d'une déformation, doivent réaliser un effort constant pour mener une existence normale. Eux, ils portent des marques visibles, la mienne ne se voit pas, mais elle existe, je peux la comparer à une crise d'épilepsie, qui vous assaille soudainement et vous laisse la marque d'un trouble. Le soir, la peur me saisit au moment d'aller me coucher, je redoute ce qui pourrait arriver pendant mon sommeil et l'état dans lequel je me réveillerais. J'ai essayé plusieurs méthodes pour lutter contre mes démons nocturnes, depuis la liqueur d'orange coupée de quelques gouttes d'opium jusqu'à la transe hypnotique et autres formes de nécromancie, mais rien ne me garantit un sommeil paisible, excepté la bonne compagnie. Dormir enlacé à quelqu'un est, à ce jour, le seul et unique remède. Je devrais me marier, tout le monde me le conseille, mais je l'ai fait une fois et ç'a été une calamité, je ne peux pas tenter à nouveau le destin. A trente ans et sans mari, je ne suis guère plus qu'un fantôme, mes amies me regardent avec pitié, même si certaines envient mon indépendance. Je ne suis pas seule, j'ai un amour secret, sans attaches ni conditions, source de scandale n'importe où, mais surtout ici dans ce pays où nous vivons. Je ne suis ni veuve, ni célibataire, ni divorcée, je vis dans ce limbe des femmes « séparées », où vont atterrir les infortunées qui préfèrent l'opprobre public à une vie partagée avec un homme qu'elles n'aiment pas. Comment peut-il en être autrement au Chili, où le mariage est éternel et inexorable ? Il nous arrive lors de certains réveils extraordinaires, lorsque le corps de mon amant et le mien, humides de transpiration et lascifs après les rêves partagés, gisent encore dans cet état semi-conscient de tendresse absolue, heureux et confiants comme des enfants endormis, de nous laisser aller à parler de mariage et de voyage : partir aux Etats-Unis, par exemple, où l'espace est infini et où personne ne nous connaît, pour vivre ensemble comme un couple normal. Mais quand nous nous réveillons, avec le soleil pointant son nez à la fenêtre, nous n'en reparlons plus, parce que nous savons que nous ne pourrions pas vivre ailleurs que dans notre Chili, avec ses cataclysmes géologiques et ses petitesses humaines, mais aussi avec ses fiers volcans et ses cimes enneigées, ses lacs immémoriaux parsemés d'émeraudes, ses rivières écumeuses et ses forêts odorantes, pays allongé comme un ruban, patrie de gens pauvres et encore innocents, malgré les abus nombreux et variés. Lui, il ne pourrait pas partir et moi, je ne me lasserais jamais de le photographier. J'aimerais avoir des enfants, ça oui, mais j'ai fini par accepter l'idée que je ne serai jamais mère. Je ne suis pas stérile, je suis fertile dans d'autres domaines. Nívea del Valle dit qu'un être humain ne se définit pas par sa capacité de reproduction, ce qui semble ironique venant d'elle, qui a mis au monde plus d'une douzaine d'enfants. Mais je ne veux pas parler ici des enfants que je n'aurai pas, ou de mon amant, mais des événements qui ont fait de moi ce que je suis. Je comprends que dans la rédaction de ces souvenirs je dois trahir certaines personnes, c'est inévitable. « Souviens-toi que le linge sale se lave en famille », me répète Severo del Valle, qui a grandi, comme nous tous, en suivant cette consigne. « Ecris avec honnêteté et ne te préoccupe pas des sentiments des autres, car quoi que tu dises ils te haïront de toute façon », me conseille en revanche Nívea. Poursuivons donc.

Devant l'impossibilité de me débarrasser de mes cauchemars, j'essaie à tout le moins d'en tirer quelque profit. J'ai constaté qu'après une nuit orageuse je reste comme hallucinée et la chair à vif, un état très favorable à la création. Mes meilleures photographies je les ai prises ces jours-là, alors que mon seul désir est de me mettre sous la table, comme je le faisais les premiers temps chez ma grand-mère Paulina. Le rêve des enfants en pyjamas noirs m'a conduite à la photographie, j'en suis certaine. Lorsque Severo del Valle m'a offert un appareil photographique, la première chose qui m'est venue à l'esprit, c'est de me dire que, si je parvenais à photographier ces démons, je les détruirais. A treize ans je m'y suis plusieurs fois essayée. J'ai inventé des systèmes compliqués de petites roues et de cordes pour déclencher un appareil fixe pendant mon sommeil, jusqu'à ce que l'évidence me saute aux yeux : ces créatures maléfiques étaient invulnérables aux assauts de la technologie. Quand on regarde avec une attention soutenue un objet ou un corps d'apparence commune, il se transforme en quelque chose de sacré. L'appareil photographique peut révéler les secrets que l'œil nu ou l'esprit ne captent pas, tout disparaît sauf ce qui a été saisi dans le cadre. La photographie est un exercice d'observation et le résultat est toujours un coup du hasard, parmi les centaines de milliers de négatifs qui remplissent plusieurs cartons dans mon studio, il y en a très peu d'exceptionnels. Mon oncle Lucky Chi'en se sentirait un peu trahi s'il savait le peu d'effet qu'a eu son souffle de bonne chance sur mon travail. L'appareil photographique est une chose simple, il est à la portée du plus ignare, le but est de créer cette combinaison de vérité et de beauté que l'on appelle art. Cette quête est surtout spirituelle. Je recherche la vérité et la beauté dans la transparence d'une feuille en automne, dans la forme parfaite d'un escargot sur la plage, dans la courbe d'une épaule féminine, dans la texture d'un vieux tronc d'arbre, mais aussi dans d'autres formes fuyantes de la réalité. Parfois, en travaillant sur une image dans ma chambre noire, apparaît l'âme d'une personne, l'émotion d'un événement ou l'essence vitale d'un objet, alors la gratitude éclate en moi et je fonds en larmes, je ne peux m'en empêcher. C'est pour cette révélation que je travaille.

Severo del Valle disposa de plusieurs semaines de navigation pour pleurer Lynn Sommers et méditer sur ce que serait sa vie future. Il se sentait responsable de la petite Aurora et avait rédigé un testament avant d'embarquer, afin que le petit pécule reçu en héritage de son père, ainsi que ses propres économies, lui soient remis en main propre en cas de disparition. Entre-temps, elle en toucherait les intérêts mensuels. Il savait que les parents de Lynn s'occuperaient mieux de la petite que quiconque et se disait que, malgré la toute-puissance de sa tante Paulina, cette dernière ne tenterait pas de l'enlever par la force, parce que son mari ferait tout pour éviter que l'affaire tourne au scandale.

Assis à l'avant du bateau, le regard perdu sur la mer infinie, Severo se dit en conclusion qu'il ne se consolerait jamais de la perte de Lynn. Il ne souhaitait pas vivre sans elle. Mourir au combat était la meilleure chose que pouvait lui offrir l'avenir : mourir vite et rapidement, c'est tout ce qu'il demandait. Pendant des mois son amour pour Lynn, et sa décision de l'aider, avaient occupé tout son temps et son attention, c'était pour cela qu'il avait reculé jour après jour son départ, alors que tous les Chiliens de son âge s'engageaient au combat. A bord se trouvaient plusieurs jeunes gens qui allaient, comme lui, entrer dans le rang — mettre l'uniforme était une question d'honneur —, ils se retrouvaient pour commenter les nouvelles de la guerre transmises par le télégraphe. Après quatre années passées en Californie, Severo avait fini par couper les liens avec son pays ; il avait répondu à l'appel de la guerre pour s'abandonner à son deuil, mais il ne ressentait pas la moindre ferveur guerrière. Cependant, à mesure que le bateau naviguait vers le sud, il sentait l'enthousiasme des autres le gagner. Il pensa à nouveau servir le Chili, comme il avait souhaité le faire quand il était à l'école, quand il discutait de politique dans les cafés avec ses camarades. Il se disait que ces derniers devaient se battre depuis des mois, alors que lui flânait dans San Francisco, en attendant le moment d'aller rendre visite à Lynn Sommers et de jouer au *mah-jong*. Comment pourrait-il justifier une telle lâcheté devant ses amis et sa famille? L'image de Nívea venait l'assaillir pendant ces réflexions. Sa cousine ne comprendrait pas pourquoi il avait tant tardé à revenir défendre sa patrie, parce que si elle avait été un homme, il était sûr qu'elle aurait été la première à rejoindre le front. Dieu merci, avec elle les explications seraient inutiles, il pensait mourir avant de la revoir. Il fallait beaucoup plus de courage pour affronter Nívea, après ce qu'il lui avait fait, que pour se battre contre le plus fier ennemi. Le navire avançait avec une désespérante lenteur, à cette allure ils atteindraient le Chili lorsque la guerre serait terminée, calculait-il avec anxiété. Pour lui, il ne faisait aucun doute que la victoire leur appartenait, malgré l'avantage numérique de l'adversaire et l'arrogante incapacité du haut commandement chilien. Le commandant en chef de l'armée et l'amiral de l'escadre étaient deux vieillards qui ne parvenaient pas à se mettre d'accord sur la moindre stratégie. Cependant, les Chiliens avaient une meilleure discipline militaire que les Péruviens et les Boliviens. « Il a fallu que Lynn meure pour que je me décide à revenir au Chili accomplir mon devoir patriotique, je suis un cancrelat », marmonnait-il pour lui-même, tout honteux.

Le port de Valparaiso brillait dans la lumière radieuse de décembre quand le vapeur jeta l'ancre dans la baie. En entrant dans les eaux territoriales du Pérou et du Chili, ils avaient vu quelques navires d'escadre de ces deux pays en pleine manœuvre, mais ce n'est qu'après avoir accosté à Valparaiso qu'ils prirent conscience de la guerre. Le port avait un aspect très différent de celui que Severo avait gardé dans son souvenir. La ville était militarisée. Des troupes étaient cantonnées en attendant le départ, le drapeau chilien flottait en haut des bâtiments et on notait une grande agitation de bateaux et de remorqueurs autour de plusieurs navires de l'armée ; en revanche, il y avait peu de bateaux de passagers. Le jeune homme avait annoncé à sa mère la date de son arrivée, mais il ne s'attendait pas à la voir dans le port : elle vivait à Santiago avec ses enfants plus jeunes depuis deux ans, et le voyage depuis la capitale était très pénible. Il ne prit même pas la peine de scruter le quai pour chercher des visages connus, comme le faisaient la plupart des passagers. Il empoigna sa valise, donna quelques pièces à un marin pour qu'il s'occupe de ses malles et descendit sur la passerelle en respirant à pleins poumons l'air salin de la ville où il était né. En mettant un pied à terre il tituba comme un ivrogne, car pendant des semaines de navigation il s'était habitué au roulis et maintenant il avait du mal à marcher sur la terre ferme. Il siffla un portefaix pour l'aider à transporter son équipage et chercha du regard une voiture pour se rendre chez sa grand-mère Emilia, où il avait l'intention de rester deux ou trois jours avant de pouvoir rejoindre l'armée. A ce moment-là, il sentit qu'on lui touchait le bras. Il se retourna, surpris, et se trouva nez à nez avec la dernière personne qu'il souhaitait voir : sa cousine Nívea. Il lui fallut quelques secondes pour la reconnaître et se remettre de l'impression. La jeune fille qu'il avait laissée quatre ans auparavant était devenue une femme inconnue, toujours petite, mais beaucoup plus mince, avec un corps harmonieux. La seule chose qui demeurait intacte était l'expression intelligente et concentrée de son visage. Elle portait une robe d'été en taffetas bleu et un chapeau de paille avec un long voile d'organdi blanc noué sous le menton, encadrant son visage ovale, aux traits fins, où les yeux noirs brillaient, inquiets et joueurs. Elle était seule. Severo fut incapable de la saluer, il resta à la regarder la bouche ouverte, puis reprenant ses esprits il réussit à lui demander, troublé, si elle avait reçu sa dernière lettre, pensant à celle dans laquelle il lui annonçait son mariage avec Lynn Sommers. Comme il ne lui avait pas écrit depuis, il se dit qu'elle ignorait la mort de Lynn et la naissance d'Aurora ; sa cousine ne pouvait deviner qu'il était devenu veuf et père, sans jamais avoir été un mari.

— Nous en parlerons plus tard, laisse-moi d'abord te souhaiter la bienvenue, l'interrompit-elle. Une voiture nous attend.

Une fois que les malles furent hissées sur la carriole, Nívea dit au cocher de suivre la corniche à pas lents, cela leur laisserait le temps de parler avant de parvenir à la maison, où l'attendait le reste de la famille.

— Je me suis conduit comme un scélérat avec toi, Nívea. Tout ce que je peux dire en ma faveur, c'est que jamais je n'ai souhaité te faire souffrir, murmura Severo sans oser la regarder.

— Je reconnais que j'étais furieuse après toi, Severo, je devais me mordre la langue pour ne pas te maudire, mais je n'ai plus de rancœur. Je crois que tu as souffert plus que moi. Je suis vraiment désolée pour ce qui est arrivé à ta femme.

— Comment sais-tu cela ?

— J'ai reçu un télégramme m'annonçant la nouvelle, il était signé d'un certain Williams.

La première réaction de Severo del Valle fut la colère — comment le majordome osait-il ainsi s'immiscer dans sa vie privée !, mais après il ne put s'empêcher de ressentir de la gratitude car ce télégramme lui évitait des explications douloureuses.

— Je n'attends pas que tu me pardonnes, seulement que tu m'oublies, Nívea. Toi, plus que quiconque, tu mérites d'être heureuse...

— Qui te dit que je désire être heureuse, Severo ? C'est le dernier adjectif que j'utiliserais pour définir l'avenir auquel j'aspire. Je souhaite une vie intéressante, aventureuse, différente, passionnée, bref, tout avant que d'être heureuse.

— Ah, cousine, c'est merveilleux de constater que tu n'as pas changé ! Cela étant, dans quelques jours je serai en route pour le Pérou avec le gros de l'armée et je n'espère qu'une chose, mourir les bottes aux pieds, parce que ma vie n'a plus de sens maintenant.

— Et ta fille ?

— Je vois que Williams t'a donné tous les détails. Il t'a également dit que je ne suis pas le père de cette fillette ? demanda Severo.

— Qui est-ce ?

— Peu importe. Légalement elle est ma fille. Elle est avec ses grands-parents et ne manquera pas de ressources, j'y ai veillé.

— Comment s'appelle-t-elle ?

— Aurora.

— Aurora del Valle... joli nom. Tâche de revenir entier de la guerre, Severo, parce que quand nous nous marierons cette petite deviendra sans doute notre première fille, dit Nívea en rougissant.

— Qu'as-tu dit ?

— Je t'ai attendu toute ma vie, je peux continuer à attendre, non ? Je ne suis pas pressée, j'ai beaucoup de choses à faire avant de me marier. En ce moment je travaille.

— Tu travailles! Pourquoi? s'exclama Severo scandalisé, car aucune femme dans sa famille, ou dans n'importe quelle autre famille connue, ne travaillait.

— Pour apprendre. Mon oncle José Francisco m'a demandé de mettre de l'ordre dans sa bibliothèque et il me laisse lire tout ce que je veux. Tu te souviens de lui?

— Je le connais mal, ce n'est pas celui qui a épousé une riche héritière et qui possède un palais à Viña del Mar?

— Lui-même, c'est un parent de ma mère. Je ne connais personne d'aussi savant ni meilleur, et en plus il est bel homme, mais pas autant que toi, fit-elle en riant.

— Moque-toi! Nívea.

— Elle était jolie ta femme? s'enquit la jeune fille.

— Très jolie.

— Il faudra que tu en fasses ton deuil, Severo. Peut-être la guerre servira-t-elle à ça. On dit que les femmes très belles sont inoubliables, j'espère que tu apprendras à vivre sans elle, même si tu ne l'oublies pas. Je prierai pour que tu tombes amoureux à nouveau, et Dieu fasse que ce soit de moi..., murmura Nívea en lui prenant la main.

Alors Severo del Valle sentit une terrible douleur au thorax, comme un coup de lance qui lui traversait les côtes, un sanglot s'échappa de ses lèvres et, ne pouvant se retenir, il fondit en larmes. Secoué de la tête aux pieds, il répétait en hoquetant le nom de Lynn, Lynn, mille fois Lynn. Nívea l'attira contre sa poitrine et l'entoura de ses bras délicats, lui donnant des petites tapes de consolation dans le dos, comme à un enfant.

La Guerre du Pacifique commença sur mer et se poursuivit sur terre. Les combats au corps à corps, avec baïonnettes et coutelas, se déroulèrent dans les déserts les plus arides et

135

incléments du monde, dans les provinces qui font aujourd'hui partie du nord du Chili, mais qui avant la guerre
appartenaient au Pérou et à la Bolivie. Peu nombreuses et
mal équipées, les armées péruvienne et bolivienne n'étaient
pas préparées pour de tels affrontements, et leur système de
ravitaillement était défaillant, au point que certaines batailles
et escarmouches étaient gagnées ou perdues selon qu'il y
avait ou non de l'eau potable, ou selon que les charrettes
chargées de caisses de balles restaient ou non bloquées dans
le sable. Le Chili était un pays expansionniste, avec une éco-
nomie forte, possédant la meilleure escadre d'Amérique du
Sud et une armée de plus de soixante-dix mille hommes. Il
avait une réputation de civisme dans un continent de caudillos rustres, de corruption systématique et de révolutions
sanglantes. L'austérité du caractère chilien et la solidité de
ses institutions lui valaient la jalousie des nations voisines ;
ses écoles et ses universités attiraient nombre de professeurs
et d'étudiants étrangers. L'influence des immigrants anglais,
allemands et espagnols avait réussi à imposer une certaine
modération dans le tempérament emporté des autochtones.
L'armée recevait une instruction prussienne et ne savait pas
ce qu'était la paix, car pendant les années qui avaient précédé la Guerre du Pacifique, elle avait dû prendre les armes
pour combattre les Indiens dans le sud du pays, dans la région appelée la Frontera, dernier lieu de civilisation ; au-delà
commençait l'imprévisible territoire indigène où seuls les
missionnaires jésuites s'étaient aventurés. Les formidables
guerriers araucans, qui luttaient sans trêve depuis l'époque
de la Conquête, ne fléchissaient pas sous les balles et devant
les pires atrocités, mais ils tombaient les uns après les autres
minés par l'alcool. En se battant contre eux, les soldats
s'entraînèrent à la lutte sans merci. Les Péruviens et les Boli-

viens apprirent très vite à craindre les Chiliens, ennemis sanguinaires capables d'achever blessés et prisonniers à coups de couteau et de fusil. Les Chiliens soulevaient une telle haine et une telle crainte sur leur passage qu'ils suscitèrent un violent sentiment d'antipathie internationale, avec son cortège de réclamations et de litiges diplomatiques, exacerbant chez leurs adversaires la volonté de se battre jusqu'à la mort, puisqu'ils ne gagnaient rien à se rendre. Les troupes péruviennes et boliviennes étaient composées d'une poignée d'officiers, d'un contingent de soldats réguliers mal équipés et d'une masse d'indigènes recrutés de force, qui ne savaient pas trop pourquoi ils combattaient et qui désertaient à la première occasion. En revanche, les Chiliens comptaient dans leurs rangs une majorité de civils, aussi acharnés au combat que les militaires, qui se battaient par élan patriotique et qui ne se rendaient pas. Les conditions étaient le plus souvent infernales. Ils progressaient à travers le désert dans un nuage de poussière salée, morts de soif, avec du sable jusqu'à mi-mollet, un soleil brûlant et aveuglant sur leurs têtes et le poids de leur havresac et des munitions sur les épaules, accrochés à leur fusil, désespérés. La variole, le typhus et la fièvre tierce les décimaient, les hôpitaux militaires comptaient davantage de malades que de blessés au combat. Lorsque Severo del Valle rejoignit l'armée, ses compatriotes occupaient Antofagasta — unique frange maritime de la Bolivie — et les provinces péruviennes de Tarapacá, d'Arica et de Tacna. Vers le milieu de l'année 1880, le ministre de la Guerre et de la Marine mourut d'une attaque cérébrale en pleine campagne du désert, plongeant le gouvernement dans une confusion totale. Le Président finit par nommer un civil à sa place, don José Francisco Vergara, l'oncle de Nívea, voyageur infatigable et lecteur vorace, qui eut pour tâche d'empoigner le sabre à quarante-six ans pour conduire la guerre. Il fut parmi les premiers à faire remarquer que, tandis que le Chili poursuivait sa conquête vers le nord, l'Argentine leur grappillait tranquillement la Patagonie au sud, mais personne ne l'écouta, parce que ce territoire était considéré comme aussi peu utile que la lune. Vergara était quelqu'un de brillant, qui avait de bonnes manières et une vaste mémoire. Tout l'intéressait, de la botanique jusqu'à la poésie, il était incorruptible et n'avait aucune ambition politique. Il planifia la stratégie belliqueuse avec le calme et la minutie avec lesquels il menait ses affaires. Malgré la méfiance des militaires, et à la surprise générale, il conduisit les troupes chiliennes directement jusqu'à Lima. Comme le dit sa nièce Nívea : « La guerre est une affaire trop sérieuse pour la confier aux militaires. » La phrase sortit du cercle familial pour devenir un de ces jugements lapidaires qui un jour font partie de la petite histoire d'un pays.

A la fin de l'année, les Chiliens se préparaient pour l'assaut final sur Lima. Severo del Valle combattait depuis onze mois, pataugeant dans la boue, le sang et la barbarie la plus totale. Durant tout ce temps, le souvenir de Lynn se brisa en mille morceaux, il ne rêvait plus à elle, mais aux corps déchiquetés des hommes avec qui il avait partagé la soupe la veille. La guerre était avant tout marche forcée et patience ; les moments de combat étaient presque un soulagement, en les sortant de cet engourdissement qui les prenait à force de rester sur leurs gardes et d'attendre. Quand il pouvait s'asseoir pour fumer une cigarette, il en profitait pour écrire quelques lignes à Nívea, sur le même ton de camaraderie qu'il avait toujours utilisé avec elle. Il ne parlait pas d'amour, mais au fil des jours il comprenait

138

qu'elle serait la seule femme dans sa vie et que Lynn Sommers n'avait été qu'une longue fantaisie. Nívea lui écrivait régulièrement, même si toutes les lettres ne parvenaient pas à destination, lui racontant des histoires de famille, la vie citadine, ses rares rencontres avec son oncle José Francisco et les livres qu'il lui recommandait. Elle lui parlait aussi de la transformation spirituelle qu'elle vivait, comment elle prenait de la distance avec certains rites catholiques qui lui semblaient des marques de paganisme, pour rechercher les racines d'un christianisme plus philosophique que dogmatique. Elle s'inquiétait du fait que Severo, immergé dans un monde noir et cruel, pût perdre contact avec son âme et devenir un inconnu. L'idée qu'il soit obligé de tuer lui paraissait intolérable. Elle tâchait de ne pas y penser, mais ne pouvait ignorer les récits de soldats tués au couteau, de corps décapités, de femmes violées et d'enfants transpercés à la baïonnette. Severo prenait-il part à de telles atrocités ? Un homme témoin de telles choses pourrait-il se réadapter à une vie normale, devenir un mari et un père de famille ? Pourrait-elle l'aimer malgré tout ? Severo del Valle se posait les mêmes questions tandis que son régiment se préparait pour l'attaque, à quelques kilomètres de la capitale du Pérou. Fin décembre, le contingent chilien était prêt à l'action dans une vallée au sud de Lima. Préparés avec soin, ils disposaient d'une armée nombreuse, de mules et de chevaux, de munitions, de vivres et d'eau, de plusieurs voiliers pour le transport des troupes, outre quatre hôpitaux itinérants de six cents lits et deux navires transformés en hôpitaux naviguant sous le pavillon de la Croix Rouge. Un des commandants arriva à pied avec sa brigade au grand complet, après avoir traversé d'innombrables marais et montagnes. Il venait comme un prince mongol et sa suite de mille cinq cents Chinois, avec femmes et enfants, sans oublier les animaux. Voyant cela, Severo del Valle se crut en proie à une hallucination, comme si tout Chinatown avait déserté San Francisco pour se perdre dans la même guerre que lui. Le pittoresque commandant avait recruté en chemin des Chinois, des immigrants qui travaillaient comme des esclaves et, pris entre deux feux et sans loyauté particulière pour aucun des deux camps, avaient décidé d'intégrer les forces chiliennes. Pendant que les chrétiens entendaient la messe avant d'aller au combat, les Asiatiques organisèrent leur propre cérémonie, après quoi les chapelains militaires aspergèrent tout le monde d'eau bénite. « On dirait un cirque », écrivit ce jour-là Severo à Nívea, sans savoir que ce serait sa dernière lettre du front. Vergara en personne encourageait les soldats et dirigeait l'embarquement de centaines de milliers d'hommes, d'animaux, de canons et de provisions ; debout depuis six heures du matin, il resta sous un soleil brûlant et ne se reposa que tard dans la nuit.

Les Péruviens avaient organisé deux lignes de défense à quelques kilomètres de la ville, dans des lieux difficiles d'accès pour les assaillants. Aux montagnes escarpées et sablonneuses s'ajoutaient des forts, des parapets, des batteries et des tranchées protégées, pour les tireurs, par des sacs de sable. Ils avaient également installé des mines dissimulées dans le sable qui explosaient au contact d'un détonateur. Les deux lignes de défense étaient reliées entre elles, ainsi qu'avec la ville de Lima, par une voie de chemin de fer, pour assurer le transport des troupes, des blessés et des provisions. Comme Severo del Valle et ses camarades le savaient avant le déclenchement de l'attaque à la mi-janvier 1881, la victoire – si victoire il y avait – coûterait cher en vies humaines.

Ce soir de janvier, les troupes étaient prêtes pour marcher sur la capitale du Pérou. Après avoir soupé, puis démonté le campement, ils brûlèrent les planches qui avaient servi à monter les abris et se répartirent en trois groupes pour prendre par surprise les défenses ennemies, profitant d'un épais brouillard. Ils marchaient en silence, chacun avec son lourd équipage sur les épaules et les fusils chargés, prêts à attaquer « de face, à la chilienne », comme l'avaient décidé les généraux, conscients que l'arme la plus puissante en leur possession était la témérité, et la fierté des soldats ivres de violence. Severo del Valle avait vu circuler des gourdes avec un mélange d'eau-de-vie et de poudre, un breuvage détonant qui vous brûlait les tripes, mais qui vous donnait un courage à toute épreuve. Il en avait goûté une fois, et les deux jours suivants il avait été pris de vomissements et de migraines, il préférait donc affronter le combat sans rien. Malgré les brefs moments de pause, la marche silencieuse et la noirceur de la plaine lui semblèrent interminables. Passé minuit, la masse des soldats s'arrêta pour prendre une heure de repos. Ils voulaient investir un village situé en bordure de mer proche de Lima avant le lever du jour, mais les ordres contradictoires et la confusion des commandants mirent le plan à mal. On savait peu de chose concernant la situation de l'avant-garde, où apparemment les combats étaient déjà engagés, ce qui obligea la troupe épuisée à poursuivre sans pouvoir souffler un instant. Suivant l'exemple des autres, Severo se débarrassa de son havresac, de sa couverture et du reste de ses affaires, fixa la baïonnette sur son fusil et se mit à courir devant lui à l'aveuglette, en criant à pleins poumons comme une bête sauvage, car il ne s'agissait plus de prendre l'ennemi par surprise, mais de lui faire peur. Les Péruviens

141

les attendaient et, dès que les assaillants furent à leur portée, ils déchargèrent une volée de plomb. Au brouillard vinrent se mêler la fumée et la poussière, couvrant l'horizon d'un voile impénétrable, tandis que l'air s'emplissait d'effroi avec les clairons appelant à la charge, les cris de guerre et les hurlements, les plaintes des blessés, les hennissements des chevaux et le fracas des coups de canon. Le sol était miné, mais les Chiliens avançaient quand même en hurlant sauvagement « Egorgeons-les ! ». Severo del Valle vit sauter en l'air deux de ses compagnons qui avaient marché sur une mine à quelques mètres devant lui. Il n'eut pas le temps de se dire que l'explosion suivante pouvait l'atteindre, il ne fallait penser à rien car les premiers hussards sautaient par-dessus les tranchées ennemies, tombaient dans les fossés avec leur dague entre les dents et leurs baïonnettes en avant, massacrant et mourant dans des flots de sang. Les survivants péruviens reculèrent et les attaquants commencèrent à escalader les collines, forçant les défenses échelonnées sur les flancs. Sans savoir ce qu'il faisait, Severo del Valle se retrouva le sabre à la main en train de lacérer un homme, puis de tirer à bout portant dans la nuque d'un autre qui prenait la fuite. La furie et l'horreur s'étaient totalement emparées de lui, et comme tous les autres il était devenu une bête féroce. Son uniforme était déchiré et couvert de sang, un morceau de boyau était resté collé à une de ses manches, il n'avait plus de voix à force de crier et de lancer des jurons ; il n'avait plus peur, avait oublié son identité, il n'était qu'une machine à tuer, frappant sans savoir où tombaient les coups, dans le seul but de parvenir au sommet de la colline.

A sept heures du matin, après deux heures de bataille, le premier drapeau chilien flottait sur un des sommets et Severo, à genoux sur le faîte de la colline, vit une multitude de soldats péruviens qui se retiraient en débandade, pour se rassembler aussitôt dans la cour d'une hacienda, où ils accueillirent en formation la charge frontale de la cavalerie chilienne. En l'espace de quelques minutes, c'était l'enfer. Severo del Valle, qui approchait en courant, voyait l'éclat des sabres brandis en l'air, il entendait les tirs répétés et les hurlements de douleur. Quand il atteignit l'hacienda, les ennemis prenaient la fuite, poursuivis à nouveau par les troupes chiliennes. Sur ce, lui parvint la voix de son commandant qui lui demandait de regrouper les hommes de son détachement pour attaquer le village. La brève pause, pendant que les rangs se reformaient, lui permit de souffler. Il se laissa tomber au sol, le front contre terre, hors d'haleine, tout tremblant, les mains agrippées à son arme. Faisant un bref calcul, il se dit qu'avancer était une folie parce que son régiment seul ne pourrait faire face aux importantes troupes ennemies retranchées dans les maisons et autres bâtiments, il faudrait se battre porte à porte. Mais sa mission n'était pas de penser, mais d'obéir aux ordres de son supérieur et de réduire le village péruvien à un tas de décombres, de cendres et de morts. Quelques minutes plus tard il trottait en tête de ses compagnons, tandis que les projectiles leur sifflaient aux oreilles. Ils entrèrent sur deux colonnes, une de chaque côté de la rue principale. La majeure partie des habitants avait pris la fuite après avoir entendu le cri de « les Chiliens arrivent ! », mais ceux qui n'avaient pas fui étaient décidés à se battre avec ce qu'ils avaient sous la main, couteaux de cuisine ou bassines d'huile bouillante qu'ils jetaient des balcons. Le régiment de Severo avait pour instruction d'aller de maison en maison jusqu'à vider le village, tâche peu aisée parce qu'il était plein de soldats péruviens retranchés sur les toits, dans les arbres, derrière les fenêtres et les embrasures de porte. Severo avait la gorge sèche et les yeux injectés de sang, il voyait à peine à un mètre. L'air, dense de fumée et de poussière, était devenu irrespirable, la confusion était telle que personne ne savait ce qu'il fallait faire, chacun se contentant d'imiter celui qui le précédait. Soudain il y eut une rafale de balles autour de lui et il comprit qu'il ne pouvait plus continuer à avancer, il devait chercher refuge quelque part. D'un coup de crosse il ouvrit la porte la plus proche et fit irruption dans la maison sabre au clair, ébloui par le contraste entre le soleil aveuglant du dehors et la pénombre de l'intérieur. Il lui fallait quelques minutes pour charger son fusil, mais il n'en eut pas le temps : il fut paralysé par un hurlement terrifiant et réussit à apercevoir une silhouette restée tapie dans un coin et qui se ruait maintenant sur lui en brandissant une hache. Il réussit à se protéger la tête avec les bras et à se rejeter en arrière. La hache tomba comme un éclair sur son pied gauche, le clouant au sol. Severo del Valle ne comprit pas ce qui venait d'arriver, il réagit par pur instinct. Avec tout le poids de son corps il lança en avant son fusil à baïonnette, enfonça la lame dans le ventre de son assaillant et la retira avec une force brutale. Un flot de sang lui jaillit en pleine figure. Il vit alors que l'ennemi était une jeune fille. Il lui avait ouvert le ventre, elle était à genoux et se tenait les intestins qui commençaient à se vider sur le plancher en bois. Leurs yeux se croisèrent en un regard interminable, surpris, se demandant dans le silence éternel de cet instant qui ils étaient, pourquoi ils s'affrontaient de la sorte, pourquoi ils perdaient leur sang, pourquoi ils devaient mourir. Severo voulut la soutenir, mais il ne put remuer et sentit pour la première fois une terrible douleur au pied, qui remontait telle une langue de feu le long de sa jambe jusqu'à sa poitrine. A cet instant un sol-

144

dat chilien fit irruption dans la maison, d'un regard il évalua la situation et, sans hésiter, tira à bout portant sur la jeune fille, qui de toute façon était déjà morte, puis il prit la hache et d'un geste brusque il libéra Severo. « Allons, lieutenant, il faut sortir d'ici, l'artillerie va commencer à tirer ! » lui dit-il, mais Severo se vidait de son sang à gros bouillons, il perdait connaissance, revenait à lui l'espace d'un instant, puis l'obscurité l'envahissait à nouveau. Le soldat lui mit sa gourde dans la bouche et l'obligea à boire une longue rasade d'alcool, puis il improvisa un garrot avec un mouchoir noué sous sa cheville, prit le blessé sur ses épaules et sortit. Dehors, d'autres mains vinrent l'aider et quarante minutes plus tard, tandis que l'artillerie chilienne balayait le village à coups de canon, laissant la paisible station balnéaire pleine de décombres et de fers tordus, Severo attendait dans la cour de l'hôpital à côté de centaines de cadavres déchiquetés et de milliers de blessés gisant dans des mares de sang et cernés par des mouches, que la mort vienne ou qu'un miracle le sauve. Il était abruti par la peur et la douleur, parfois il sombrait dans un évanouissement miséricordieux et, ressuscitant, il voyait le ciel qui noircissait. La chaleur étouffante de la journée céda la place au froid humide de la *camanchaca* qui enveloppa la nuit de son voile d'épais brouillard. A ses moments de lucidité il se rappelait les prières apprises dans son enfance et demandait une mort rapide, tandis que l'image de Nívea apparaissait tel un ange. Il croyait la voir penchée sur lui, le soutenant, lui nettoyant le front avec un mouchoir humide, lui disant des mots d'amour. Il répétait le nom de Nívea en quémandant sans voix un verre d'eau.

La bataille pour la conquête de Lima prit fin à six heures

de l'après-midi. Les jours suivants, lorsqu'on put faire le décompte des morts et des blessés, on calcula que vingt pour cent des combattants des deux armées avaient péri au cours de ces quelques heures. Beaucoup d'autres allaient mourir plus tard des suites de leurs blessures infectées. On improvisa les hôpitaux de campagne dans une école et sous des tentes disséminées dans les environs. Le vent charriait l'odeur de charogne à des kilomètres de distance. Les médecins et les infirmiers, épuisés, s'occupaient des nouveaux arrivants dans la mesure de leurs moyens, mais il y avait plus de deux mille cinq cents blessés dans les rangs chiliens et on en dénombrait au moins sept mille parmi les survivants des troupes péruviennes. Les blessés s'entassaient dans les couloirs et les cours, allongés par terre, attendant leur tour. Les plus gravement atteints étaient soignés en priorité et Severo del Valle n'agonisait pas encore, même s'il avait perdu beaucoup de sang et sentait ses forces l'abandonner, de ce fait les brancardiers laissaient passer son tour pour s'occuper des autres. Le soldat qui l'avait porté sur ses épaules pour le conduire à l'hôpital avait raclé sa botte avec un couteau, lui avait retiré sa chemise tachée et s'en était servi comme tampon pour son pied mutilé, parce qu'il n'y avait ni bandages, ni médicaments, ni désinfectant, ni opium, ni chloroforme, tout avait été utilisé ou s'était perdu dans la confusion de l'attaque. « Desserrez le garrot de temps en temps pour éviter que votre jambe se gangrène, lieutenant », lui avait recommandé le soldat. Avant de prendre congé, il lui avait souhaité bonne chance, et offert ce qu'il avait de plus précieux : un paquet de cigarettes et sa gourde avec le reste d'eau-de-vie. Severo del Valle ne put évaluer le temps qu'il passa dans cette cour, un jour, peut-être deux. Quand finalement on l'emporta pour l'emmener chez le médecin, il était inconscient et déshydraté, mais en le remuant la douleur fut si forte qu'il se réveilla en hurlant. « Tenez bon, mon lieutenant, le pire est encore à venir », dit l'un des brancardiers. Il se retrouva dans une grande salle dont le sol était recouvert de sable. De temps en temps, deux ordonnances jetaient de nouveaux seaux de sable pour absorber le sang et emportaient dans les mêmes seaux les membres amputés pour les brûler dehors sur un énorme bûcher, qui imprégnait toute la vallée d'une odeur de chair calcinée. Sur quatre tables en bois recouvertes de planches métalliques on opérait les malheureux soldats, par terre il y avait des cuvettes avec de l'eau rougeâtre où l'on trempait les éponges pour étancher les blessures, et des piles de linges découpés en lanières en guise de bandages, le tout sale, plein de sable et de suie. Sur une table latérale s'étalaient d'horribles instruments de torture – tenailles, ciseaux, scies, aiguilles –, tachés de sang séché. Les hurlements des hommes opérés résonnaient, et l'odeur de décomposition, de vomissures et d'excréments était irrespirable. Le médecin était un immigrant originaire des Balkans, avec cet air dur, sûr de lui et rapide d'un chirurgien expérimenté. Il avait une barbe de deux jours, les yeux rouges de fatigue et portait un gros tablier en cuir couvert de sang frais. Il retira le bandage improvisé du pied de Severo et ôta le garrot ; il lui suffit d'un regard pour voir que l'infection avait commencé son œuvre, et il décida d'amputer. Il avait sans doute coupé beaucoup de membres ces derniers jours parce qu'il n'eut pas une seconde d'hésitation.

— Avez-vous un peu d'alcool, soldat ? demanda-t-il avec un fort accent étranger.

— De l'eau..., supplia Severo del Valle, la langue sèche.

— Vous boirez plus tard. Pour l'instant il vous faut

quelque chose pour vous abrutir un peu, mais ici nous n'avons plus une goutte d'alcool, dit le médecin.

Severo montra la gourde. Le docteur l'obligea à boire trois longues rasades, en lui expliquant qu'ils n'avaient pas d'anesthésiant, et il utilisa le reste pour en imbiber quelques linges et nettoyer ses instruments, puis il fit un signe aux ordonnances qui vinrent se placer de chaque côté de la table pour maintenir le patient. C'est mon heure de vérité, réussit à penser Severo et il essaya d'imaginer Nívea pour ne pas mourir avec, dans son cœur, l'image de la jeune fille qu'il avait étripée d'un coup de baïonnette. Un infirmier plaça un nouveau garrot et soutint fermement la jambe à hauteur de la cuisse. Le chirurgien prit un scalpel, l'enfonça vingt centimètres sous le genou et d'un habile mouvement circulaire, il découpa la chair jusqu'au tibia et au péroné. Severo del Valle hurla de douleur et perdit aussitôt connaissance, mais les ordonnances ne le lâchèrent pas, ils le maintinrent cloué à la table avec plus de force encore, pendant que le médecin repoussait avec les doigts la peau et les muscles, découvrant l'os. Il prit alors une scie et le coupa en trois puissants aller-retour. L'infirmier tira du moignon les vaisseaux sectionnés et le docteur les noua avec une incroyable dextérité, puis il relâcha lentement le garrot pendant qu'il recouvrait l'os amputé de chair et de peau, et les cousait. A la suite de quoi, on le banda rapidement et on l'emporta pour le déposer dans un coin de la salle afin de céder la place à un autre blessé, qui arriva en hurlant sur la table du chirurgien. Toute l'opération n'avait pas duré six minutes.

Dans les jours qui suivirent cette bataille, les troupes chiliennes entrèrent dans Lima. Selon les rapports officiels publiés dans les journaux chiliens, elles le firent en bon ordre, mais dans le souvenir des Liméniens, ce fut une boucherie, qui vint s'ajouter aux exactions des soldats péruviens vaincus, furieux parce qu'ils se sentaient trahis par leurs chefs. Une partie de la population civile avait pris la fuite et les familles riches avaient trouvé refuge sur des bateaux, dans les consulats et sur une plage protégée par la marine étrangère, où le corps diplomatique avait installé des tentes pour accueillir les réfugiés sous des drapeaux neutres. Ceux qui étaient restés pour défendre leurs biens devaient se rappeler jusqu'à la fin de leurs jours les scènes infernales de la soldatesque ivre d'alcool et de violence. Ils saccagèrent les maisons et les brûlèrent, ils violèrent, frappèrent et assassinèrent à tour de bras, y compris les femmes, les enfants et les vieillards. Finalement une partie des régiments péruviens déposa les armes et se rendit, mais la plupart des soldats se dispersèrent en désordre. Deux jours plus tard, le général péruvien Andrés Cáceres quittait la ville occupée avec une jambe blessée, aidé par sa femme et deux fidèles officiers, pour se perdre dans les profondeurs des montagnes. Il avait juré que tant qu'il lui resterait un souffle de vie il continuerait à se battre.

Dans le port du Callao, les capitaines péruviens donnèrent l'ordre aux équipages d'abandonner les navires et mirent le feu aux poudres, engloutissant ainsi la flotte tout entière. Les explosions réveillèrent Severo del Valle qui se retrouva dans un coin, sur le sable immonde de la salle d'opération, à côté d'autres hommes qui, comme lui, venaient de subir le supplice d'une amputation. On lui avait jeté une couverture sur le corps et déposé à son côté une gourde avec de l'eau. Il allongea la main, mais il tremblait tellement qu'il ne put l'ouvrir, alors il la serra contre sa poitrine en gémissant, jusqu'à ce qu'une jeune cantinière la lui ouvre et l'aide à la porter jusqu'à ses lèvres sèches. Il but le contenu d'un seul trait et ensuite, instruit par la femme, qui avait combattu auprès des hommes pendant des mois et savait soigner les blessés aussi bien que les médecins, il se mit une poignée de feuilles de tabac dans la bouche et mastiqua avidement ces dernières pour atténuer les spasmes du choc opératoire. « Tuer est facile, survivre est plus difficile, mon petit. Si tu n'y prends pas garde, la mort t'emporte sans que tu t'en aperçoives », l'avertit la cantinière. « J'ai peur », essaya de dire Severo, et peut-être n'entendit-elle pas son balbutiement, mais devinant sa terreur, elle enleva une petite médaille en argent qu'elle avait autour du cou et la déposa dans ses mains. « Que la Vierge te vienne en aide », murmura-t-elle et, se penchant sur lui, elle déposa un léger baiser sur ses lèvres avant de partir. Severo resta avec le frôlement de ces lèvres et la médaille serrée dans la paume de sa main. Il tremblait, claquait des dents, il était brûlant de fièvre. Il s'endormait ou perdait connaissance par moments et quand il revenait à lui, la douleur l'abrutissait. Quelques heures plus tard, la même cantinière aux tresses noires revint et lui tendit des linges humides pour qu'il nettoie les traces de transpiration et de sang séché, ainsi qu'une assiette en laiton avec une bouillie de maïs, un morceau de pain dur et un bol de chicorée, un liquide tiède et sombre auquel il n'essaya même pas de toucher, il était trop faible pour cela et avait des nausées. Il cacha sa tête sous les couvertures et s'abandonna à la souffrance et au désespoir, gémissant et pleurant comme un enfant jusqu'à sombrer à nouveau dans le sommeil. « Tu as perdu beaucoup de sang, mon petit, si tu ne manges pas, tu vas mourir », dit en le réveillant un chapelain qui arpentait les lieux en distribuant des consolations aux blessés et l'extrême-onction aux moribonds. Severo del Valle se souvint alors qu'il était allé à la guerre pour mourir.

Ç'avait été son intention après avoir perdu Lynn Sommers, mais maintenant que la mort était là, penchée sur lui comme un rapace, attendant le moment de lui donner le coup de grâce, l'instinct de vie le tira de sa torpeur. L'envie de s'en sortir était plus forte que la brûlante souffrance qui le traversait de part en part, de sa jambe jusqu'à la dernière fibre de son corps, plus forte que l'angoisse, que l'incertitude et la terreur. Il comprit que loin de se coucher pour mourir, il désirait désespérément rester dans ce monde, vivre coûte que coûte, de quelque façon que ce fût, boiteux, détruit, peu importait pourvu qu'il continuât à vivre. Comme tous les soldats, il savait qu'un dixième seulement des amputés parvenait à se remettre d'une perte importante de sang et à guérir de la gangrène, pas moyen de l'éviter, tout était une question de chance. Il décida qu'il serait un de ces survivants. Il se dit que sa merveilleuse cousine Nívea méritait un homme entier, pas un mutilé, il ne voulait pas qu'elle le voie transformé en pantin, il ne pourrait supporter sa compassion. Cependant, en fermant les yeux la jeune fille resurgit à son côté. Il vit Nívea, indemne de la violence de la guerre ou de la laideur du monde, penchée sur lui avec son visage intelligent, ses yeux noirs et son sourire coquin, alors son orgueil fondit comme sel dans l'eau. Il n'eut aucun doute : elle l'aimerait avec une moitié de jambe en moins comme elle l'avait aimé auparavant. Il serra fortement la cuiller avec ses doigts, tâcha de contrôler ses tremblements, s'obligea à ouvrir la bouche et avala une bouchée de cette écœurante bouillie de maïs, froide maintenant et couverte de mouches.

Les régiments chiliens entrèrent triomphalement dans Lima en janvier 1881 et de là, ils tentèrent d'imposer la paix au Pérou par la force. Une fois la barbare confusion des premières semaines calmée, les fiers vainqueurs laissèrent un contingent de dix mille hommes pour contrôler la nation occupée, et les autres reprirent le chemin du retour pour recueillir des lauriers bien mérités, ignorant de façon olympienne les milliers de soldats vaincus qui avaient réussi à s'enfuir vers les montagnes et qui, de là, pensaient poursuivre la lutte. La victoire avait été tellement écrasante que les généraux ne pouvaient imaginer que les Péruviens continueraient à les harceler pendant trois longues années. L'âme de cette résistance obstinée était le légendaire général Cáceres qui, ayant échappé par miracle à la mort, était parti avec une terrible blessure pour ressusciter la graine toujours vivace du courage au sein d'une armée en guenilles, faite de soldats fantômes et de levées d'Indiens, à la tête de laquelle il mena une sanglante guérilla, avec embuscades et escarmouches. Les soldats de Cáceres, avec leurs uniformes en lambeaux, souvent pieds nus, mal nourris et désespérés, se battaient avec des couteaux, des lances, des gourdins, des pierres et quelques vieux fusils, mais ils avaient l'avantage de connaître le terrain. Ils avaient choisi leur champ de bataille pour affronter un ennemi discipliné et bien armé, mais ils manquaient souvent de provisions, parce que l'accès à ces montagnes escarpées convenait davantage aux condors. Ils se cachaient sur les cimes enneigées, dans des grottes et au fond des ravins, sur des pics exposés aux vents, où l'air était si léger et la solitude si grande que seuls des montagnards comme eux pouvaient survivre. Au sein des troupes chiliennes en revanche, on avait les tympans percés, on perdait connaissance par manque d'oxygène et on mourait de froid dans les gorges glacées des Andes. S'ils avaient beaucoup de mal à monter parce que leur cœur ne résistait pas à tant d'efforts, les Indiens de l'altiplano, eux, grimpaient comme des lamas avec un chargement équivalant à leur poids sur le dos, sans autre nourriture que la chair aigre des aigles et une boule verte de feuilles de coca qu'ils tournaient dans leur bouche. Ce furent trois années de guerre sans trêve et sans prisonniers, qui se soldèrent par des milliers de morts. Les forces péruviennes gagnèrent une seule bataille frontale dans un hameau sans intérêt stratégique, défendu par soixante-dix-sept soldats chiliens, la plupart atteints du typhus. Les défenseurs n'avaient que cent balles par homme, mais ils se battirent toute la nuit avec une telle bravoure contre un si grand nombre de soldats et d'Indiens que, dans la désolation de l'aube, alors qu'il ne restait que trois tireurs, les chefs péruviens les supplièrent de se rendre parce qu'il leur semblait ignominieux de les tuer. Ils n'en firent rien, ils continuèrent à guerroyer et moururent baïonnette à la main, en criant le nom de leur patrie. Il y avait trois femmes avec eux, que les masses indigènes traînèrent jusqu'au centre de la place tapissée de sang ; ils les violèrent puis les tuèrent. L'une d'elles avait accouché durant la nuit dans l'église, pendant que son mari se battait au-dehors, et le nouveau-né fut également massacré. Ils mutilèrent les cadavres, leur ouvrirent le ventre et vidèrent les entrailles et, d'après ce que l'on racontait à Santiago, les Indiens avaient mangé les viscères grillés à la broche. Une telle bestialité ne fut pas exceptionnelle, la barbarie était la même des deux côtés dans cette guérilla. La reddition finale et la signature du traité de paix eurent lieu en octobre 1883, après que les troupes de Cáceres furent battues dans une ultime bataille, un massacre au couteau et à la baïonnette qui fit plus de mille morts. Le Chili s'empara de trois provinces péruviennes. La Bolivie perdit son unique accès à la mer et fut obligée de signer une trêve indéfinie, qui allait se prolonger pendant vingt ans, jusqu'à la signature d'un traité de paix.

Severo del Valle, avec des milliers d'autres blessés, fut ramené au Chili en bateau. Alors que beaucoup mouraient de la gangrène, du typhus ou de la dysenterie dans les ambulances militaires improvisées, lui fut sauvé grâce à Nívea. Dès qu'elle avait appris ce qui lui était arrivé, elle avait pris contact avec son oncle, le ministre Vergara, et ne l'avait pas lâché jusqu'à ce qu'il mette la main sur Severo, le fasse sortir d'un hôpital, où il n'était qu'un numéro parmi d'autres malades partageant les mêmes terribles conditions, et l'expédie dans le premier bateau en partance pour Valparaiso. Il octroya également un permis spécial à sa nièce pour qu'elle pût pénétrer dans l'enceinte militaire du port et lui assigna un lieutenant pour l'aider dans ses démarches. Quand ils débarquèrent Severo del Valle sur un brancard, elle ne le reconnut pas, il avait perdu vingt kilos. Il était dans un état lamentable, c'était une sorte de cadavre jaunâtre et hirsute, avec une barbe de plusieurs semaines et les yeux exorbités et délirants d'un fou. Nívea surmonta sa frayeur avec la même volonté d'amazone qu'elle montrait dans tous les autres aspects de sa vie et le salua avec un joyeux « Salut, cousin, contente de te voir ! », auquel Severo ne put répondre. En la voyant, il fut tellement soulagé qu'il se couvrit le visage des deux mains pour qu'elle ne le voie pas pleurer. Le lieutenant s'était occupé du transport et, obéissant aux ordres reçus, il conduisit Nívea et le blessé directement au palais du ministre à Viña del Mar, où l'épouse de ce dernier lui avait préparé un appartement. « Mon mari dit que tu resteras ici jusqu'à ce que tu puisses marcher, mon petit », lui annonçat-elle. Le médecin de la famille Vergara usa de toutes les ressources de la science pour le guérir, mais constatant un mois plus tard que la blessure ne cicatrisait toujours pas et que Severo continuait à lutter contre des poussées de fièvre, Nívea comprit qu'il avait l'âme empoisonnée par les horreurs de la guerre et que l'unique remède pour mettre fin à tous ses tourments était l'amour ; alors elle décida d'utiliser les grands moyens.

— Je vais demander la permission à mes parents de t'épouser, annonça-t-elle à Severo.

— Je suis en train de mourir, Nívea, soupira-t-il.

— Tu as toujours une excuse, Severo ! L'agonie n'a jamais empêché un mariage de se faire.

— Tu veux devenir veuve avant d'avoir été une épouse ? Je ne veux pas qu'il t'arrive ce qui m'est arrivé avec Lynn.

— Je ne serai pas veuve parce que tu ne vas pas mourir. Pourrais-tu me demander humblement que je t'épouse, cousin ? Me dire, par exemple, que je suis la femme de ta vie, ton ange, ta muse ou quelque chose comme ça. Invente quelque chose, enfin ! Dis-moi que tu ne peux pas vivre sans moi, ça c'est vrai au moins, non ? Ça ne m'amuse guère d'être la seule romantique dans cette relation.

— Tu es folle, Nívea. Je ne suis même pas un homme entier, je suis un misérable invalide.

— Il te manque autre chose qu'un morceau de jambe ? demanda-t-elle inquiète.

— Cela te semble peu de chose ?

— Si tout le reste est en place, pour moi tu n'as pas perdu grand-chose, Severo, dit-elle en riant.

— Alors épouse-moi, s'il te plaît, murmura-t-il avec un profond soulagement et un sanglot coincé dans la gorge, trop faible pour la prendre dans ses bras.

— Ne pleure pas, cousin, embrasse-moi ; pour ça tu n'as pas besoin de ta jambe, répliqua-t-elle en se penchant

155

sur le lit avec le geste qu'il avait si souvent vu dans son délire.

Trois jours plus tard ils se marièrent, lors d'une brève cérémonie dans l'un des beaux salons de la résidence du ministre, en présence des deux familles. Etant donné les circonstances, ce furent des noces privées, mais en comptant uniquement la famille la plus proche, on dénombra quatre-vingt-quatorze personnes. Maigre et pâle, rasé et les cheveux coupés à la Byron, Severo était dans une chaise roulante ; il portait une tenue de gala, avec chemise à col dur, boutons en or et cravate en soie. On n'eut pas le temps de confectionner une robe de mariée ni un trousseau approprié pour Nívea, mais ses sœurs et ses cousines remplirent ses coffres avec le linge de maison qu'elles avaient brodé pendant des années pour leur propre trousseau. Elle mit une robe en satin blanc et une tiare ornée de perles et de diamants, le tout prêté par sa tante. Sur la photographie de la noce, elle apparaît radieuse, debout à côté de la chaise roulante de son mari. Ce soir-là, il y eut un dîner en famille auquel n'assista pas Severo del Valle, parce que les émotions de la journée l'avaient épuisé. Après le départ des invités, Nívea fut conduite par sa tante dans la chambre qu'on lui avait préparée. « Je regrette beaucoup que ta première nuit de noces se passe ainsi... », balbutia la bonne dame en rougissant. « Ne vous en faites pas, ma tante, je me consolerai en disant un chapelet », répliqua la jeune fille. Elle attendit que la maison soit endormie, et quand elle se fut assurée qu'il n'y avait d'autre vie que le vent salin de la mer dans les arbres du jardin, Nívea se leva, parcourut en chemise de nuit les longs couloirs du palais et entra dans la chambre de Severo. La nonne engagée pour veiller sur le sommeil du malade était affalée dans un fauteuil, profondément endormie, mais Severo était réveillé, il l'attendait. Elle mit un doigt sur ses lèvres pour lui intimer le silence, éteignit les lampes à gaz et pénétra dans le lit.

Nívea avait été élevée chez les sœurs et venait d'une famille traditionnelle, où jamais l'on ne mentionnait les fonctions corporelles, et encore moins celles relatives à la reproduction, mais elle avait vingt ans, un cœur passionné et une bonne mémoire. Elle se rappelait très bien les jeux clandestins avec son cousin dans les coins sombres, la forme du corps de Severo, l'anxiété du plaisir toujours insatisfait, la fascination du péché. A cette époque-là, la pudeur et la faute les inhibaient et ils ressortaient de ces recoins défendus en tremblant, exténués et la peau en feu. Pendant les années qu'ils avaient passées séparés, elle avait eu le temps de repenser à chaque instant partagé avec son cousin et transformer la curiosité de son enfance en un amour profond. De plus, elle avait fait son profit de la bibliothèque de son oncle José Francisco Vergara, homme aux idées libérales et modernes, qui n'acceptait aucune limitation à ses quêtes intellectuelles et tolérait encore moins la censure religieuse. Tandis qu'elle classait les livres de science, d'art et de guerre, Nívea découvrit par hasard le moyen d'ouvrir un tiroir secret et se trouva devant un ensemble non négligeable de romans de la liste noire de l'Eglise et de textes érotiques, y compris une amusante collection de dessins japonais et chinois avec des couples jambes en l'air, dans des positions anatomiquement impossibles, mais capables d'inspirer l'être le plus ascétique, et à plus forte raison une personne aussi imaginative qu'elle. Cependant, les livres les plus instructifs étaient les romans pornographiques d'une certaine *Dame Anonyme*, très mal traduits de l'anglais, que la jeune fille emporta un par un dans son sac et qu'elle lut avec attention, avant de les remettre soigneusement à leur place, précaution inutile car son oncle était occupé à ses campagnes guerrières et personne d'autre que lui n'entrait dans la bibliothèque. Guidée par de tels livres, elle explora son corps, apprit les rudiments de l'art le plus ancien de l'humanité et se prépara pour le jour où elle pourrait passer de la théorie à la pratique. Elle savait, bien sûr, qu'elle était en train de commettre un horrible péché – le plaisir est toujours un péché –, mais elle refusa de s'en ouvrir à son confesseur parce que, se dit-elle, le plaisir qu'elle s'offrait et s'offrirait dans le futur valait bien de risquer l'enfer. Elle priait pour que la mort ne la surprît pas et qu'elle eût le temps, avant son dernier soupir, de confesser ses heures de plaisir que lui procuraient ces livres. Jamais elle n'imagina que cet entraînement solitaire lui servirait pour rendre la vie à l'homme qu'elle aimait, et encore moins qu'elle devrait s'y exercer à trois mètres d'une nonne endormie. Après la première nuit avec Severo, Nívea s'arrangeait pour apporter une tasse de chocolat chaud et des biscuits à la religieuse en allant dire bonsoir à son mari, avant de regagner sa chambre. Le chocolat contenait une dose de valériane capable d'endormir un chameau. Severo del Valle était loin d'imaginer que sa chaste cousine fût capable de prouesses si extraordinaires. Sa blessure à la jambe, qui lui provoquait de très fortes douleurs, la fièvre et son faible état général l'obligeaient à un rôle passif, mais ce qui lui manquait en force, Nívea le mettait en initiative et en science. Severo ne se doutait pas que de telles voltiges étaient possibles et il se disait qu'elles ne devaient pas être très catholiques, mais cela ne l'empêcha pas d'en profiter pleinement. S'il n'avait pas connu Nívea depuis l'enfance, il aurait pu penser que sa cousine s'était entraînée dans un sérail turc, mais quoique curieux de savoir comment cette demoiselle avait appris tous ces trucs, il eut l'intelligence de ne rien lui demander. Il la suivit docilement dans le voyage sensuel jusqu'où le lui permettait son corps, laissant en chemin les dernières parcelles de son âme. Ils se cherchaient sous les draps dans les positions décrites par les pornographes de la bibliothèque de l'honorable ministre de la Guerre, et dans d'autres qu'ils inventaient au fur et à mesure, guidés par le désir et l'amour, mais gênés par le moignon enveloppé dans des bandages et par la nonne qui ronflait dans son fauteuil. L'aube les surprenait dans les bras l'un de l'autre, tout palpitants, les bouches unies, respirant à l'unisson, et dès que la première clarté du jour apparaissait à la fenêtre, elle se glissait telle une ombre jusqu'à sa chambre. Leurs jeux d'antan devinrent de véritables marathons de concupiscence. Ils se caressaient avec un appétit vorace, s'embrassaient, se léchaient et se pénétraient de toutes parts, tout cela dans l'obscurité et dans le silence le plus absolu, ravalant leurs soupirs et mordant les oreillers pour étouffer la joyeuse luxure qui les élevait vers la gloire durant ces nuits trop brèves. Les heures volaient : à peine Nívea faisait-elle irruption, tel un esprit, dans la chambre pour entrer dans le lit de Severo, que le matin était là. L'un comme l'autre ne fermaient l'œil de la nuit, ils ne pouvaient perdre une minute de ces rencontres sacrées. Le lendemain, lui dormait comme un nouveau-né jusqu'à midi, et elle se levait tôt avec une mine de somnambule et accomplissait ses tâches habituelles. L'après-midi, Severo del Valle se reposait dans sa chaise roulante, sur la terrasse, contemplant le coucher de soleil devant la mer, tandis que sa femme s'endormait en brodant des napperons à son côté. Devant les autres, ils étaient comme deux frères, ils ne se touchaient pas et se regardaient à peine, mais autour d'eux l'ambiance était pesante. Ils passaient leur journée à compter les heures, attendant avec une véhémence délirante que vienne l'heure de recommencer à batifoler au lit. Ce qu'ils faisaient pendant la nuit aurait horrifié le médecin, les deux familles, la société tout entière, sans parler de la nonne. Entre-temps, les parents et amis commentaient l'abnégation de Nívea, cette jeune fille si pure et si catholique condamnée à un amour platonique, et la force morale de Severo, qui avait perdu une jambe et gâché sa vie en défendant sa patrie. Les nuées de commères propageaient le bruit que ce n'était pas seulement la jambe qu'il avait perdue sur le champ de bataille, mais aussi ses parties viriles. Pauvres petits, susurraient-elles entre deux soupirs, sans se douter que ce couple de dévergondés s'en donnait à cœur joie. Une semaine après avoir anesthésié la religieuse avec du chocolat et fait l'amour comme des Egyptiens, la blessure de l'amputation s'était cicatrisée et la fièvre était tombée. Deux mois plus tard, Severo del Valle marchait avec des béquilles et commençait à parler d'une jambe de bois, pendant que Nívea rendait tripes et boyaux en cachette dans l'une des vingt-trois salles de bain du palais de son oncle. Quand Nívea fut bien obligée d'admettre devant la famille qu'elle était enceinte, la surprise fut telle qu'on en vint à dire que cette grossesse était miraculeuse. La plus scandalisée fut sans doute la nonne, mais Severo et Nívea s'étaient toujours dit que, malgré les fortes doses de valériane, la sainte femme avait profité de l'occasion pour s'instruire : elle faisait semblant de dormir pour ne pas se priver du plaisir de les épier. Le seul qui comprit comment ils y étaient parvenus et qui célébra le savoir-faire du couple avec un grand éclat de rire, ce fut le ministre Vergara. Lorsque Severo commença à faire les premiers pas avec sa jambe artificielle et que Nívea ne put dissimuler son gros ventre, il les aida à s'installer dans une autre maison et donna du travail à Severo del Valle. « Le pays et le parti libéral ont besoin d'hommes courageux comme toi », lui dit-il, bien qu'à la vérité ce fût Nívea la courageuse.

Je n'ai pas connu mon grand-père Feliciano Rodríguez de Santa Cruz, il est mort quelques mois avant que je ne vienne habiter chez lui. Il a eu une attaque d'apoplexie alors qu'il présidait un banquet dans sa demeure de Nob Hill, étouffé par un pâté de chevreuil et du vin rouge français. On l'a relevé du sol à plusieurs et on l'a étendu, moribond, sur un sofa, avec sa belle tête de prince arabe sur les genoux de Paulina del Valle qui, pour le remonter, lui répétait : « Ne meurs pas, Feliciano, tu sais que les veuves ne sont plus invitées nulle part... Respire, allez ! Si tu respires, je te promets qu'aujourd'hui sans faute je repousse le verrou de la porte de ma chambre. » On raconte que Feliciano n'a même pas eu le temps de sourire avant que son cœur n'explose. Il existe d'innombrables portraits de ce Chilien robuste et gai, et l'imaginer vivant n'est guère difficile, parce qu'il ne pose pas pour le peintre ou le photographe, et donne toujours l'impression d'avoir été surpris dans une attitude spontanée. Il riait avec des dents de requin, gesticulait en parlant, se déplaçait avec l'assurance et l'énergie d'un pirate. A sa mort, Paulina del Valle s'effondra et fut si déprimée qu'elle ne put assister aux obsèques de son mari et aux multiples hommages que la ville lui rendit. Comme ses trois fils étaient absents, ce fut le majordome Williams et les avocats de la famille qui se chargèrent des funérailles. Les deux fils cadets arrivèrent quelques semaines plus tard, Matías se trouvait en Allemagne, il prit prétexte de sa santé et ne fit pas le déplacement pour consoler sa mère. Pour la première fois de sa

161

vie, Paulina oublia sa coquetterie, son appétit et ses livres de comptes, elle refusait de sortir et passait des journées entières au lit. Elle ne voulait pas qu'on la vît dans cet état. Les seuls qui l'entendirent sangloter furent ses femmes de chambre et Williams, qui feignait de ne rien voir, se contentant de la surveiller à une distance prudente, afin de l'aider en cas de besoin. Un soir, elle s'arrêta par hasard devant le grand miroir doré qui occupait la moitié d'un mur de sa salle de bain et vit ce qu'elle était devenue : une sorcière grosse et mal fagotée, avec une petite tête de tortue couronnée par une tignasse grise. Elle poussa un cri d'horreur. Aucun homme au monde – Feliciano moins que quiconque – ne justifiait une telle abnégation, conclut-elle. Elle avait touché le fond, il était temps de se reprendre et de remonter à la surface. Elle fit tinter la clochette pour appeler ses femmes de chambre, leur demanda de l'aider à se baigner et de faire venir son coiffeur. A partir de ce jour-là, elle décida de mettre une croix sur son deuil avec une volonté de fer, sans autre consolation que des montagnes de friandises et de longs moments dans sa baignoire. La nuit l'y surprenait d'habitude allongée la bouche pleine, mais elle ne pleurait plus. Pour les fêtes de Noël elle émergea de sa réclusion avec quelques kilos en plus et parfaitement remise, et elle constata alors avec surprise que pendant son absence, le monde avait continué à tourner et que personne ne l'avait regrettée, ce qui l'incita à se remettre encore plus vite sur pied. Elle n'allait pas permettre qu'on l'ignorât, décida-t-elle, elle venait d'avoir soixante ans et son intention était de vivre trente autres années, ne fût-ce que pour mortifier ses semblables. Elle porterait le deuil quelques mois, par respect envers Feliciano, mais il n'aurait pas aimé la voir transformée en une de ces veuves grecques qui s'enferment dans des

162

vêtements noirs pour le restant de leurs jours. Elle se mit à envisager une nouvelle garde-robe avec des couleurs pastel pour l'année à venir et un voyage d'agrément en Europe. Elle avait toujours voulu aller en Egypte, mais pour Feliciano c'était un pays avec du sable et des momies, rien d'intéressant ne s'y passait depuis trois mille ans. Maintenant qu'elle était seule, elle pouvait réaliser ce rêve. Très vite, cependant, elle constata combien son existence avait changé et le peu d'estime que la bonne société de San Francisco lui témoignait. Toute sa fortune ne suffisait pas à se faire pardonner ses origines hispano-américaines et son accent de cuisinière. Comme elle l'avait dit en plaisantant, personne ne l'invitait, elle n'était plus la première à être conviée aux fêtes, on ne lui demandait pas d'inaugurer un hôpital ou un monument, on cessa de mentionner son nom dans la rubrique mondaine et on la saluait à peine à l'Opéra. Elle était exclue. D'un autre côté, elle voyait qu'il était difficile de s'occuper correctement de ses affaires ; sans son mari, elle n'avait plus personne qui la représentât dans les milieux de la finance. Faisant un calcul minutieux de ses biens, elle constata que ses trois fils gaspillaient de l'argent plus rapidement qu'elle ne pouvait en gagner, les dettes s'étaient accumulées et, avant de mourir, Feliciano avait effectué quelques mauvais placements sans la consulter. Elle n'était pas aussi riche qu'elle le pensait, mais ne se considérait nullement vaincue. Elle appela Williams et lui demanda de convoquer un décorateur pour refaire les salons, un chef pour organiser une série de banquets qu'elle pensait donner pour le Nouvel An, un agent de voyage pour parler de l'Egypte et une modiste pour choisir de nouvelles tenues. Elle en était là, conjurant sa peur du veuvage avec des mesures d'urgence, lorsqu'une fillette se présenta, habillée en popeline blanche avec un bonnet de dentelle et des petites bottes vernies, tenant par la main une femme en habit de deuil. C'était Eliza Sommers et sa petite-fille Aurora, que Paulina del Valle n'avait pas vues depuis cinq ans.

— Je vous amène la petite, comme vous le souhaitiez, Paulina, dit Eliza avec tristesse.

— Mon Dieu, qu'est-il arrivé ? demanda Paulina del Valle, se remettant difficilement de sa surprise.

— Mon mari est mort.

— Je vois que nous sommes toutes deux veuves..., murmura Paulina.

Eliza Sommers lui expliqua qu'elle ne pourrait plus s'occuper de sa petite-fille parce qu'elle devait rapatrier le corps de Tao Chi'en en Chine, comme elle le lui avait promis. Paulina del Valle appela Williams et lui demanda d'emmener la fillette dans le jardin pour lui montrer les paons royaux, pendant qu'elles parlaient.

— Quand pensez-vous revenir, Eliza ? demanda Paulina.

— Ce voyage peut être très long.

— Je ne veux pas m'attacher à la petite et dans quelques mois devoir vous la rendre. J'en aurais le cœur brisé.

— Je vous promets que cela n'arrivera pas, Paulina. Vous pouvez offrir à ma petite-fille une vie bien meilleure que celle que je peux lui donner. Je ne suis de nulle part. Sans Tao, cela n'a plus de sens de vivre à Chinatown, je ne me sens pas bien non plus parmi les Américains, et je n'ai rien à faire au Chili. Je suis étrangère partout, mais je désire que Lai-Ming ait des racines, une famille et une bonne éducation. C'est à Severo del Valle, son père légal, que revient la tâche de s'en occuper, mais il est très loin et a d'autres enfants. Comme vous avez toujours souhaité avoir la petite, j'ai pensé que...

— Vous avez très bien fait, Eliza ! l'interrompit Paulina.

Paulina del Valle écouta jusqu'à la fin la tragédie qui s'était abattue sur Eliza Sommers et apprit tous les détails concernant Aurora, y compris le rôle que jouait Severo del Valle dans sa destinée. Sans savoir comment, en chemin ses rancœurs et son orgueil s'évanouirent, et c'est avec émotion qu'elle embrassa cette femme qu'elle considérait peu auparavant comme sa pire ennemie, la remerciant pour son incroyable générosité de lui donner sa petite-fille et lui jurant qu'elle serait une véritable grand-mère, sans doute pas aussi bonne qu'elle, mais disposée à consacrer le reste de son existence à faire le bonheur d'Aurora. Ce serait sa première mission ici-bas.

— Lai-Ming est une fille intelligente. Elle ne va pas tarder à demander qui est son père. Jusqu'à il y a peu, elle croyait que son père, son grand-père, son meilleur ami et Dieu étaient la même personne : Tao Chi'en, dit Eliza.

— Que voulez-vous que je lui dise si elle me le demande ?

— Dites-lui la vérité, c'est toujours le plus facile à entendre, lui conseilla Eliza.

— Que mon fils Matías est son père biologique et que mon neveu Severo est son père légal ?

— Pourquoi pas ? Et dites-lui que sa mère s'appelait Lynn Sommers et que c'était une jeune fille belle et bonne, murmura Eliza d'une voix brisée.

Les deux grand-mères décidèrent que pour éviter de troubler encore davantage leur petite-fille, il valait mieux l'éloigner définitivement de sa famille maternelle, qu'elle ne reparle plus le chinois et n'ait plus aucun contact avec son passé. A cinq ans on n'a pas encore atteint l'âge de raison, telle fut leur conclusion, et avec le temps, la petite Lai-Ming finirait par oublier ses origines et le choc qu'elle venait de subir s'estomperait. Eliza Sommers s'engagea à ne pas tenter d'entrer en communication avec la fillette, et Paulina del Valle à l'adorer comme elle aurait adoré cette fille qu'elle avait tellement voulu avoir. Elles prirent congé avec une brève étreinte et Eliza sortit par la porte de service pour éviter que sa petite-fille ne la voie s'éloigner.

Je regrette beaucoup que ces deux si bonnes dames, mes grand-mères Eliza Sommers et Paulina del Valle, n'aient pas cru bon de me faire participer d'une façon ou d'une autre au destin qu'elles avaient conçu pour moi. Avec la même détermination formidable dont elle avait fait preuve, à dix-huit ans, en s'échappant, le crâne rasé, d'un couvent pour s'enfuir avec son fiancé, et à vingt-huit, lorsqu'elle avait amassé une fortune en charriant des glaces préhistoriques sur un bateau, ma grand-mère Paulina s'évertua à effacer mes origines. Et elle y serait parvenue si un coup du destin n'avait, au dernier moment, mis ses plans à mal. Je me souviens très bien de ma première impression. Je me vois entrer dans un palais perché sur une colline, traverser des jardins avec des miroirs d'eau et des arbustes taillés, je vois les marches en marbre avec des lions en bronze grandeur nature de chaque côté, la double porte de bois sombre et l'immense hall éclairé par les vitraux de couleurs d'une coupole majestueuse. Je n'avais jamais rien vu de semblable, j'étais tout autant fascinée qu'effrayée. Je me suis retrouvée devant un fauteuil doré orné d'un médaillon occupé par Paulina del Valle, reine sur son trône. Comme je l'ai souvent revue installée dans ce même fauteuil, il m'est aisé de l'imaginer ce premier jour : avec sur elle une profusion de bijoux et suffisamment de métrage de tissu pour confectionner des rideaux, elle était imposante. A son côté, le reste du monde disparaissait. Elle avait une belle voix, une grande élégance naturelle et les dents blanches et droites, grâce au concours d'un superbe dentier en porcelaine. A cette époque, elle avait sans doute déjà les cheveux gris, mais elle se les teignait en châtain, couleur de sa jeunesse, et en augmentait si bien le volume grâce à une série de postiches habilement disposés que le chignon ressemblait à une tour. Je n'avais jamais vu une personne d'une telle ampleur, parfaitement en accord avec la taille et la somptuosité de sa demeure. Maintenant que je sais, finalement, ce qui s'est passé pendant les quelques jours qui ont précédé cet instant, je comprends qu'il est injuste d'attribuer ma frayeur uniquement à cette formidable grand-mère. Quand on m'a emmenée chez elle, la terreur faisait partie de mon équipage, comme la petite valise et la poupée chinoise auxquelles j'étais fermement agrippée. Après m'être promenée dans le jardin et avoir pris place dans une immense salle à manger vide devant une coupe de glace, Williams m'a amenée dans le salon des aquarelles, où je supposais que ma grand-mère Eliza m'attendait, mais à sa place j'ai trouvé Paulina del Valle, qui s'est approchée de moi avec précaution, comme si elle essayait d'attraper un chat fuyant, et m'a dit qu'elle m'aimait beaucoup et que dorénavant, je vivrais dans cette grande maison et que j'aurais beaucoup de poupées, et aussi un poney et une petite voiture.

— Je suis ta grand-mère, dit-elle.

— Où est ma vraie grand-mère? aurais-je alors demandé.

— Je suis ta vraie grand-mère, Aurora. L'autre grand-mère est partie pour un long voyage, m'expliqua Paulina.

Je suis partie en courant, j'ai traversé le hall à la coupole, me suis perdue dans la bibliothèque, je suis entrée dans la salle à manger et me suis glissée sous la table, et là je me suis accroupie, muette d'épouvante. C'était un meuble énorme avec un plateau de marbre vert et des pieds en forme de cariatides, impossible à remuer. Bientôt arrivèrent Paulina del Valle et Williams, suivis par deux domestiques décidés à me séduire, mais moi je me glissais comme une belette chaque fois qu'une main s'approchait de moi. « Laissez-la, madame, elle sortira toute seule », suggéra Williams, mais comme après plusieurs heures j'étais toujours retranchée sous la table, on m'a apporté une autre coupe de glaces, un oreiller et une couverture. « Quand elle sera endormie, nous la sortirons de là », avait dit Paulina del Valle, mais je ne me suis pas endormie, et j'ai fait pipi, consciente de la faute que je commettais, mais trop effrayée pour chercher des toilettes. Je suis restée sous la table même pendant que Paulina dînait ; de mon retranchement je voyais ses grosses jambes, ses petits souliers en satin d'où sortaient les plis de ses pieds et les pantalons noirs des hommes qui s'occupaient du service. Elle s'est penchée à deux reprises avec une extrême difficulté pour me faire un clin d'œil, auquel j'ai répondu en me cachant le visage dans les genoux. Je mourais de faim, de fatigue et d'envie d'aller aux toilettes, mais j'étais aussi orgueilleuse que Paulina del Valle et je ne me suis pas rendue facilement. Peu après, Williams a glissé un plateau sous la table avec la troisième glace, des biscuits et une grosse part de gâteau au chocolat. J'ai attendu qu'il s'éloigne et quand je me suis sentie en sécurité j'ai voulu manger, mais quand j'allongeais le bras, le plateau s'éloignait, actionné par le majordome au moyen d'une ficelle. Quand finalement j'ai pu saisir un biscuit, je me trouvais hors de mon refuge, mais comme il n'y avait personne dans la salle à manger, j'ai pu dévorer les sucreries en paix, et dès que j'ai entendu un bruit je suis retournée en courant sous la table. La même scène s'est répétée quelques heures plus tard, au lever du jour, et à force de suivre le plateau mobile j'ai fini par atteindre la porte, où m'attendait Paulina del Valle avec un petit chien jaunâtre qu'elle m'a mis dans les bras.

— Tiens, c'est pour toi, Aurora. Ce petit chien lui aussi se sent seul et il a peur, me dit-elle.

— Mon nom est Lai-Ming.

— Ton nom est Aurora del Valle, répliqua-t-elle ferme-ment.

— Où sont les toilettes ? ai-je murmuré, les jambes croi-sées.

C'est ainsi qu'ont commencé mes relations avec cette formidable grand-mère que le destin m'avait donnée. Elle m'a installée dans une chambre proche de la sienne et m'a autorisée à dormir avec le petit chien, que j'ai appelé Ca-ramel parce qu'il avait cette couleur. A minuit je me suis ré-veillée avec le cauchemar des enfants en pyjamas noirs et, sans y regarder à deux fois, je suis partie en courant jusqu'au lit légendaire de Paulina del Valle, comme jadis je pénétrais dans celui de mon grand-père, pour me faire dorloter. J'étais habituée aux bras accueillants et fermes de Tao Chi'en, rien ne me réconfortait autant que son odeur de mer et la litanie de ses douces paroles en chinois prononcées dans un demi-sommeil. J'ignorais que les enfants normaux ne passaient pas le seuil de la chambre des grandes personnes, et qu'ils entraient encore moins dans leur lit. J'avais grandi dans un étroit contact physique, mes grands-parents maternels m'embrassaient et me berçaient jusqu'à plus soif, je ne connaissais d'autre forme de consolation ou de repos qu'une étreinte. En me voyant, Paulina del Valle me re-

169

poussa scandalisée, et moi je me suis mise à gémir lentement, imitée par le pauvre chien, et nous devions avoir un
air si pitoyable qu'elle nous a fait signe d'approcher. J'ai
sauté dans son lit et caché ma tête sous les draps. Je suppose
que je me suis endormie aussitôt, en tout cas je me suis réveillée recroquevillée contre ses grands seins parfumés au
gardénia, le chiot à mes pieds. La première chose que j'ai
faite en me réveillant au milieu des dauphins et des naïades
florentines, ce fut de demander où étaient mes grands-
parents, Eliza et Tao. Je les ai cherchés dans toute la maison
et dans les jardins, puis je me suis installée devant la porte
pour attendre qu'ils viennent me chercher. La même scène
s'est répétée toute la semaine, malgré les cadeaux, les
promenades et les cajoleries de Paulina. Le samedi je me
suis enfuie. Je ne m'étais jamais trouvée seule dans la rue et
je ne savais pas m'orienter, mais mon instinct me dit que je
devais descendre la colline ; je suis donc parvenue au centre
de San Francisco, où j'ai erré pendant plusieurs heures, atterrée. Apercevant deux Chinois poussant un chariot chargé
de linge sale, je les ai suivis à une distance prudente parce
qu'ils ressemblaient à mon oncle Lucky. Ils se dirigeaient
vers Chinatown – là se trouvaient toutes les laveries de la
ville –, et mettant le pied dans ce quartier que je connaissais
si bien, je me suis aussitôt sentie en sécurité, bien
qu'ignorant le nom des rues et l'adresse de mes grands-
parents. J'étais timide et trop effrayée pour demander de
l'aide, de sorte que j'ai continué à marcher sans destination
précise, guidée par les odeurs de nourriture, les sonorités de
la langue et attirée par les centaines de petites échoppes que
j'avais parcourues tant de fois en tenant la main de mon
grand-père Tao Chi'en. A un certain moment, vaincue par la
fatigue, je me suis assise sur le seuil d'un bâtiment vétuste et

je me suis endormie. J'ai été réveillée par un coup sur l'épaule et les grognements d'une vieille femme avec de fins sourcils peints au charbon lui barrant le front, qui la faisaient ressembler à un masque. J'ai poussé un cri d'effroi, mais il était trop tard pour fuir, elle m'avait saisie avec ses deux mains. Elle m'a emmenée – moi donnant des coups de pied dans le vide – dans un réduit infect où elle m'a enfermée. La pièce sentait très mauvais et, entre la peur et la faim, j'ai dû me sentir mal car je me suis mise à vomir. Je n'avais aucune idée de l'endroit où je me trouvais. Dès que mes nausées ont cessé, je me suis mise à appeler mon grand-père à pleins poumons, alors la femme est revenue et m'a donné deux gifles qui m'ont coupé le souffle ; on ne m'avait jamais frappée et je crois que la surprise fut plus grande que la douleur. Elle m'a intimé l'ordre, en cantonais, de me taire ou elle me fouetterait avec une perche en bambou, puis elle m'a déshabillée, m'a inspectée entièrement, tout particulièrement la bouche, les oreilles et les parties génitales, m'a passé une chemise propre et a emporté mes vêtements sales. Je suis restée seule à nouveau dans le réduit qui s'assombrissait à mesure que diminuait la faible lumière provenant de l'unique trou de ventilation.

Je crois que cette aventure m'a marquée parce que vingt-cinq ans ont passé et je tremble encore lorsque je me souviens de ces heures interminables. On ne voyait jamais de fillettes seules à cette époque dans Chinatown, les familles les surveillaient de près parce qu'à la moindre distraction, elles pouvaient disparaître dans les méandres de la prostitution enfantine. Moi j'étais trop petite pour ça, mais souvent on enlevait ou on achetait des enfants de mon âge pour les entraîner dès l'enfance dans toutes sortes de dépravations. La femme est revenue quelques heures plus tard, alors qu'il faisait totalement noir, accompagnée par un homme plus jeune qu'elle. Ils m'ont observée à la lueur d'une lampe et ont commencé à discuter avec chaleur dans leur langue, que je connaissais, mais je n'ai pas compris grand-chose parce que j'étais exténuée et morte de peur. J'ai cru entendre plusieurs fois le nom de mon grand-père Tao Chi'en. Ils sont partis et je me suis retrouvée seule une fois de plus, tremblant de froid et de terreur, je ne sais pour combien de temps. Lorsque la porte s'est rouverte, la lumière de la lampe m'a aveuglée, j'ai entendu mon nom en chinois, LaiMing, et j'ai reconnu la voix inimitable de mon oncle Lucky. Ses bras m'ont soulevée et je n'ai plus rien su, parce que le soulagement m'avait étourdie. Je ne me souviens pas du voyage en voiture, ni du moment où je me suis retrouvée à nouveau dans la demeure de Nob Hill devant ma grand-mère Paulina. Je ne me souviens pas non plus de ce qui s'est passé les semaines suivantes, parce que j'ai eu la varicelle et j'ai été très malade. C'est une époque confuse, avec beaucoup de changements et des sensations contradictoires.

Maintenant, en reconstruisant mon passé, je peux affirmer sans me tromper que c'est la chance de mon oncle Lucky qui m'a sauvée. La femme qui m'avait enlevée dans la rue était allée voir un représentant de son *tong*, parce que rien ne se passait dans Chinatown sans l'avis et le consentement de ces bandes. La communauté tout entière était regroupée dans ces différents *tongs*. C'étaient des confréries fermées et zélées qui exigeaient de leurs membres une totale loyauté et des commissions, en échange de quoi elles leur offraient protection et contacts pour trouver un travail, et la promesse de rapatrier leur corps en Chine s'ils mouraient sur le sol américain. L'homme m'avait souvent vue tenir la main de mon grand-père, et par chance il appartenait au même *tong* que Tao Chi'en. C'était lui qui avait averti mon oncle. Dans un premier élan, Lucky avait voulu m'emmener chez lui pour que sa nouvelle épouse, qu'il venait de commander en Chine sur catalogue, s'occupe de moi, mais il se dit que les instructions de ses parents devaient être respectées. Eliza était déjà partie avec le corps de son mari pour qu'il fût enterré à Hong Kong. Tao Chi'en et elle avaient toujours soutenu que le quartier chinois de San Francisco était un monde trop étroit pour moi, ils voulaient que je sois totalement intégrée aux Etats-Unis. Bien qu'il ne fût pas d'accord avec ce principe, Lucky Chi'en ne pouvait désobéir à la volonté de ses parents, c'est pourquoi il avait payé à mes ravisseurs la somme convenue et m'avait reconduite chez Paulina del Valle. Je ne le reverrais que vingt ans plus tard, lorsque j'irais le voir pour éclaircir certains détails concernant mon passé.

L'orgueilleuse famille de mes grands-parents paternels vécut à San Francisco pendant trente-six ans sans laisser beaucoup de souvenirs. Je suis allée rechercher leurs traces. La demeure de Nob Hill est aujourd'hui un hôtel et personne ne se souvient de ses premiers propriétaires. Passant en revue quelques vieux journaux à la bibliothèque, j'ai découvert de nombreuses mentions concernant la famille dans la rubrique mondaine, et aussi l'histoire de la statue de la République et le nom de ma mère. Il existe aussi un bref article pour annoncer le décès de mon grand-père Tao Chi'en, une notice nécrologique écrite par un certain Jacob Freemont, et un avis de condoléances de la Société de Médecine, avec des remerciements pour les contributions du *zhong yi* Tao Chi'en à la médecine occidentale. C'est un événement parce que la population chinoise était alors invisible, elle naissait, vivait et mourait en marge de la vie américaine, mais le prestige de Tao Chi'en dépassait les limites de Chinatown et de la Californie, il était connu jusqu'en Angleterre, où il avait donné plusieurs conférences sur l'acupuncture. Sans ces témoignages écrits, la plupart des protagonistes de cette histoire auraient disparu, emportés par le vent de la méchante mémoire.

Mon escapade à Chinatown, pour aller rechercher mes grands-parents maternels, décida Paulina del Valle à retourner au Chili. D'autres raisons vinrent conforter cette décision, elle comprit qu'aucune fête somptueuse, qu'aucun coup d'éclat ne pourrait lui restituer la position sociale qu'elle avait connue du vivant de son mari. Elle vieillissait seule, loin de ses fils, de sa famille, de sa langue et de son pays. L'argent qui lui restait ne lui permettait pas de conserver le train de vie auquel elle était habituée dans sa demeure de quarante-cinq pièces, mais cela représentait une fortune immense au Chili, où tout était bien meilleur marché. De plus, elle avait hérité d'une curieuse petite-fille qu'elle crut nécessaire d'éloigner totalement de son passé chinois, si elle voulait en faire une vraie demoiselle chilienne. Ne pouvant supporter l'idée que je prenne à nouveau la fuite, Paulina engagea une gouvernante anglaise pour me surveiller jour et nuit. Elle annula ses projets de voyage en Egypte et de banquets du Nouvel An, mais activa la confection de sa nouvelle garde-robe, après quoi elle se mit à répartir méthodiquement son argent entre les Etats-Unis et l'Angleterre, envoyant au Chili juste la somme indispensable à son installation, parce que la situation politique lui paraissait instable. Elle écrivit une longue lettre de réconciliation à son neveu Severo del Valle, et lui raconta ce qui était arrivé à Tao

174

Chi'en et la décision d'Eliza Sommers de lui laisser la fillette, lui expliquant en détail les avantages que la petite aurait à être élevée par elle. Severo del Valle comprit les raisons de sa tante et accepta la proposition, car il avait déjà deux enfants et sa femme en attendait un troisième, mais il refusa de lui donner la tutelle légale de l'enfant, comme elle le souhaitait.

Les avocats aidèrent Paulina à clarifier sa situation financière et à vendre la propriété. Son majordome Williams, lui, s'occupa des aspects pratiques : organiser le déménagement de la famille vers le sud et emballer tous les biens de sa patronne, car elle ne voulut rien vendre, pour que les mauvaises langues ne viennent pas dire qu'elle le faisait par nécessité. Selon ce qui avait été arrangé, Paulina devait prendre un navire de croisière avec moi, la gouvernante anglaise et quelques employés de confiance, tandis que Williams envoyait au Chili l'équipage, retrouvant ensuite sa liberté, après avoir reçu une gratification conséquente en livres sterling. C'était là son dernier travail au service de sa patronne. Une semaine avant le départ, le majordome sollicita une entrevue privée.

— Excusez-moi, madame, puis-je vous demander pourquoi je suis tombé si bas dans votre estime ?

— Que dites-vous, Williams ! Vous savez combien je vous apprécie et comme je suis satisfaite de vos services.

— Et pourtant, vous ne souhaitez pas m'emmener au Chili...

— Mais enfin, mon Dieu ! L'idée ne m'était même pas venue à l'esprit. Que ferait un majordome britannique au Chili ? Personne n'en a dans ces contrées. On se moquerait de vous et de moi. Vous avez regardé une carte ? Ce pays se trouve très loin et personne ne parle anglais, votre vie ne serait pas agréable. Je ne peux pas vous demander un tel sacrifice, Williams.

— Si je peux me permettre, madame, me séparer de vous serait un sacrifice encore plus grand.

Paulina del Valle regarda son employé avec des yeux ronds. Pour la première fois elle se rendit à l'évidence : Williams était autre chose qu'un automate en veste à queue-de-pie noire et gants blancs. Elle vit un homme d'une cinquantaine d'années, aux larges épaules, au visage agréable, avec une chevelure abondante couleur piment et des yeux pénétrants. Il avait des mains fortes d'arrimeur et les dents jaunies par la nicotine, bien qu'elle ne l'eût jamais vu fumer ou cracher du tabac. Ils restèrent muets un temps interminable, elle l'observant et lui soutenant son regard sans avoir l'air incommodé.

— Madame, j'ai pu noter les difficultés que le veuvage vous a occasionnées, finit par dire Williams dans le langage indirect qu'il avait l'habitude d'utiliser.

— Vous vous moquez ? dit en souriant Paulina.

— Rien n'est plus éloigné de mes intentions, madame.

— Hum ! fit-elle en pensant à la longue pause qui avait précédé la réponse de son majordome.

— Vous devez vous demander ce que signifie tout cela, poursuivit-il.

— Disons que vous avez réussi à m'intriguer, Williams.

— Etant donné que je ne peux pas aller au Chili en tant que majordome, peut-être l'idée d'y aller en tant que mari ne serait-elle pas tout à fait déplacée.

Paulina del Valle crut que le plancher s'ouvrait sous ses pieds et qu'elle s'enfonçait avec sa chaise et tout le reste jusqu'au centre de la terre. Sa première pensée fut de se dire que cet homme avait perdu la raison, il n'y avait pas d'autre explication, mais en voyant la dignité et le calme du major-dome elle ravala les insultes qu'elle avait sur le bout de la langue.

— Permettez-moi de vous expliquer mon point de vue, madame, poursuivit Williams. Je n'ai pas la prétention, bien entendu, d'exercer la fonction d'époux sur un plan senti-mental. Je n'aspire pas davantage à votre fortune, qui resterait totalement à l'abri, vous prendriez pour ce faire les disposi-tions légales qui s'imposent. Mon rôle à vos côtés serait pour ainsi dire le même : vous aider de mon mieux avec la plus grande discrétion. Je suppose qu'au Chili, comme par-tout ailleurs, une femme seule s'expose à nombre de dif-ficultés. Pour moi ce serait un honneur de prendre fait et cause pour vous.

— Et que gagneriez-vous à ce curieux arrange-ment ? s'enquit Paulina sans pouvoir dissimuler son ton mordant.

— D'un côté, j'y gagnerais du respect. De l'autre, j'admets que l'idée de ne pas vous revoir me tourmente depuis que vous avez pris la décision de partir. J'ai passé la moitié de ma vie à vos côtés, je me suis habitué.

A nouveau Paulina resta muette un temps interminable, tout en tournant dans sa tête l'étrange proposition de son employé. Telle qu'elle était formulée, c'était une bonne af-faire, avec des avantages pour tous les deux : lui jouirait d'un niveau de vie élevé auquel il n'aurait jamais accès dans d'autres circonstances, et elle aurait à son bras un individu qui, à bien regarder, était la distinction même. A dire vrai, on aurait dit un membre de la noblesse britannique. Imagi-nant la tête que ferait sa famille au Chili et la jalousie de ses sœurs, elle éclata de rire.

— Vous avez au moins dix ans et trente kilos de moins

que moi, vous ne craignez pas le ridicule ? demanda-t-elle en pouffant de rire.

— Moi non. Et vous, ne craignez-vous pas que l'on vous voie avec quelqu'un de ma condition ?

— Moi je ne crains rien dans cette vie et j'adore scandaliser mon prochain. Quel est votre prénom, Williams ?

— Frederick.

— Frederick Williams... Beau nom, tout à fait aristocratique.

— J'ai le regret de vous dire que c'est la seule chose aristocratique à mon actif, madame, dit en souriant Williams.

Et c'est comme cela qu'une semaine plus tard, ma grand-mère Paulina del Valle, son tout nouveau mari, le coiffeur, la gouvernante, deux femmes de chambre, un valet, un domestique et moi partîmes en train pour New York avec une cargaison de malles et, de là, nous embarquâmes pour l'Europe sur un navire britannique. Nous emportions aussi Caramel, qui en était au stade de son évolution où les chiens forniquent avec tout ce qu'ils trouvent, dans ce cas c'était l'étole en peau de ma grand-mère. L'étole était bordée de queues de renard entières et Caramel, étonné de la passivité avec laquelle ces dernières accueillaient ses avances amoureuses, les déchiqueta à belles dents. Furieuse, Paulina del Valle fut sur le point de jeter par-dessus bord le chien et l'étole, mais effrayée je me mis à taper des pieds et tous deux sauvèrent leur peau. Ma grand-mère occupait une suite de trois pièces et Frederick Williams une autre de mêmes dimensions de l'autre côté du couloir. Elle passait ses journées à manger quand ça lui plaisait, changeant de tenue selon les activités, m'apprenant l'arithmétique pour qu'à l'avenir je me charge de ses livres de comptes, et me racontant l'histoire de la famille pour que je sache d'où je venais, sans jamais révéler l'identité de mon père, comme si j'avais surgi dans le clan del Valle par génération spontanée. Si je lui posais des questions sur mon père ou ma mère, elle me répondait qu'ils étaient morts et que c'était sans importance, car le fait d'avoir une grand-mère comme elle était amplement suffisant. Pendant ce temps, Frederick Williams jouait au bridge et lisait des journaux anglais, comme les autres messieurs de première classe. Il s'était laissé pousser les favoris ainsi qu'une épaisse moustache avec les pointes gominées qui lui donnaient un air important, il fumait la pipe et des cigares cubains. Il confessa à ma grand-mère que c'était un fumeur invétéré et que le plus difficile dans son emploi de majordome avait été de s'abstenir de fumer en public, maintenant il pouvait enfin savourer son tabac et jeter à la poubelle ses pastilles à la menthe qu'il achetait en gros et qui lui détruisaient l'estomac. A cette époque où les hommes de qualité avaient un ventre ostentatoire et un double menton, la silhouette plutôt mince et athlétique de Williams était rare dans la bonne société, bien que ses manières fussent beaucoup plus convaincantes que celles de ma grand-mère. Le soir, avant de descendre à la salle de bal, ils venaient me dire bonsoir dans la cabine que je partageais avec la gouvernante. Les voir était un spectacle, elle coiffée et maquillée, en tenue de gala et resplendissante de bijoux, telle une grosse idole, et lui transformé en un prince consort distingué. Parfois, je descendais les épier, c'était un ravissement : Frederick Williams pouvait manœuvrer Paulina del Valle sur la piste de danse avec la maîtrise de quelqu'un habitué à déplacer des poids lourds.

Nous sommes arrivés au Chili un an plus tard, quand la fortune chancelante de ma grand-mère se fut rétablie grâce à la spéculation sur le sucre à laquelle elle se livra durant la Guerre du Pacifique. Sa théorie s'était révélée exacte : les gens mangent davantage de sucre pendant les époques troublées. Notre arrivée coïncida avec la présentation au théâtre de l'incomparable Sarah Bernhardt dans son rôle célèbre de *La Dame aux Camélias*. L'actrice ne parvint pas à émouvoir le public comme partout ailleurs dans le monde civilisé, parce que la pudique société chilienne ne sympathisa aucunement avec la courtisane tuberculeuse, tout le monde trouvant normal qu'elle se sacrifiât pour son amant, au nom du qu'en-dira-t-on ; ils ne comprirent pas le pourquoi de tant de drame et de camélia fané. La célèbre actrice repartit convaincue d'avoir visité un pays d'idiots profonds, opinion que Paulina del Valle partageait pleinement. Ma grand-mère s'était promenée avec sa suite dans plusieurs villes d'Europe, mais elle ne réalisa pas son rêve d'aller en Egypte, parce que, selon elle, aucun chameau ne pourrait supporter son poids et il lui faudrait visiter les pyramides à pied, sous une chaleur de lave en fusion. En 1886 j'avais six ans, je parlais un mélange de chinois, d'anglais et d'espagnol, mais je pouvais faire les quatre opérations de base et je savais convertir avec une incroyable habileté des francs français en livres sterling, et ces dernières en marks allemands ou en lires italiennes. J'avais cessé de pleurer à tout instant en pensant à mon grand-père Tao et à ma grand-mère Eliza, mais les mêmes inexplicables cauchemars continuaient à me tourmenter de façon régulière. Il y avait un trou noir dans ma mémoire, une chose toujours présente et dangereuse que je ne parvenais pas à préciser, une chose inconnue qui me terrorisait, surtout dans l'obscurité ou au milieu d'une foule. Je ne supportais pas de me voir entourée de gens, je commençais à crier comme une possédée et ma grand-mère

Paulina devait me prendre dans ses bras d'ours pour me calmer. J'avais pris l'habitude de me réfugier dans son lit quand je me réveillais après un cauchemar, ainsi naquit entre nous deux une intimité qui, j'en suis persuadée, m'a sauvée de la démence qui me guettait. Comprenant que j'avais besoin d'être consolée, Paulina del Valle modifia imperceptiblement ses manières vis-à-vis de tous, Frederick Williams excepté. Elle devint plus tolérante et affectueuse, et maigrit même un peu car elle passait son temps à courir derrière moi et en oubliait ses friandises. Je crois qu'elle m'adorait. Je le dis sans fausse modestie, dans la mesure où elle m'en a donné des preuves ; elle m'a aidée à grandir en toute liberté durant ces années, éveillant ma curiosité et me montrant le monde. Elle ne tolérait aucun accès de sentimentalité, aucune plainte de ma part, « il ne faut pas regarder en arrière » était une de ses devises. Elle me faisait des blagues, certaines assez lourdes, jusqu'au jour où j'ai appris à lui rendre la pareille, ce qui a marqué le ton de nos relations. Un jour j'ai trouvé dans la cour un lézard écrasé par une voiture, il était resté au soleil pendant plusieurs jours et s'était fossilisé, raide pour toujours dans son triste état de reptile écrabouillé. Je l'ai ramassé et gardé, sans savoir pourquoi, jusqu'au jour où je lui ai trouvé une utilisation parfaite. J'étais à ma table en train de faire mes devoirs de mathématiques, et ma grand-mère venait d'entrer distraitement dans ma chambre lorsque je feignis un accès de toux incoercible, elle s'est alors approchée pour me taper dans le dos. Je me suis cassée en deux, le visage entre les mains et sous le regard terrifié de la pauvre femme, j'ai « craché » le lézard qui a atterri sur ma jupe. Ma grand-mère a eu tellement peur en voyant la bestiole que j'avais apparemment crachée de mes poumons qu'elle s'est effondrée sur une chaise, mais après elle a ri autant que moi et gardé en souvenir l'animal desséché entre les pages d'un livre. Il est difficile de comprendre pourquoi cette femme si forte avait peur de me raconter la vérité sur mon passé. Je crois qu'elle n'est jamais parvenue à se défaire de ses préjugés de classe, malgré son comportement provocateur vis-à-vis des conventions. Pour me protéger du rejet de la société, elle a consciencieusement occulté l'existence de mon quart de sang chinois, le modeste milieu social de ma mère et le fait qu'en réalité j'étais une bâtarde. C'est la seule chose que je peux reprocher à ce géant que fut ma grand-mère.

En Europe j'ai fait la connaissance de Matías Rodríguez de Santa Cruz y del Valle. Paulina n'a pas respecté l'accord passé avec ma grand-mère Eliza Sommers, et au lieu de me dire la vérité et de le présenter comme mon père, elle m'a dit que c'était un oncle, un de ces innombrables oncles que possède tout enfant chilien, dans la mesure où tout parent ou ami de la famille assez âgé pour porter le titre avec une certaine dignité s'appelle automatiquement oncle ou tante ; c'est la raison pour laquelle j'ai toujours appelé le bon Williams *oncle* Frederick. J'ai appris que Matías était mon père plusieurs années plus tard, lorsqu'il est revenu au Chili pour mourir, c'est lui qui me l'a dit. Il ne m'a pas laissé une impression inoubliable, il était mince, pâle et bel homme, il avait l'air jeune lorsqu'il était assis, mais bien plus âgé quand il essayait de se déplacer. Il marchait en s'aidant d'une canne et il était toujours accompagné d'un domestique qui lui ouvrait les portes, lui passait son manteau, lui allumait ses cigarettes, lui tendait le verre d'eau qui se trouvait sur une table à son côté, parce que allonger le bras était un effort trop important pour lui. Ma grand-mère Paulina m'expliqua que cet oncle avait de l'arthrite, une situation très douloureuse qui le rendait fragile comme le verre, dit-elle, c'est pour ça que je devais m'approcher de lui avec beaucoup de précautions. Ma grand-mère devait mourir quelques années plus tard sans savoir que son fils aîné n'avait pas de l'arthrite, mais la syphilis.

La stupeur de la famille del Valle à l'arrivée de ma grand-mère à Santiago fut immense. Après avoir débarqué à Buenos Aires, nous avons traversé l'Argentine pour atteindre le Chili, une véritable expédition, compte tenu du volume de notre équipage qui venait d'Europe, outre les onze valises d'emplettes faites à Buenos Aires. Nous avons fait le voyage en voiture, l'équipage suivait sur des mules, et nous étions accompagnés par des gardes armés sous les ordres d'oncle Frederick, parce qu'il y avait des bandits de chaque côté de la frontière ; malheureusement, nous n'avons pas été attaqués et sommes arrivés au Chili sans rien d'intéressant à raconter sur la traversée des Andes. En chemin nous avions perdu la gouvernante qui, tombée amoureuse d'un Argentin, avait préféré rester, et une femme de service, morte du typhus. Pour compenser, mon oncle Frederick s'arrangeait pour engager du personnel à chaque étape de notre périple. Paulina avait décidé de s'installer à Santiago, la capitale, parce que après voir vécu tant d'années aux Etats-Unis, elle s'était dit que le port de Valparaiso, où elle était née, serait trop petit pour elle. De plus, elle avait pris l'habitude de vivre loin de son clan, et la seule idée de voir ses proches tous les jours, une coutume tenace chez les familles chiliennes, l'effrayait. Cependant, à Santiago, elle n'en fut pas libérée, car elle avait plusieurs sœurs mariées avec des « gens bien », comme s'appelaient entre eux les membres de la bonne société, persuadés, je suppose, que le reste du monde entrait dans la catégorie des « gens pas bien ». Son neveu Severo del Valle, qui vivait lui aussi dans la capitale, vint nous saluer dès notre arrivée, accompagné de sa femme. Je garde un souvenir plus net de cette première rencontre avec eux que de celle avec mon père en Europe, parce qu'ils m'ont accueillie avec des marques d'affection si exagérées que j'ai pris peur. Ce qui frappait chez Severo c'était, plus encore que son boitillement et sa canne, son air de prince pour illustrations de contes – j'ai rarement vu un homme aussi beau –, et chez Nívea, son gros ventre arrondi. En ce temps-là, la procréation était considérée comme une chose indécente et dans la bourgeoisie, les femmes enceintes restaient recluses chez elles. Nívea, elle, n'essayait pas de dissimuler son état, l'exhibant, indifférente au malaise qu'elle provoquait. Dans la rue les gens tournaient la tête, comme si elle avait une difformité ou se promenait toute nue. Moi je n'avais jamais vu une chose pareille, et quand j'ai demandé ce qui arrivait à cette dame, ma grand-mère Paulina m'a expliqué que la pauvrette avait avalé un melon. A la différence de son beau mari, Nívea ressemblait à une souris, mais il suffisait de parler quelques minutes avec elle pour tomber sous le charme et constater sa formidable énergie.

Santiago était une belle ville située dans une vallée fertile, entourée de montagnes rouges en été et recouvertes de neige en hiver, une ville paisible, somnolente où l'air sentait un mélange de jardins fleuris et de crottin de cheval. Elle avait l'aspect d'une ville française, avec ses arbres centenaires, ses places, ses fontaines mauresques, ses portes cochères et ses passages, ses femmes élégantes, ses jolies boutiques où l'on vendait les plus beaux articles importés d'Europe et d'Orient, ses promenades et allées où les riches se montraient dans leurs voitures et sur leurs magnifiques chevaux. Dans la rue passaient des vendeurs ambulants qui vantaient la maigre marchandise de leurs paniers, des bandes de chiens vagabonds couraient ici et là, et sous les toits nichaient des pigeons et des moineaux. Les cloches des églises marquaient l'une après l'autre les heures qui passaient, sauf pendant la sieste, où les rues se vidaient : c'était l'heure du repos. Ville seigneuriale, Santiago était très différente de San Francisco, avec ses airs typiques de ville-frontière et son côté cosmopolite et coloré. Paulina del Valle fit l'acquisition d'une demeure dans la rue très aristocratique d'Ejército Libertador, proche de l'Alameda de las Delicias, où tous les printemps passait la voiture napoléonienne avec chevaux empanachés et garde d'honneur du Président de la République qui, à l'occasion de la fête nationale, allait assister au défilé militaire dans le Parque de Marte. La maison ne rivalisait certes pas en splendeur avec le palais de San Francisco, mais pour Santiago elle était d'une opulence irritante. Somme toute, ce n'est pas le déballage de biens et le manque de tact qui laissèrent bouche bée la petite société de la capitale, mais le mari avec *pedigree* que Paulina del Valle « s'était acheté », comme on disait. Les cancans autour de l'immense lit doré avec ses figures mythologiques de la mer allaient bon train : qui sait quels péchés y commettait ce couple de vieillards ! Quant à Williams, on lui attribua des titres de noblesse et un paquet de mauvaises intentions. Quelles raisons pouvait avoir un lord anglais, si raffiné et si bel homme, d'épouser une femme réputée pour son mauvais caractère et plus âgée que lui ? Ce ne pouvait être qu'un comte ruiné, un chasseur de dot dont le but était de la dépouiller, pour l'abandonner ensuite. Dans le fond, tout le monde souhaitait qu'il en fût ainsi, pour rabattre le caquet de mon arrogante grand-mère. Ceci étant, personne n'eut de

185

geste maladroit envers son mari, respectant la tradition chilienne d'hospitalité envers les étrangers. De plus, Frederick Williams gagna le respect de tous avec ses excellentes manières, sa façon prosaïque d'affronter la vie et ses idées monarchistes ; selon lui, tous les maux de la société venaient du manque de discipline et de respect envers les hiérarchies. La devise de celui qui avait été serviteur pendant tant d'années était « chacun à sa place et une place pour chacun ». En devenant le mari de ma grand-mère, il assuma son rôle d'oligarque avec le même naturel qu'il menait jadis son destin de majordome. Dans le passé, jamais il n'avait essayé de se mêler à la classe supérieure, aujourd'hui, il ne fréquentait pas les petites gens ; la séparation entre les classes lui semblait indispensable pour éviter le chaos et la vulgarité. Dans cette famille de barbares passionnés, comme l'étaient les del Valle, Williams provoquait la stupeur et l'admiration avec sa courtoisie exagérée et son calme olympien, fruit de ses années de majordome. Il parlait quatre mots d'espagnol et on prenait son silence obligé pour de la science, de l'orgueil et du mystère. Le seul à pouvoir démasquer le supposé noble britannique était Severo del Valle, qui n'en fit rien parce qu'il appréciait l'ancien serviteur et admirait cette tante qui se moquait de tout le monde en se pavanant au bras de son élégant mari.

Ma grand-mère Paulina se lança dans une campagne de charité publique pour faire taire les médisances que suscitait sa fortune. Elle savait s'y prendre, parce qu'elle avait passé les premières années de sa vie dans ce pays où prodiguer de l'aide aux indigents est la tâche obligée des femmes de la bonne société. Plus elles se sacrifient pour les pauvres en arpentant hôpitaux, asiles, orphelinats et quartiers populaires, plus haute est leur réputation, raison pour laquelle elles parlent de leurs aumônes à tout le monde. Ignorer ce devoir-là c'est récolter des regards torves et des admonestations, et même Paulina del Valle n'aurait pu échapper à un sentiment de faute et à la crainte de la réprobation. Elle m'entraînait dans ces actions de charité, mais j'avoue que je me suis toujours sentie incommodée en arrivant dans un quartier misérable dans notre luxueuse voiture chargée de victuailles, avec deux laquais pour distribuer les cadeaux à des êtres en guenilles qui nous remerciaient avec de grandes marques d'humilité, mais avec une lueur de haine au fond des yeux.

Ma grand-mère dut pourvoir à mon instruction à la maison, car je me suis enfuie de tous les établissements religieux où elle m'avait inscrite. La famille del Valle lui répétait de façon insistante que la seule façon de faire de moi une enfant normale était de me mettre dans un pensionnat. Ils soutenaient que j'avais besoin de la compagnie d'autres enfants pour vaincre ma timidité pathologique et de la poigne des nonnes pour me dompter. « Jusqu'ici tu l'as très mal élevée, cette petite, Paulina, tu es en train d'en faire un monstre », disaient-ils, et ma grand-mère a fini par croire ce qui était devenu une évidence. Je dormais avec Caramel dans mon lit, mangeais et lisais ce qui me chantait, passais mes journées plongée dans des jeux d'imagination, sans discipline parce que personne autour de moi n'était disposé à se donner la peine de me l'imposer ; finalement, je jouissais d'une enfance assez heureuse. Je n'ai pas supporté les pensionnats avec leurs bonnes sœurs moustachues et leurs nuées de collégiennes, qui me rappelaient mon cauchemar des enfants en pyjamas noirs. Je ne supportais pas non plus la rigueur du règlement, la monotonie des horaires et le froid de ces couvents coloniaux. La même routine s'est répétée je ne sais combien de fois : Paulina del Valle me mettait mes plus beaux habits, me récitait ses instructions d'un ton menaçant, m'emmenait presque en courant et me laissait avec mes malles entre les mains de quelque novice massive, puis elle s'enfuyait aussi vite que son poids le lui permettait, accablée de remords. C'étaient des collèges pour filles riches où la soumission et la laideur étaient de mise ; l'objectif final consistait à nous donner un peu d'instruction pour que nous ne fussions pas totalement ignorantes, car un vernis culturel avait une valeur sur le marché matrimonial, mais pas suffisamment pour que nous nous posions des questions. Il s'agissait de faire plier la volonté personnelle au nom du bien collectif, de faire de nous de bonnes catholiques, des mères dévouées et des épouses obéissantes. Les nonnes devaient commencer par dominer nos corps, sources de vanité et d'autres péchés ; elles nous empêchaient de rire, de courir, de jouer à l'air libre. Nous prenions un bain une fois par mois, couvertes de longues chemises pour ne pas exposer nos parties intimes à la face de Dieu, qui est partout. On partait du principe qu'il n'existait pas d'apprentissage sans douleur, et elles ne lésinaient pas sur la sévérité. Avec elles, nous vivions dans la crainte de Dieu, du diable, des adultes, de la férule avec laquelle on nous tapait sur les doigts, des cailloux sur lesquels nous devions nous hisser en signe de pénitence, de nos propres pensées et de nos désirs, dans la peur de la peur. Nous n'avions jamais droit à des paroles d'encouragement par crainte de cultiver en nous l'orgueil, mais les châtiments pour dompter notre caractère étaient nombreux. Entre ces gros murs vivaient mes compagnes en uniforme, les tresses tellement tirées que le cuir chevelu saignait parfois, leurs mains pleines d'engelures à cause de l'éternel froid. Le contraste avec leurs foyers, où elles étaient gâtées comme des princesses pendant les vacances, devait rendre folle la plus sensée d'entre elles. Moi, je ne l'ai pas supporté. La première fois, j'ai profité de la complicité d'un jardinier pour sauter par-dessus la grille et prendre la fuite. J'ignore comment je suis parvenue jusqu'à la rue Ejército Libertador, où j'ai été accueillie par un Caramel fou de joie, mais Paulina del Valle a failli avoir une attaque en me voyant surgir les vêtements pleins de boue et les yeux gonflés. Je suis restée quelques mois à la maison, jusqu'à ce que les pressions familiales obligent ma grand-mère à renouveler l'expérience. La deuxième fois, je me suis cachée dans un bouquet d'arbustes au milieu de la cour, une nuit entière, avec l'intention de mourir de faim et de froid. Je m'imaginais la tête des nonnes et de ma famille en découvrant mon cadavre, et je pleurais à chaudes larmes sur mon sort, pauvre fillette martyre à un âge si tendre. Le lendemain, le collège avertit de ma disparition Paulina del Valle, laquelle accourut en trombe pour exiger des explications. Pendant qu'une novice toute rouge conduisait Frederick Williams et Paulina del Valle dans le bureau de la mère supérieure, je suis sortie des buissons où je m'étais cachée et j'ai filé jusqu'à la voiture qui attendait dans la cour. Je suis montée sans me faire voir du cocher et me suis tapie sous le siège. Il a fallu le concours de Frederick Williams, du cocher et de la mère supérieure pour aider ma grand-mère à remonter dans la voiture, elle criait que si je ne réapparaissais pas très vite, elles allaient voir qui était Paulina del Valle ! Quand j'ai surgi de ma cachette avant d'arriver à la maison, elle oublia ses larmes de désespoir et, me prenant par la peau du cou, m'a donné une correction qui s'est prolongée sur plusieurs centaines de mètres, jusqu'à ce que l'oncle Frederick la calme. Mais la discipline n'était pas le fort de cette femme au bon cœur qui, apprenant que je n'avais pas mangé depuis la veille et que j'avais passé la nuit dehors, me couvrit de baisers et m'emmena manger des glaces. Dans la troisième institution où elle voulut m'inscrire, on me refusa d'office parce que durant l'entrevue avec la directrice j'affirmai que j'avais vu le diable et que ce dernier avait les jambes vertes. Ma grand-mère a fini par s'avouer vaincue. Severo del Valle réussit à la convaincre qu'il n'y avait aucune raison de me torturer, dans la mesure où je pouvais aussi bien apprendre à domicile, avec des professeurs particuliers. Dans mon enfance j'ai vu défiler une ribambelle d'institutrices anglaises, françaises et allemandes qui ont succombé l'une après l'autre à l'eau contaminée du Chili et aux crises de Paulina del Valle ; les pauvres femmes retournaient dans leur pays d'origine avec une diarrhée chronique et de mauvais souvenirs. Mon éducation fut assez mouvementée jusqu'à l'entrée dans ma vie d'une institutrice chilienne exceptionnelle, mademoiselle Matilde Pineda, qui m'enseigna presque toutes les choses importantes que je sais, sauf le sens commun, parce qu'elle-même n'en avait aucun. Elle était passionnée et idéaliste, écrivait de la poésie philosophique qu'elle ne put jamais publier, avait une soif insatiable de connaissances et elle avait cette intransigeance vis-à-vis des faiblesses d'autrui propre aux personnes trop intelligentes. Elle ne tolérait pas la paresse, il était interdit de dire « je ne peux pas » en sa présence. Ma grand-mère l'avait engagée parce qu'elle se proclamait agnostique, socialiste et favorable au suffrage féminin, trois raisons suffisantes pour voir toutes les portes des écoles se fermer devant elle. « Voyons si vous pouvez contrecarrer la bigoterie conservatrice et patriarcale de cette famille », lui dit Paulina del Valle lors de leur première entrevue, appuyée par Frederick Williams et Severo del Valle, les seuls à avoir décelé le talent de mademoiselle Pineda ; tous les autres décrétèrent que cette femme alimenterait le monstre qui couvait en moi. Les tantes la qualifièrent aussitôt de « petite prétentieuse » et prévinrent ma grand-mère contre cette femme de classe inférieure qui « veut jouer les dames », comme elles disaient. En revanche, Williams, l'homme le plus traditionaliste que j'aie jamais connu, la prit en affection. Six jours par semaine, sans exception, l'institutrice surgissait à sept heures du matin dans la maison de ma grand-mère, où je l'attendais fin prête, amidonnée, les ongles coupés et les cheveux tressés. Nous prenions notre petit déjeuner dans une petite salle à manger tout en commentant les nouvelles importantes des journaux, puis elle me donnait deux heures de classes ordinaires et le reste de la journée, nous allions au musée ou à la librairie du Siècle d'Or acheter des livres et prendre le thé avec le libraire, don Pedro Tey. Nous allions aussi rendre visite à des artistes, sortions observer la nature, faisions des expériences chimiques, lisions des contes, écrivions de la poésie et montions des pièces du théâtre classique avec des personnages découpés dans du carton. C'est elle qui suggéra à ma grand-mère de former un club de dames pour structurer la charité et, au lieu de donner aux pauvres des vêtements usés ou de la nourriture qui restait dans leurs cuisines, de créer un fonds, de l'administrer comme si c'était une banque et d'octroyer des prêts aux femmes pour leur permettre de monter une petite affaire : un élevage de poules, un atelier de couture, acheter des bacs pour laver le linge, une calèche pour le transport, enfin, tout pour sortir de l'indigence absolue dans laquelle elles vivaient avec leur progéniture. Pour les hommes, non, dit mademoiselle Pineda, parce que l'argent du prêt passerait dans l'achat d'alcool, et en tout état de cause, les dispositifs sociaux du gouvernement se chargeaient de leur venir en aide ; en revanche, personne ne s'occupait des femmes et des enfants. « Les gens ne veulent pas de cadeaux, ils veulent gagner leur vie dignement », expliqua ma maîtresse, ce que Paulina del Valle comprit très bien. Elle mit dans ce projet tout son enthousiasme, comme lorsqu'elle élaborait ses plans biscornus pour faire fortune. « D'une main je ramasse tout ce que je peux et de l'autre je donne, ainsi je fais d'une pierre deux coups : je m'amuse et je gagne mon paradis », disait en éclatant de rire mon originale grand-mère. Elle mena l'entreprise encore plus loin car, non seulement elle créa le Club de Dames, qu'elle dirigeait avec son efficacité habituelle — les autres dames en avaient une peur bleue —, mais elle finançait aussi des écoles, des dispensaires ambulants et organisa un système pour récupérer ce qui ne s'était pas vendu sur les marchés et dans les boulangeries, mais qui était encore bon, afin de le distribuer dans les orphelinats et les asiles.

Lorsque Nívea venait nous rendre visite, toujours enceinte, et avec plusieurs enfants en bas âge dans les bras des nounous respectives, mademoiselle Matilde Pineda abandonnait le tableau noir et, pendant que les employées s'occupaient de la marmaille, nous prenions le thé et toutes deux faisaient des plans pour une société plus juste et plus noble. Nívea avait peu de temps pour elle et guère d'argent, mais elle était la plus jeune et la plus active des dames du club créé par ma grand-mère. Parfois nous allions rendre visite à son ancien professeur, sœur María Escapulario, qui dirigeait un asile pour religieuses âgées, parce qu'on ne la laissait plus exercer sa passion, l'éducation. La congrégation avait décidé que ses idées avancées n'étaient pas recommandables pour des collégiennes et qu'elle serait moins nocive en s'occupant de vieilles gâteuses qu'en semant la rébellion dans les esprits enfantins. Sœur María Escapulario disposait d'une petite cellule dans un bâtiment décrépit, mais avec un jardin enchanté, où elle nous recevait toujours bras ouverts parce qu'elle aimait la conversation intellectuelle, plaisir inaccessible dans cet asile. Nous lui apportions les livres qu'elle commandait et que nous achetions dans la poussiéreuse librairie du Siècle d'Or. Nous lui offrions aussi des biscuits ou une tarte pour accompagner le thé qu'elle préparait sur un réchaud à paraffine, et qu'elle servait dans des tasses dépareillées. En hiver nous restions dans la cellule, la nonne assise sur l'unique chaise disponible, Nívea et mademoiselle Matilde Pineda sur le lit et moi par terre, mais si le temps le permettait, nous nous promenions dans le magnifique jardin parmi les arbres centenaires, les entrelacs de jasmins, de roses, de camélias et de tant d'autres variétés de fleurs dans un désordre extraordinaire ; moi j'étais étourdie par le mélange de ces parfums. Je ne perdais pas une miette de ces conversations, mais bien évidemment je ne comprenais pas grand-chose, en tout cas je n'ai jamais entendu de discussions aussi passionnées depuis. Elles se chuchotaient des secrets, riaient comme des folles et parlaient de tout sauf de religion, par respect pour les idées de mademoiselle Matilde Pineda, laquelle soutenait que Dieu était une invention des hommes pour contrôler d'autres hommes, et surtout les femmes. Sœur María Escapulario et Nívea étaient catholiques, mais elles ne semblaient pas fanatiques, à la différence de la majorité des gens qui m'entouraient alors. Aux Etats-Unis, personne ne parlait de religion, en revanche au Chili c'était un sujet de conversation obligé. Ma grand-mère et l'oncle Frederick m'emmenaient à la messe de temps en temps pour qu'on nous voie, car Paulina del Valle, malgré ses audaces et sa fortune, ne pouvait se permettre le luxe de ne pas y assister. La famille et la société ne l'auraient pas toléré.

— Tu es catholique, grand-mère? lui demandais-je chaque fois qu'elle devait laisser à plus tard une promenade ou un livre pour se rendre à la messe.

— Tu crois qu'on peut ne pas l'être au Chili? répondait-elle.

— Mademoiselle Pineda ne va pas à la messe.

— Et tu vois où elle en est, la pauvre. Intelligente comme elle est, elle pourrait être directrice d'école, si elle allait à la messe...

Contre toute logique, Frederick Williams s'adapta très bien à l'énorme famille del Valle et au Chili. Il devait avoir un estomac d'acier car il fut le seul à ne pas avoir le ventre perforé par l'eau contaminée et il pouvait manger plusieurs *empanadas* sans avoir des brûlures d'estomac. Aucun Chilien parmi nos connaissances, à part Severo del Valle et don José Francisco Vergara, ne parlait anglais, la deuxième langue des gens instruits étant le français, malgré la nombreuse population britannique vivant dans le port de Valparaiso, de sorte que Williams n'eut d'autre solution que de se mettre à l'espagnol. Mademoiselle Pineda lui donnait des leçons, et en l'espace de quelques mois il se faisait comprendre tant bien que mal dans un espagnol malaisé mais fonctionnel. Il pouvait lire les journaux et fréquenter le Club de l'Union, où il avait pris l'habitude de jouer au bridge en compagnie de Patrick Egan, le diplomate américain en charge de la Légation. Ma grand-mère mit tout en œuvre pour le faire accepter au Club en faisant valoir ses origines aristocratiques et ses liens avec la cour d'Angleterre, que nul ne se donna la peine de vérifier, vu que les titres de noblesse avaient été abolis au moment de l'Indépendance et, par ailleurs, il suffisait de regarder cet homme pour en être convaincu. Par définition, les membres du Club de l'Union appartenaient à des « familles connues », c'étaient des « hommes de bien » – les femmes ne pouvaient en franchir le seuil –, et s'ils avaient découvert l'identité de Frederick Williams, l'un d'entre eux se serait battu en duel pour laver la honte d'avoir été trompé par un ancien majordome de Californie devenu, dans ledit Club, le membre le plus fin, élégant et cultivé, le meilleur joueur de bridge et sans doute l'un des plus riches. Williams se tenait au courant des affaires, afin de conseiller ma grand-mère Paulina, et de la politique, sujet obligé des conversations en société. Il affichait clairement ses idées conservatrices, comme la plupart des membres de notre famille, et regrettait qu'au Chili il n'existât pas une monarchie comme en Grande-Bretagne, parce que la démocratie lui semblait vulgaire et peu efficace. Dans les incontournables déjeuners du dimanche chez ma grand-mère, il discutait avec Nívea et Severo, les seuls libéraux du clan familial. Leurs idées divergeaient, mais ils s'appréciaient et je crois qu'en secret ils se moquaient des autres membres de la tribu primitive del Valle. Lors des rares occasions où nous nous trouvions en présence de José Francisco Vergara, avec qui il aurait pu parler en anglais, Frederick Williams se tenait à une distance respectueuse. C'était le seul qui pouvait l'intimider avec sa supériorité intellectuelle, le seul peut-être qui aurait aussitôt détecté sa condition d'ancien domestique. Je suppose qu'ils étaient nombreux à se demander qui j'étais et pourquoi Paulina m'avait adoptée, mais on n'évoquait pas le sujet devant moi. Lors des déjeuners de famille du dimanche, se rassemblaient une vingtaine de cousins de tous âges et aucun ne m'a jamais demandé qui étaient mes parents, il leur suffisait de savoir que nous portions le même nom pour m'accepter.

Ma grand-mère eut plus de mal à s'adapter au Chili que son mari, même si son nom et sa fortune lui ouvraient toutes les portes. Elle étouffait dans ce milieu mesquin et hypocrite et regrettait sa liberté d'antan ; elle n'avait pas vécu pour rien plus de trente ans en Californie. Mais il lui suffit d'ouvrir les portes de sa demeure pour prendre la tête de la vie sociale de Santiago, parce qu'elle le fit avec beaucoup de classe et de jugement, sachant combien on déteste les riches au Chili, surtout s'ils sont vaniteux. Plus de laquais en livrée comme elle en avait à San Francisco, mais des employées discrètes portant des robes noires et des tabliers blancs ; plus question de jeter l'argent par les fenêtres pour des festins pharaoniques, mieux valait organiser de jolies fêtes en famille, pour ne pas se voir traitée de *poseuse* ou de nouveau riche, le pire des qualificatifs. Elle n'avait pas renoncé, bien entendu, à ses attelages voyants, à ses chevaux de race et à sa loge privée au Théâtre Municipal, où elle disposait d'un salon pour régaler ses invités avec des glaces et du champagne. Malgré son âge et sa corpulence, Paulina del Valle imposait la mode parce qu'elle revenait d'Europe et, supposait-on, s'y connaissait en styles et en nouveautés. Dans cette société austère et fermée, elle devint le phare en ce qui concernait les influences étrangères, elle était en effet la seule femme de son milieu à parler anglais, à recevoir des revues et des livres de New York et de Paris, à commander des tissus, des chaussures et des chapeaux de Londres et à fumer en public les mêmes cigarettes égyptiennes que son fils Matías. Elle achetait des œuvres d'art, et à sa table on

goûtait des mets inédits, car même les familles les plus hup-
pées se nourrissaient encore comme les rustres capitaines de
l'époque de la Conquête : soupe, pot au feu, viandes grillées,
haricots noirs et lourds desserts coloniaux. La première fois
que ma grand-mère offrit du foie gras et une variété de fromages importés de France, seuls les messieurs qui étaient allés en Europe purent en manger. En sentant le camembert
et le port-salut, une dame eut des nausées et dut se
précipiter à la salle de bain. La maison de ma grand-mère
était le lieu de rendez-vous des artistes et des jeunes littéra-
teurs, hommes et femmes, qui s'y retrouvaient pour faire
connaître leurs œuvres, dans un cadre tout à fait classique.
Si l'intéressé n'était pas blanc et ne portait pas un nom
connu, il devait avoir beaucoup de talent pour être accepté,
sur cet aspect Paulina ne différait pas du reste de la haute
société chilienne. A Santiago, les réunions d'intellectuels se
déroulaient dans des cafés et des clubs où l'assistance était
exclusivement masculine, car on partait du principe que la
place des femmes était davantage à leurs fourneaux que devant une table à écrire des vers. L'initiative de ma grand-
mère d'incorporer des artistes femmes dans son salon fut
une nouveauté quelque peu licencieuse.

Dans la maison d'Ejército Libertador ma vie a changé.
Pour la première fois depuis la mort de mon grand-père Tao
Chi'en, j'eus une sensation de stabilité, j'eus le sentiment de
vivre une situation que n'affectait aucun mouvement, aucun
changement, une sorte de forteresse avec des racines bien
plantées dans un sol ferme. Je pris d'assaut la maison,
j'explorais le moindre recoin et j'en faisais la conquête, y
compris le toit où j'avais pris l'habitude de passer des heures
à observer les pigeons, sans oublier les chambres de service,
malgré l'interdiction qui m'était faite d'y mettre les pieds.

L'énorme propriété possédait deux entrées, la principale sur la rue Ejército Libertador et l'entrée de service dans une petite rue derrière ; les salons, les chambres, les jardins, les terrasses, les réduits, les greniers, les escaliers se comptaient par dizaines. Il y avait le salon rouge, un autre bleu et un troisième, doré, que l'on utilisait dans les grandes occasions, et une superbe galerie vitrée où se déroulait la vie de famille, parmi des cache-pots chinois, des fougères et des canaris en cage. Dans la salle à manger principale se trouvait une fresque pompéienne qui occupait les quatre murs, plusieurs vitrines avec une collection de porcelaines et d'argenterie, un chandelier avec des larmes en cristal et une baie ornée d'une fontaine mauresque en mosaïques où l'eau coulait sans discontinuer.

Quand ma grand-mère eut renoncé à m'envoyer à l'école et que les classes avec mademoiselle Pineda devinrent la routine, je vécus très heureuse. Chaque fois que je posais une question, cette magnifique maîtresse, au lieu de me donner la réponse, m'indiquait la voie pour la trouver. Elle m'apprit à ordonner mes pensées, à faire des recherches, à lire et à écouter, à envisager diverses solutions, à résoudre de vieux problèmes avec des solutions nouvelles, à argumenter avec logique. Elle m'apprit surtout à ne rien croire aveuglément, à douter et à remettre en question même ce qui passait pour une vérité irréfutable, comme la supériorité de l'homme sur la femme, ou celle d'une race ou d'une classe sociale sur une autre, idées nouvelles dans un pays patriarcal où l'on ne parlait jamais des Indiens et où il suffisait de descendre d'un échelon dans la hiérarchie sociale pour disparaître de la mémoire collective. C'est la première femme intellectuelle que j'ai croisée dans ma vie. Nívea, avec toute son intelligence et son éducation, ne pouvait être comparée à ma maîtresse, qui se distinguait par son intuition et une grande générosité d'âme ; elle avait un demi-siècle d'avance sur son temps, mais elle ne jouait jamais les intellectuelles, pas même lors des célèbres réunions de ma grand-mère, où elle se faisait remarquer avec ses discours enflammés sur les suffragettes et ses doutes théologiques. Mademoiselle Pineda ne pouvait être plus Chilienne d'aspect, ce mélange de sang espagnol et indien qui donne des femmes de petite taille, aux larges hanches, avec des yeux et des cheveux noirs, des pommettes hautes et une démarche lourde, comme si elles étaient clouées au sol. Elle avait un esprit peu commun pour son époque et sa condition : elle venait d'une famille pauvre du Sud, son père était employé des chemins de fer et, de ses huit frères et sœurs, elle avait été la seule à pouvoir poursuivre ses études. Elle était la disciple et l'amie de don Pedro Tey, le propriétaire de la librairie du Siècle d'Or, un Catalan aux gestes brusques, mais au cœur généreux qui guidait ses lectures et lui prêtait ou donnait des livres, parce qu'elle ne pouvait les acheter. Dans n'importe quel échange d'opinions, pour banal qu'il fût, Tey apportait la contradiction. Je l'entendis affirmer, par exemple, que les Sud-Américains sont des macaques portés sur le gaspillage, les fêtes et la paresse, mais il suffit que mademoiselle Pineda acquiesce pour qu'il change immédiatement d'avis et dise que, somme toute, il les préférait à ses compatriotes, qui sont toujours de mauvaise humeur et qui, pour oui ou pour un non, se battent en duel. Bien qu'il fût impossible de les mettre d'accord sur un seul sujet, ils s'entendaient à merveille. Don Pedro Tey devait avoir au moins vingt ans de plus qu'elle, mais quand ils commençaient à parler, la différence d'âge s'estompait : lui rajeunissait à force d'enthousiasme et elle grandissait de par sa prestance et sa maturité.

En l'espace de dix ans, Severo et Nívea del Valle eurent six enfants et ils continueraient jusqu'à atteindre le nombre de quinze. Je connais Nívea depuis plus de vingt ans et je l'ai toujours vue avec un bébé dans les bras, sa fertilité serait une malédiction si elle n'aimait autant les enfants. « Que ne donnerais-je pour que vous éduquiez mes enfants ! » soupirait Nívea quand elle se retrouvait avec mademoiselle Matilde Pineda. « Ils sont nombreux, madame Nívea, et avec Aurora je n'ai pas une minute de libre », répliquait ma maîtresse. Severo était devenu un avocat de renom, un des plus jeunes espoirs de la société et un membre illustre du parti libéral. Il était en désaccord sur beaucoup de points avec la politique menée par le Président, du parti libéral, et comme il ne pouvait pas garder ses critiques pour lui, il n'avait jamais été appelé pour occuper un poste au gouvernement. Ses opinions allaient le conduire peu après à former un groupe dissident, qui passa dans l'opposition quand éclata la Guerre Civile, et auquel s'associèrent Matilde Pineda et son ami de la librairie du Siècle d'Or. Mon oncle Severo me distinguait parmi les dizaines de neveux et de nièces qui l'entouraient en m'appelant sa « filleule ». Il me raconta que c'était lui qui m'avait donné ce nom, del Valle, mais chaque fois que je lui demandais s'il connaissait l'identité de mon vrai père, il me répondait par une phrase évasive : « Nous allons dire que c'est moi. » Ce même sujet donnait des maux de tête à ma grand-mère, et si je harcelais Nívea, elle me renvoyait à Severo. C'était un cercle vicieux.

— Grand-mère, je ne peux pas vivre dans un tel mystère, dis-je un jour à Paulina del Valle.

— Pourquoi donc ? Les gens qui ont une enfance malheureuse sont plus créatifs que les autres, répliqua-t-elle.

— Ou ils perdent la tête..., suggérai-je.

200

— Chez les del Valle, il n'y a pas de fous, Aurora, seulement des excentriques, comme dans toute famille qui se respecte, m'assura-t-elle.

Mademoiselle Matilde Pineda jura ignorer mes origines et ajouta que je ne devais pas m'en faire, parce que l'important n'est pas de savoir d'où l'on vient dans cette existence, mais où l'on va ; cependant, quand elle m'enseigna la théorie génétique de Mendel, elle dut admettre qu'il était tout à fait légitime de vouloir connaître l'identité de ses ancêtres. Et si mon père était un fou qui rôdait dans le coin en égorgeant les petites filles ?

Le début de la Révolution a coïncidé avec le jour où j'ai atteint l'âge de la puberté. M'étant réveillée avec la chemise de nuit tachée d'une matière qui avait la consistance du chocolat, je suis allée me cacher dans la salle de bain pour me laver, tout honteuse, alors j'ai constaté que ce n'était pas ce que je pensais : j'avais du sang entre les jambes. Je suis partie horrifiée annoncer la chose à ma grand-mère et, pour une fois, je ne l'ai pas trouvée dans son grand lit impérial, ce qui était inhabituel chez quelqu'un qui se levait toujours à midi. J'ai dévalé les escaliers, suivie par Caramel qui aboyait, j'ai fait irruption comme un cheval fou dans le bureau et je suis tombée nez à nez avec Severo et Paulina del Valle, lui en tenue de voyage et elle avec sa robe de chambre violette en satin qui la faisait ressembler à un évêque au moment de Pâques.

— Je vais mourir ! ai-je crié en me jetant sur elle.

— Ce n'est vraiment pas le moment, répliqua ma grand-mère sèchement.

Cela faisait des années que les gens se plaignaient du gouvernement, et plusieurs mois que nous entendions dire que le Président Balmaceda cherchait à se transformer en dictateur, rompant ainsi avec cinquante-sept ans de respect de la constitution. Cette constitution, rédigée par l'aristocratie avec l'idée de gouverner pour toujours, octroyait de très larges pouvoirs à l'exécutif, et lorsque le pouvoir passa dans les mains d'un homme qui ne partageait pas ses idées, la haute société se révolta. Balmaceda, homme brillant aux idées modernes, en réalité, ne s'en était pas mal tiré. Il avait, plus que tout autre chef d'Etat, favorisé l'éducation, il avait défendu le salpêtre chilien contre les compagnies étrangères, construit des hôpitaux et lancé de nombreux travaux publics, surtout des voies ferrées, même s'il ne terminait pas toujours ce qu'il commençait. Le Chili possédait une puissance militaire et navale ; pays prospère, sa monnaie était la plus forte d'Amérique latine. Cependant, l'aristocratie ne lui pardonnait pas d'avoir favorisé la classe moyenne et tenté de gouverner avec elle, de même que le clergé ne pouvait tolérer la séparation de l'Eglise et de l'Etat, le mariage civil, qui avait remplacé le mariage religieux, et la loi qui accordait le droit d'enterrer dans les cimetières les morts de toutes les confessions. Jadis, il était impossible de disposer des corps des non-catholiques, ainsi que des athées et des suicidés, qui le plus souvent allaient finir au fond des ravins ou dans la mer. Ces mesures poussèrent les femmes à tourner massivement le dos au Président. Elles n'avaient pas de pouvoir politique, mais elles régnaient dans leur foyer et leur influence était considérable. La classe moyenne, sur laquelle s'était appuyé Balmaceda, lui tourna également le dos, et il répondit par le mépris, habitué qu'il était à commander et à se faire obéir, comme tout grand propriétaire à cette époque. Sa famille possédait d'immenses étendues de terre, une province avec ses gares, sa voie ferrée, ses villages et des centaines de paysans. Les hommes de son clan n'avaient pas une réputation de patrons généreux, mais plutôt de rudes tyrans qui dormaient avec leur arme sous l'oreiller et qui exigeaient un respect aveugle de leurs employés. Peut-être était-ce pour cela qu'il voulait diriger le pays comme si c'était son propre domaine. C'était un homme de haute taille, bien fait, viril, au front clair et d'allure noble, fils d'amours romanesques, élevé à dos de cheval, avec une cravache dans une main et un pistolet dans l'autre. Il avait été séminariste, mais les qualités requises pour porter la soutane lui faisaient défaut : il était passionné et vaniteux. On l'appelait l'*hirsute* pour sa propension à modifier sa coiffure, ses moustaches ou ses favoris, on faisait aussi des remarques sur ses vêtements trop élégants commandés à Londres. On ridiculisait son parler grandiloquent et ses déclarations d'amour pour le Chili, on disait qu'il s'identifiait à tel point avec la patrie qu'il ne pouvait la concevoir sans lui à sa tête – « A moi ou à personne ! » était la phrase qu'on lui attribuait. Les années de gouvernement l'isolèrent et, vers la fin, il se conduisait de façon erratique, passant de l'obsession à la dépression, mais même parmi ses pires adversaires il avait la réputation d'être un bon dirigeant, d'une irréprochable honnêteté, comme presque tous les présidents du Chili qui, à la différence des chefs d'Etat d'autres pays d'Amérique latine, quittaient le gouvernement plus pauvres qu'ils n'y étaient entrés. Il avait une certaine vision du futur, il rêvait de créer une grande nation, mais il vécut la fin d'une époque et l'effritement d'un parti demeuré trop longtemps au pouvoir. Le pays et le monde étaient en train de changer et le régime libéral était corrompu. Les présidents désignaient leur successeur, les autorités civiles et militaires fraudaient aux élections. Le parti du gouvernement gagnait toujours grâce à la méthode forte, si bien nommée : même les morts et les absents votaient en faveur du candidat officiel ; on achetait des votes et ceux qui hésitaient étaient intimidés et roués de coups. Le Président faisait front à l'opposition implacable des conservateurs, à certains groupes de libéraux dissidents, au clergé dans sa totalité et à la majeure partie de la presse. Pour la première fois, les extrêmes du spectre politique s'unirent pour une cause commune : faire tomber le gouvernement. Des manifestations de l'opposition avaient lieu quotidiennement sur la Place d'Armes, et la police montée les dispersait violemment. Dans la dernière tournée du Président en province, les soldats durent le protéger sabre à la main contre des foules en colère qui le huaient et lui lançaient des épluchures de légumes. Il restait imperturbable devant ces marques de mécontentement, comme s'il ne voyait pas que la nation s'enfonçait dans le chaos. Selon Severo del Valle et mademoiselle Matilde Pineda, quatre-vingts pour cent des gens détestaient le gouvernement. Le plus opportun pour le Président, c'était de se retirer, car la tension était à son comble et à tout moment la situation pouvait exploser. C'est ce qui arriva ce matin de janvier 1891, lorsque la marine se souleva et que le Congrès destitua le Président.

— Une terrible répression va s'ensuivre, ma tante, disait Severo del Valle. Je vais me battre dans le Nord. Je viens vous demander de vous occuper de Nívea et des enfants, parce que je ne pourrai le faire, qui sait pour combien de temps...

— Tu as déjà perdu une jambe à la guerre, Severo, si tu perds l'autre tu auras l'air d'un nain.

— Je n'ai pas le choix, à Santiago on me tuerait tout autant.

204

— Ne sois pas mélodramatique, nous ne sommes pas à l'opéra !

Mais Severo del Valle était mieux informé que sa tante, comme cela se vérifia quelques jours plus tard, lorsque la terreur se déchaîna. La réaction du Président fut de dissoudre le Congrès, de s'autoproclamer dictateur et de nommer un certain Joaquín Godoy pour organiser la répression, un sadique qui croyait que « les riches doivent payer parce qu'ils sont riches, les pauvres parce qu'ils sont pauvres, et quant aux curés, il faut tous les fusiller ! ». L'armée resta fidèle au gouvernement, et ce qui avait commencé comme une révolte politique se transforma en une sanglante guerre civile où s'affrontaient deux branches des forces armées. Godoy, avec le soutien appuyé des chefs de l'armée, jeta en prison les députés de l'opposition sur lesquels il put mettre la main. Les libertés individuelles furent suspendues, puis commencèrent les perquisitions et la torture systématique. Le Président s'enferma dans son palais, dégoûté par de telles méthodes mais convaincu qu'il n'y en avait pas d'autres pour soumettre ses ennemis politiques. « J'aimerais ne pas avoir connaissance de ces pratiques », l'entendit-on dire à plusieurs occasions. Dans la rue de la librairie du Siècle d'Or, on ne pouvait pas dormir la nuit, ni marcher de jour à cause des hurlements des personnes battues à mort. On ne parlait pas de ces choses-là devant les enfants, bien entendu, mais moi j'étais au courant de tout parce que, connaissant la maison comme ma poche, j'épiais les conversations des adultes ; de toute façon, c'était à peu près la seule distraction pendant tous ces mois. Tandis que l'état de guerre régnait au-dehors, à l'intérieur nous vivions comme dans un luxueux couvent. Ma grand-mère recueillit Nívea et son régiment de gamins, de nourrices et de nounous, et ferma la maison à double tour, persuadée que personne n'oserait s'attaquer à une dame de son rang, mariée à un citoyen britannique. Frederick Williams déploya néanmoins un drapeau anglais sur le toit et se mit à graisser ses armes.

Severo del Valle partit se battre dans le Nord juste à temps. Le lendemain, en effet, la maison fut perquisitionnée, et si on l'avait trouvé, il aurait fini dans les cachots de la police politique, où l'on torturait aussi bien les riches que les pauvres. Nívea avait soutenu le régime libéral, comme Severo del Valle, mais elle en était devenue une farouche opposante quand le Président avait voulu imposer son successeur en recourant à la fraude et tenté de bâillonner le Congrès. Tandis qu'elle portait des petits jumeaux dans son ventre et élevait six enfants, elle trouva, pendant les mois de Révolution, le temps et la force de se mettre au service de l'opposition, ce qui aurait pu lui être fatal si on l'avait découverte. Elle œuvrait à l'insu de ma grand-mère Paulina qui avait donné l'ordre péremptoire de nous rendre invisibles et de ne pas attirer l'attention des autorités ; Williams, lui, était au courant. Mademoiselle Matilde Pineda avait des idées exactement opposées à celles de Frederick Williams, elle était aussi socialiste qu'il était monarchiste, mais une même haine du gouvernement les unissait. Dans l'une des pièces intérieures, où ma grand-mère ne mettait jamais les pieds, ils installèrent une presse avec l'aide de Pedro Tey et là, ils imprimaient des libelles et des pamphlets révolutionnaires, que mademoiselle Matilde Pineda emportait ensuite sous son manteau pour les distribuer au porte-à-porte. On me fit jurer de ne dire mot à quiconque de ce qui se passait dans cette pièce, et j'obéis parce que le secret me paraissait un jeu fascinant, même si je n'avais aucune idée du danger qui pesait sur notre famille. La Guerre Civile finie, je compris que ce danger était réel car, malgré la position de Paulina del Valle, personne ne se trouvait à l'abri de la toute-puissante police politique. La maison de ma grand-mère n'était pas le sanctuaire que nous supposions, le fait qu'elle fût veuve et possédât une fortune, des relations et un nom, ne l'aurait pas sauvée d'une perquisition ni même de la prison. La confusion et le fait que la majorité de la population s'était retournée contre le gouvernement jouaient en notre faveur, il devenait impossible de contrôler tout le monde. Il y avait des partisans de la Révolution au sein même de la police, qui facilitaient la fuite de ceux qu'ils venaient arrêter. Dans chaque maison où frappait mademoiselle Pineda pour remettre ses libelles, elle était accueillie à bras ouverts.

Pour une fois Severo et sa famille se trouvaient dans le même camp, puisque dans ce conflit les conservateurs s'étaient unis avec une partie des libéraux. Les autres membres de la famille del Valle s'enfermèrent dans leurs domaines, le plus loin possible de Santiago, et les hommes jeunes allèrent se battre dans le Nord, où se rassembla un contingent de volontaires appuyés par la marine. L'armée pensait écraser en quelques jours ces groupes de rebelles, mais jamais elle n'aurait imaginé rencontrer une telle résistance. L'escadre et les révolutionnaires se dirigèrent vers le Nord pour s'emparer des mines de salpêtre, la plus importante ressource du pays, où étaient cantonnés les régiments de l'armée régulière. Lors du premier affrontement sérieux, la victoire revint aux troupes du gouvernement et, une fois la bataille terminée, celles-ci achevèrent les blessés et les prisonniers, comme ils l'avaient souvent fait pendant la Guerre du Pacifique, dix ans auparavant. La brutalité de cette tuerie excita à tel point les révolutionnaires que lorsqu'ils se retrouvèrent face à face, ces derniers obtinrent une écrasante victoire. Alors ce fut à leur tour de massacrer les vaincus. A la mi-mars les *congressistes*, comme on appelait les rebelles, contrôlaient cinq provinces du Nord et avaient formé une Junte, tandis que dans le Sud le Président Balmaceda perdait des partisans à chaque instant. Ce qu'il restait des troupes loyalistes dans le Nord dut se replier vers le Sud pour rejoindre le gros de l'armée. Quinze mille hommes traversèrent la Cordillère à pied, pénétrèrent en Bolivie, passèrent en Argentine et franchirent à nouveau les montagnes pour atteindre Santiago. Ils entrèrent dans la capitale morts de fatigue, hirsutes et dépenaillés. Ils avaient marché pendant des milliers de kilomètres à travers vallées et montagnes, sous une chaleur infernale et dans les neiges éternelles, prenant en chemin lamas et vigognes de l'altiplano, calebasses et tatous des pampas, oiseaux de haut vol. Ils furent accueillis comme des héros. On n'avait pas vu une telle prouesse depuis l'époque lointaine des fiers conquistadores espagnols, mais tout le monde n'était pas venu les accueillir parce que l'opposition avait grossi, telle une avalanche impossible à contenir. Dans notre maison, les volets restèrent fermés et les ordres de ma grand-mère étaient de ne pas mettre le nez dehors ; mais moi, ne pouvant résister à la curiosité, j'ai grimpé sur le toit pour regarder le défilé.

L'opposition subissait les arrestations, les saccages, les tortures et les réquisitions, les familles étaient divisées, la peur n'épargnait personne. Les troupes faisaient des razzias pour recruter des jeunes gens, elles surgissaient par surprise lors des funérailles, des noces, dans les champs et les fabriques, pour mettre la main sur les hommes en âge de porter les armes et les emmener de force. L'agriculture et l'industrie furent paralysées faute de main-d'œuvre. Le pouvoir des militaires devint insupportable et le Président comprit qu'il devait y mettre un terme, mais quand il se décida à agir, il était trop tard. Les soldats étaient devenus arrogants et on craignait qu'ils destituent le Président pour instaurer une dictature militaire, mille fois plus terrible que la répression imposée par la police politique de Godoy. « Rien n'est plus dangereux que le pouvoir assorti d'impunité », nous disait Nívea en guise d'avertissement. J'ai demandé à mademoiselle Matilde Pineda quelle était la différence entre les hommes du gouvernement et les révolutionnaires. Elle a répondu que tous deux luttaient pour la légitimité. Quand j'ai posé la même question à ma grand-mère, sa réponse fut qu'il n'y en avait aucune, c'étaient tous des canailles.

La terreur frappa à notre porte quand les sbires arrêtèrent don Pedro Tey pour l'emmener dans les horribles cachots de Godoy. Ils soupçonnaient, avec raison, qu'il était le responsable des libelles politiques contre le gouvernement qui circulaient partout. Une nuit de juin, une de ces nuits de pluie énervante et de vent traître, alors que nous dînions dans la salle à manger, la porte s'ouvrit et sans s'annoncer, mademoiselle Matilde Pineda fit irruption. Elle était livide, semblait étourdie, et son châle était trempé.

— Que se passe-t-il ? demanda ma grand-mère, contrariée par l'impolitesse de l'institutrice.

Mademoiselle Pineda nous raconta d'une seule traite que les hommes de main de Godoy avaient perquisitionné la librairie du Siècle d'Or, malmené tous ceux qui s'y trouvaient, puis emmené don Pedro Tey dans une voiture fermée. Ma grand-mère resta la fourchette en l'air, attendant autre chose qui pût justifier la scandaleuse apparition de la femme ; elle connaissait à peine monsieur Tey et ne comprenait pas pourquoi la nouvelle était si importante. Elle ignorait que le libraire venait presque tous les jours chez elle, entrait par la porte de service et imprimait ses pamphlets révolutionnaires sur une presse cachée sous son propre toit. Nívea, Williams et mademoiselle Pineda, en revanche, pouvaient deviner les conséquences de cette arrestation, lorsque le pauvre Tey serait amené à avouer, et ils savaient que tôt ou tard il lâcherait prise, car les méthodes de Godoy avaient fait leurs preuves. Je les vis tous trois échanger des regards désespérés et j'avais beau ne pas comprendre ce qui se passait, j'imaginai la cause de tout ça.

— C'est à cause de la machine que nous avons dans la pièce de derrière ? demandai-je.

— Quelle machine ? s'exclama ma grand-mère.

— Non, rien..., fis-je, me souvenant du pacte secret, mais Paulina del Valle me saisit par une oreille et me secoua avec une violence inhabituelle.

— Je t'ai demandé quelle machine, espèce de morveuse ! me cria-t-elle.

— Laissez la petite, Paulina. Elle n'a rien à voir avec cette histoire. Il s'agit d'une presse..., dit Frederick Williams.

— Une presse ? Ici, chez moi ? hurla ma grand-mère.

— Je le crains, ma tante, murmura Nívea.

— Malédiction ! Qu'allons-nous faire maintenant ! murmura Paulina en se prenant la tête entre les mains.

Sa propre famille l'avait trahie, s'écria-t-elle, nous allions devoir payer pour une telle imprudence, nous étions des imbéciles, et elle qui avait recueilli Nívea à bras ouverts, voilà comment elle était remerciée, Frederick ne savait pas que cela pouvait leur coûter la vie, nous n'étions pas en Angleterre ni en Californie, quand allait-il comprendre la façon dont tout fonctionnait au Chili, et elle ne voulait plus voir mademoiselle Pineda de sa vie, elle lui interdisait de remettre les pieds dans cette maison ou d'adresser la parole à sa petite-fille.

Frederick Williams demanda la voiture et annonça qu'il partait « arranger l'affaire », ce qui, loin de tranquilliser ma grand-mère, ne fit qu'augmenter sa frayeur. Mademoiselle Matilde Pineda me fit un geste d'adieu, sortit et je ne la revis que bien des années plus tard. Williams s'en fut directement à la Légation américaine et demanda à parler à Mr. Patrick Egon, son ami et compagnon de bridge, qui à cette heure-là présidait un banquet officiel où se trouvaient d'autres membres du corps diplomatique. Egon soutenait le gouvernement, mais c'était un démocrate convaincu, comme la plupart des Yankees, et il abhorrait les méthodes utilisées par Godoy. Il écouta en privé ce que Frederick Williams avait à lui dire et se mit aussitôt en campagne pour obtenir une entrevue avec le ministre de l'Intérieur, lequel le reçut le soir même, mais lui expliqua qu'il n'était pas en son pouvoir d'intercéder en faveur du prisonnier. Il obtint néanmoins de rencontrer le Président le lendemain à la première heure. Ce fut la nuit la plus longue jamais vécue dans la maison de ma grand-mère. Personne n'alla se coucher. Moi je passai la nuit recroquevillée avec Caramel dans un fauteuil du hall, tandis que le personnel au complet s'affairait avec les valises et les malles, que les nounous et les nourrices allaient et venaient avec les enfants de Nívea endormis dans leurs bras, et que les cuisinières s'occupaient des paniers de nourriture. Même deux cages renfermant les oiseaux préférés de ma grand-mère finirent dans les voitures. Williams et le jardinier, homme de confiance, démontèrent la presse, enterrèrent les pièces au fond de la troisième cour et brûlèrent tous les papiers compromettants. A l'aube, les deux voitures de la famille et quatre domestiques armés et à cheval étaient prêts pour nous emmener hors de Santiago. Le reste du personnel était parti se réfugier dans l'église la plus proche où d'autres voitures iraient les chercher plus tard. Frederick Williams ne voulut pas nous accompagner.

— Je suis responsable de ce qui s'est passé et je resterai pour protéger la maison, dit-il.

— Votre vie est beaucoup plus précieuse que cette maison et tout ce qu'elle renferme, je vous en prie, venez avec nous, implora Paulina del Valle.

— Ils n'oseront pas me toucher, je suis citoyen britannique.

— Ne soyez pas naïf, Frederick, croyez-moi, personne n'est à l'abri en ce moment.

Mais il fut impossible de le convaincre. Il me planta deux baisers sur les joues, saisit longuement les mains de ma grand-mère dans les siennes et prit congé de Nívea, qui respirait comme un congre hors de l'eau, à cause de sa grossesse ou parce qu'elle avait peur. Quand nous partîmes, un soleil timide éclairait à peine les cimes enneigées de la Cordillère, la pluie avait cessé et le ciel s'annonçait dégagé, mais il soufflait un vent froid qui pénétrait dans la voiture à travers les rainures. Ma grand-mère me tenait bien serrée sur ses genoux, enveloppée dans son étole en peau de renard, celle-là même dont les queues avaient été dévorées par Caramel dans un accès de luxure. Elle avait les mâchoires serrées par la colère et la peur, mais elle n'avait pas oublié les paniers de victuailles et, à peine avions-nous quitté Santiago en direction du Sud qu'elle les ouvrit pour nous offrir des poulets grillés, des œufs durs, des millefeuilles, des fromages, des galettes, du vin et du sirop d'orgeat, et ce festin allait se prolonger tout au long du voyage.

Les oncles del Valle, qui s'étaient réfugiés à la campagne au moment de la révolte de janvier, nous accueillirent enchantés, nous rompions sept mois d'un ennui mortel, et nous apportions des nouvelles. Même si les nouvelles étaient très mauvaises, c'était mieux que de ne pas en avoir. J'ai retrouvé mes cousins et les jours qui suivirent, vécus dans l'angoisse par les adultes, furent des vacances pour nous les enfants. Nous buvions du lait frais, mangions du fromage frais et des conserves remisées depuis l'été, nous montions à cheval, pataugions dans la boue sous la pluie, jouions dans les étables et les greniers, donnions des représentations théâtrales et formions un chœur piteux, parce que aucun de nous n'avait le sens de la musique. Le chemin qui menait à la maison, tortueux et bordé de hauts peupliers, traversait une vallée déserte, où le labourage avait laissé peu de traces, les enclos semblaient abandonnés et, de temps en temps, nous voyions des rangées de pieux secs et rongés qui, selon ma grand-mère, étaient d'anciennes vignes. Quand nous croisions un paysan sur le chemin, il ôtait son chapeau de paille et, les yeux fixés au sol, saluait les patrons avec un « Mes respects ». Ma grand-mère arriva fatiguée et de mauvaise humeur à la campagne, mais au bout de quelques jours, munie d'un parapluie et Caramel sur les talons, elle parcourut les alentours avec curiosité. Je la vis examiner les pieux tordus contre les pieds de vigne et ramasser des échantillons de terre qu'elle gardait dans de mystérieux petits sacs. La maison, en fer à cheval, était construite en pisé et couverte d'un toit en tuiles, elle avait un aspect lourd et solide, sans la moindre élégance, mais avec le charme de ces murs qui ont vu l'histoire se dérouler. En été, c'était un paradis d'arbres garnis de jolis fruits, de parfums de fleurs, de trilles d'oiseaux excités et de vrombissements d'abeilles affairées, mais en hiver on aurait dit une vieille dame ronchonne sous la bruine et les cieux inclément. La journée commençait de bonne heure et s'achevait au coucher du soleil ; nous nous retrouvions alors dans les immenses pièces mal éclairées par des bougies et des lampes à kérosène. Il faisait froid, nous prenions place autour de tables rondes recouvertes d'une nappe épaisse sous lesquelles on plaçait un brasero pour nous réchauffer les pieds, et nous buvions du vin chaud sucré, avec des écorces d'orange et de la cannelle, comme il se doit. Ces oncles del Valle fabriquaient ce vin grossier pour la consommation familiale, mais ma grand-mère soutenait qu'il n'était pas fait pour des gosiers humains, mais pour diluer la peinture. Dans tout domaine qui se respectait on cultivait des pieds de vigne et on faisait son propre vin. Certains étaient meilleurs que d'autres, mais celui-là était particulièrement âpre. Sur les plafonds lambrissés les araignées tissaient leurs délicates toiles de dentelle et les souris couraient le cœur léger, parce que les chats de la maison ne pouvaient grimper si haut. Les murs, blanchis à la chaux ou peints en bleu indigo, étaient nus, mais partout il y avait des saints de grande taille et des images du Christ crucifié. Dans l'entrée se dressait un mannequin avec la tête, les mains et les pieds en bois, les yeux en verre bleu et des cheveux naturels, qui représentait la Vierge Marie. Il était décoré avec des fleurs fraîches et des bougies allumées devant lesquelles nous nous signions en passant : nul n'entrait ni ne sortait sans saluer la Madone. Une fois par semaine on changeait ses vêtements. Elle avait une armoire pleine d'habits de style Renaissance. Pour les processions, on lui mettait des bijoux et une cape d'hermine défraîchie par les ans. Nous mangions quatre fois par jour lors de longues cérémonies, l'une n'était pas terminée que la suivante commençait, de sorte que ma grand-mère se levait de table seulement pour aller dormir ou pour se rendre à la chapelle. A sept heures du matin, nous assistions à la messe, et communions sous les hospices du père Teodoro Riesco, qui vivait avec mes oncles, un curé assez âgé qui prônait la tolérance. A ses yeux, il n'y avait pas de péché impardonnable, excepté la trahison de Judas ; même l'horrible Godoy, selon lui, pouvait trouver sa consolation au sein du Seigneur. « Ah ça non, mon père ! s'il y a un pardon pour Godoy, moi je préfère aller en enfer avec Judas et tous mes enfants », lui lança Nívea. Après le coucher du soleil, la famille se rassemblait avec les enfants, les employés et les paysans du domaine pour prier. Chacun prenait une bougie allumée et nous marchions en file vers la modeste chapelle, à une extrémité de la maison. J'ai pris goût à ces rites quotidiens qui marquaient le calendrier, les saisons et les vies ; je me plaisais à arranger les fleurs de l'autel et à nettoyer les ciboires en or. Les paroles sacrées étaient de la poésie :

> *Ce qui m'incline à t'aimer, mon Dieu,*
> *n'est pas le ciel dont tu me fais promesse,*
> *pas plus que l'enfer tant redouté*
> *ne me retient de te faire offense.*

> *Tu m'émeus, Seigneur ; je suis troublé*
> *de te voir cloué sur une croix, et outragé,*
> *troublé de voir ton corps tant meurtri,*
> *troublé devant tes souffrances et ta mort.*

> *Troublé enfin par ton amour, de telle sorte*
> *que, même sans le ciel, je t'aimerais*
> *et même sans l'enfer, je te craindrais.*

215

Tu n'as rien à m'offrir pour que je t'aime
car, même si je n'espérais ce que j'espère,
je t'aimerais tout autant que je t'aime.

Je crois que quelque chose s'est attendri aussi dans le cœur endurci de ma grand-mère, car à partir de ce séjour à la campagne elle s'est rapprochée de la religion, elle allait à l'église par plaisir et pas seulement pour être vue, elle a cessé de maudire le clergé par habitude, et à notre retour à Santiago, elle a fait construire une jolie chapelle avec des vitraux de couleurs dans la maison, où elle priait à sa manière. Elle était mal à l'aise dans le catholicisme, elle l'ajustait à sa façon. Après la prière du soir, nous retournions avec nos bougies dans le grand salon pour boire un café au lait, et pendant que les femmes cousaient ou brodaient, les oncles nous racontaient des histoires de revenants que nous les enfants, nous écoutions, terrorisés. Rien ne nous faisait plus peur que l'*imbunche*, une créature maléfique de la mythologie indigène. On disait que les Indiens volaient des nouveau-nés pour les transformer en *imbunches* : ils leur cousaient les paupières et l'anus, les élevaient dans des grottes, les nourrissaient de sang, leur brisaient les jambes, leur tournaient la tête en arrière et leur passaient un bras sous la peau du dos, ainsi acquéraient-ils toutes sortes de pouvoirs surnaturels. Par crainte de nous voir transformés en pâture pour un *imbunche*, nous ne mettions pas le nez hors de la maison après le coucher du soleil, et certains, comme moi, dormaient la tête sous les couvertures, en proie aux cauchemars. « Comme tu es superstitieuse, Aurora ! L'*imbunche* n'existe pas. Tu crois qu'un enfant peut survivre à de pareilles tortures ? » disait ma grand-mère en essayant de me raisonner, mais aucun argument ne pouvait m'empêcher de claquer des dents.

Comme elle passait sa vie enceinte, Nívea ne se donnait pas la peine de compter, elle calculait la proximité de l'accouchement d'après le nombre de fois qu'elle utilisait le vase de nuit. Lorsqu'elle se leva à treize reprises pendant deux nuits de suite, elle annonça à l'heure du petit déjeuner qu'il était temps de chercher un médecin et, en effet, ce même jour elle eut ses premières contractions. Il n'y avait pas de docteur dans le coin, quelqu'un suggéra alors de faire venir l'accoucheuse du village le plus proche, laquelle était une pittoresque *meica*, une Indienne mapuche sans âge, de couleur sombre : sa peau, ses tresses et même ses vêtements étaient teints avec des couleurs végétales. Elle arriva à cheval, avec un sac de plantes, des huiles et des potions médicinales, couverte d'un châle maintenu à la poitrine par une énorme agrafe en argent faite d'anciennes pièces de monnaie coloniales. Les tantes furent effrayées parce que la *meica* semblait venir de l'Araucanie profonde, mais Nívea l'accueillit sans méfiance aucune ; la chose ne lui faisait pas peur, elle était passée par là six fois auparavant. L'Indienne parlait à peine l'espagnol, mais elle semblait connaître son office et une fois qu'elle eut enlevé son châle, nous vîmes qu'elle était très propre. Par tradition, les femmes qui n'avaient jamais mis d'enfant au monde ne pouvaient entrer dans la chambre de la parturiente, de sorte que les plus jeunes emmenèrent les enfants à l'autre extrémité de la maison et les hommes se rassemblèrent dans la salle de billard pour jouer, boire et fumer. On emmena Nívea dans la chambre principale, accompagnée par l'Indienne et quelques femmes de la famille parmi les plus âgées, qui priaient et aidaient à tour de rôle. On prépara deux poules noires pour faire un consommé substantiel, destiné à fortifier la mère avant et après l'accouchement, on fit également bouillir de la bourrache pour des infusions, afin de calmer d'éventuels essoufflements et de fortifier le cœur. La curiosité fut plus forte que les menaces de ma grand-mère de me donner une raclée si elle me voyait rôder autour de Nívea, et je me suis donc faufilée dans les pièces intérieures pour épier. J'ai vu passer les employées avec des linges blancs et des cuvettes d'eau chaude, de l'huile de mancenille pour masser le ventre, et aussi des couvertures et du charbon pour les braseros, car on ne craignait rien tant que le *gel au ventre,* ou un refroidissement pendant l'accouchement. Une rumeur continue de conversations et de rires venait de la chambre, et je n'avais pas l'impression que l'ambiance, de l'autre côté de la porte, fût à l'angoisse et la souffrance ; bien au contraire, les femmes paraissaient toutes joyeuses. Comme depuis ma cachette je ne voyais rien et que le froid spectral des couloirs sombres me hérissait les poils de la nuque, j'ai fini par me lasser et je suis partie jouer avec mes cousins. Mais à la nuit tombée, quand la famille se fut rassemblée dans la chapelle, je me suis approchée à nouveau. Le bruit des voix avait cessé maintenant et on entendait nettement les gémissements de douleur de Nívea, les murmures des prières et la pluie sur les tuiles. Je suis restée accroupie dans un renfoncement du couloir, tremblant de peur, parce que j'étais persuadée que les Indiens pouvaient venir voler le bébé de Nívea... et si la *meica* était une de ces sorcières qui fabriquaient les *imbunches* avec les nouveaunés ? Comment Nívea n'avait-elle pas songé à cette effrayante possibilité ? J'allais partir en courant vers la chapelle, où il y avait de la lumière et des gens, quand une des

218

femmes sortit chercher quelque chose, laissant la porte entrouverte, et je pus apercevoir ce qui se passait dans la chambre. Personne ne pouvait me voir car le couloir se trouvait dans l'obscurité ; l'intérieur de la chambre, en revanche, était éclairé par deux lampes à huile et des bougies réparties un peu partout. Trois braseros allumés dans les angles maintenaient une température plus élevée que dans le reste de la maison, et une marmite dans laquelle bouillaient des feuilles d'eucalyptus imprégnait l'air d'un frais parfum de forêt. Nívea, habillée d'une courte chemise, d'un chandail et de chaussettes en grosse laine, était accroupie sur une couverture, les mains attachées à deux grosses cordes qui pendaient des poutres du plafond et maintenue par-derrière par la *meica*, qui murmurait en sourdine des paroles dans sa langue. Le gros ventre strié de veines bleues de la mère paraissait, à la lueur des bougies, une monstruosité, comme s'il était étranger à son corps, et pour ainsi dire pas humain. Nívea poussait, trempée de sueur, les cheveux collés sur le front, les yeux clos et cernés de cercles violets, les lèvres enflées. Une de mes tantes priait à genoux près d'une table où l'on avait posé une statuette de saint Ramón Nonato, patron des parturientes, unique saint qui n'était pas né par la voie normale : il avait été extirpé du ventre de sa mère à travers une entaille. Une autre tante se trouvait près de l'Indienne avec une cuvette d'eau chaude et une pile de linges propres. Il y eut une brève pause durant laquelle Nívea respira profondément et la *meica* se plaça devant elle pour lui masser le ventre avec ses lourdes mains, comme si elle déplaçait l'enfant à l'intérieur. Soudain un flot de liquide sanguinolent détrempa la couverture. La *meica* posa un linge dessus qui s'imprégna aussitôt, puis un autre et encore un autre. « Bénédiction, bénédiction, bénédiction », murmura l'Indienne en espagnol. Nívea serra les cordes et poussa avec une telle force qu'on aurait dit que les tendons de son cou et les veines de ses tempes allaient éclater. Elle laissa échapper un hurlement sourd et alors une chose apparut entre ses jambes, une chose que la *meica* prit délicatement et maintint un instant, le temps que Nívea reprenne son souffle, qu'elle pousse à nouveau jusqu'à ce que l'enfant finisse de sortir. Je crus que j'allais m'évanouir de terreur et de dégoût, j'ai reculé en trébuchant le long du sinistre couloir.

Une heure plus tard, tandis que les bonnes ramassaient les linges sales et tout ce qui avait été utilisé pour l'accouchement afin de les brûler — cette coutume était censée empêcher les hémorragies —, et que la *meica* enveloppait le placenta et le cordon ombilical pour l'enterrer sous un figuier, autre coutume de la région, le reste de la famille s'était rassemblé dans le salon autour du père Teodoro Riesco afin de rendre grâces à Dieu pour la naissance de jumeaux, deux mâles qui porteraient avec honneur le nom des del Valle, comme le dit le curé. Deux tantes tenaient chacune un des jumeaux dans les bras, bien enveloppés dans des couvertures en laine, avec de petits bonnets sur la tête, pendant que les membres de la famille s'approchaient, l'un après l'autre, pour les embrasser sur le front en disant « Dieu le garde » pour éviter le mauvais œil. Moi je n'ai pas pu souhaiter la bienvenue à mes cousins comme les autres parce qu'ils m'apparurent comme des vers de terre très laids, et le souvenir du ventre bleuté de Nívea en train de les expulser comme une masse pleine de sang devait me hanter pour le restant de mes jours.

La deuxième semaine d'août, Frederick Williams vint

nous chercher, extrêmement élégant, comme toujours, et très calme, comme si les exactions de la police politique n'avaient été qu'une hallucination collective. Ma grand-mère accueillit son mari comme une jeune mariée, les yeux brillants et les joues rouges d'émotion, elle lui tendit les mains, qu'il baisa avec un peu plus que du respect. Pour la première fois je remarquai que cet étrange couple était uni par des liens très proches de l'affection. Elle devait avoir soixante-cinq ans, âge où d'autres femmes étaient des vieilles minées par les veuvages successifs et les mésaventures de l'existence ; Paulina del Valle, elle, semblait invincible. Elle se teignait les cheveux, coquetterie qu'aucune autre femme de son milieu ne se permettait, et augmentait le volume de sa coiffure grâce à des postiches. Elle s'habillait avec sa vanité habituelle, malgré sa corpulence, et elle se maquillait si délicatement que la rougeur de ses joues ou le noir de ses cils semblaient naturels. Frederick Williams était sensiblement plus jeune et les femmes le trouvaient très séduisant : en sa présence elles agitaient toujours un éventail ou laissaient tomber un mouchoir. Je ne l'ai jamais vu répondre à de telles avances, en revanche il était toujours plein d'attentions pour sa femme. Je me suis souvent demandé si la relation entre Frederick Williams et Paulina del Valle n'allait pas au-delà d'un arrangement de convenance, si elle était aussi platonique qu'on le dit, ou s'il y eut quelque attirance mutuelle. Parvinrent-ils à s'aimer ? Nul ne le saura parce que lui n'en parla jamais et ma grand-mère, qui vers la fin me racontait des choses tout à fait intimes, emporta la réponse dans l'autre monde.

Frederick nous raconta que grâce à l'intervention du Président en personne, don Pedro Tey avait été libéré avant que Godoy ne parvienne à lui arracher des aveux, nous pouvions donc retourner dans la maison de Santiago, le nom de notre famille n'avait jamais figuré sur les listes de la police. Neuf ans plus tard, à la mort de ma grand-mère Paulina, quand j'ai revu mademoiselle Matilde Pineda et don Pedro Tey, j'ai appris les détails de l'histoire, que le bon Frederick Williams avait voulu nous épargner. Après avoir perquisitionné à la librairie, frappé les employés et empilé les centaines de livres pour y mettre le feu, ils avaient emmené le libraire catalan dans leurs sinistres locaux, où ils lui avaient appliqué le traitement habituel. Tey avait perdu connaissance sans avoir dit un seul mot, alors on lui avait vidé dessus une bassine d'eau mélangée à des excréments, on l'avait attaché à une chaise où il était resté la nuit entière. Le lendemain, alors qu'on le conduisait à nouveau devant ses tortionnaires, le ministre américain Patrick Egon était venu avec un aide de camp du Président pour exiger la libération du prisonnier. On l'avait laissé partir après l'avoir prévenu que s'il disait un seul mot de ce qui s'était passé, il aurait droit au peloton d'exécution. Ils l'avaient emmené tout dégoulinant de sang et de merde dans la voiture du ministre, où l'attendaient Frederick Williams et un médecin, qui le conduisirent à la Légation des Etats-Unis en qualité d'exilé. Un mois plus tard, le gouvernement tomba et don Pedro Tey quitta la Légation pour céder la place à la famille du Président destitué, qui trouva refuge sous le même drapeau. Le libraire resta mal en point pendant plusieurs mois, mais ses plaies finirent par cicatriser, il retrouva la mobilité de ses membres et put relancer son négoce de livres. Les atrocités vécues ne furent pas dissuasives, il ne lui vint pas à l'idée de retourner en Catalogne et il continua à lutter dans l'opposition, quel que fût le gouvernement en place. Quand je le remerciai bien des années plus tard du terrible supplice qu'il avait subi pour protéger ma famille, il me répondit qu'il ne l'avait pas fait pour nous, mais pour mademoiselle Matilde Pineda.

Ma grand-mère Paulina voulait rester à la campagne jusqu'à ce que la Révolution prenne fin, mais Frederick Williams lui expliqua que le conflit pouvait durer des années et que nous ne devions pas abandonner la position qui était la nôtre à Santiago. En vérité, le domaine avec ses paysans pauvres, ses siestes interminables et ses étables pleines de purin et de mouches lui semblait pire que le cachot.

— La Guerre Civile a duré quatre ans aux Etats-Unis, cela peut durer aussi longtemps ici, dit-il.

— Quatre ans ? Mais il ne restera plus un seul Chilien vivant. Mon neveu Severo dit que ces quelques mois de combat ont déjà fait dix mille morts, et plus de mille hommes ont été abattus d'une balle dans le dos, répliqua ma grand-mère.

Nívea voulait revenir avec nous à Santiago, bien qu'elle ne fût pas tout à fait remise de son double accouchement, et elle insista au point que ma grand-mère finit par céder. Elle ne lui avait plus adressé la parole depuis l'histoire de la presse, mais elle lui pardonna tout à la naissance des jumeaux. De retour à la capitale, nous nous retrouvions avec les mêmes affaires, plus deux nouveau-nés et moins les deux oiseaux qui moururent de peur en chemin. Nous emportions quantité de paniers de victuailles et une jarre avec le breuvage que Nívea devait prendre pour prévenir l'anémie, un mélange nauséeux de vieux vin et de sang frais de jeune taureau. Nívea avait passé des mois sans nouvelles de son mari et, comme elle nous l'avoua dans un moment de faiblesse, elle commençait à désespérer. Jamais elle ne douta que Severo del Valle reviendrait de la guerre sain et sauf, elle avait un don de voyance sur son propre destin. Elle avait toujours su qu'elle serait sa femme, même après qu'il eut épousé Lynn à San Francisco, elle savait qu'ils mourraient ensemble dans un accident. Je lui ai souvent entendu dire cette phrase qui est devenue célèbre dans la famille. Elle craignait de perdre le contact avec son mari en restant à la campagne, puisque dans la tourmente de la Révolution le courrier s'égarait très souvent, surtout dans les zones rurales.

Dès les prémices de ses amours avec Severo, lorsque son inépuisable fertilité devint une évidence, Nívea comprit que si elle obéissait aux normes habituelles de la bonne conduite et se cloîtrait chez elle pour chaque grossesse et chaque accouchement, elle passerait toute sa vie enfermée, aussi décida-t-elle de ne pas faire de la maternité un mystère, et de la même façon qu'elle pavoisait avec son ventre rond comme une bonne paysanne, sous les yeux horrifiés de la « bonne » société, elle mettait des enfants au monde sans faire d'histoires. Elle s'enfermait seulement trois jours — au lieu des quarante exigés par le médecin — et allait partout, même à ses meetings de suffragettes, avec sa ribambelle d'enfants et de nounous. Ces dernières étaient des adolescentes recrutées à la campagne et destinées à servir pour le reste de leur existence, à moins qu'elles ne se retrouvent enceintes ou se marient, ce qui était peu probable. Ces filles soumises grandissaient, se fanaient et mouraient dans la maison ; elles dormaient dans des chambres sales, sans fenêtres, et mangeaient les restes des repas. Elles adoraient les enfants dont elles s'occupaient, surtout les garçons, et quand les filles de la famille se mariaient, ces dernières les emmenaient comme une partie de leur trousseau, pour qu'elles continuent à servir la deuxième génération. A une époque où tout ce qui touchait à la maternité était maintenu secret, la vie auprès de Nívea me fit pénétrer à onze ans dans un domaine que les filles de mon milieu ignoraient. A la campagne, quand les animaux s'accouplaient ou mettaient bas, on obligeait les filles à rentrer dans la maison et les volets étaient hermétiquement fermés, car on partait du principe que ces agissements heurtaient nos âmes sensibles et nous donnaient des idées perverses. Ils avaient raison, parce que le spectacle luxurieux d'un poulain montant une jument, que je vis par hasard dans la propriété de mes cousins, me donne encore des frissons. Aujourd'hui, en cette année 1910, alors que les vingt ans de différence entre Nívea et moi se sont envolés et que nous sommes amies, j'ai appris que les accouchements à répétition n'ont jamais été un véritable obstacle pour elle ; enceinte ou pas, elle faisait tout autant de cabrioles impudiques avec son mari. Lors d'une de nos conversations confidentielles, je lui ai demandé pourquoi elle avait eu autant d'enfants – quinze, dont onze sont encore vivants ; elle m'a répondu qu'elle n'avait pas pu l'éviter, aucun des savants remèdes des matrones françaises n'ayant donné de résultat. Ce qui l'avait sauvée du désastre, c'était sa forme physique et son refus des complications. Elle élevait ses enfants de la même façon qu'elle s'occupait de ses affaires domestiques : en déléguant. Dès qu'elle avait accouché, elle se bandait fortement la poitrine et confiait l'enfant à une nourrice. Chez elle, il y avait presque autant de nounous que d'enfants. La facilité avec laquelle Nívea mettait les enfants au monde, sa bonne santé et son détachement vis-à-vis de ses enfants préserva sa relation intime avec Severo ; on devine l'affection passionnée qui les unit. Elle m'a raconté que les livres interdits qu'elle avait étudiés minutieusement dans la bibliothèque de son oncle lui avaient appris les formidables possibilités de l'amour, même pour des amants limités dans leurs acrobaties, comme eux : lui à cause de sa jambe amputée, et elle à cause de son gros ventre. J'ignore quelles sont les contorsions favorites de ces deux êtres, mais j'imagine que leurs meilleurs moments sont encore ceux où ils jouent dans l'obscurité, sans faire le moindre bruit, comme si dans la chambre il y avait une nonne en train de lutter contre les effets soporifiques du chocolat à la valériane et le désir de pécher.

Les nouvelles concernant la Révolution étaient strictement censurées par le gouvernement, mais on savait presque tout avant que les choses n'arrivent. Nous apprîmes l'existence de la conspiration par un de mes cousins, plus âgé que moi, qui surgit silencieusement dans la maison accompagné d'un paysan du domaine, qui faisait office de domestique et de garde du corps. Après le dîner ils s'enfermèrent un long moment dans le bureau avec Frederick Williams et ma grand-mère, et tandis que je feignais de lire dans mon coin, je ne perdais pas un mot de ce qui se disait. Mon cousin était un grand jeune homme blond, bien fait, avec des cheveux bouclés et des yeux de femme, impulsif et sympathique ; élevé à la campagne, il avait une bonne poigne pour dompter les chevaux, c'est tout le souvenir que j'en garde. Il expliqua que quelques jeunes gens, parmi lesquels il se trouvait, avaient l'intention de faire sauter des ponts pour mettre le gouvernement à l'épreuve.

— Qui est le responsable d'une si brillante idée ? Vous avez un chef ? demanda ma grand-mère d'un ton sarcastique.

— Il n'y a pas encore de chef, nous le choisirons lors d'une prochaine réunion.

226

— Combien êtes-vous, mon petit ?

— Nous sommes une centaine, mais je ne sais pas combien viendront. Ils ne savent pas tous pourquoi nous les avons convoqués, nous le leur dirons après, pour des raisons de sécurité, vous comprenez, ma tante ?

— Je comprends. Ce sont tous des fils de famille comme toi ? voulut savoir ma grand-mère, de plus en plus contrariée.

— Il y a des artisans, des ouvriers, des paysans et certains de mes amis aussi.

— De quelles armes disposez-vous ? demanda Frederick Williams.

— De sabres, de couteaux et je crois qu'il y aura quelques carabines. Il faudra nous procurer de la poudre, bien entendu.

— Tout ça me semble être d'une bêtise absolue ! explosa ma grand-mère.

Ils tentèrent de le dissuader et il les écouta avec une patience feinte, mais à l'évidence sa décision était prise et il ne changerait pas d'avis. En repartant, il emporta un sac en cuir avec quelques armes à feu de la collection de Frederick Williams. Deux jours plus tard, nous apprîmes ce qui s'était passé dans cette propriété où s'étaient réunis les conspirateurs, à quelques kilomètres de Santiago. Les rebelles étaient arrivés au fur et à mesure pour se rassembler dans une maisonnette de vachers où ils se croyaient en sécurité, ils avaient passé des heures à discuter, ils disposaient à l'évidence de très peu d'armes, et leur plan prenait l'eau de toutes parts. Ils décidèrent donc de le remettre à plus tard, de passer la nuit sur place et de se disperser le lendemain. Ils ne se doutaient pas qu'ils avaient été dénoncés. A quatre heures du matin, quatre-vingt-dix cavaliers et quarante hommes d'infanterie des troupes gouvernementales leur tombèrent dessus dans une manœuvre si rapide et si bien préparée qu'ils n'eurent pas le temps de se défendre, et se rendirent aussitôt, convaincus qu'ils ne risquaient rien, puisqu'ils n'avaient commis aucun crime, à part celui de se réunir sans autorisation. Le lieutenant colonel qui commandait le détachement perdit la tête dans le chaos du moment et, aveuglé par la colère, traîna le premier prisonnier hors du rang et le fit massacrer à coups de balles et de baïonnettes. Puis il en choisit huit autres et les fusilla dans le dos ; la tuerie se prolongea ainsi jusqu'au lever du jour, où seize corps gisaient sans vie. Le colonel ouvrit les caves du domaine et livra les femmes des paysans à la troupe ivre et enhardie par l'impunité. Ils mirent le feu à la maison et ils torturèrent le contremaître si sauvagement qu'ils ne purent le fusiller debout. Entre-temps, les ordres de Santiago allaient et venaient, mais l'attente n'apaisa pas les esprits au sein de la soldatesque, elle ne fit qu'aiguiser sa violence. Le lendemain, après ces heures infernales, les instructions écrites parvinrent de la main d'un général : « Qu'ils soient tous exécutés sur-le-champ. » Ce qui fut fait. Puis les cadavres furent emportés dans cinq charrettes pour être jetés dans une fosse commune, mais la fureur des familles fut telle qu'il fallut leur rendre les corps.

Au crépuscule ils apportèrent celui de mon cousin, que ma grand-mère avait réclamé en faisant état de sa position sociale et de ses influences. Il était enveloppé dans une couverture imbibée de sang. On le transporta délicatement dans une chambre afin de le remettre un peu en état avant que sa mère et ses sœurs ne le voient. En épiant depuis l'escalier je vis apparaître un monsieur avec une queue-de-pie noire et une mallette, qui s'enferma avec le cadavre, et une fille de service raconta que c'était un maître embaumeur capable d'éliminer les traces de balles grâce à un maquillage, un remplissage et une aiguille de tapissier. Frederick Williams et ma grand-mère avaient transformé le salon en chapelle ardente, avec un autel improvisé et des cierges jaunes dans de hauts candélabres. Quand à l'aube commencèrent à arriver les voitures avec la famille et les amis, la maison était pleine de fleurs et mon cousin, propre, bien vêtu et sans traces de son martyre, reposait dans un magnifique cercueil en acajou avec des rivets en argent. Les femmes, en habits de deuil, étaient assises sur une double rangée de chaises. Elles pleuraient et priaient, tandis que les hommes parlaient de vengeance dans le salon doré. Les employées servaient des canapés comme s'il s'agissait d'un pique-nique et nous, les enfants, également vêtus de noir, nous jouions, hilares, à nous fusiller mutuellement. Mon cousin et plusieurs de ses compagnons furent veillés pendant trois jours chez eux, au son des cloches des églises qui résonnaient sans répit pour les jeunes gens. Les autorités n'osèrent pas intervenir. Malgré la censure très stricte, tout le monde savait ce qui venait d'arriver. La nouvelle se répandit comme une traînée de poudre, et les partisans du gouvernement de même que les révolutionnaires furent secoués par l'horreur. Le Président ne voulut connaître aucun détail et déclina toute responsabilité, comme il l'avait fait lors des ignominies commises par d'autres militaires et par le redouté Godoy.

— Ils ont été tués froidement, délibérément, comme des bêtes. Qu'est-ce qu'on peut attendre d'autre d'un pays sanguinaire? dit Nívea, plus furieuse que triste, et elle se mit à expliquer que nous avions eu cinq guerres depuis le début du siècle. Nous, Chiliens, avons l'air inoffensif et avons la réputation d'être des timides, nous parlons avec des diminutifs : « por favorcito, déme un vasito de agüita[1] », mais à la première occasion nous devenons des cannibales. Il faut savoir d'où nous venons pour comprendre notre côté brutal, dit-elle ; nos ancêtres étaient les conquistadores espagnols les plus aguerris et cruels, les seuls à avoir eu le courage d'aller à pied jusqu'au Chili, avec leurs armures chauffées à blanc par le soleil du désert, traversant les pires obstacles naturels. Ils s'étaient mélangés aux Araucans, aussi vaillants qu'eux, seul peuple du continent à ne s'être jamais soumis. Les Indiens mangeaient les prisonniers et leurs chefs, les *toquis*, portaient des masques de cérémonie faits avec les peaux séchées des visages de leurs oppresseurs, de préférence ceux avec barbe et moustache, car ils étaient imberbes et se vengeaient ainsi des Blancs, qui à leur tour les brûlaient vifs, les empalaient sur des pieux, leur coupaient les bras et leur arrachaient les yeux. « Ça suffit ! je t'interdis de raconter ces atrocités devant ma petite-fille », l'interrompit ma grand-mère.

Le massacre des jeunes conspirateurs fut le détonateur des batailles qui allaient mettre un terme à la Guerre Civile. Dans les jours qui suivirent, les révolutionnaires débarquèrent une armée de neuf mille hommes appuyée par l'artillerie navale, qui avancèrent telle une horde de Huns vers le port de Valparaiso à toute allure et dans un désordre apparent. Mais ce chaos était fort bien ordonné, car en l'espace de quelques heures ils écrasèrent leurs ennemis. Les réservistes favorables au gouvernement perdirent un tiers de leurs effectifs, l'armée révolutionnaire occupa Valparaiso et de là, ils se préparèrent à avancer vers Santiago et occuper le

---

1. « S'il vous plaît, donnez-moi un verre d'eau. » *(N.d.T.)*

reste du pays. Entre-temps, le Président dirigeait les opérations depuis son bureau au moyen du télégraphe et du téléphone, mais les rapports qui lui parvenaient étaient faux et les ordres qu'il donnait s'égaraient, car la plupart des téléphonistes appartenaient au camp révolutionnaire. Le Président écouta la nouvelle de la défaite à l'heure du dîner. Impassible, il finit de manger puis intima à sa famille d'aller se réfugier à la Légation américaine. Il prit une écharpe, son manteau et son chapeau et se dirigea à pied, accompagné par un ami, vers la Légation argentine, qui se trouvait à quelques rues du palais présidentiel. Un des députés de l'opposition y était exilé et ils faillirent se croiser devant la porte, l'un entrait battu et l'autre sortait triomphant. Le persécuteur était devenu le persécuté.

Les révolutionnaires marchèrent sur la capitale au milieu des acclamations de la même foule qui, quelques mois auparavant, applaudissait les troupes gouvernementales. Dans les heures qui suivirent, les habitants de Santiago descendirent dans la rue avec des bandeaux rouges à leurs bras, la plupart pour fêter l'événement, d'autres pour aller se dissimuler, craignant le pire des soldats et de la populace excitée. Les nouvelles autorités lancèrent un appel au peuple pour coopérer dans l'ordre et la paix, que la foule interpréta à sa façon. Des bandes se constituèrent avec un chef à leur tête ; elles arpentèrent la ville avec des listes de maisons à saccager, chacune identifiée sur un plan avec l'adresse exacte. Par la suite, on a dit que les listes avaient été établies avec malignité et esprit de revanche par certaines dames de la haute société. Peut-être, mais je sais que Paulina del Valle et Nívea étaient incapables d'une telle bassesse, malgré leur haine de l'ancien gouvernement. Au contraire, elles cachèrent dans la maison deux familles recherchées en attendant que la fureur populaire s'apaise et que les temps de calme et d'ennui qui avaient précédé la Révolution et que nous regrettions tous, reviennent. La mise à sac de Santiago fut une action méthodique et même amusante, vue de loin, bien entendu. En tête de la « commission », euphémisme pour désigner les bandes, le chef agitait sa clochette et donnait des instructions : « ici vous pouvez voler, mais ne cassez rien, les enfants », « ici, vous me mettez les documents de côté et après, vous mettez le feu à la maison », « ici, vous pouvez emmener ce que vous voulez, et tout casser si ça vous chante ». La « commission » appliquait scrupuleusement les instructions et si les propriétaires étaient présents, ils étaient salués avec courtoisie et on procédait au saccage dans une joyeuse agitation, comme des gamins joueurs. Ces bandits ouvraient les tiroirs, sortaient les papiers et les documents privés qu'ils remettaient à leur chef, puis ils brisaient les meubles à coups de hache, emportaient ce qui leur plaisait et pour finir, aspergeaient les murs avec de la paraffine et y mettaient le feu. De la pièce qu'il occupait dans la Légation argentine, l'ex-Président Balmaceda écouta les grondements de la rue et, après avoir rédigé un testament politique et craignant que sa famille ne paye le prix de la haine, il se tira une balle dans la tête. La servante qui lui avait apporté son dîner fut la dernière à le voir en vie. A huit heures du matin on le trouva sur son lit, correctement vêtu, la tête sur l'oreiller ensanglanté. Ce coup de feu le transforma aussitôt en martyr et dans les années qui suivirent, il devint le symbole de la liberté et de la démocratie, respecté même par ses pires ennemis. Comme le dit ma grand-mère, le Chili est un pays sans mémoire. Durant les quelques mois que dura la Révolution, plus de Chiliens moururent que durant les quatre années de la Guerre du Pacifique.

Au milieu de ce désordre, Severo del Valle réapparut dans la maison, barbu et crotté ; il venait chercher sa femme qu'il n'avait pas vue depuis le mois de janvier. Il fut sacrément surpris de la retrouver avec deux nouveaux enfants, car dans le tumulte de la Révolution, elle avait oublié de lui dire avant son départ qu'elle était enceinte. Les jumeaux commençaient à prendre des couleurs et en moins de deux semaines, ils avaient pris un aspect plus ou moins humain, ce n'étaient plus les musaraignes fripées et bleutées qu'ils étaient à leur naissance. Nívea sauta au cou de son mari et je pus alors assister pour la première fois de ma vie à un long baiser sur la bouche. Ma grand-mère, offusquée, voulut me distraire, mais sans succès, et je me souviens encore de l'effet que me fit ce baiser : il marqua le début de ma volcanique transformation d'adolescence. En l'espace de quelques mois je suis devenue une étrangère, je n'arrivais pas à reconnaître cette jeune fille renfermée, je me suis vu emprisonnée dans un corps rebelle et exigeant, qui grandissait et s'affirmait, souffrait et frémissait. Il me semblait n'être qu'une extension de mon ventre, cette caverne que j'imaginais comme une cavité ensanglantée où fermentaient des humeurs et se développait une flore étrangère et terrible. Je ne pouvais oublier la scène hallucinante de Nívea accroupie à la lueur des bougies, de son énorme ventre couronné par un nombril protubérant, de ses bras maigres serrés sur les cordes qui pendaient du plafond. Je pleurais tout à coup sans raison apparente, et j'avais des accès de colère incontrôlables. Le matin, j'étais tellement fatiguée que je n'arrivais pas à me lever. Le cauchemar des enfants en pyjamas noirs revint avec plus d'intensité et de fréquence. Je rêvais aussi à un homme doux et sentant la mer qui me serrait dans ses bras, je me réveillais en serrant l'oreiller et désirant désespérément que quelqu'un m'embrasse comme Severo del Valle avait embrassé sa femme. J'avais des bouffées de chaleur et j'étais glacée à l'intérieur, je ne pouvais plus ni lire ni étudier, je partais en courant dans le jardin comme une possédée pour réprimer mes envies de hurler, je pénétrais tout habillée dans l'étang en marchant sur les nénuphars et les poissons rouges, l'orgueil de ma grand-mère. Je découvris bientôt les points sensibles de mon corps et je me caressais en cachette, sans comprendre pour quelle raison ça devait être un péché, puisque cela me calmait. Je deviens folle, comme tant de femmes qui finissent hystériques, conclus-je atterrée, mais je n'osais pas en parler à ma grand-mère. Paulina del Valle changeait elle aussi ; tandis que mon corps fleurissait, le sien se desséchait, attaqué par des maux mystérieux dont elle ne parlait à personne, pas même à son médecin, fidèle à sa théorie selon laquelle il suffisait de marcher droit et ne pas faire de bruits de vieille pour maintenir la décrépitude à distance. Sa corpulence lui pesait, elle avait des varices, les os la faisaient souffrir, elle manquait d'air et urinait sur elle à petites gouttes, misères que je devinais à travers de légers signes, mais sur lesquelles elle gardait un secret total. Mademoiselle Matilde Pineda m'aurait été d'un grand secours durant cette période de l'adolescence, mais elle avait totalement disparu de ma vie, expulsée par ma grand-mère. Nívea partit aussi avec son mari, ses enfants et les nounous, aussi légère et joyeuse qu'elle était arrivée, laissant un vide terrible dans la maison. Il y avait trop de pièces et pas assez de bruit ; sans elle et les enfants, la demeure de ma grand-mère devint un mausolée.

Santiago fêta le renversement du gouvernement avec une série interminable de défilés, de fêtes, de bals et de banquets. Ma grand-mère ne fut pas en reste, elle rouvrit sa maison et tenta de renouer avec sa vie sociale et ses soirées, mais l'air de ce mois de septembre, malgré sa douce chaleur printanière, était lourd. Les milliers de morts, les trahisons et les saccages pesaient sur l'âme des vainqueurs comme sur celle des vaincus. Nous étions honteux : la Guerre Civile avait été une orgie de sang.

Ce fut une époque étrange dans ma vie, mon corps se transforma, mon âme s'ouvrit et je commençai à me demander sérieusement qui j'étais et d'où je venais. Le détonateur fut l'arrivée de Matías Rodríguez de Santa Cruz, mon père, bien que je n'en susse rien encore. Pour moi, il était l'*oncle* Matías que j'avais connu quelques années auparavant en Europe. Déjà à l'époque il m'était apparu fragile, mais en le revoyant je ne l'ai pas reconnu : c'était un oiseau chétif dans son fauteuil d'invalide. Il était accompagné par une belle femme mûre et opulente, à la peau laiteuse, vêtue d'un ensemble discret en popeline couleur moutarde avec un châle délavé sur les épaules, dont le trait le plus marquant était une gerbe de cheveux rebelles, crépus, emmêlés et gris, attachés sur la nuque par un mince ruban. On aurait dit une ancienne reine scandinave en exil, on l'imaginait facilement sur la poupe d'un bateau viking, naviguant au milieu des glaces.
Paulina del Valle avait reçu un télégramme lui annonçant que son fils aîné débarquerait à Valparaiso. Elle s'était aussitôt mobilisée pour l'accueillir avec moi, l'oncle Frederick et le cortège habituel. Nous partîmes dans un wagon spécial que le gérant anglais des chemins de fer avait mis à notre disposition. L'intérieur était en bois verni avec des rivets de bronze éclatants, les sièges étaient en velours couleur sang de taureau, et deux préposés en uniforme s'occupaient de nous comme si nous étions des princes. Nous nous ins-

tallâmes dans un hôtel situé en face de la mer et attendîmes le navire qui devait arriver le lendemain. Sur le quai nous étions plus élégants que si nous assistions à une noce ; si je l'affirme avec cette assurance c'est que j'ai une photographie prise sur la place peu avant que le bateau n'accoste. Paulina del Valle est vêtue de soie claire avec quantité de volants, de drapés et de colliers de perle, elle arbore un chapeau monumental couronné par une profusion de plumes qui lui retombent en cascade sur le front et une ombrelle pour se protéger de la lumière. Son mari, Frederick Williams, est en costume sombre et chapeau haut de forme, il tient une canne à la main. Moi, je suis habillée de blanc avec un ruban d'organdi dans les cheveux, un vrai paquet d'anniversaire. La passerelle du navire fut déployée et le capitaine en personne nous invita à monter à bord, puis il nous escorta avec moult cérémonies jusqu'à la cabine de don Matías Rodríguez de Santa Cruz.

La dernière chose à laquelle s'attendait ma grand-mère, c'était de se retrouver nez à nez avec Amanda Lowell. Sa surprise et sa contrariété furent telles en la voyant qu'elle faillit avoir une attaque ; la présence de son ancienne rivale l'impressionna beaucoup plus que l'aspect lamentable de son fils. A cette époque, je n'avais pas suffisamment d'informations pour interpréter la réaction de ma grand-mère, je croyais qu'elle avait eu une bouffée de chaleur. Le flegmatique Frederick Williams, en revanche, ne laissa rien transparaître en voyant la Lowell. Il la salua d'un geste bref mais aimable, puis il s'activa pour installer ma grand-mère dans un fauteuil et lui donner un verre d'eau, tandis que Matías observait la scène plutôt amusé.

— Que fait cette femme ici ! balbutia ma grand-mère quand elle eut retrouvé son souffle.

— Je suppose que vous voulez parler en famille, je vais prendre l'air, dit la reine viking en sortant d'un air digne.

— Mademoiselle Lowell est mon amie, disons que c'est mon unique amie, mère. Elle m'a accompagné jusqu'ici, sans elle je n'aurais pas pu faire le voyage. C'est elle qui a insisté pour que je revienne au Chili, elle estime qu'il est préférable pour moi de mourir en famille plutôt que dans un hôpital à Paris, dit Matías dans un espagnol embrouillé et avec un curieux accent franco-anglais.

Alors Paulina del Valle le regarda pour la première fois et constata que son fils n'était qu'un squelette recouvert d'une peau de couleuvre, il avait les yeux vitreux enfoncés dans les orbites et les joues si creusées que l'on devinait les molaires sous sa peau. Il était assis dans un fauteuil, adossé à des coussins, les jambes recouvertes d'un châle. On aurait dit un petit vieux égaré et triste, alors qu'il devait avoir à peine quarante ans.

— Mon Dieu, Matías, que t'arrive-t-il? demanda ma grand-mère horrifiée.

— On ne peut plus rien faire, mère. Vous comprendrez que j'ai de bonnes raisons pour revenir ici.

— Cette femme...

— Je connais toute l'histoire entre Amanda Lowell et mon père, cela s'est passé il y a trente ans dans une autre partie de la planète. Ne pouvez-vous pas oublier votre dépit? Nous sommes tous à un âge où nous devons jeter par-dessus bord les sentiments qui ne servent à rien, et garder uniquement ceux qui nous aident à vivre. La tolérance est de ceux-là, mère. Je dois beaucoup à mademoiselle Lowell, elle a été ma compagne depuis plus de quinze ans...

— Compagne? Qu'est-ce que ça signifie?

— Simplement cela : une compagne. Elle n'est pas mon

infirmière, ni ma femme, elle n'est plus ma maîtresse. Elle m'accompagne dans mes voyages, dans ma vie, et maintenant, comme vous le voyez, elle m'accompagne dans la mort.

— Ne dis pas des choses pareilles ! Tu ne vas pas mourir, mon fils, ici nous allons te soigner comme il faut et bientôt tu seras guéri..., assura Paulina del Valle, mais sa voix se brisa et elle ne put poursuivre.

Cela faisait trois décennies que mon grand-père Feliciano Rodríguez de Santa Cruz avait eu des relations amoureuses avec Amanda Lowell, et ma grand-mère n'avait vue cette dernière qu'à deux reprises et de loin, mais elle l'avait reconnue sur-le-champ. Elle n'avait pas dormi en vain toutes les nuits dans son lit théâtral commandé à Florence pour la provoquer, cela avait dû lui rappeler à chaque instant la rage qu'elle avait ressentie à l'encontre de la scandaleuse maîtresse de son mari. Quand cette femme avait surgi devant elle, vieillie et dépourvue de vanité, ne ressemblant plus à la superbe jument qui arrêtait le trafic de San Francisco lorsqu'elle passait dans la rue en remuant le derrière, Paulina ne l'avait pas vue telle qu'elle était, mais comme la dangereuse rivale qu'elle avait jadis été. Sa rage contre Amanda Lowell, endormie, attendait son heure pour exploser, mais les paroles de son fils l'en empêchèrent. Elle rechercha cette rage dans les recoins de son âme et ne put la trouver. En revanche, elle trouva un instinct maternel, qui chez elle n'avait jamais été une chose importante, et qui l'envahissait maintenant avec une compassion absolue et insupportable. Sa compassion ne s'étendait pas seulement à son fils mourant, mais aussi à la femme qui l'avait accompagné pendant ces années, l'avait aimé loyalement, avait veillé sur lui dans le malheur et la maladie, et qui maintenant traversait la planète pour le lui amener à l'heure de la mort. Paulina del Valle resta dans son fauteuil, le regard fixé sur son pauvre fils, tandis que des larmes coulaient silencieusement sur ses joues ; soudain elle paraissait ratatinée, vieillie, fragile, et moi je lui donnais des petites tapes dans le dos en guise de consolation, sans trop comprendre ce qui se passait. Frederick Williams devait bien connaître ma grand-mère, parce qu'il sortit sans rien dire, s'en fut chercher Amanda Lowell et la ramena dans le petit salon.

— Excusez-moi, mademoiselle Lowell, murmura ma grand-mère de son fauteuil.

— C'est à moi de m'excuser, madame, répliqua l'autre en s'approchant timidement jusqu'à s'arrêter devant Paulina del Valle.

Elles se prirent par la main, l'une debout l'autre assise, toutes deux les yeux baignés de larmes, l'espace d'un instant qui parut une éternité. Soudain, je remarquai les épaules de ma grand-mère qui tressaillaient et constatai qu'elle était en train de rire sous cape. L'autre souriait, une main devant la bouche, déconcertée, puis, en voyant s'esclaffer sa rivale, elle éclata d'un rire joyeux qui fit corps avec celui de ma grand-mère, de sorte qu'au bout de quelques secondes, toutes deux étaient hilares, prises d'une gaieté contagieuse, effrénée et hystérique, balayant avec des petits gloussements les années de jalousies inutiles, les rancœurs brisées, la tromperie du mari et autres souvenirs abominables.

La maison de la rue Ejército Libertador accueillit beaucoup de monde pendant les années troublées de la Révolution, mais rien ne fut aussi compliqué et excitant pour moi que l'arrivée de mon père venu attendre la mort. La situation politique s'était stabilisée après la Guerre Civile, qui avait mis fin à des années de gouvernements libéraux. Les révolutionnaires obtinrent les changements pour lesquels tant de sang avait été versé : auparavant le gouvernement imposait son candidat en employant la corruption et l'intimidation avec l'appui des autorités civiles et militaires ; maintenant les suborneurs étaient à part égale les patrons, les curés et les partis politiques. Le système était plus juste parce que la corruption des uns était compensée par celle des autres, et elle n'était pas financée par des fonds publics. On appela cela la liberté électorale. Les révolutionnaires implantèrent aussi un régime parlementaire comme celui qui était en vigueur en Grande-Bretagne, mais il ne devait pas durer longtemps. « Nous sommes les Anglais de l'Amérique », dit une fois ma grand-mère, et Nívea répliqua aussitôt que les Anglais étaient les Chiliens de l'Europe. En tout état de cause, l'expérience parlementaire ne pouvait durer dans un pays de caudillos, les ministres changeaient si souvent qu'il était impossible de suivre leurs traces. Finalement, cette valse fit perdre à la famille tout intérêt pour la politique ; seule Nívea continuait à se battre pour le droit de vote des femmes et, pour attirer l'attention, elle avait pris l'habitude de s'enchaîner aux grilles du Congrès avec deux ou trois dames aussi enthousiastes qu'elle, malgré les quolibets des passants, la rage de la police et la honte des maris.

— Quand les femmes pourront voter, elles le feront d'une seule voix. Nous aurons tellement de force que nous pourrons faire pencher la balance du pouvoir et changer ce pays, disait-elle.

— Tu te trompes, Nívea, elles voteront pour celui que leur désignera le mari ou le curé, les femmes sont beaucoup plus sottes que tu n'imagines. D'autre part, certaines d'entre nous règnent derrière le trône ; tu as vu comment nous avons renversé l'ancien gouvernement ! Moi je n'ai pas besoin du suffrage pour faire ce qui me chante, répondait ma grand-mère.

— Parce que vous avez de la fortune et une éducation, ma tante. Combien sont-elles dans votre cas ? Nous devons lutter pour le droit de vote, c'est primordial.

— Tu as perdu la tête, Nívea.

— Pas encore, ma tante, pas encore...

On installa mon père au rez-de-chaussée, dans un des salons transformé en chambre à coucher, car il ne pouvait pas monter l'escalier, et on lui assigna une domestique à temps complet pour qu'elle s'occupe de lui nuit et jour. Le médecin de famille délivra un diagnostic poétique, « turbulence invétérée du sang », dit-il à ma grand-mère, préférant ne pas lui annoncer la vérité, mais je suppose qu'il était évident pour tout le monde que mon père succombait à une maladie vénérienne. Il se trouvait en phase terminale, quand les cataplasmes, les emplâtres et les sublimés corrosifs ne lui étaient plus d'aucun secours. Il aurait voulu éviter à tout prix cette dernière étape, mais il n'avait pas eu le courage de se suicider avant, comme il avait décidé de le faire depuis des années. La douleur dans les os l'empêchait pratiquement de remuer, il ne pouvait pas marcher et avait du mal à fixer son esprit. Certains jours il restait empêtré dans ses cauchemars sans se réveiller vraiment, murmurant des histoires incompréhensibles ; à d'autres moments, il était très lucide, et quand la morphine atténuait son angoisse, il pouvait rire et se pencher sur le passé. Alors il me faisait venir pour que je m'installe à ses côtés. Il passait ses journées dans un fauteuil devant la fenêtre à regarder le jardin, calé sur des coussins et entouré de livres, de journaux et de plateaux avec ses mé-

241

dicaments. La fille de service s'asseyait pour coudre non loin de lui, attentive à ses moindres besoins, silencieuse et revêche comme un ennemi, la seule personne qu'il tolérait parce qu'elle ne le traitait pas avec pitié. Ma grand-mère avait fait en sorte que son fils se trouve dans une ambiance gaie. Elle avait installé des rideaux de chintz et du papier sur les murs dans des tons de jaune, des bouquets de fleurs fraîchement coupées du jardin ornaient les tables, et elle avait engagé un quatuor à cordes qui venait plusieurs fois par semaine jouer ses morceaux classiques favoris, mais rien ne pouvait éliminer cette odeur de pharmacie et la certitude que dans cette chambre quelqu'un était en train de pourrir. Au début ce cadavre vivant me répugnait, mais quand je suis parvenue à vaincre ma peur et que, sous les instigations de ma grand-mère, j'ai commencé à lui rendre visite, mon existence a changé. Matías Rodríguez de Santa Cruz est arrivé dans la maison alors que j'entrais dans l'adolescence, et il m'a donné ce dont j'avais le plus besoin, une mémoire. Dans l'un de ses moments de lucidité, alors qu'il était sous l'empire apaisant des drogues, il m'annonça qu'il était mon père et la révélation fut tellement fortuite que je n'en fus pas surprise.

— Lynn Sommers, ta mère, était la femme la plus belle que j'ai connue. Je me réjouis que tu n'aies pas hérité de sa beauté, dit-il.

— Pourquoi, mon oncle ?

— Ne m'appelle pas oncle, Aurora. Je suis ton père. La beauté est souvent une malédiction parce qu'elle réveille les pires passions chez les hommes. Une femme trop belle ne peut échapper au désir qu'elle provoque.

— C'est sûr que vous êtes mon père ?

— Tout à fait sûr.

— Ça alors! Moi qui croyais que mon père était l'oncle Severo.

— Severo aurait dû être ton père, c'est un bien meilleur homme que moi. Ta mère méritait un mari comme lui. Moi j'ai toujours été une tête brûlée, c'est pour ça que je suis dans cet état, un véritable épouvantail. Toujours est-il que lui peut te raconter beaucoup plus de choses sur elle que moi, m'expliqua-t-il.

— Ma mère vous aimait?

— Oui, mais moi je n'avais que faire de cet amour et je me suis enfui. Tu es trop jeune pour comprendre ces choses, ma fille. Il te suffit de savoir que ta mère était merveilleuse, c'est bien dommage qu'elle soit morte si jeune.

J'étais d'accord, j'aurais aimé connaître ma mère, j'étais aussi curieuse de savoir qui étaient ces autres personnages de ma première enfance qui m'apparaissaient en rêve ou dans de vagues souvenirs impossibles à fixer. En parlant avec mon père apparut peu à peu la silhouette de mon grand-père Tao Chi'en, que Matías n'avait vu qu'une seule fois. Il avait suffi qu'il mentionne son nom et me dise que c'était un Chinois grand et beau pour que mes souvenirs jaillissent un par un. En mettant un nom sur cette présence invisible qui ne me quittait jamais, mon grand-père cessa d'être le fruit de mon imagination et devint un fantôme aussi réel qu'une personne en chair et en os. Je fus extrêmement soulagée d'apprendre que cet homme doux, qui pour moi sentait la mer, avait non seulement existé, mais m'avait aussi aimée, et que, s'il avait subitement disparu, ce n'était pas avec le désir de m'abandonner.

— Je crois savoir que Tao Chi'en est mort, me dit mon père.

— Comment il est mort?

— Je crois que c'est dans un accident, mais je n'en suis pas certain.

— Et qu'est devenue ma grand-mère Eliza Sommers ?

— Elle est partie en Chine. Elle a estimé que tu serais mieux avec ma famille et elle ne s'est pas trompée. Ma mère a toujours voulu avoir une fille et elle t'a élevée avec beaucoup plus d'affection qu'elle n'en a montré pour mes frères et moi, m'assura-t-il.

— Que signifie Lai-Ming ?

— Je ne sais pas, pourquoi ?

— Parce que parfois j'ai l'impression d'entendre ce mot...

Matías avait les os rongés par la maladie, il se fatiguait très vite et lui tirer les vers du nez n'était pas chose facile. Il se perdait dans d'interminables divagations qui n'avaient rien à voir avec ce qui m'intéressait, mais peu à peu j'ai recollé un à un les morceaux de mon passé, toujours dans le dos de ma grand-mère, qui me savait gré de rendre visite au malade parce qu'elle-même n'en avait pas le courage. Elle entrait dans la chambre de son fils deux fois par jour, déposait un baiser rapide sur son front et ressortait en trébuchant, les yeux baignés de larmes. Elle n'a jamais demandé de quoi nous parlions et, bien entendu, je ne le lui ai pas dit. Je n'ai pas osé évoquer le sujet devant Severo et Nívea del Valle, craignant que la moindre indiscrétion de ma part mette un point final aux discussions avec mon père. Sans nous être mis d'accord, nous savions tous deux que ce dont nous parlions devait demeurer secret, et ce fut la source de notre étrange complicité. Je ne peux pas dire que je sois parvenue à aimer mon père, parce que le temps nous a manqué, mais dans notre cohabitation de quelques mois, il m'a mis un trésor dans les mains en me donnant des détails sur mon histoire, surtout sur celle de ma mère, Lynn Sommers. Il m'a souvent répété que dans mes veines coulait le sang des del Valle, cela semblait très important pour lui. Par la suite, j'ai appris que, sur la suggestion de Frederick Williams, qui exerçait une grande influence sur chacun des membres de cette famille, il m'avait légué de son vivant la partie de l'héritage qui lui revenait, réparti entre divers comptes bancaires et des actions en Bourse, frustrant un curé qui lui rendait visite chaque jour avec l'espoir d'obtenir quelque chose pour l'Eglise. C'était un homme grognon, en odeur de sainteté – il ne s'était lavé ni n'avait changé de soutane depuis des années –, réputé pour son intolérance religieuse et son aptitude à flairer les moribonds riches et à les convaincre de léguer leur fortune à des œuvres de charité. Les familles aisées le voyaient apparaître avec une véritable terreur parce qu'il était annonciateur de la mort, mais nul n'osait lui claquer la porte au nez. Lorsque mon père comprit qu'il allait sur sa fin, il fit venir Severo del Valle, avec qui il n'avait pour ainsi dire plus aucun contact, afin de prendre une décision me concernant. Un notaire fut convoqué à la maison et tous deux signèrent un document par lequel Severo del Valle renonçait à la paternité et Matías Rodríguez de Santa Cruz me reconnaissait comme sa fille. Ainsi me protégea-t-il des deux autres fils de Paulina, ses frères plus jeunes, qui à la mort de ma grand-mère, neuf ans plus tard, firent main basse sur tout ce qu'ils purent.

Ma grand-mère s'attacha à Amanda Lowell avec une affection toute superstitieuse, elle pensait que Matías vivrait tant qu'elle serait dans les parages. Paulina ne se confiait à personne, sauf à moi en de rares occasions. Elle estimait que la plupart des gens étaient des crétins et elle le faisait savoir, ce qui n'était pas la meilleure façon de se faire des amis, mais cette courtisane écossaise avait réussi à percer l'armure derrière laquelle se protégeait ma grand-mère. On ne pouvait imaginer deux femmes plus différentes. Amanda Lowell vivait au jour le jour, sans ambition, détachée de tout, libre; elle ne craignait rien, ni la pauvreté, ni la solitude, ni la déchéance, et acceptait tout avec bonne humeur, l'existence pour elle était un voyage plaisant qui menait à la vieillesse et à la mort. Pourquoi accumuler des biens puisque de toute façon on entrait dans la tombe tout nu, soutenait-elle. Elle était loin la jeune séductrice qui avait fait d'innombrables conquêtes à San Francisco, loin la belle qui avait conquis Paris; à présent, c'était une femme mûre, sans coquetterie ni remords. Ma grand-mère ne se lassait pas de l'entendre raconter son passé, lui parler de personnes célèbres qu'elle avait côtoyées, et de feuilleter les albums où s'entassaient coupures de presse et photographies; sur certaines, elle apparaissait jeune, radieuse avec son boa enroulé autour du corps. « Le pauvre malheureux est mort du mal de mer lors d'un voyage. Les serpents ne sont pas de bons voyageurs », nous raconta-t-elle. Grâce à sa culture cosmopolite et son pouvoir d'attraction – capable de détrôner sans le vouloir des femmes beaucoup plus jeunes et plus belles –, elle devint l'âme des soirées organisées par ma grand-mère, leur donnant une touche agréable avec son mauvais espagnol et son français teinté d'accent écossais. Elle pouvait parler de tout, elle avait lu tous les livres, connu toutes les villes importantes d'Europe. Mon père, qui l'aimait beaucoup et lui devait tant, disait que c'était une dilettante, elle savait un peu de tout et beaucoup de pas grand-chose, mais elle avait suffisamment d'imagination pour pallier ce qui lui manquait en connaissances et en expérience. Pour Amanda Lowell, Paris était la ville la plus élégante et la société française la plus prétentieuse, la seule où le socialisme avec son manque d'élégance désastreux n'avait aucune chance d'aboutir. Là-dessus, Paulina del Valle était tout à fait d'accord. Les deux femmes découvrirent que non seulement elles riaient des mêmes bêtises, y compris du lit mythologique, mais qu'elles étaient d'accord sur presque tous les problèmes importants. Un jour qu'elles prenaient le thé autour d'une petite table en marbre dans la galerie vitrée aux armatures en fer forgé, toutes deux regrettèrent de ne pas s'être rencontrées plus tôt. Avec Feliciano et Matías, ou sans eux, elles auraient été de très bonnes amies, décidèrent-elles. Paulina fit tout son possible pour la retenir, elle la couvrit de cadeaux et la présenta à la bonne société comme si elle était une impératrice, mais l'autre était un oiseau incapable de vivre en captivité. Après un séjour de deux mois, elle finit par avouer en privé à ma grand-mère qu'elle n'avait pas le courage d'assister à la déchéance physique de Matías et qu'en toute franchise, Santiago lui apparaissait comme une ville provinciale, malgré le luxe et l'ostentation de la haute société, comparable à celle de la noblesse européenne. Elle s'ennuyait, sa place était à Paris, où elle avait passé les plus belles années de son existence. Ma grand-mère voulut fêter son départ avec un bal qui ferait date à Santiago, et auquel assisterait tout le gratin, car nul n'oserait refuser une invitation venant d'elle, malgré les rumeurs qui circulaient sur le passé sulfureux de son hôte, mais Amanda Lowell réussit à la convaincre que Matías était trop malade et qu'une fête dans de telles circonstances serait de très mauvais goût ; du reste, elle n'avait rien à se mettre pour l'occasion. Paulina lui offrit ses robes avec les meilleures intentions, sans se douter qu'elle offensait Amanda Lowell en insinuant qu'elles avaient la même taille.

Trois semaines après le départ d'Amanda Lowell, la fille de service qui s'occupait de mon père donna l'alarme. On fit venir le médecin sur-le-champ, la maison se remplit aussitôt de monde, et commencèrent à défiler les amis de ma grand-mère, certains membres du gouvernement, la famille, une cohorte de moines et de nonnes, y compris le curé mal attifé et chasseur de fortunes qui tournait maintenant autour de ma grand-mère dans l'espoir que la douleur d'avoir perdu son fils l'expédierait dans l'au-delà. Mais Paulina n'avait pas l'intention de quitter ce monde, cela faisait longtemps qu'elle s'était résignée à la tragédie de son fils aîné, et je crois qu'elle vit venir sa fin avec soulagement car être témoin de ce lent calvaire était pire que d'assister à son enterrement. Je n'étais pas autorisée à voir mon père parce que, supposait-on, l'agonie n'était pas un spectacle pour une fillette, et j'avais eu mon compte avec l'assassinat de mon cousin et autres violences récentes, mais je parvins à prendre briè-vement congé de lui grâce à Frederick Williams qui ouvrit la porte à un moment où il n'y avait personne aux alentours. Il me conduisit par la main jusqu'au lit où gisait Matías Ro-dríguez de Santa Cruz dont il ne restait qu'un tas d'os translucides perdus dans des draps brodés et des coussins. Il respirait encore, mais son âme voyageait déjà dans d'autres dimensions. « Au revoir, papa », lui ai-je dit. C'était la pre-mière fois que je l'appelais ainsi. Son agonie dura deux jours et à l'aube du troisième, il expira.

J'avais treize ans quand Severo del Valle m'offrit un appareil photographique moderne qui utilisait du papier à la place des anciennes plaques, et qui devait être l'un des pre-miers au Chili. Mon père était mort depuis peu et les cauchemars me tourmentaient à tel point que je reculais le moment de me mettre au lit, et la nuit j'errais comme un fantôme égaré dans la maison, suivie de près par le pauvre Caramel, qui a toujours été un chien bête et mollasson, jusqu'à ce que ma grand-mère Paulina, prise de pitié, nous accepte dans son immense lit doré. Elle-même en remplissait la moitié avec son grand corps tiède et parfumé, moi je me recroquevillais dans la moitié opposée, tremblante de peur, avec Caramel à mes pieds. « Qu'est-ce que je vais faire avec vous deux ? » soupirait ma grand-mère à moitié endormie. C'était une question rhétorique parce que ni le chien ni moi n'avions de futur, il existait un consensus général dans la famille selon lequel « je finirais mal ». La première femme médecin venait alors d'obtenir son diplôme au Chili et d'autres étaient entrées à l'université. Cela donna à Nívea l'idée que je pouvais en faire autant, ne fût-ce que pour lancer un défi à la famille et à la société, mais il était évident que je n'avais pas la moindre disposition pour les études. Alors apparut Severo del Valle avec l'appareil photographique qu'il posa sur ma jupe. C'était un bel appareil Kodak, magnifique jusqu'au moindre détail, élégant, doux, parfait, fabriqué par des mains d'artiste. Je l'utilise encore, il ne me fait jamais défaut. Aucune fille de mon âge n'avait de jouet semblable. Je l'ai pris avec déférence et je l'ai regardé sans savoir comment on l'utilisait. « Voyons si tu peux photographier les ténèbres de tes cauchemars », me dit Severo del Valle en plaisantant, sans se douter que ce serait là mon unique but pendant des mois, et qu'en cherchant à élucider ce cauchemar je finirais par aimer le monde. Ma grand-mère m'emmena sur la Place d'Armes, dans le studio de don Juan Ribero, le meilleur photographe de Santiago, un homme sec comme du pain dur en apparence, mais, au fond, généreux et sentimental.

— Je vous amène ma petite-fille comme apprentie, dit ma grand-mère, posant un chèque sur la table de l'artiste, tandis que je m'accrochais à sa robe avec une main, tenant fermement de l'autre mon superbe appareil.

Don Juan Ribero, qui avait une tête de moins que ma grand-mère et la moitié de son poids, ajusta ses lunettes sur son nez, lut tranquillement le chiffre écrit sur le chèque puis le lui rendit, la regardant de la tête aux pieds avec un mépris infini.

— L'argent n'est pas un problème... Fixez vous-même le prix, dit en hésitant ma grand-mère.

— Ce n'est pas une question de prix, mais de talent, madame, répliqua-t-il en raccompagnant Paulina del Valle vers la porte.

J'en avais profité pour jeter un coup d'œil autour de moi. Son travail recouvrait les murs : des centaines de portraits d'individus de tous les âges. Ribero était la coqueluche de la haute société, le photographe de la vie sociale, mais ceux qui me regardaient depuis les murs de son studio n'étaient pas des personnages huppés ni de belles débutantes, mais des Indiens, des mineurs, des pêcheurs, des lavandières, des enfants pauvres, des vieillards, beaucoup de femmes comme celles que ma grand-mère aidait avec ses prêts du Club de Dames. On voyait là les nombreuses facettes composant le visage tourmenté du Chili. Ces visages m'impressionnèrent, je voulus savoir l'histoire de chacune de ces personnes, je me sentis oppressée, comme après un coup de poing, et fus saisie d'une terrible envie de pleurer, mais contrôlant mon émotion je relevai la tête et suivis ma grand-mère. Dans la voiture elle essaya de me consoler : il ne fallait pas que je m'en fasse, nous irions voir quelqu'un d'autre qui m'apprendrait à utiliser mon appareil, les photographes ne manquaient pas ; qu'est-ce qu'il croyait ce pauvre type, lui parler avec cette arrogance, à elle, Paulina del Valle ! Et elle continua à pérorer, mais moi je ne l'écoutais pas car j'avais décidé que Juan Ribero serait mon seul et unique maître. Le lendemain, je quittai la maison avant que ma grand-mère ne soit levée, je demandai au cocher de m'emmener jusqu'au studio et je m'installai dans la rue, prête à attendre là toute ma vie. Don Juan Ribero arriva vers onze heures du matin, me trouva devant sa porte et m'ordonna de retourner chez moi. J'étais timide alors – je le suis encore – et très orgueilleuse, je n'étais pas habituée à quémander parce que depuis ma naissance on me traitait comme une reine, mais ma détermination était la plus forte. Je ne bougeai pas de la porte. Environ deux heures plus tard le photographe sortit, il me jeta un regard furieux et se mit à descendre la rue. Lorsqu'il revint de son déjeuner, j'étais toujours clouée là, mon appareil serré contre ma poitrine. « C'est bon, murmura-t-il, vaincu, mais je vous avertis, ma petite, je n'aurai aucune considération particulière pour vous. Ici on vient pour obéir et se taire, et apprendre vite, compris ? » Je restai sans voix et acquiesçai d'un mouvement de tête. Ma grand-mère, habituée à négocier, accepta ma passion pour la photographie à la condition que je consacre le même nombre d'heures aux matières enseignées dans les écoles de garçons, y compris le latin et la théologie, car ce qui me manquait, selon elle, ce n'était pas des capacités intellectuelles, mais de la rigueur.

— Pourquoi ne m'envoyez-vous pas dans une école publique ? lui demandai-je, enthousiasmée par les rumeurs qui circulaient sur l'éducation laïque pour filles, et qui jetaient l'effroi parmi mes tantes.

— C'est bon pour des gens d'une autre classe sociale, jamais je ne le permettrai, dit avec autorité ma grand-mère.

251

De sorte que le défilé des précepteurs se renouvela dans la maison, nombre d'entre eux étaient des curés disposés à s'occuper de mon instruction en échange de dons conséquents à leurs congrégations. J'eus de la chance car, d'une façon générale, ils me traitèrent avec indulgence, parce qu'ils ne s'attendaient pas à ce que mon cerveau fonctionne comme celui d'un garçon. Don Juan Ribero, en revanche, exigeait beaucoup de moi ; selon lui, une femme devait faire mille fois plus d'efforts qu'un homme pour se faire respecter, tant sur le plan intellectuel qu'artistique. C'est lui qui m'a appris tout ce que je sais en matière de photographie, depuis le choix d'une lentille jusqu'au difficile maniement du révélateur. Il a été mon seul maître. Quand j'ai quitté son studio deux ans plus tard, nous étions devenus amis. Aujourd'hui, il a soixante-quatorze ans et il ne travaille plus depuis plusieurs années, il est devenu aveugle, mais il guide encore mes pas hésitants et me soutient. Etre sérieux avant tout, telle est sa devise. La vie le passionne et sa cécité n'a pas été un obstacle pour continuer à regarder le monde. Il a développé une sorte de clairvoyance. Tout comme certains aveugles se font faire la lecture, lui se fait raconter ce que d'autres observent pour lui. Ses élèves, ses amis et ses enfants lui rendent visite tous les jours et lui décrivent ce qu'ils ont vu : un paysage, une scène, un visage, un effet de lumière. Ils apprennent à observer avec beaucoup d'attention pour répondre à l'interrogatoire minutieux de don Juan Ribero ; de ce fait leurs vies changent, ils ne vont plus de par le monde avec la même légèreté qu'auparavant parce qu'il leur faut voir à travers les yeux du maître. Moi aussi je lui rends souvent visite. Il me reçoit dans la pénombre éternelle de son appartement de la rue Monjitas, assis dans un fauteuil en face de la fenêtre, son chat sur les genoux, toujours accueillant et plein de sagesse. Je le tiens informé des avancées techniques dans le domaine de la photographie, je lui décris en détail chaque image des livres que je commande à New York et à Paris, je lui fais part de mes doutes. Il est au courant de tout ce qui se passe dans cette profession, il se passionne pour les différentes tendances et les théories, il connaît le nom des grands maîtres européens et américains. Il s'est toujours férocement opposé aux poses artificielles, aux scènes arrangées en studio, aux impressions bâclées obtenues à partir de plusieurs négatifs superposés, si à la mode il y a quelques années. Il croit à la photographie comme témoignage personnel : une façon honnête de voir le monde, utilisant la technologie pour rendre compte de la réalité et non pour la déformer. Quand je suis passée par une phase où je photographiais des jeunes filles dans d'énormes récipients en verre, il m'en a demandé la raison avec un tel mépris que je n'ai pas continué sur cette voie, mais quand je lui ai décrit la photo que j'avais prise d'une famille d'artistes dans un cirque pauvre, nus et vulnérables, il a tout de suite été séduit. J'avais pris plusieurs photos de cette famille posant devant leur misérable roulotte, lorsque sortit du véhicule une fillette de quatre ou cinq ans, totalement nue. Alors j'ai eu l'idée de leur demander d'enlever leurs vêtements. Ils s'exécutèrent sans malice et posèrent avec le même sérieux que lorsqu'ils étaient habillés. C'est une de mes meilleures photographies, une des rares à avoir été récompensée par divers prix. Il fut très vite évident que j'étais davantage attirée par les personnes que par les objets ou les paysages. En faisant un portrait il s'établit une relation avec le modèle, qui est certes très brève, mais qui est toujours un lien. La plaque révèle non seulement l'image, mais aussi les sentiments qui passent entre l'un et l'autre. Juan Ribero aimait mes portraits, très différents des siens. « Vous sentez de l'empathie pour vos modèles, Aurora, vous n'essayez pas de les dominer, mais de les comprendre, c'est pour ça que vous parvenez à montrer leur âme », disait-il. Il m'incitait à quitter les murs rassurants du studio et à sortir dans la rue, à me déplacer avec mon appareil, à garder les yeux bien ouverts, à vaincre ma timidité, à ne plus avoir peur, à me rapprocher des gens. D'une façon générale, j'étais bien accueillie et les gens posaient très sérieusement, même si je n'étais qu'une gamine : l'appareil inspirait respect et confiance, les gens s'ouvraient, se livraient. J'étais limitée par mon jeune âge, il me faudrait attendre encore des années avant de voyager à travers le pays, connaître les mines, les grèves, les hôpitaux, les cabanes des pauvres, les écoles miteuses, les pensions de quatre sous, les places poussiéreuses où languissaient les retraités, les campagnes et les villages de pêcheurs. « La lumière est le langage de la photographie, l'âme du monde. Il n'est pas de lumière sans ombre, comme il n'est pas de bonheur sans douleur », me dit don Juan Ribero il y a dix-sept ans de cela, dans le cours qu'il me donna en ce premier jour dans son studio de la Place d'Armes. Je ne l'ai pas oublié. Mais il ne faut pas que j'aille trop vite. J'ai décidé de raconter cette histoire pas à pas, mot après mot, comme cela doit être.

Tandis que je m'enthousiasmais pour la photographie et voyais avec circonspection les changements qui s'opéraient sur mon corps, qui prenait peu à peu des proportions inhabituelles, ma grand-mère ne perdait pas son temps à se contempler le nombril, elle élaborait de nouvelles affaires dans son cerveau de Phénicien. Cela l'aida à se remettre de la perte de son fils Matías et lui redonna des forces à un âge où d'autres ont déjà un pied dans la tombe. Elle rajeunit, son regard s'illumina et son pas devint plus léger. Elle se débarrassa très vite de ses habits de deuil et envoya son mari en Europe pour une mission très secrète. Le fidèle Frederick Williams resta sept mois absent et revint chargé de cadeaux pour elle et pour moi, sans oublier son tabac, seul vice que nous lui connaissions. Dans ses valises il y avait aussi, entrés en contrebande, des milliers de boutures sèches d'une quinzaine de centimètres de long, inutilisables en apparence, mais qui étaient des ceps de vigne provenant du Bordelais, que ma grand-mère avait l'intention de planter sur le sol chilien pour produire un vin décent. « Nous allons faire concurrence au vin français », avait-elle expliqué à son mari avant le voyage. Frederick Williams lui répéta en vain que les Français avaient des siècles d'avance, que les conditions là-bas étaient paradisiaques, alors que le Chili était un pays de catastrophes atmosphériques et politiques, et qu'un projet d'une telle envergure prendrait des années de travail.

— Ni vous ni moi n'avons l'âge d'attendre les résultats de cette expérience, fit-il avec un soupir.

— Avec ce genre de pensée on ne fait rien, Frederick. Savez-vous combien de générations d'artisans furent nécessaires pour construire une cathédrale ?

— Paulina, les cathédrales ne nous intéressent pas. Un jour ou l'autre nous allons mourir.

— Ce siècle ne serait pas celui de la science et de la technique si chaque inventeur pensait à sa propre mortalité, ne croyez-vous pas ? Je veux former une dynastie et voir le nom des del Valle se répandre dans le monde, même si c'est au fond du verre de tous les ivrognes qui achèteront mon vin, répliqua ma grand-mère.

C'est ainsi que l'Anglais, résigné, partit faire son safari en

France, pendant que Paulina del Valle tissait les fils de son entreprise au Chili. Les premières vignes chiliennes avaient été plantées par les missionnaires à l'époque de la Colonie pour produire un vin local qui était, somme toute, assez bon, tellement bon, en fait, que l'Espagne l'avait interdit pour éviter la concurrence avec ceux de la mère patrie. Après l'Indépendance, l'industrie du vin prit de l'ampleur. Paulina n'était pas la seule à avoir eu l'idée de produire des vins de qualité. Alors que les autres achetaient des terres aux alentours de Santiago par commodité, pour ne pas avoir à se déplacer à plus d'un jour de route, elle rechercha des terrains plus éloignés, non seulement parce qu'ils étaient meilleur marché, mais parce qu'ils étaient plus appropriés. Sans parler à personne de ce qu'elle avait en tête, elle fit analyser la composition de la terre, les caprices de l'eau et des vents, en commençant par les terres qui appartenaient à la famille. Elle paya une misère de vastes étendues abandonnées dont personne ne voulait, parce qu'il n'y avait pas d'eau en dehors de celle qui tombait du ciel. Le raisin, le bon, celui qui fait les vins à la texture la plus fine et au parfum le plus doux et le plus généreux, ne pousse pas dans l'abondance, mais sur des terrains caillouteux. La plante, avec l'entêtement d'une mère, vainc les obstacles pour puiser au plus profond avec ses racines et profiter de chaque goutte d'eau ; c'est ainsi que se concentrent les arômes dans le raisin, m'expliqua ma grand-mère.

— Les vignes sont comme les gens, Aurora, plus les circonstances sont difficiles, meilleurs sont les fruits. Je regrette d'avoir découvert cette vérité trop tard, parce que si je l'avais su avant, j'aurais eu la main plus dure avec mes fils et avec toi.

— Avec moi, vous avez essayé, grand-mère.

— Je n'ai pas été assez sévère avec toi. J'aurais dû t'envoyer chez les bonnes sœurs.

— Pour que j'apprenne à broder et à prier ? Mademoiselle Matilde...

— Je t'interdis de mentionner ce nom-là dans cette maison !

— Mais au moins, je suis en train d'apprendre la photographie, grand-mère. Avec ça je peux gagner ma vie.

— Comment peux-tu dire de telles stupidités ! s'exclama Paulina del Valle. Jamais une de mes petites-filles n'aura à gagner sa vie. Ce que t'apprend Ribero est une occupation, mais ce n'est pas un avenir pour une del Valle. Ton destin n'est pas de devenir une photographe de rue, mais de te marier avec un homme de ta condition et de mettre au monde des enfants sains.

— Vous n'avez pas fait que ça, grand-mère.

— Moi je me suis mariée avec Feliciano, j'ai eu des enfants et une petite-fille. Tout ce que j'ai fait d'autre est en plus.

— Eh bien, on ne le dirait pas, franchement.

En France, Frederick Williams avait engagé un expert, lequel arriva peu après pour donner ses conseils sur le plan technique. C'était un petit homme hypocondriaque qui arpenta les terres de ma grand-mère à bicyclette et avec un mouchoir sur la bouche et le nez, parce qu'il croyait que l'odeur de bouse de vache et la poussière du Chili donnaient le cancer des poumons ; cela dit, ses vastes connaissances en matière viticole ne faisaient aucun doute. Les paysans observaient bouche bée cet homme en habits de ville qui se faufilait sur son vélocipède entre les rochers, s'arrêtant de temps en temps pour renifler le sol comme un chien qui suit une piste. Comme ils ne comprenaient pas un traître mot de ses longues diatribes dans la langue de Molière, ma grand-mère en personne, chaussée d'espadrilles et une ombrelle à la main, dut suivre pendant des semaines la bicyclette du Français pour faire la traduction. La première chose qui attira l'attention de Paulina fut que tous les plants n'étaient pas égaux, il y en avait au moins trois types différents. Le Français lui expliqua que les uns poussaient avant les autres, de sorte que si le temps détruisait les plus délicats, il y aurait toujours les autres. Il confirma aussi que l'affaire prendrait des années, car il n'était pas uniquement question de récolter les meilleurs raisins, mais aussi de produire un vin de qualité et de le commercialiser à l'étranger, où il lui faudrait affronter la concurrence des vins français, italiens et espagnols. Paulina apprit tout ce que l'expert pouvait lui apprendre et quand elle se sentit sûre d'elle, elle le renvoya dans son pays. Elle était épuisée et venait de comprendre que l'entreprise avait besoin de quelqu'un de plus jeune et de plus léger qu'elle, comme Severo del Valle, son neveu favori, en lequel elle pouvait avoir confiance. « Si tu continues à mettre des enfants au monde, il te faudra beaucoup d'argent pour les entretenir. Comme avocat, tu n'y parviendras pas, à moins que tu ne voles deux fois plus que les autres ; le vin, lui, fera ta fortune », dit-elle pour le tenter. Justement cette année-là, Severo et Nívea del Valle avaient vu naître un ange, comme on disait, une fillette belle comme une fée miniature, qu'ils appelèrent Rosa. Nívea dit que tous ses autres enfants n'avaient été qu'un entraînement pour parvenir à fabriquer cette enfant parfaite. Peut-être Dieu serait-il satisfait maintenant et ne lui enverrait-il aucun autre enfant, parce qu'ils en avaient déjà tout un troupeau. Pour Severo, l'histoire des vignes françaises était une folie, mais il avait appris à respecter le flair commercial de sa tante et se dit que cela valait la peine d'essayer; il ignorait qu'en l'espace de quelques mois les vignes allaient changer sa vie. Dès que ma grand-mère comprit que Severo del Valle était aussi obsédé qu'elle avec les vignes, elle décida d'en faire son associé, de le laisser s'occuper de l'affaire sur place et de partir avec Williams et moi en Europe, parce que j'avais déjà seize ans et que j'étais en âge d'acquérir un vernis cosmopolite et un trousseau convenable, comme elle disait.

— Je n'ai pas l'intention de me marier, grand-mère.

— Pas tout de suite, mais il faudra le faire avant tes vingt ans ou tu resteras vieille fille, fit-elle sur un ton péremptoire.

Elle ne parla à personne de la véritable raison du voyage. Elle était malade et croyait qu'en Angleterre elle pourrait se faire opérer. Là-bas, la chirurgie s'était beaucoup développée depuis la découverte de l'anesthésie et de l'asepsie. Ces derniers mois elle avait perdu l'appétit et, pour la première fois de sa vie, elle avait des nausées et des maux d'estomac après un repas copieux. Elle ne mangeait plus de viande, elle préférait des aliments légers, des bouillies sucrées, des soupes et des gâteaux, auxquels elle ne renonçait pas, même s'ils pesaient comme des pierres sur son estomac. Elle avait entendu parler de la célèbre clinique créée par le docteur Ebanizer Hobbs, mort plus de dix ans auparavant, où exerçaient les meilleurs médecins d'Europe. De sorte que, l'hiver passé et une fois que la route à travers la Cordillère des Andes fut praticable, nous entreprîmes notre voyage vers Buenos Aires, où nous devions prendre le transatlantique pour Londres. Nous emmenions comme à l'accoutumée une cohorte de domestiques, une tonne de bagages et plusieurs gardes armés pour nous protéger des bandits qui se postaient dans ces solitudes, mais cette fois Caramel ne put nous accompagner parce qu'il avait les pattes flageolantes. La traversée des montagnes en voiture, à cheval et finalement à dos de mulet, entre des précipices qui s'ouvraient de chaque côté comme des gueules abyssales prêtes à nous dévorer, fut une chose inoubliable. Le sentier ressemblait à une étroite couleuvre sans fin qui se glissait entre ces montagnes effrayantes, colonne vertébrale de l'Amérique. Entre les pierres poussaient des arbustes secoués par l'inclémence du temps et alimentés par de minces filets d'eau. L'eau était partout, cascades, ruisseaux, neige liquide, et c'était aussi le seul bruit que l'on entendait en dehors de celui des sabots des bêtes sur la croûte dure des Andes. Lorsque nous nous arrêtions, un silence d'abîme nous enveloppait comme une lourde couverture, nous étions des intrus violant la solitude parfaite de ces cimes. Ma grand-mère, qui luttait contre le vertige et les douleurs qui l'avaient assaillie au moment d'entreprendre notre ascension, tenait grâce à sa volonté de fer et à la sollicitude de Frederick Williams, qui l'aidait de son mieux. Elle portait un gros manteau de voyage, des gants de cuir et un chapeau d'explorateur avec d'épais voiles, car jamais un rayon de soleil, pour timide qu'il fût, n'avait effleuré sa peau, grâce à quoi elle pensait arriver dans la tombe sans une ride. Moi j'étais fascinée. Nous avions déjà fait ce voyage, pour venir au Chili, mais à l'époque j'étais trop jeune pour apprécier cette majestueuse nature. Les bêtes avançaient à pas lents, suspendus entre des précipices à pic et de hautes parois rocheuses balayées par le vent, travaillées par le temps. L'air était léger comme un voile clair et le ciel, une mer couleur turquoise traversée parfois par un condor qui voguait avec ses ailes splendides, seigneur absolu de ces parages. Dès que le soleil baissa, le paysage se transforma complètement, la paix bleutée de cette abrupte et solennelle nature disparut pour céder la place à un univers d'ombres géométriques qui bougeaient, menaçantes, autour de nous, nous encerclant, nous enveloppant. Un faux pas et les mules auraient roulé et nous avec jusqu'en bas de ces falaises, mais le guide avait bien calculé la distance et, à la nuit tombée, on se retrouva dans une maisonnette en bois, refuge de voyageurs. On déchargea les bêtes et nous nous installâmes sur des peaux de mouton et des couvertures, éclairés par des torches trempées dans du brai, ce qui n'était pas vraiment nécessaire, car dans la voûte profonde du ciel, une lune incandescente éclairait comme une torche sidérale par-dessus les hautes pierres. On fit du feu avec le bois que nous avions emporté, afin de nous réchauffer et faire bouillir de l'eau pour le mate. Cette infusion d'herbes vertes et amères circula bientôt de main en main, tout le monde suçant la même pipette ; elle remonta le moral de ma pauvre grand-mère et lui rendit ses couleurs. Elle se fit apporter ses paniers et, installée comme une marchande de légumes sur le marché, elle se mit à distribuer les victuailles pour tromper la faim. Surgirent les bouteilles d'eau-de-vie et de champagne, les fromages parfumés de la campagne, les délicates saucisses de porc fabriquées à la maison, les pains et les tartes enveloppés dans des serviettes en lin blanc ; mais je constatai qu'elle mangeait très peu et ne buvait pas d'alcool. Entre-temps, les hommes, habiles avec leurs couteaux, tuèrent deux chèvres qui suivaient les mules, les dépecèrent et les mirent à rôtir sur le feu, crucifiées sur deux morceaux de bois. Je ne vis pas la nuit passer, je sombrai dans un sommeil profond et me réveillai à l'aube, quand on commençait à attiser les braises pour faire du café et réchauffer ce qui restait de viande. Avant de reprendre le chemin, nous laissâmes du bois, un sac de haricots noirs et quelques bouteilles d'alcool pour les voyageurs suivants.

TROISIÈME PARTIE

1896-1910

La clinique Hobbs fut créée par le célèbre chirurgien Ebanizer Hobbs dans sa résidence personnelle, une demeure solide et élégante en plein quartier de Kensington, où on abattit des cloisons, et où l'on mura des fenêtres que l'on recouvrit par la suite de carreaux de faïence au point de donner à la maison une apparence grotesque. La présence de la clinique dans ce quartier chic gênait tellement les voisins que les descendants de Hobbs n'eurent aucun mal à acheter les maisons adjacentes pour l'agrandir, mais ils conservèrent les façades de style édouardien, de sorte que de l'extérieur, elle ne se différenciait en rien des autres maisons de la rue, toutes identiques. L'intérieur était un labyrinthe de pièces, d'escaliers, de couloirs et de vasistas qui ne donnaient nulle part. Contrairement aux autres hôpitaux de la ville, il n'y avait pas cet espace circulaire destiné aux opérations qui ressemblait à une arène – une aire centrale couverte de sciure ou de sable entourée de galeries pour les spectateurs –, mais des petites salles de chirurgie. Dans ces pièces, on avait posé du carrelage aux murs, au plafond et au sol et on avait suspendu des étagères métalliques que l'on nettoyait à l'eau de Javel et au savon une fois par jour. Le défunt docteur Hobbs avait été l'un des premiers à souscrire à la théorie de la propagation des infections de Koch et à adopter les méthodes d'asepsie de Lister, que la majeure partie du corps médical rejetait encore par mépris ou par paresse. Il n'était pas facile de changer les vieilles habitudes. L'hygiène supposait un travail fastidieux et compliqué qui interférait avec la rapidité de l'intervention, ce qui était considéré comme la marque d'un bon chirurgien car cela diminuait les risques de choc postopératoire et de perte de sang. A la différence de beaucoup de ses contemporains, pour qui les infections se produisaient spontanément dans le corps du malade, Ebanizer Hobbs comprit très vite que les germes se trouvaient à l'extérieur, sur les mains, le sol, les instruments et dans le milieu ambiant. Comme il aspergeait d'une pluie de phénol aussi bien les blessures que l'air de la salle d'opération, le pauvre homme en respira tant qu'il finit par avoir la peau rongée de plaies et mourut prématurément d'une infection rénale, ce qui donna l'occasion à ses détracteurs de s'accrocher à leurs vieilles idées. Les disciples de Hobbs, cependant, analysèrent l'air et découvrirent que les germes ne flottaient pas comme d'invisibles oiseaux de proie prêts à attaquer, mais qu'ils se concentraient sur les surfaces sales. L'infection se produisait par contact direct, de sorte qu'il était indispensable de nettoyer à fond les instruments, et d'utiliser des compresses stérilisées; de plus, les chirurgiens devaient bien se laver, et si possible utiliser des gants en caoutchouc. Il ne s'agissait pas des simples gants utilisés par les anatomistes pour disséquer des cadavres, ou par certains ouvriers pour manipuler des substances chimiques, ils étaient faits d'une matière délicate et douce comme la peau et étaient fabriqués aux Etats-Unis. Ils avaient en plus une origine romantique : un médecin, amoureux d'une infirmière, avait voulu la protéger des eczémas provoqués par les désinfectants et avait fait fabriquer ces premiers gants en caoutchouc, qui furent vite adoptés par les chirurgiens pour leurs opérations. Paulina del Valle avait attentivement lu tout cela dans des revues scientifiques que lui avait prêtées son parent don José Francisco Vergara. Malade du cœur, celui-ci s'était retiré dans son palais de Viña del Mar, tout en demeurant le grand lecteur de toujours. Ma grand-mère avait très bien choisi le médecin qui devait l'opérer et avait pris contact avec lui depuis des mois. Elle avait également commandé à Baltimore plusieurs paires des fameux gants en caoutchouc et les emportait bien enveloppés dans le coffret contenant ses affaires personnelles.

Elle chargea Frederick Williams d'aller en France afin de se renseigner sur les bois utilisés pour la fabrication des tonneaux destinés au vieillissement du vin, et d'explorer l'industrie des fromages. Il n'y avait aucune raison que les vaches chiliennes ne puissent produire un lait qui ferait des fromages aussi bons que ceux provenant du lait des vaches françaises, lesquelles étaient tout aussi stupides. Durant la traversée de la Cordillère des Andes, et plus tard sur le transatlantique, en observant de près ma grand-mère, je me suis rendu compte que quelque chose de fondamental commençait à fléchir chez elle. Ce n'était pas la volonté, le cerveau ou l'appât du gain, mais plutôt sa fierté. Elle devint douce, molle et si distraite qu'elle pouvait se promener sur le pont du bateau avec ses habits de mousseline et ses perles, mais sans son dentier. Elle dormait mal, cela ne faisait aucun doute, elle avait des cernes violets autour des yeux et somnolait tout le temps. Elle avait beaucoup maigri, son ventre pendait quand elle enlevait son corset. Elle me voulait toujours à ses côtés « pour que tu n'ailles pas faire les yeux doux aux marins », plaisanterie cruelle car à cet âge ma timidité était telle qu'un innocent regard masculin suffisait à me faire rougir comme une écrevisse. En vérité, Paulina del Valle se sentait fragile et elle avait besoin de moi pour éloigner la mort. Elle n'évoquait jamais ses douleurs, elle parlait au contraire de passer quelques jours à Londres avant de poursuivre notre voyage vers la France, où elle s'occuperait de cette affaire de tonneaux et de fromages. Mais dès le départ, j'avais deviné que nous allions à Londres pour une raison précise. Lorsque l'Angleterre fut en vue, elle commença à user de diplomatie pour convaincre Frederick Williams de se rendre seul en France, tandis que nous ferions des achats et le retrouverions plus tard. J'ignore si Williams partit sans se douter que sa femme était malade, ou si devinant la vérité et respectant sa pudeur, il préféra ne rien dire. Le fait est qu'après nous avoir installées à l'Hôtel Savoy, et s'être assuré que nous ne manquions de rien, il s'embarqua pour la traversée de la Manche sans grand enthousiasme.

Ma grand-mère ne voulait aucun témoin de sa déchéance, et elle était particulièrement vigilante vis-à-vis de Williams. Cette coquetterie qui lui était venue après son mariage n'existait pas du temps où il était son majordome. Elle n'avait alors aucune honte à lui montrer les pires côtés de son caractère et à se présenter devant lui attifée n'importe comment, mais par la suite, elle essaya de l'impressionner en se présentant sous son meilleur jour. A l'automne de sa vie, cette relation avait beaucoup d'importance pour elle, et elle craignait que sa mauvaise santé n'entame le solide édifice de sa vanité. C'est pourquoi elle voulut éloigner son mari, et si je n'avais pas insisté elle m'aurait également expédiée ailleurs. Il fallut que je me batte pour qu'elle m'autorise à l'accompagner à ses visites médicales ; mon entêtement et sa fragilité la firent céder. Elle souffrait et avait du mal à avaler, mais elle ne semblait pas avoir peur, même si elle blaguait sur l'enfer et ses inconvénients, ou sur le ciel si ennuyeux. La clinique Hobbs inspirait confiance dès l'entrée, vaste hall avec une bibliothèque et des tableaux représentant les chirurgiens qui avaient exercé leur office entre ces murs. Nous fûmes accueillies par une matrone impeccable qui nous conduisit dans le bureau du docteur, une pièce agréable avec une cheminée où crépitaient de grosses bûches, et d'élégants meubles anglais en cuir marron. L'allure du docteur Gerald Suffolk était aussi impressionnante que sa renommée. On aurait dit un teuton, grand et la face rouge, avec une large cicatrice sur la joue qui, loin de l'enlaidir, le rendait inoubliable. Sur sa table se trouvaient les lettres échangées avec ma grand-mère, les conclusions des spécialistes chiliens et le paquet de gants en caoutchouc, qu'elle lui avait fait porter le matin même. Nous apprîmes plus tard que c'était une précaution inutile car depuis trois ans leur usage était chose courante dans la clinique Hobbs. Suffolk nous reçut comme si nous faisions une visite de courtoisie, nous offrant du café turc aromatisé de graines de cardamome. Il entraîna ma grand-mère dans une pièce adjacente et, après l'avoir examinée, retourna dans son bureau et se mit à feuilleter un livre volumineux en attendant qu'elle se rhabille. Peu après elle revint et le chirurgien lui confirma le diagnostic donné par les médecins chiliens : ma grand-mère avait une tumeur gastro-intestinale. Il ajouta que l'intervention était risquée pour une personne de son âge, d'autant que ce type d'opération n'en était qu'à un stade expérimental. Mais il avait mis au point une technique et des médecins spécialisés venaient du monde entier pour s'informer auprès de lui. Il s'exprimait avec une telle supériorité qu'il me fit ressouvenir de mon maître don Juan Ribero, pour qui la fatuité est le privilège des ignorants ; le savant est humble parce qu'il sait combien il sait peu. Ma grand-mère exigea qu'il lui explique en détail ce qu'il pensait faire, ce qui le surprit car il était habitué à ce que les malades s'en remettent passivement à lui. Il profita de l'occasion pour faire une véritable conférence, songeant plus à nous impressionner par la virtuosité de son bistouri qu'à tranquilliser sa pauvre patiente. Il fit un dessin du ventre et des organes, qui avaient l'air d'une machine infernale, et nous montra où se trouvait la tumeur, comment il pensait la retirer, puis suturer la plaie. Paulina del Valle écouta ces explications d'un air impassible, mais moi je sortis décomposée du bureau. J'allai m'asseoir dans le hall pour prier à mi-voix. En réalité, j'avais plus peur pour moi que pour elle, j'étais atterrée à l'idée de rester seule au monde. J'en étais là, me voyant déjà à nouveau orpheline, lorsqu'un homme qui avait dû remarquer ma pâleur s'arrêta devant moi. « Vous vous sentez mal, mon petit ? » demanda-t-il en espagnol avec un accent chilien. Je fis un signe négatif de la tête, surprise, sans oser le regarder en face, mais seulement du coin de l'œil. Je vis qu'il était jeune, rasé de près, qu'il avait les pommettes hautes, la mâchoire carrée et les yeux obliques. Il ressemblait à l'illustration de Gengis Khan dans mon livre d'histoire, en moins féroce. Tout chez lui avait la couleur du miel, les cheveux, les yeux, la peau, mais il n'y avait rien de douceâtre dans le ton de sa voix quand il m'expliqua qu'il était chilien, comme nous, et qu'il assisterait le docteur Suffolk durant l'opération.

— Madame del Valle est entre de bonnes mains, dit-il sans la moindre modestie.

— Que se passera-t-il si on ne l'opère pas ? demandai-je en bafouillant, comme toujours lorsque je suis très nerveuse.

— La tumeur continuera à grossir. Mais ne vous inquiétez pas, mon petit, la chirurgie a beaucoup progressé, votre grand-mère a bien fait de venir ici, dit-il en conclusion.

J'aurais bien voulu savoir ce que faisait un Chilien dans ces parages, et pourquoi il ressemblait à un Tartare – on pouvait facilement l'imaginer la lance à la main et couvert de peaux –, mais, troublée, je ne dis rien. Londres, la clinique, les médecins et le drame de ma grand-mère, c'était plus que je n'en pouvais supporter seule, j'avais du mal à comprendre les pudeurs de Paulina del Valle concernant sa santé, et pourquoi elle avait envoyé Frederick Williams outre-Manche au moment où nous en avions le plus besoin. Gengis Khan me donna une petite tape condescendante sur la main puis il s'éloigna.

A l'encontre de mes pronostics les plus pessimistes, ma grand-mère survécut à l'opération et au bout d'une semaine, durant laquelle la fièvre monta et descendit de façon incontrôlable, son état s'améliora et elle put recommencer à manger normalement. Je ne la quittais pas, sauf pour aller à l'hôtel une fois par jour me laver et changer de vêtements. L'odeur des anesthésiants, des médicaments et des désinfectants me collait à la peau. Je dormais par intermittence, assise sur une chaise à côté de la malade. Malgré l'interdiction formelle de ma grand-mère, j'envoyai un télégramme à Frederick Williams le jour de l'opération, et ce dernier arriva à Londres trente heures plus tard. Je le vis perdre sa retenue proverbiale devant le lit où se trouvait sa femme, assommée par les drogues, gémissant à chaque respiration, avec quatre cheveux sur la tête et sans dents, telle une petite vieille parcheminée. Il s'agenouilla devant elle et posa son front sur la main exsangue de Paulina del Valle en murmurant son nom; en se relevant, il avait le visage baigné de larmes. Ma grand-mère, qui soutenait que la jeunesse n'est pas un moment de la vie, mais un état d'esprit, et qu'on a la santé qu'on mérite, semblait totalement décomposée sur son lit d'hôpital. Cette femme, dont l'appétit pour la vie n'avait d'égal que sa gloutonnerie, avait tourné son visage contre le mur, indifférente à son entourage, refermée sur elle-même. Sa formidable volonté, sa vigueur, sa curiosité, son goût de l'aventure et même sa cupidité, tout s'était évanoui devant les souffrances de son corps.

Ces jours-là j'eus souvent l'occasion de voir Gengis Khan, qui contrôlait l'état de la patiente et qui était, comme on devait s'y attendre, plus accessible que le célèbre docteur Suffolk ou que les sévères matrones de l'établissement. Il répondait aux questions de ma grand-mère par des explications rationnelles, sans chercher à enjoliver la situation; il était le seul à pouvoir soulager ses souffrances, les autres s'intéressaient à l'état de sa cicatrice et à sa fièvre, mais ils ignoraient ses douleurs. S'imaginait-elle donc que cette opération ne la ferait pas souffrir? Elle ferait mieux de se taire et de les remercier de lui avoir sauvé la vie. Le jeune docteur chilien, lui, ne lésinait pas sur la morphine, persuadé que la souffrance accumulée épuise la résistance physique et morale du malade, retardant ou empêchant la guérison, comme il l'expliqua à Williams. Nous apprîmes qu'il s'appelait Ivan Radovic et qu'il était issu d'une famille de médecins. Son père avait émigré des Balkans au Chili à la fin des années cinquante, il avait épousé une maîtresse d'école du nord du pays et avait eu trois enfants, dont deux étaient devenus médecins comme lui. Son père, dit-il, était mort du typhus pendant la Guerre du Pacifique, où il avait servi comme chirurgien pendant trois ans, et sa mère avait dû s'occuper seule de la famille. J'eus tout le loisir d'observer le personnel de la clinique ; j'entendais ainsi des commentaires qui n'étaient pas destinés à mes jeunes oreilles car personne, excepté le docteur Radovic, ne donna jamais l'impression de s'apercevoir de mon existence. J'allais avoir seize ans et je portais toujours les cheveux noués avec un ruban et des vêtements choisis par ma grand-mère, qui me commandait de ridicules accoutrements de petite fille pour me maintenir dans l'enfance le plus longtemps possible. La première fois que j'ai porté un vêtement adapté à mon âge, ce fut quand Frederick Williams m'emmena à Whiteney's, sans sa permission, et mit le magasin à ma disposition. De retour à l'hôtel, quand je me présentai avec les cheveux remontés en chignon et habillée en jeune fille, elle ne me reconnut pas, mais cela se passait plusieurs semaines plus tard. Paulina del Valle devait avoir une résistance de cheval, on lui avait ouvert l'estomac, retiré une tumeur de la taille d'un pamplemousse, on l'avait recousue comme une chaussure et moins de deux mois plus tard, elle avait retrouvé sa forme habituelle. De cette terrible aventure il ne lui était resté qu'une cicatrice de flibustier lui traversant le ventre et un appétit vorace pour la vie, et bien entendu pour la nourriture. Nous partîmes pour la France dès qu'elle put marcher sans canne. Elle ignora complètement la diète conseillée par le docteur Suffolk parce que, selon ses dires, elle n'était pas venue du bout du monde jusqu'à Paris pour manger des bouillies de nouveau-né. Sous prétexte d'étudier la confection des fromages et la tradition culinaire de la France, elle fit honneur à tous les délices que ce pays pouvait lui offrir.

Une fois installés dans le petit hôtel particulier loué par Williams sur le boulevard Haussmann, nous entrâmes en contact avec l'ineffable Amanda Lowell, qui arborait toujours le même air de reine viking en exil. A Paris elle était dans son élément, elle vivait dans une mansarde assez misérable mais accueillante, d'où l'on pouvait voir les pigeons sur les toits de son quartier et le ciel limpide au-dessus de la ville. Nous pûmes vérifier que ses histoires concernant la vie de bohème et ses amitiés avec des artistes célèbres étaient rigoureusement exactes ; grâce à elle, nous visitâmes les ateliers de Cézanne, Sisley, Degas, Monet et quelques autres. La Lowell dut nous apprendre à aimer ces tableaux ; en effet, nous n'avions pas l'œil entraîné pour l'impressionnisme, mais très vite nous fûmes conquis. Ma grand-mère fit l'acquisition d'une belle collection d'œuvres qui provoquèrent l'hilarité générale lorsqu'elle les accrocha dans sa maison au Chili. Personne n'apprécia les ciels centrifuges de Van Gogh ou les filles fatiguées de Lautrec, et ils se dirent qu'à Paris, Paulina del Valle s'était fait escroquer comme une idiote. Quand Amanda Lowell vit que je ne me séparais jamais de mon appareil photographique et que je passais des heures enfermée dans la chambre noire que je m'étais installée dans la maison, elle s'offrit de me présenter aux photographes les plus célèbres de Paris. Comme mon maître Juan Ribero, elle considérait que la photographie et la peinture étaient deux arts fondamentalement différents qui ne se faisaient pas concurrence ; le peintre interprète la réalité et le photographe en rend compte. Tout dans la première est fiction, tandis que la seconde est la somme du réel, plus la sensibilité du photographe. Ribero m'interdisait les trucages sentimentaux ou exhibitionnistes ; pas question d'arranger les objets ou les modèles pour qu'ils ressemblent à des tableaux. C'était un ennemi de la composition artificielle, il ne me laissait pas davantage manipuler les négatifs ou les impressions et, d'une façon générale, il méprisait les jeux de lumière ou les lueurs diffuses ; il voulait une image honnête et simple, mais claire dans ses plus infimes détails. « Si vous désirez obtenir l'effet d'un tableau, Aurora, peignez. Si vous recherchez la vérité, apprenez à utiliser votre appareil », me répétait-il. Amanda Lowell ne me traita jamais comme une enfant, elle me prit aussitôt au sérieux. Elle aussi était fascinée par la photographie, que personne ne considérait encore comme un art et qui, pour beaucoup, n'était qu'une des nombreuses extravagances de ce siècle frivole. « Moi je suis trop vieille pour apprendre la photographie, mais toi tu as des yeux jeunes, Aurora, tu peux voir le monde et obliger les autres à le voir à ta façon. Une bonne photographie raconte une histoire, révèle un lieu, un événement, un état d'âme, elle est plus puissante que des pages et des pages d'écriture », me disait-elle. Ma grand-mère, en revanche, considérait ma passion pour la photographie comme un caprice d'adolescente. Ce qui l'intéressait bien davantage, c'était de me préparer pour le mariage et de choisir mon trousseau. Elle m'inscrivit dans une école pour jeunes filles où chaque jour j'apprenais à monter et à descendre un escalier avec grâce, à plier des serviettes pour un repas, à composer différents menus selon l'occasion, à organiser des jeux de salon et à faire des arrangements floraux, talents que ma grand-mère jugeait suffisants pour triompher dans une vie de femme mariée. Elle aimait acheter et nous passions des après-midi entiers dans les boutiques à choisir des colifichets, alors que j'aurais préféré arpenter Paris appareil en main.

Je ne vis pas passer l'année. Paulina del Valle finit apparemment par se remettre de ses maux et Frederick Williams devint un expert en bois pour tonneaux de vin et en fabrication de fromages, des plus puants aux plus troués. C'est lors d'un bal donné à la Légation du Chili pour le 18 septembre, jour de l'Indépendance, que nous fîmes la connaissance de Diego Domínguez. J'avais passé des heures interminables entre les mains du coiffeur qui avait édifié sur mon crâne une tour de boucles et de petites tresses ornées de perles, une véritable prouesse, vu que mes cheveux sont aussi souples qu'une crinière de cheval. Ma robe était une création mousseuse de meringue saupoudrée de verroteries qui se détachèrent tout au long de la soirée, parsemant le sol de la Légation de cailloux brillants. « Si ton père pouvait te voir ! » s'exclama ma grand-mère, admirative, quand je fus enfin prête. Elle était entièrement habillée de mauve, sa couleur préférée, avec des guirlandes de perles roses autour du cou, une montagne de postiches d'une douteuse couleur acajou, des dents impeccables en porcelaine et une cape en velours noir de jais brodée de bas en haut. Elle entra dans la salle de bal au bras de Frederick Williams, tandis que j'étais escortée par un marin de l'escadre chilienne qui faisait une visite de courtoisie en France, un jeune homme anodin dont je ne me souviens ni du visage ni du nom, et qui voulut m'instruire sur l'usage du sextant dans la navigation. Ce fut un énorme soulagement lorsque Diego Domínguez se planta devant ma grand-mère, pour se présenter avec tous ses noms et lui demander si je pouvais lui accorder une danse. J'ai changé son nom dans ces pages parce que tout ce qui a trait à lui et à sa famille doit rester secret. Il suffit de savoir qu'il a existé, que son histoire est véridique et que je lui ai pardonné. Les yeux de Paulina del Valle brillèrent d'enthousiasme en voyant apparaître Diego Domínguez ; nous avions enfin un prétendant acceptable, fils de personnes connues, certainement riches, avec des manières impeccables et plutôt beau garçon. Elle donna son accord, il

276

me tendit la main et nous nous éloignâmes sur la piste. Après la première valse Diego Domínguez prit mon carnet de bal et y écrivit son nom, éliminant d'un trait de plume l'expert en sextants ainsi que les autres candidats. Alors je le regardai plus attentivement et je dus admettre qu'il était très attirant; il respirait la santé et la force, avait un visage agréable, des yeux bleus et un port viril. Il semblait mal à l'aise dans son frac, mais il se déplaçait avec aisance et dansait bien, en tout cas mieux que moi qui dansais comme une oie malgré une année de cours intensifs dans mon école pour jeunes filles. Ce soir-là, je tombai amoureuse avec la passion et l'aveuglement du premier amour. Diego Domínguez me conduisait d'une main ferme, me regardant intensément et presque toujours en silence, ses tentatives de dialogue se heurtant à mes réponses monosyllabiques. Ma timidité était une torture, je ne pouvais soutenir son regard et ne savais où porter le mien. Au contact de son souffle chaud frôlant mes joues, je sentais mes jambes fléchir; il me fallait lutter désespérément contre la tentation de partir en courant me cacher sous une table. Sans doute devais-je faire triste figure, mais ce pauvre jeune homme resta cloué à mon côté car il avait inscrit son nom sur mon carnet. A un moment je lui dis qu'il n'était pas obligé de danser avec moi. Il me répondit par un éclat de rire, le seul de la soirée, et me demanda quel âge j'avais. Jamais je ne m'étais retrouvée dans les bras d'un homme, je n'avais jamais senti la pression d'une paume masculine dans le creux de mes reins. Une de mes mains était posée sur son épaule et il me tenait l'autre dans sa main gantée; nos pas de danse manquaient néanmoins de cette légèreté exigée par mon professeur de danse, car il me serrait contre lui avec détermination. Lors des brèves pauses, il m'offrait des coupes de champagne que je buvais parce que je n'osais pas les refuser; le résultat était prévisible : je lui marchais de plus en plus souvent sur les pieds en dansant. Quand à la fin de la fête le ministre chilien prit la parole et leva son verre à sa lointaine patrie et à la belle France, Diego Domínguez se plaça derrière moi, aussi près que le tour de ma robe de meringue le lui permettait, et il murmura dans mon cou que j'étais « délicieuse », ou quelque chose comme ça.

Les jours suivants, Paulina del Valle rendit visite à ses amis diplomates pour se renseigner au grand jour sur la famille et les antécédents de Diego Domínguez, avant de lui donner la permission de m'emmener faire un tour à cheval sur les Champs-Elysées, à condition d'être surveillé depuis une voiture par l'oncle Frederick et elle. Ensuite, nous allâmes tous les quatre manger des glaces sous les parasols et jeter des miettes de pain aux canards, puis nous convînmes d'aller à l'Opéra cette même semaine. De promenade en promenade et de glace en glace, nous arrivâmes au mois d'octobre. Diego était venu en Europe envoyé par son père, voyage rituel que presque tous les jeunes Chiliens de la haute société faisaient une fois dans leur vie pour s'ouvrir au monde. Après avoir parcouru plusieurs villes, visité des musées et des cathédrales, pour faire comme tout le monde, avoir connu la vie nocturne et eu des aventures galantes, qui devaient normalement le guérir pour toujours de ce vice et lui donner l'occasion de fanfaronner devant ses amis, il était prêt à retourner au Chili pour s'installer, travailler, se marier et fonder une famille. Comparé à Severo del Valle, dont j'avais été amoureuse toute mon enfance, Diego Domínguez était laid, et d'après mademoiselle Matilde Pineda, il était bête, mais je n'étais pas en mesure de juger : j'étais persuadée d'avoir trouvé l'homme idéal, et pour moi c'était un miracle qu'il eût jeté son dévolu sur ma personne. Frede-rick Williams pensait qu'il n'était pas raisonnable de s'enticher du premier venu, j'étais encore très jeune et j'au-rais le temps de choisir calmement parmi mes nombreux prétendants ; mais pour ma grand-mère, ce jeune homme était le meilleur parti qui s'offrait sur le marché matrimonial, bien qu'il fût agriculteur et vécût à la campagne, très loin de la capitale.

— En bateau et en train, on peut s'y rendre sans pro-blème, dit-elle.

— N'allez pas trop vite, grand-mère, monsieur Domín-guez ne s'est toujours pas déclaré, lui dis-je, rouge jusqu'aux oreilles.

— Il ferait mieux de le faire au plus vite ou il faudra que je le lui demande entre quatre yeux.

— Non ! m'exclamai-je, effrayée.

— Je ne permettrai pas qu'on se moque de ma petite-fille. Nous n'avons pas de temps à perdre. Si les intentions de ce jeune homme ne sont pas sérieuses, il doit disparaître sur-le-champ.

— Mais, grand-mère, pourquoi se presser ainsi ? Nous venons de faire connaissance...

— Tu sais quel âge j'ai, Aurora ? Soixante-seize ans. C'est rare de vivre aussi vieux. Avant de mourir je veux te voir bien mariée.

— Vous êtes immortelle, grand-mère.

— Non, ma petite, ce n'est qu'une impression, répliqua-t-elle.

J'ignore si elle réussit à coincer Diego Domínguez comme prévu, ou si ce dernier comprit les insinuations et prit la décision de lui-même. Maintenant que je peux voir cette histoire avec un certain recul et un peu d'humour, je réalise qu'il ne m'a jamais aimée, il s'est seulement senti flatté par mon amour inconditionnel et les avantages d'une telle union. Peut-être me désirait-il, parce que nous étions jeunes et que nous étions disponibles ; peut-être a-t-il cru qu'avec le temps il finirait par m'aimer, peut-être m'a-t-il épousée par paresse et convenance. Diego était un bon parti, tout comme je l'étais : j'avais la rente laissée par mon père et je devais hériter de ma grand-mère une petite fortune. Quelles que fussent ses raisons, le fait est qu'il demanda ma main et me passa au doigt une bague sertie de diamants. Pour n'importe qui, sauf pour ma grand-mère qui craignait de me laisser seule, et pour moi, qui étais folle d'amour, le danger était évident ; l'oncle Frederick s'en rendit compte dès le début et décréta d'emblée que Diego Domínguez n'était pas un homme pour moi. Comme il avait rejeté tous ceux qui m'avaient approchée ces deux dernières années, nous ne l'écoutions pas, persuadées qu'il s'agissait d'une forme de jalousie paternelle. « J'ai l'impression que ce jeune homme a un tempérament un peu froid », dit-il à plusieurs reprises, mais ma grand-mère le rabrouait en disant qu'il ne s'agissait pas là de froideur, mais de respect, comme il convenait à un vrai gentleman chilien.

Paulina del Valle fut prise d'une frénésie d'achats. Dans la précipitation, les paquets atterrissaient directement dans les malles et plus tard, à Santiago, nous nous aperçûmes que nous avions acheté deux fois le même article et que la moitié des affaires ne m'allait pas. Lorsqu'elle sut que Diego Domínguez devait retourner au Chili, elle lui rendit visite et ils se mirent d'accord pour prendre le même bateau, cela nous laisserait quelques semaines pour mieux nous connaître, dirent-ils. Frederick Williams fit la grimace et tenta de déjouer ces plans, mais rien au monde ne pouvait s'opposer à cette femme lorsqu'elle avait une idée en tête, et son obsession du moment était de marier sa petite-fille. Je conserve peu de souvenirs de la traversée, elle se déroula dans une nébuleuse de promenades sur le pont, de jeux de ballon et de parties de cartes, de cocktails et de bals ; cela jusqu'à Buenos Aires où nous nous séparâmes, car il devait acheter des taureaux et les mener par la route des Andes jusqu'à sa propriété dans le Sud. Nous eûmes rarement l'occasion d'être seuls et de discuter sans témoins. J'appris l'essentiel sur ses vingt-trois années de vie et sur sa famille, mais pour ainsi dire rien sur ses goûts, ses idées et ses ambitions. Ma grand-mère l'informa que mon père, Matías Rodríguez de Santa Cruz, était mort et que ma mère était une Américaine que nous n'avions pas connue parce qu'elle était morte en me mettant au monde, ce qui n'était pas complètement faux. Diego n'eut pas la curiosité d'en savoir davantage. Ma passion pour la photographie ne l'intéressa pas outre mesure, et quand je lui dis que je n'avais pas l'intention d'y renoncer, il me répondit qu'il n'y voyait aucun inconvénient, sa sœur peignait des aquarelles et sa belle-sœur brodait au point de croix. Durant la longue traversée nous n'avons pas vraiment fait connaissance, peu à peu nous avons été pris dans la toile d'araignée que ma grand-mère, avec la meilleure intention du monde, avait tissée autour de nous.

Comme il y avait peu de choses à photographier dans la première classe du transatlantique, hormis les toilettes des dames et les arrangements floraux de la salle à manger, je descendais souvent sur les ponts inférieurs pour faire des portraits, surtout de passagers de troisième, qui étaient regroupés dans le ventre du bateau : travailleurs et émigrants qui allaient chercher fortune en Amérique, Russes, Allemands, Italiens, Juifs, des gens qui voyageaient avec très peu d'argent en poche, mais avec le cœur débordant d'espoir. Il me sembla que malgré l'incommodité et le manque de moyens, ils s'amusaient davantage que les passagers de première classe, où tout était guindé, cérémonieux et ennuyeux. Parmi les émigrants régnait une franche camaraderie, les hommes jouaient aux cartes et aux dominos, les femmes se retrouvaient en petits groupes pour se raconter leurs vies, les enfants se bricolaient des cannes à pêche et jouaient à cache-cache. Le soir, les guitares, les accordéons, les flûtes et les violons surgissaient et c'étaient de joyeuses fêtes avec des chants, des danses et de la bière. Ma présence n'avait pas l'air de les gêner, ils ne me posaient pas de questions et, après quelques jours, ils m'avaient acceptée comme une des leurs, ce qui me permettait de les photographier à ma guise. Sur le bateau je ne pouvais pas développer les négatifs, mais je les classai soigneusement pour m'en occuper dès notre arrivée à Santiago. Durant l'une de ces excursions sur les ponts inférieurs, je tombai nez à nez avec la dernière personne que je m'attendais à trouver là.

— Gengis Khan! me suis-je exclamée en le voyant.

— Vous devez confondre, mademoiselle...

— Excusez-moi, docteur Radovic, suppliai-je, me sentant idiote.

— Nous nous connaissons? demanda-t-il étonné.

— Vous ne vous souvenez pas de moi? Je suis la petite-fille de Paulina del Valle.

— Aurora? Ça alors, je ne vous aurais pas reconnue. Comme vous avez changé!

Certes j'avais changé. Il m'avait connue un an et demi auparavant habillée en petite fille, et maintenant il avait sous les yeux une vraie femme, avec un appareil photographique autour du cou et une bague au doigt. C'est durant ce voyage que débuta cette amitié qui, avec le temps, allait changer ma vie. Le docteur Ivan Radovic, passager de deuxième classe, ne pouvait monter sur le pont de première sans invitation, mais moi je pouvais descendre lui rendre visite, ce que je fis à plusieurs reprises. Il me parlait de son travail avec passion, tout comme moi je lui parlais de la photographie. Il me voyait utiliser l'appareil, mais je ne pus lui montrer mes travaux qui se trouvaient au fond des malles, et je lui promis de le faire une fois arrivés à Santiago. Mais je ne le fis pas, j'eus honte de l'appeler pour ça ; je n'y voyais que pure vanité et je ne voulais pas faire perdre du temps à un homme occupé à sauver des vies. Apprenant sa présence à bord, ma grand-mère l'invita aussitôt à prendre le thé sur la terrasse de notre suite. « Vous sachant ici, je me sens en sécurité en haute mer, docteur. Si un autre pamplemousse me pousse dans le ventre, vous viendrez me l'extirper avec un couteau de cuisine », plaisanta-t-elle. Les invitations à prendre le thé se renouvelèrent avec une certaine fréquence, suivies par des parties de cartes. Ivan Radovic nous raconta qu'il avait terminé son apprentissage dans la clinique Hobbs et qu'il retournait au Chili pour travailler dans un hôpital.

— Pourquoi n'ouvrez-vous pas une clinique privée, docteur ? suggéra ma grand-mère, qui s'était prise d'affection pour lui.

— Jamais je n'aurais les capitaux et les relations pour cela, madame del Valle.

— Je suis disposée à investir, si vous le souhaitez.

— Il n'est pas question pour moi...

— Je ne le ferais pas pour vous, mais parce que c'est un bon investissement, docteur Radovic, l'interrompit ma grand-mère. Tout le monde tombe malade, la médecine est une bonne affaire.

— Je pense que la médecine n'est pas une affaire, mais un droit, madame. En tant que médecin je suis au service des autres, je souhaite qu'un jour la santé soit à la portée de chaque Chilien.

— Vous êtes socialiste? demanda ma grand-mère avec une grimace de dégoût, car après la « trahison » de mademoiselle Matilde Pineda elle se méfiait du socialisme.

— Je suis médecin, madame del Valle. Soigner est la seule chose qui m'intéresse.

De retour au Chili fin décembre 1898, nous trouvâmes un pays en pleine crise morale. Personne, que ce soit les riches propriétaires terriens, les maîtres d'école ou les ouvriers du salpêtre, n'était satisfait de son sort ou du gouvernement. Les Chiliens semblaient résignés à leurs vices, tels que l'ivresse, l'oisiveté et le vol, et aux tares de la société : lourdeur de la bureaucratie, chômage, inefficacité de la justice et pauvreté. Cette dernière contrastait avec l'ostentation des riches, et cela engendrait une rage sourde et croissante qui se répandait du nord au sud. Nous ne nous souvenions pas d'un Santiago si sale, avec tant de mendiants, tant de quartiers infestés de cafards, tant d'enfants morts avant d'avoir fait leurs premiers pas. La presse assurait que le taux de mortalité dans la capitale était équivalent à celui de Calcutta. Notre maison de la rue Ejército Libertador était restée entre les mains de deux tantes éloignées et pauvres, de celles qu'on trouve dans toute famille chilienne, et de quelques employés. Ces tantes régnaient sur la demeure depuis plus de deux ans et elles nous accueillirent sans grand enthousiasme, accompagnées de

284

Caramel, si vieux qu'il ne me reconnut pas. Le jardin n'était qu'un champ de mauvaises herbes, les fontaines mauresques étaient taries, les salons sentaient le renfermé, les cuisines ressemblaient à une étable et les crottes de souris s'amoncelaient sous les lits, mais rien de tout cela n'effraya Paulina del Valle, qui était décidée à célébrer les noces du siècle et n'avait pas l'intention d'en être empêchée par son âge, la chaleur de Santiago, ou mon caractère introverti. Elle disposait des mois d'été, où tout le monde partait à la campagne ou sur la côte, pour remettre la maison en état, l'intense vie sociale ne commençait qu'à l'automne. Il faudrait que tout soit prêt pour mon mariage en septembre, au début du printemps, saison des fêtes patriotiques et des noces, juste un an après ma première rencontre avec Diego. Frederick Williams engagea un régiment de maçons, d'ébénistes, de jardiniers et de domestiques qui s'attelèrent à la tâche pour remettre de l'ordre dans ce capharnaüm, à un rythme bien chilien, c'est-à-dire sans trop se presser. L'été arriva, poussiéreux et torride, avec son odeur de pêche et ses cris de vendeurs ambulants vantant les délices de la saison. Ceux qui en avaient les moyens partirent en vacances à la campagne ou à la plage. La ville semblait morte. Severo del Valle vint nous rendre visite avec des sacs de légumes, des paniers de fruits et de bonnes nouvelles concernant les vignes ; bronzé et musclé, il était plus beau que jamais. Il me regarda bouche bée, surpris que je ne sois plus la petite fille qu'il avait laissée deux ans auparavant ; il me fit tournoyer comme une toupie pour m'observer sous tous les angles et il eut la générosité de me dire que je ressemblais à ma mère. Ma grand-mère n'apprécia pas ce commentaire, car on ne mentionnait jamais mon passé en sa présence ; pour elle, ma vie commençait à cinq ans lorsque j'avais franchi le seuil de sa demeure de San Francisco, ce qui avait eu lieu avant n'existait pas. Nívea, une nouvelle fois sur le point d'accoucher, s'était sentie trop lourde pour faire le voyage jusqu'à Santiago et était restée avec les enfants dans la propriété. La production des vignes s'annonçait très bonne pour cette année, la récolte du raisin devait se faire en mars pour le vin blanc et en avril pour le rouge, raconta Severo del Valle, et il ajouta qu'il y avait des pieds destinés au vin rouge totalement différents qui s'étaient mélangés aux autres ; plus délicats, ils jaunissaient facilement et mûrissaient plus tard. Ils donnaient un fruit excellent, mais il pensait les arracher pour éviter les complications. Aussitôt Paulina del Valle tendit l'oreille et je vis dans ses pupilles la petite lueur de cupidité qui annonçait généralement quelque idée rentable.

— Au début de l'automne tu les transplanteras séparément. Soigne-les et l'année prochaine nous ferons un vin spécial, dit-elle.

— Pourquoi nous lancer là-dedans ? demanda Severo.

— Si ces raisins mûrissent plus tard, ils doivent être plus fins et concentrés. Le vin sera sans doute d'une qualité supérieure.

— Nous sommes en train de produire un des meilleurs vins du pays, ma tante.

— Fais-moi ce plaisir, neveu, fais ce que je te demande…, supplia ma grand-mère avec ce ton cajoleur qu'elle utilisait avant de donner un ordre.

Je vis Nívea le jour de mon mariage, lorsqu'elle vint avec un nouveau-né dans les bras pour me souffler en deux mots ce que toute future mariée devait savoir avant la lune de miel, mais que personne n'avait cru bon de m'expliquer. Malgré ma virginité, je ressentais les soubresauts d'une passion instinctive que j'étais incapable de nommer, je songeais à Diego jour et nuit et mes pensées n'étaient pas toujours chastes. Je le désirais, mais je ne savais pas bien pourquoi. Je voulais être dans ses bras, qu'il m'embrasse comme il l'avait fait à deux occasions, et le voir nu. Je n'avais jamais vu un homme nu et, je l'avoue, la curiosité me rongeait. C'était tout, le reste du chemin était un mystère. Nívea, avec son honnêteté sans fard, était la seule à pouvoir m'instruire, mais ce n'est que bien des années plus tard, alors que nous avions eu le temps d'approfondir notre amitié, qu'elle me raconterait les secrets de son intimité avec Severo del Valle et me décrirait en détail, morte de rire, les positions apprises dans la collection de son oncle José Francisco Vergara. A cette époque j'avais perdu mon innocence, mais j'ignorais tout de l'érotisme, comme la plupart des femmes et la majorité des hommes aussi, selon Nívea. « Sans les livres de mon oncle, j'aurais eu quinze enfants sans savoir comment », me dit-elle. Ses conseils, qui auraient fait dresser les cheveux sur la tête de mes tantes, m'ont beaucoup servie pour mon deuxième amour, mais ils auraient été inutiles pour le premier.

Pendant trois longs mois nous avons campé dans quatre pièces de la maison, étouffant de chaleur. Je ne me suis pas ennuyée parce que ma grand-mère retrouva très vite ses œuvres caritatives, bien que tous les membres du Club de Dames fussent en vacances. En son absence, la discipline s'était relâchée et elle dut reprendre les rênes de cette activité vouée à la compassion. Nous recommençâmes à faire nos visites aux malades, aux veuves et aux fous, à offrir de la nourriture et à superviser les prêts aux femmes pauvres. Cette idée, dont on se moqua même dans les journaux (personne ne croyait que les bénéficiaires — toutes indigentes – tiendraient leur engagement), fut si bonne que le gouvernement décida de la copier. Non seulement les femmes remboursaient scrupuleusement les prêts par des paiements mensuels, mais elles s'épaulaient mutuellement, ainsi quand l'une d'elles ne pouvait payer, les autres le faisaient à sa place. J'eus l'impression que Paulina del Valle songea un moment à leur faire payer un intérêt, transformant ainsi la charité en négoce, mais je la stoppai dans son élan. « Tout a une limite, grand-mère, même la cupidité », lui lançai-je. Je maintenais une correspondance passionnée avec Diego Domínguez et je surveillais le courrier. Je découvris en écrivant que j'étais capable d'exprimer ce que je n'oserais jamais dire de vive voix ; l'écrit est profondément libérateur. Je me surpris à lire de la poésie plutôt que les romans qui me plaisaient tant jadis. Si un poète mort de l'autre côté de la planète pouvait décrire mes sentiments avec une telle précision, je devais accepter avec humilité l'idée que mon amour n'était pas exceptionnel, que je n'avais rien inventé : tout le monde tombe amoureux de la même façon. J'imaginais mon fiancé à cheval, galopant sur ses terres comme un héros de légende avec ses larges épaules, noble, droit et bien fait, un homme fort dans les mains duquel je me sentirais en sécurité : il me rendrait heureuse, me protégerait, me donnerait des enfants, un amour éternel. Je voyais un futur cotonneux et sucré dans lequel nous flotterions enlacés pour l'éternité. Quelle odeur avait l'homme que j'aimais ? Il sentait l'humus, comme les forêts d'où il venait, ou le doux parfum des boulangeries, ou peut-être l'eau de mer, ce parfum fuyant qui m'assaillait en rêve depuis mon enfance. Soudain, le besoin de sentir Diego devenait aussi impérieux qu'un accès de soif, et je le priais par lettre de m'envoyer un des mouchoirs qu'il se nouait autour du cou, ou une de ses chemises non lavée. Les réponses de mon fiancé à ces lettres passionnées étaient de paisibles chroniques sur la vie à la campagne – les vaches, le blé, le raisin, le ciel estival sans pluie – et de sobres commentaires sur sa famille. Bien entendu, jamais il n'envoya un de ses mouchoirs ni une de ses chemises. Dans les dernières lignes, il me répétait combien il m'aimait et comme nous serions heureux dans la fraîche maison aux murs de pisé et au toit de tuiles que son père faisait construire pour nous dans la propriété, comme il en avait bâti une auparavant pour son frère Eduardo, lorsqu'il avait épousé Susana, et comme il le ferait pour sa sœur Adela quand elle se marierait. Depuis des générations les Domínguez avaient vécu ensemble. L'amour du Christ, l'union entre frères et sœurs, le respect envers les parents et travailler dur, disait-il, étaient les fondements de sa famille.

Je passais de longs moments à écrire et à soupirer en lisant des vers, mais il me restait du temps, aussi retournai-je dans le studio de Juan Ribero. Je me promenais en ville en prenant des photos et le soir, dans la chambre noire que j'avais installée dans la maison, je faisais des expériences avec une technique nouvelle qui donne de très belles images. Le procédé est simple, bien que coûteux, mais c'était ma grand-mère qui finançait. On passe une solution de platine sur le papier au pinceau et on obtient des impressions aux subtiles graduations de ton, lumineuses, claires, d'une grande profondeur, qui sont inaltérables. Dix ans ont passé et ces photos sont les plus extraordinaires de ma collection. En les voyant, beaucoup de souvenirs me reviennent avec la même impeccable netteté que ces impressions au platine. Je peux voir Paulina, Severo, Nívea, des amis et des parents ; je peux aussi observer sur certains autoportraits comment j'étais alors, juste avant les événements qui allaient bouleverser ma vie.

Quand le jour se leva le deuxième mardi de mars, la maison étincelait. Il y avait une installation moderne de gaz, le téléphone et un ascenseur pour ma grand-mère, des papiers aux murs rapportés de New York et de nouvelles tapisseries sur les meubles ; les parquets étaient cirés et les vitres lavées, les bronzes rutilaient, et la collection de tableaux impressionnistes était accrochée dans les salons. Il y avait un nouveau contingent de domestiques en uniforme, sous la houlette d'un majordome argentin que Paulina del Valle avait débauché à l'Hôtel Crillon en lui proposant de le payer le double.

— On va nous critiquer, grand-mère. Personne n'a de majordome, c'est ridicule, l'avertis-je.

— Peu importe. Je n'ai pas l'intention de me battre avec des Indiennes mapuches en espadrilles qui font tomber des cheveux dans la soupe et jettent les assiettes sur la table, répliqua-t-elle, décidée à impressionner la bonne société de la capitale en général et la famille de Diego Domínguez en particulier.

De sorte que les nouveaux employés vinrent s'ajouter aux anciens domestiques qui se trouvaient dans la maison depuis des années et qu'il était hors de question de renvoyer, bien entendu. Il y avait tellement de gens de service qui se promenaient oisivement en se marchant dessus, et tant de cancans et de filouteries que Frederick Williams finit par intervenir pour mettre de l'ordre, car l'Argentin ne savait où donner de la tête. Ce fut un choc, on n'avait jamais vu un maître de maison régler des problèmes de personnel, mais il le fit à la perfection, aidé en cela par sa longue expérience. Je ne crois pas que Diego Domínguez et sa famille, les premiers visiteurs que nous reçûmes, aient goûté l'élégance du service, ils furent au contraire accablés par tant de splendeur. Ils appartenaient à une ancienne dynastie de propriétaires terriens du Sud, mais à la différence de la plupart des grands propriétaires chiliens, qui passaient deux mois sur leur domaine et, le reste du temps, vivaient de leurs rentes à Santiago ou en Europe, eux naissaient, grandissaient et mouraient à la campagne. C'étaient des gens avec une solide tradition familiale, simples et profondément catholiques. Les raffinements imposés par ma grand-mère devaient leur sembler décadents et peu chrétiens. Je remarquai qu'ils avaient tous les yeux bleus, sauf Susana, la belle-sœur de Diego, une beauté brune à l'air langoureux, qui semblait sortir tout droit d'une peinture espagnole. A table ils restèrent pétrifiés devant la rangée de couverts et les six verres, aucun d'eux ne goûta au canard à l'orange, et ils furent un peu affolés en voyant arriver le dessert qui jetait des flammes. Devant le défilé de domestiques en uniforme, la mère de Diego, doña Elvira, demanda pourquoi il y avait tant de militaires à la maison. Regardant les tableaux impressionnistes, ils restèrent interdits, persuadés que c'était moi qui avais peint ces horreurs et que ma grand-mère les avait accrochés aux murs parce qu'elle était gâteuse, mais ils apprécièrent le petit récital de piano et harpe que nous offrîmes dans le salon de musique. La conversation s'épuisait dès la deuxième phrase, jusqu'au moment où l'on parla de taureaux et où l'on évoqua le problème de la reproduction du cheptel, ce qui intéressa beaucoup Paulina del Valle. Elle devait déjà songer, ayant appris le nombre de vaches qu'ils possédaient, à monter une industrie fromagère avec eux. Si j'avais des inquiétudes sur ma vie future à la campagne dans la tribu de mon fiancé, cette visite les dissipa. Je me pris d'affection pour ces paysans de vieille souche, bons et sans prétentions : le père sanguin et rieur, la mère si innocente, le frère aîné aimable et viril, la mystérieuse belle-sœur et la cadette gaie comme un pinson. Ils avaient voyagé pendant plusieurs jours pour faire ma connaissance et m'acceptèrent avec naturel. Je suis sûre qu'ils repartirent un peu déconcertés par notre style de vie, mais sans nous critiquer, parce qu'ils semblaient incapables d'une mauvaise pensée. Etant donné que Diego m'avait choisie, ils me considéraient comme quelqu'un de la famille, cela leur suffisait. Leur simplicité me permit de me détendre, ce qui m'arrive rarement avec des gens que je ne connais pas, et très vite je me mis à discuter avec l'un et avec l'autre, leur racontant notre voyage en Europe et ma passion pour la photographie. « Montrez-moi vos photos, Aurora », me demanda doña Elvira. Après les avoir regardées, elle ne put dissimuler sa déception. Je crois qu'elle s'attendait à quelque chose de plus esthétique que des ouvriers en grève, des maisons délabrées, des enfants en guenilles jouant dans les égouts, des révoltes populaires, des bordels, des émigrants assis sur leurs ballots dans la cale d'un bateau. « Mais ma petite, pourquoi ne prenez-vous pas des photos jolies ? Pourquoi allez-vous dans ces coins perdus ? Il y a de si beaux paysages au Chili... », murmura la sainte femme. J'allais lui expliquer que ce qui m'intéressait, ce n'était pas les choses jolies, mais ces visages mangés par l'effort et la souffrance, mais je compris que le moment était mal choisi. J'aurais bien le temps plus tard de me faire connaître de ma future belle-mère et du reste de la famille.

— Pourquoi leur as-tu montré ces photographies ? Les Domínguez sont vieux jeu, tu n'aurais pas dû les effrayer avec tes idées modernes, Aurora, me reprocha Paulina del Valle après leur départ.

— De toute façon, ils étaient déjà effrayés par le luxe de cette maison et par les tableaux impressionnistes, ne croyez-vous pas, grand-mère ? De plus, il faut bien que Diego et sa famille sachent quel type de femme je suis, répliquai-je.

— Tu n'es pas encore une femme, mais une gamine. Tu changeras, tu auras des enfants, tu devras t'adapter au milieu de ton mari.

— Je serai toujours la même personne et je ne veux pas renoncer à la photographie. Ce n'est pas la même chose que les aquarelles de la sœur de Diego ou les broderies de sa belle-sœur, c'est une partie fondamentale de ma vie.

— Bon, marie-toi d'abord et ensuite tu feras ce que tu voudras, grommela ma grand-mère.

Nous n'attendîmes pas jusqu'en septembre, comme prévu. Les noces durent être avancées à la mi-avril, car doña Elvira Domínguez eut une légère attaque au cœur et une semaine plus tard, quand elle se fut remise et put faire quelques pas toute seule, elle manifesta le souhait de me voir épouser son fils Diego avant de quitter ce monde. Le reste de la famille fut d'accord parce que si doña Elvira mourait, il faudrait retarder le mariage pour un an au moins, afin de respecter le deuil réglementaire. Ma grand-mère se résigna à précipiter les choses et à oublier la cérémonie princière qu'elle avait imaginée. Moi je soupirais, soulagée : l'idée d'entrer dans la cathédrale – avec le Tout-Santiago au balcon –, au bras de Frederick Williams ou de Severo del Valle sous une montagne d'organdi blanc, comme le souhaitait ma grand-mère, m'inquiétait beaucoup.

Que dire de ma première nuit avec Diego Domínguez ? Pas grand-chose, la mémoire imprime en noir et blanc, les gris se perdent en chemin. Peut-être ne fut-elle pas aussi misérable que dans mon souvenir, mais j'ai oublié les nuances, je ne conserve qu'un sentiment général de frustration et de rage. Après les noces privées dans la maison d'Ejército Libertador, nous avons passé la nuit dans un hôtel, avant de partir pour deux semaines de lune de miel à Buenos Aires, la santé précaire de doña Elvira ne nous permettant pas de trop nous éloigner. Prenant congé de ma grand-mère, je sentis qu'une partie de ma vie prenait définitivement fin. En l'embrassant, je compris combien je l'aimais et vis comme elle avait rapetissé : ses vêtements flottaient et je la dépassais d'une demi-tête. J'eus le pressentiment qu'il ne lui restait pas longtemps à vivre; voûtée et vulnérable, c'était une petite vieille avec la voix tremblotante et les genoux en coton. Il restait peu de chose de la matrone formidable qui, pendant plus de soixante-dix ans, n'en avait fait qu'à sa tête et avait conduit le destin de sa famille comme bon lui semblait. A son côté, Frederick Williams avait l'air d'être son fils, comme si les années n'avaient pas prise sur lui. Jusqu'à la veille, le bon oncle Frederick me pria, à l'insu de ma grand-mère, de ne pas me marier si je n'étais pas sûre de moi, et à chaque fois je répondis que je n'avais aucun doute quant à mon amour pour Diego Domínguez. A mesure qu'approchait le jour des noces, mon impatience grandissait. Je me regardais nue dans la glace, ou à peine couverte d'une fine chemise de nuit en dentelles que ma grand-mère m'avait achetée en France et je me demandais, anxieuse, s'il me trouverait jolie. Mon grain de beauté dans le cou ou mes mamelons sombres me paraissaient être d'horribles défauts. Me désirerait-il comme moi je le désirais ? Je pus le vérifier cette première nuit à l'hôtel. Nous étions fatigués, nous avions beaucoup mangé, lui avait bu plus que de raison et moi j'avais à mon actif trois coupes de champagne. En entrant dans l'hôtel nous feignîmes l'indifférence, mais la traînée de riz que nous laissâmes sur le sol trahit notre condition de jeunes mariés. J'étais tellement honteuse au moment de rester seule avec Diego, me disant que dehors quelqu'un nous imaginait en train de faire l'amour, que je me suis enfermée dans la salle de bain, prise de nausées, jusqu'à ce que, un long moment après, mon flambant mari frappe doucement à la porte pour vérifier si j'étais encore vivante. Il m'a entraînée par la main jusqu'au milieu de la chambre, m'a aidée à enlever mon chapeau et les épingles à cheveux de mon chignon, m'a débarrassée de mon boléro en daim, a déboutonné les mille petits boutons en perle de ma blouse, m'a libérée de la lourde jupe et des jupons, et je suis restée avec ma légère chemise de batiste que je portais sous mon corset. A mesure qu'il me déshabillait je sentais que je me liquéfiais, que je m'évaporais, me réduisais jusqu'à n'être qu'un simple squelette, de l'air. Diego m'a embrassée sur la bouche, non pas comme je l'avais imaginé bien des fois les mois précédents, mais avec force et précipitation, puis le baiser est devenu plus autoritaire, il tirait sur ma chemise, que j'essayais de retenir, horrifiée à l'idée qu'il me voie toute nue. Les caresses pressées et la révélation de son corps contre le mien m'ont mise sur la défensive : j'étais tendue et je tremblais comme si j'étais gelée. Il m'a demandé, contrarié, ce qui m'arrivait et m'a dit sèchement d'essayer de me détendre, mais voyant que cette méthode ne faisait qu'aggraver les choses, il a changé de ton, ajoutant qu'il ne fallait pas avoir peur et promettant de faire attention. Il a soufflé la bougie et m'a entraînée jusqu'au lit, le reste s'est déroulé rapidement. Je n'ai rien fait pour l'aider. Je suis restée immobile comme une poule hypnotisée, essayant vainement de me rappeler les conseils de Nívea. Puis son glaive m'a transpercée, j'ai eu le temps de retenir un cri et un goût de sang a envahi ma bouche. Le souvenir le plus net de cette nuit fut la déception. Etait-ce cela la passion pour laquelle les poètes usaient tant d'encre ? Diego me consola en me disant que la première fois c'était toujours comme ça, avec le temps nous apprendrions à nous connaître et tout irait mieux, après quoi il me donna un chaste baiser sur le front, me tourna le dos sans ajouter un mot et il s'endormit comme un bébé, tandis que moi je veillais dans l'obscurité avec un linge entre les jambes et une douleur brûlante dans le ventre et dans l'âme. J'étais trop ignorante pour deviner la cause de ma frustration, je ne connaissais même pas le mot orgasme, mais j'avais exploré mon corps et je savais que quelque part se cachait cette jouissance sismique capable de vous faire perdre la tête. Diego l'avait ressenti quand il était en moi, c'était évident, mais moi je n'avais éprouvé que de la douleur. Je me sentis la victime d'une terrible injustice biologique : pour l'homme le sexe était une chose facile – il pouvait y parvenir même par la force –, alors que pour nous il n'y avait pas de plaisir, et les conséquences étaient graves. Faut-il ajouter à la malédiction divine d'enfanter dans la douleur, celle d'aimer sans volupté ?

Quand Diego se réveilla le lendemain matin, j'étais habillée depuis longtemps ; j'avais décidé de retourner chez moi me réfugier dans les bras réconfortants de ma grand-mère, mais l'air frais et la petite marche dans les rues du centre, désertes le dimanche à cette heure-là, m'apaisèrent. Mon vagin me brûlait, j'y sentais encore la présence de Diego, mais peu à peu ma rage se dissipa et je me disposai à affronter l'avenir comme une femme et non comme une gamine mal élevée. J'étais consciente d'avoir été beaucoup choyée pendant les dix-neuf années de mon existence, mais cette étape était terminée. La nuit précédente, j'avais été initiée à la condition de femme mariée et je devais agir et penser avec maturité, conclus-je, ravalant mes larmes. La responsabilité d'être heureuse m'appartenait en propre. Mon mari ne m'apporterait pas le bonheur éternel, tel un cadeau enveloppé dans du papier de soie, il me faudrait le forger jour après jour, avec intelligence et quelques efforts. Heureusement j'aimais cet homme et je croyais que, comme il me l'avait assuré, avec le temps et la pratique tout irait mieux entre nous. Pauvre Diego, pensai-je, il doit être aussi déçu que moi. Je suis retournée à l'hôtel juste à temps pour boucler les valises et partir en lune de miel.

Le domaine de Caleufú se trouvait dans la plus belle région du Chili, un paradis sauvage de forêts froides, de volcans, de lacs et de rivières, il appartenait aux Domínguez depuis l'époque de la Colonie, quand les dignes *hidalgos* s'étaient partagé les terres après la Conquête. La famille, qui avait en plus acheté celles des Indiens pour le prix de quelques bouteilles d'eau-de-vie, possédait l'une des propriétés les plus prospères de la contrée. Le domaine n'avait jamais été divisé. Par tradition, c'était le fils aîné qui en héritait, lequel avait l'obligation de fournir du travail à ses frères ou de les aider, d'entretenir ses sœurs et leur donner une dot, et de s'occuper des familles qui y travaillaient. Mon beau-père, don Sebastián Domínguez, était un de ces êtres qui ont accompli ce que l'on attendait d'eux, il vieillissait la conscience tranquille et satisfait de tout ce que la vie lui avait donné, tout particulièrement de l'affection de sa femme, doña Elvira. Dans sa jeunesse il avait été un coureur de jupons, lui-même le disait en riant, et la preuve en était la quantité de paysans du domaine aux yeux bleus. Mais la main douce et ferme de doña Elvira avait fini par le dompter sans qu'il s'en rende compte. Il assumait son rôle de patriarche avec bonté. Les paysans venaient lui exposer leurs problèmes en priorité, car Eduardo et Diego étaient plus sévères, et doña Elvira n'ouvrait pas la bouche hors des murs de la maison. Don Sebastián était patient avec les paysans, qu'il traitait comme des enfants un peu attardés, mais il était beaucoup plus exigeant avec ses deux fils. « Nous sommes des privilégiés, et pour cela même nous avons davantage de responsabilités. Pour nous, il n'existe ni excuse ni prétexte, notre devoir est d'obéir aux lois divines et d'aider nos gens, nous aurons des comptes à rendre là-haut », disait-il. Il devait avoir une cinquantaine d'années, mais il en paraissait moins parce qu'il menait une vie très saine, passant ses journées sur son cheval à arpenter ses terres. Il était le premier à se lever et le dernier à se mettre au lit, il était présent pour le battage, le domptage, les rodéos, lui-même aidait à marquer et à castrer les bêtes. Il commençait la matinée avec une tasse de café très noir, six cuillerées de sucre et une rasade de brandy, ce qui lui donnait les forces nécessaires pour le travail au grand air jusqu'à deux heures de l'après-midi, heure à laquelle il déjeunait en famille de quatre plats et de trois desserts, le tout arrosé abondamment de vin. Nous n'étions pas nombreux dans cette énorme bâtisse. Le plus grand chagrin de mes beaux-parents était de n'avoir eu que trois enfants, mais telle était la volonté de Dieu, disaient-ils. Le repas du soir réunissait tous ceux qui avaient vaqué depuis le matin à leurs occupations, tout le monde devait être présent. Eduardo et Susana vivaient avec leur progéniture dans une autre maison, construite à deux cents mètres de la

grande maison, mais ils n'y prenaient que leur petit déjeuner, les autres repas avaient lieu dans la maison de mes
beaux-parents. Comme notre mariage avait dû être avancé,
le logis qui nous était destiné, à Diego et à moi, n'était pas
prêt et nous vivions dans une aile de la maison de mes
beaux-parents. Don Sebastián présidait la table, assis dans
un fauteuil, haut et richement décoré. En face prenait place
doña Elvira et, de chaque côté, les couples, Adela, deux
tantes veuves, quelques cousins ou parents éloignés, une
grand-mère si âgée qu'il fallait la nourrir au biberon et les
hôtes qui ne manquaient jamais. On mettait plusieurs couverts supplémentaires pour les invités qui venaient généralement sans avertir et qui, parfois, restaient des semaines. Ils étaient toujours les bienvenus, parce que dans
l'isolement de la campagne, les visites étaient la grande
distraction. Au sud vivaient quelques familles chiliennes en-
clavées dans des territoires indiens, et aussi des colons allemands, sans lesquels la région serait restée quasiment à l'état
sauvage. Il fallait plusieurs jours pour parcourir à cheval la
propriété des Domínguez, qui s'étendait jusqu'à la frontière
avec l'Argentine. Le soir, on priait et le calendrier de l'année
était ponctué par les fêtes religieuses que l'on observait avec
rigueur et dans la joie. Ma nouvelle famille comprit que mon
éducation religieuse était limitée, mais ce ne fut pas un problème, car je respectais leurs croyances, et de leur côté, ils
n'essayèrent pas de me les imposer. Doña Elvira m'expliqua
que la foi était un cadeau divin : « Dieu t'appelle par ton
nom, te choisit », disait-elle. Cela me libérait de toute faute à
ses yeux, Dieu ne m'avait pas encore appelée, mais s'il
m'avait placée dans une famille aussi chrétienne, c'était qu'il
ne tarderait pas à le faire. L'enthousiasme que je montrais
en l'aidant dans ses œuvres de charité parmi les paysans

compensait mon peu de ferveur religieuse. Elle croyait que c'était par esprit de compassion, et une preuve de mon bon fond. Elle ignorait que le Club de Dames au côté de ma grand-mère m'avait donné un certain entraînement, et que mon désir plus prosaïque de connaître les travailleurs des champs venait de mon envie de les photographier. Hormis don Sebastián, Eduardo et Diego, qui avaient été internes dans une bonne école et, plus tard, avaient effectué le voyage rituel en Europe, personne sous ces latitudes n'avait une idée de l'étendue du monde. Les romans n'étaient pas admis dans ce foyer. Don Sebastián n'avait semble-t-il pas la force de les censurer, et pour éviter que quelqu'un lise un livre de la liste noire de l'Eglise, il préférait prévenir que guérir et les éliminer tous. Les journaux arrivaient avec un tel retard que les nouvelles qu'ils apportaient n'étaient plus très nouvelles. Doña Elvira lisait ses livres de prières et Adela, la sœur cadette de Diego, avait quelques recueils de poésie, des biographies de personnages historiques et des chroniques de voyage, qu'elle relisait sans fin. Par la suite, je découvris qu'elle se procurait des romans à suspense, dont elle changeait la couverture. Quand mes malles et mes caisses arrivèrent de Santiago et que surgirent des centaines d'ouvrages, doña Elvira me pria avec sa douceur habituelle de ne pas les exhiber devant le reste de la famille. Chaque semaine ma grand-mère, ou Nívea, m'envoyait de la lecture, que je remisais dans ma chambre. Mes beaux-parents ne disaient rien, persuadés, je suppose, que cette mauvaise habitude me passerait quand j'aurais des enfants et moins de temps libre, comme ma belle-sœur Susana qui avait trois enfants superbes et très mal élevés. Ils ne s'opposèrent pas, cependant, à la photographie, peut-être devinèrent-ils qu'il serait très difficile de me faire céder là-dessus, et sans jamais montrer de la curiosité pour mon travail, ils mirent à ma disposition une pièce pour installer mon laboratoire.

J'avais grandi en ville, dans une ambiance confortable et cosmopolite, beaucoup plus libre que n'importe quelle Chilienne d'alors et d'aujourd'hui, parce que nous avons beau être à la charnière du XIXe et du XXe siècle, les choses n'ont pas beaucoup évolué pour les jeunes filles dans ces contrées. Le changement de style en atterrissant dans la famille des Domínguez fut brutal, bien qu'ils fissent leur possible pour que je me sente à mon aise. Ils furent à mon égard d'une extrême amabilité ; apprendre à les aimer me fut facile. Leur affection compensa le caractère réservé et souvent sombre de Diego qui, en public, me traitait comme une sœur et, en privé, m'adressait à peine la parole. Mes premières semaines d'adaptation furent très intéressantes. Don Sebastián m'offrit une superbe jument noire avec une étoile blanche sur le front, et Diego me confia à un contremaître pour qu'il me fasse voir la propriété et me présente les employés et les voisins, qui vivaient tous si loin que chaque visite prenait trois ou quatre journées. Ensuite, il me laissa libre. Mon mari partait travailler et chasser avec son frère et son père. Parfois ils restaient dans la nature, campant plusieurs jours de suite. Moi, je ne supportais pas l'ennui de la maison, les heures passées à s'occuper des enfants de Susana, à faire de la pâtisserie et des conserves, à nettoyer et à aérer, à coudre et à broder, étaient interminables. Quand j'en avais fini avec mes tâches à l'école ou au dispensaire du domaine, je passais un pantalon de Diego et je partais au galop. Ma belle-mère m'avait avertie de ne pas monter à califourchon, comme un homme, parce que j'aurais des « problèmes de femme », euphémisme que je ne parvins jamais à élucider totalement, mais personne ne pouvait monter en amazone dans cette nature de collines et de rochers sans tomber et se fracasser le crâne. Le paysage me laissait sans voix, il me saisissait à chaque courbe du chemin, il m'émerveillait. Je grimpais vers les hauteurs et redescendais dans la vallée vers les forêts denses, un paradis où se mélangeaient mélèzes, lauriers, canneliers, ifs, myrtes et araucarias millénaires, bois précieux que les Domínguez exploitaient dans leur scierie. Tout m'enivrait, l'odeur des forêts humides, ce parfum sensuel de terre rouge, de sève et de racines, le calme des sous-bois touffus surveillés par ces géants verts et silencieux, le murmure mystérieux des bosquets : chant des eaux invisibles, danse de l'air emmêlé aux branches, rumeurs de racines et d'insectes, trilles des doux ramiers et cris stridents des milans. Les sentiers aboutissaient à la scierie ; au-delà, je devais me frayer un passage à travers les taillis, me fiant à l'instinct de ma jument, dont les pattes s'enfonçaient dans une boue couleur pétrole, épaisse et odorante comme du sang végétal. La lumière filtrait à travers l'immense coupole des arbres en de clairs rayons obliques, mais il y avait des zones glaciales où les pumas montaient la garde avec leurs yeux enflammés. J'avais un fusil attaché à ma selle, mais en cas d'urgence je n'aurais pas eu le temps de le prendre, et d'ailleurs je ne m'en étais jamais servie. Je photographiais les vieilles forêts, les lacs au sable noir, les rivières tumultueuses aux pierres chantantes et les impétueux volcans qui couronnaient l'horizon comme des dragons endormis dans des tours de cendre. Je pris également des photographies des paysans du domaine que je leur donnais ensuite en cadeau ; ils les prenaient troublés, sans savoir que faire de ces images d'eux-mêmes qu'ils n'avaient pas demandées. Leurs visages tannés par les intempéries et la pauvreté me fascinaient, mais eux n'aimaient pas se voir ainsi, comme ils étaient, avec leurs guenilles et leurs peines, ils voulaient des portraits coloriés à la main où ils posaient avec leurs uniques beaux habits, ceux de leur mariage, bien lavés et coiffés, avec les enfants propres.

Le dimanche on ne travaillait pas, et il y avait messe — quand nous avions un prêtre — ou « mission » : les femmes de la famille rendaient visite aux paysans pour les catéchiser. Elles combattaient ainsi, à force de petits cadeaux et de ténacité, les croyances indigènes qui se mêlaient à celles des saints chrétiens. Moi je ne participais pas aux prédications religieuses, mais j'en profitais pour me faire connaître des paysans. Beaucoup étaient des Indiens purs qui parlaient encore dans leur langue et conservaient leurs traditions, d'autres étaient des métis, tous humbles et timides en temps normaux, mais querelleurs et bruyants quand ils buvaient. L'alcool était un baume amer qui pour quelques heures les soulageait de la pesanteur terrestre de leur quotidien, tout en leur rongeant les entrailles comme un rat hostile. Les beuveries et les bagarres à l'arme blanche étaient passibles d'amende, ainsi que de couper un arbre sans autorisation ou de laisser les animaux domestiques sans surveillance hors du lopin de terre assigné à chaque famille. Le vol ou l'insolence envers les supérieurs étaient punis à coups de trique. Mais les punitions corporelles répugnaient à don Sebastián qui avait également supprimé le droit de cuissage, vieille tradition remontant à l'époque coloniale, autorisant les patrons à déflorer les filles des paysans avant leur mariage. Lui-même l'avait pratiqué dans sa jeunesse, mais avec l'arrivée de doña Elvira sur le domaine, ces privilèges furent abolis. Elle désapprouvait aussi les visites dans les bordels des villages avoisinants et voulait que ses propres enfants se marient jeunes pour éviter les tentations. Eduardo et Susana s'étaient mariés six ans auparavant, tous deux alors âgés de vingt ans, et on avait choisi pour Diego, qui en avait dix-sept, une jeune fille apparentée à la famille, mais elle était morte noyée dans le lac avant la célébration des fiançailles. Eduardo, le frère aîné, était plus jovial que Diego, il avait du talent pour raconter des blagues et chanter, il connaissait toutes les légendes et les histoires de la région, il aimait discuter et savait écouter. Il était très amoureux de Susana, ses yeux s'illuminaient quand il la voyait et ne perdait jamais patience malgré ses nombreux caprices. Ma belle-sœur souffrait de maux de tête qui la mettaient généralement de mauvaise humeur, et elle s'enfermait alors à double tour dans sa chambre, ne mangeait rien et on avait ordre de ne la déranger sous aucun prétexte, mais quand ses douleurs passaient elle émergeait, la mine détendue, souriante et affectueuse, et on aurait dit une autre femme. Je constatai qu'elle dormait seule, et que son mari et ses enfants ne pénétraient pas dans sa chambre sans y être invités, la porte était toujours close. La famille était habituée à ses migraines et ses dépressions, mais ce désir d'intimité leur apparaissait presque comme une offense, de même qu'ils furent très étonnés quand j'empêchai quiconque d'entrer sans ma permission dans la petite pièce obscure où je révélais mes photographies, malgré mes explications sur la réaction des négatifs à la lumière. A Caleufú les clefs sur les portes et les placards n'existaient pas, seuls les remises et le coffre-fort du bureau étaient verrouillés. Il y avait des larcins, bien entendu, mais c'était sans conséquence, car don Sebastián faisait généralement les gros yeux. « Ces gens-là sont très ignorants, ils ne volent pas par vice ou par besoin, mais par mauvaise habitude », disait-il, bien que les paysans eussent à la vérité davantage de besoins que le patron voulait l'admettre. Ces derniers étaient libres, mais dans la pratique ils vivaient depuis des générations sur ces terres et il ne leur venait pas à l'idée qu'il pût en être autrement : ils n'avaient nulle part où aller. Ils ne faisaient pas de vieux os. Beaucoup d'enfants mouraient en bas âge d'infections intestinales, de morsures de rats ou de pneumonie, les femmes de consomption ou durant l'accouchement, les hommes d'accidents, de blessures mal soignées ou intoxiqués par l'alcool. L'hôpital le plus proche appartenait à des Allemands, il y avait un médecin bavarois de grand renom, mais on ne faisait le voyage qu'en cas d'urgence, pour les petits maux on recourait aux secrets de la nature, aux prières et aux *meicas*, guérisseuses indigènes, qui connaissaient le pouvoir des plantes régionales mieux que quiconque.

A la fin mai, l'hiver s'abattit brutalement, avec son rideau de pluie lavant le paysage comme une lavandière patiente. L'obscurité venait très tôt, ce qui nous obligeait à rentrer à quatre heures de l'après-midi et rendait les soirées interminables. Je ne pouvais plus sortir faire mes longues chevauchées ou photographier les gens du domaine. Nous étions isolés, les chemins étaient transformés en bourbiers, nous n'avions plus de visites. Je tuais le temps en expérimentant diverses techniques de révélation dans la chambre noire et en prenant des photos de la famille. J'ai découvert peu à peu que tout était lié, que tout faisait partie d'une trame serrée; ce qui apparaissait à première vue comme un fouillis de causalités, se révèle peu à peu, devant l'appareil, des symétries parfaites. Rien n'est fortuit, rien n'est banal. Cela fonctionnait un peu comme une forêt — pour chaque arbre il y a des centaines d'oiseaux, pour chaque oiseau des milliers d'insectes, pour chaque insecte il y a des millions de particules organiques —, les paysans dans leurs travaux ou la famille à l'abri de l'hiver dans la maison sont les parties indissociables d'une immense fresque. L'essentiel est souvent invisible, l'œil ne le capte pas, le cœur oui, et l'appareil retient parfois des soupçons de cette substance. C'est ce que le maître Ribero essayait d'obtenir dans son art et qu'il a tenté de m'enseigner : dépasser ce qui est simplement documentaire et parvenir à la moelle, à l'âme même de la réalité. Ces subtiles connexions qui apparaissaient sur le papier photographique m'émouvaient profondément et m'encourageaient à poursuivre mes expériences. Plus nous hivernions, reclus derrière nos gros murs de pisé, plus l'atmosphère était suffocante et étriquée, plus mon esprit s'ouvrait à la curiosité. J'ai commencé à explorer avec une véritable obsession le contenu de la maison et le secret de ses habitants. J'ai examiné le milieu familial avec des yeux neufs, comme si je le voyais pour la première fois, sans a priori. Je me laissais guider par l'intuition, sans idées préconçues ; « nous ne voyons que ce que nous voulons voir », disait Juan Ribero, et il ajoutait que mon travail devait consister à montrer ce que personne n'avait vu auparavant. Au début, les Domínguez posaient avec des sourires forcés, mais très vite ils se sont habitués à ma présence silencieuse et ont fini par ignorer l'appareil, alors j'ai pu les saisir au dépourvu, tels qu'ils étaient. La pluie emporta les fleurs et les feuilles, la grande maison avec ses meubles lourds et ses grands espaces vides se ferma sur l'extérieur et nous vécûmes reclus dans cet étrange emprisonnement domestique. Nous errions dans les pièces éclairées par les bougies, fuyant les courants d'air glacé ; les bois craquaient et gémissaient et l'on entendait les petits pas furtifs des souris dans leurs diligentes activités. Tout sentait la boue, les tuiles mouillées, les vêtements humides. Les domestiques s'activaient, les hommes entretenaient les braseros et les cheminées, les femmes nous apportaient des bouillottes, des couvertures et des bols de chocolat fumant, mais il n'y avait pas moyen d'éviter le long hiver. Je me sentis alors happée par la solitude.

Diego était un fantôme. Je tâche de me souvenir maintenant d'un moment partagé, mais je ne vois qu'une marionnette sur une scène, sans voix et séparé de moi par un large fossé. J'ai dans mon esprit – et dans ma collection de photos de cet hiver – beaucoup d'images de lui tant à l'intérieur qu'à l'extérieur de la maison, toujours occupé avec d'autres, jamais avec moi, distant et étranger. Avoir une relation intime avec lui fut impossible, il y avait un abîme de silence entre nous, et mes tentatives pour échanger des idées ou sonder ses sentiments se heurtaient à sa volonté obstinée de rester absent. Il soutenait que tout avait déjà été dit entre nous ; si nous nous étions mariés c'était parce que nous nous aimions, quel besoin y avait-il d'approfondir ce qui était évident. Au début, je ressentais son mutisme comme une offense, mais par la suite je compris qu'il avait cette attitude avec tout le monde, sauf avec ses neveux. Il pouvait être gai et tendre avec les enfants, peut-être voulait-il autant que moi en avoir ; le fait est que tous les mois nous avions une déception. Nous n'en parlions pas davantage, cela faisait partie de ces nombreux sujets liés au corps ou à l'amour que nous n'abordions pas par pudeur. A plusieurs reprises j'ai essayé de lui dire combien j'aimerais être caressée, mais il se mettait immédiatement sur la défensive, à ses yeux une femme décente ne devait pas avoir ce type de désir, et encore moins l'exprimer. Bientôt sa réticence, ma honte et l'orgueil de l'un et de l'autre érigèrent une immense muraille entre nous deux. J'aurais donné n'importe quoi pour parler avec quelqu'un de ce qui se passait derrière notre porte fermée, mais ma belle-mère était éthérée comme un ange, avec Susana il n'y avait pas de véritable amitié, Adela venait d'avoir seize ans, et Nívea était trop loin, je n'osais pas écrire ce que je ressentais. Diego et moi continuions à faire l'amour – appelons cela ainsi – de temps en temps, toujours comme la première fois ; l'intimité ne nous rapprocha pas, mais cela n'affectait que moi, lui se sentait très à l'aise dans cette situation. Nous ne discutions pas et nous nous traitions avec une politesse forcée, même si j'aurais mille fois préféré une guerre déclarée plutôt que nos silences sournois. Mon mari fuyait les occasions de rester seul avec moi. Le soir, il prolongeait les parties de cartes jusqu'à ce que, vaincue par la fatigue, j'aille me coucher. Le matin il sautait du lit au chant du coq et, même le dimanche, quand le reste de la famille se levait tard, il trouvait des prétextes pour se lever tôt. Moi, en revanche, j'étais attentive à ses états d'âme, j'étais toujours aux petits soins, je faisais mon possible pour le séduire et lui rendre la vie agréable. Chaque fois que j'entendais le bruit de ses pas ou le son de sa voix, mon cœur cognait contre ma poitrine. Je ne me lassais pas de le regarder, il me semblait beau comme un héros de conte de fées ; dans le lit je tâtais ses épaules larges et fortes en essayant de ne pas le réveiller, je caressais ses cheveux abondants et ondulés, les muscles de ses jambes et de son cou. J'aimais sentir son odeur de transpiration, de terre et de cheval quand il revenait de l'extérieur, de savon anglais après son bain. Je noyais mon visage dans ses vêtements pour respirer son odeur d'homme, car je n'osais pas le faire sur son corps. Maintenant, avec la perspective du temps et de la liberté que j'ai acquise ces dernières années, je comprends combien je me suis humiliée par amour. J'ai tout mis de côté, ma personnalité et mon travail, pour rêver à un paradis domestique qui n'était pas fait pour moi.

Durant cet hiver oisif et interminable, la famille dut déployer des trésors d'imagination pour combattre l'ennui. Tous avaient une bonne oreille musicale, ils jouaient d'instruments variés et les soirées se passaient ainsi en concerts improvisés. Susana se présentait dans une tunique en velours élimée, avec un turban turc sur la tête et les yeux noircis au charbon, et chantait comme une gitane d'une voix rauque. Doña Elvira et Adela organisèrent des classes de couture pour les femmes et tâchèrent de maintenir en activité la petite école, mais seuls les enfants des paysans qui vivaient près de la maison bravaient les intempéries pour assister aux classes. Tous les jours on récitait les prières de l'hiver qui attiraient petits et grands, car on y servait du chocolat et des gâteaux. Susana eut l'idée de monter une pièce de théâtre pour célébrer la fin du siècle : nous fûmes occupés pendant plusieurs semaines à écrire le livret et apprendre nos rôles, construire une scène dans l'un des greniers, coudre les habits et répéter. Le sujet, bien sûr, était une allégorie de bon aloi sur les vices et les infortunes du passé, battus par l'incandescent cimeterre de la science, de la technologie et du progrès du XXᵉ siècle. En plus du théâtre, nous organisâmes des concours de tir et de mots du dictionnaire, des championnats de toutes sortes, des échecs à la fabrication de mannequins, en passant par la construction de villages avec des allumettes en bois, mais les heures étaient toujours longues. Je fis d'Adela mon assistante dans le laboratoire de photographie et, en cachette, nous échangions des livres : moi je lui prêtais ce que l'on m'envoyait de Santiago et elle me passait ses romans que je dévorais avec passion. Je devins une détective experte, généralement je devinais l'identité de l'assassin avant la page quatre-vingts. Même si nous faisions durer la lecture, notre bibliothèque fut vite épuisée, et nous jouions alors à changer les histoires ou à inventer des crimes extrêmement compliqués que l'autre devait résoudre. « Qu'est-ce que vous chuchotez toutes les deux ? » nous demandait ma belle-mère. « Rien, maman, nous imaginons des crimes », répliquait Adela avec son sourire innocent de petit lapin. Doña Elvira riait, loin d'imaginer combien la réponse de sa fille était exacte.

Eduardo, en qualité de fils aîné, devait hériter de la propriété à la mort de don Sebastián, mais il avait monté une société avec Diego afin de l'administrer conjointement. Mon beau-frère me plaisait, il était doux et joueur, il me faisait des blagues ou m'apportait des cadeaux, des agates translucides du lit de la rivière, un modeste collier de la réserve mapuche, des fleurs sauvages, une revue de mode qu'il commandait au village, et il parvenait ainsi à compenser l'indifférence de son frère à mon égard, évidente pour toute la famille. Parfois il me prenait par la main et me demandait d'un air inquiet si tout allait bien, si j'avais besoin de quelque chose, si ma grand-mère me manquait, si je m'ennuyais à Caleufú. Susana, en revanche, perdue dans sa langueur d'odalisque, assez proche de la paresse, m'ignorait la plupart du temps et me tournait le dos avec impertinence, attitude à laquelle je ne parvenais pas à m'habituer. Opulente, la peau dorée et de grands yeux sombres, c'était une belle femme, mais d'après moi elle n'avait pas conscience de sa beauté. N'ayant personne à qui se montrer, à part la famille, Susana ne prenait pas soin d'elle, parfois elle oubliait même de se coiffer et passait sa journée enveloppée dans sa robe de chambre, ses pantoufles en peau de mouton aux pieds, somnolente et triste. En d'autres occasions, au contraire, elle apparaissait resplendissante comme une princesse maure, avec ses longs cheveux sombres relevés en chignon, des peignes en écailles de tortue et un collier en or qui marquait l'arrondi parfait de son cou. Lorsqu'elle était de bonne humeur, elle aimait poser pour moi. Une fois, à table, elle me suggéra de la photographier nue. La provocation tomba telle une bombe dans cette famille si conservatrice. Doña Elvira faillit avoir une attaque et Diego, scandalisé, se leva si brutalement qu'il fit tomber sa chaise. Si Eduardo n'avait pas lancé une plaisanterie, un drame aurait éclaté. Adela était la moins gracieuse des trois enfants Domínguez, avec son visage de lapin et ses yeux bleus perdus dans une mer de grains de beauté, mais la plus sympathique. Sa gaieté était aussi réelle que la lumière de chaque matin. Nous pouvions compter sur elle pour nous remonter le moral, même aux heures les plus profondes de l'hiver, quand le vent hululait entre les tuiles et que nous étions fatigués de jouer aux cartes à la lueur d'une bougie. Son père, don Sebastián, l'adorait, il ne pouvait rien lui refuser et avait pris l'habitude de lui demander, à moitié sérieux, de rester célibataire pour s'occuper de ses vieux jours.

L'hiver s'en fut en laissant parmi les paysans deux enfants et un vieil homme morts de pneumonie. La grand-mère qui vivait dans la maison mourut également. Selon leurs calculs elle était plus que centenaire, parce qu'elle avait fait sa première communion en 1810, l'année où le Chili proclama son indépendance. Ils furent tous enterrés sans cérémonie dans le cimetière de Caleufú, transformé en bourbier par des pluies torrentielles. Il plut de façon ininterrompue jusqu'en septembre, le printemps commença alors, et nous pûmes sortir dans la cour pour étendre le linge et les matelas humides au soleil. Doña Elvira avait passé tous ces mois emmitouflée dans ses châles, entre son lit et le fauteuil, de plus en plus faible. Une fois par mois, très discrètement, elle me demandait « s'il y avait du nouveau », et comme il n'y en avait pas, elle redoublait de prières pour que Diego et moi lui donnions des petits-enfants. Malgré les très longues nuits de cet hiver-là, l'intimité avec mon mari ne s'améliora pas. Nous nous retrouvions en silence dans l'obscurité, presque comme des ennemis, et comme la première fois je ressentais ce sentiment de frustration et d'angoisse irrépressible. J'avais l'impression que nous nous étreignions seulement lorsque je prenais l'initiative, mais je peux me tromper, peut-être n'en était-il pas toujours ainsi. Avec l'arrivée du printemps je repartis seule en excursion dans les forêts et sur les flancs des volcans. En galopant dans ces immensités, ma soif d'amour se calmait un peu. Fatiguée, les fesses meurtries par la selle, mes désirs réprimés étaient moindres. Je revenais dans l'après-midi, sentant l'humidité des bois et la transpiration du cheval, je me faisais préparer un bain chaud et je barbotais pendant des heures dans une eau parfumée à la fleur d'oranger. « Attention, ma petite, le cheval et les bains sont mauvais pour le ventre, ça provoque la stérilité », m'avertissait ma belle-mère, l'air affligé. Doña Elvira était une femme simple, bonne comme du pain blanc et serviable, avec une âme translucide que reflétait l'eau paisible de ses yeux bleus, la mère que j'aurais aimé avoir. Je passais des heures à son côté, elle brodant pour ses petits-enfants et me racontant toujours les mêmes petites histoires sur sa vie et sur Caleufú, et moi l'écoutant avec chagrin, sachant qu'elle n'était pas éternelle ici-bas. Je me doutais bien alors qu'un enfant ne réduirait pas la distance entre Diego et moi, mais je désirais en avoir un uniquement pour en faire don à

312

doña Elvira. En imaginant ma vie dans la propriété sans elle, je ressentais une peine insurmontable.

Le siècle s'achevait et les Chiliens faisaient de gros efforts pour s'adapter aux progrès industriels de l'Europe et des Etats-Unis. Les Domínguez, comme beaucoup d'autres familles conservatrices, voyaient avec effroi les coutumes ancestrales s'éloigner et les mœurs étrangères s'imposer. « Ce sont des trucs diaboliques », disait don Sebastián lorsqu'il lisait des articles sur les avancées technologiques dans ses journaux périmés. Son fils Eduardo était le seul à s'intéresser au futur, Diego vivait replié sur lui-même, Susana était absorbée par ses migraines et Adela n'était pas encore sortie de son cocon. Nous étions certes loin de tout, mais les échos du progrès parvenaient jusqu'à nous et il était impossible d'ignorer les changements qui s'opéraient dans la société. Une frénésie de sports, de jeux et de promenades à l'air libre s'était emparée de Santiago, plus proche du tempérament excentrique des Anglais que de celui des paisibles descendants d'hidalgos de Castille et León. Un coup de vent artistique et culturel venant de France rafraîchissait l'ambiance et un lourd grincement de machines allemandes venait interrompre la longue sieste coloniale du Chili. Une classe moyenne, arriviste et instruite, qui avait la prétention de vivre comme les riches, commençait à voir le jour. La crise sociale sapait les fondations du pays à travers les grèves, les excès en tout genre, le chômage et les charges de la police montée. Ces rumeurs lointaines n'altéraient pas le rythme de notre existence à Caleufú. Dans la propriété nous continuions à vivre comme les aïeux qui avaient dormi dans ces mêmes lits cent ans auparavant, mais le XXe siècle venait également à notre rencontre.

Frederick Williams et Nívea del Valle m'écrivaient que ma grand-mère Paulina avait beaucoup décliné : elle succombait lentement aux nombreuses attaques de l'âge et sentait la mort venir. Ils avaient compris combien elle avait vieilli lorsque Severo del Valle était venu lui apporter les premières bouteilles de vin produit à partir des raisins à mûrissement tardif et qui, apprirent-ils, s'appelaient *carmenere*. C'était un vin rouge doux et voluptueux, avec très peu de tanin, aussi bon que les meilleurs vins français, qu'ils baptisèrent *viña paulina*. Finalement ils avaient entre les mains un produit unique qui leur apporterait renommée et argent. Ma grand-mère l'avait goûté avec délicatesse. « C'est dommage, je ne pourrai pas en profiter, d'autres le boiront », avait-elle dit, et elle n'en reparla plus. Il n'y eut pas l'explosion de joie et les commentaires arrogants qui accompagnaient habituellement ses triomphes commerciaux ; après une vie de désinvolture, elle sombrait dans l'humilité. Le signe le plus flagrant de son mauvais état de santé était la présence quotidienne du fameux curé à la soutane fripée qui rôdait autour des agonisants pour s'emparer de leur fortune. J'ignore si c'est pour des raisons personnelles, ou sur la suggestion de ce vieil oiseau de mauvais augure, que ma grand-mère exila au fond d'une cave le célèbre lit mythologique où elle avait passé la moitié de sa vie. A sa place elle installa un lit de camp avec un matelas en crin de cheval. Ce fut pour moi un signal d'alarme, et dès que les chemins redevinrent praticables, j'annonçai à mon mari que je devais aller à Santiago voir ma grand-mère. Je m'attendais à un refus de sa part, mais tout au contraire, en moins de vingt-quatre heures, Diego organisa mon voyage en carriole jusqu'au port, où je prendrais le bateau pour Valparaiso et poursuivrais en train jusqu'à Santiago. Adela brûlait d'envie de m'accompagner et elle passa tant de temps assise sur les genoux de son père, à lui mordre l'oreille, à lui tirer les favoris et à le supplier que don Sebastián finit par céder, incapable de lui refuser ce nouveau caprice, contre l'avis de doña Elvira, d'Eduardo et de Diego. Il était inutile de chercher à savoir leurs raisons, je devinai qu'ils n'approuvaient pas l'ambiance qu'ils avaient perçue chez ma grand-mère et pensaient que je manquais de maturité pour m'occuper de cette enfant. Nous partîmes donc pour Santiago, accompagnées par un couple d'amis allemands qui devait prendre le même vapeur. Nous emportions avec nous un scapulaire du Sacré-Cœur de Jésus passé autour du cou pour nous protéger contre le mal, de l'argent cousu dans une petite bourse sous le corset, l'interdiction formelle d'adresser la parole à des inconnus et plus de bagages que nécessaire, de quoi faire le tour du monde.

Adela et moi restâmes deux mois à Santiago, deux mois qui auraient été magnifiques si ma grand-mère n'avait pas été malade. Elle nous accueillit avec un enthousiasme forcé, projetant des promenades, des sorties au théâtre et des voyages en train jusqu'à Viña del Mar pour prendre l'air de la côte, mais à la dernière minute elle nous envoyait avec Frederick Williams et restait à la maison. Nous rendîmes visite à Severo et Nívea del Valle dans leur propriété, qui commençait à produire les premières bouteilles de vin destinées à l'exportation. Estimant que *viña paulina* était un nom trop local, ma grand-mère voulut le changer par un nom français pour le vendre aux Etats-Unis, où selon elle personne ne s'y entendait en vins. Mais Severo s'y opposa. Nívea avait quelques kilos en plus et portait un chignon parsemé de cheveux blancs, mais elle était toujours aussi active, insolente et espiègle, entourée de ses enfants les plus petits. « Je crois que le changement est finalement arrivé, maintenant nous pourrons faire l'amour sans crainte », me soufflat-t-elle à l'oreille, sans se douter que des années plus tard naîtrait Clara, la voyante, le plus étrange des rejetons nés au sein du clan del Valle, si nombreux et extravagant. La petite Rosa, dont la beauté suscitait tant de commentaires, avait cinq ans. Je regrette que la photographie ne puisse capter les couleurs, on aurait dit une créature venant de la mer avec ses yeux d'ambre et ses cheveux mordorés, comme du vieux bronze. C'était un être angélique, un peu en retard pour son âge, qui flottait telle une apparition. « D'où sort-elle ? Elle doit être la fille du Saint-Esprit », disait en plaisantant sa mère. Cette jolie fillette était venue consoler Nívea qui venait de perdre deux nourrissons, morts de diphtérie, et qui tentait d'en soigner un troisième d'une longue maladie qui était en train de lui miner les poumons. J'essayai bien d'en parler avec Nívea – on dit qu'il n'est pire douleur que la perte d'un enfant –, mais elle changeait de sujet. Tout ce qu'elle put me dire, c'est que pendant des siècles et des siècles les femmes avaient souffert pour mettre au monde des enfants et souffert au moment de les enterrer, elle n'était pas une exception. « Ce serait très arrogant de ma part de supposer que Dieu me bénit en m'envoyant beaucoup d'enfants et que tous me survivront », disait-elle.

Paulina del Valle n'était que l'ombre d'elle-même, elle avait perdu tout intérêt pour la nourriture et pour les affaires, elle pouvait à peine marcher, ses genoux ne la soutenaient plus, mais elle était plus lucide que jamais. Sur sa table de nuit s'alignaient les flacons de médicaments, et trois nonnes se relayaient pour veiller sur elle. Ma grand-mère devinait que nous n'aurions plus souvent l'occasion d'être ensemble et, pour la première fois, elle accepta de répondre à mes questions. Nous feuilletâmes les albums de photographies, qu'elle me commenta une à une. Elle me raconta les origines du lit commandé à Florence et sa rivalité avec Amanda Lowell qui, vu avec le recul, était plutôt comique, et me parla de mon père et du rôle joué par Severo del Valle pendant mon enfance, éludant fermement tout ce qui avait trait à mes grands-parents maternels et à Chinatown ; elle me dit que ma mère était une Américaine très belle, qu'elle avait été modèle rien de plus. Certains soirs, nous nous installions dans la galerie vitrée pour discuter avec Severo et Nívea. Tandis qu'il évoquait les années de San Francisco et les expériences qui suivirent durant la guerre, elle me rappelait certains détails de ce qui s'était passé pendant la Révolution, lorsque j'avais à peine onze ans. Ma grand-mère ne se plaignait pas, mais l'oncle Frederick me glissa qu'elle avait de fortes douleurs d'estomac et que c'était pour elle un très gros effort de s'habiller le matin. Fidèle à son idée selon laquelle on a l'âge que l'on montre, elle continuait à teindre les quelques rares cheveux qui poussaient sur son crâne, mais elle ne pavoisait plus avec ses bijoux d'impératrice, comme jadis. « Il lui en reste très peu », me murmura son mari d'un air mystérieux. La maison était dans le même état de délabrement que la maîtresse des lieux, les tableaux manquants avaient laissé des espaces vides sur les murs, il y avait moins de meubles et de tapis, les plantes tropicales de la galerie étaient poussiéreuses et fanées, et les oiseaux se taisaient dans leurs cages. Ce qu'avait raconté l'oncle Frederick dans ses lettres concernant le lit de camp sur lequel dormait ma grand-mère était exact. Cette dernière avait toujours occupé la chambre la plus vaste de la maison et son célèbre lit mythologique se dressait au centre comme un trône papal ; de là elle dirigeait son empire. Elle y passait ses matinées, étudiant ses livres de comptes, dictant son courrier, concoctant de nouvelles affaires. Sous les draps sa corpulence disparaissait et elle parvenait à créer une illusion de fragilité et de beauté. Je l'avais photographiée à de très nombreuses reprises dans ce lit doré et j'eus envie de l'immortaliser maintenant, avec sa modeste chemise de nuit en cretonne et son châle de petite vieille dans sa couche de pénitente, mais elle s'y refusa catégoriquement. Je constatai que les beaux meubles français capitonnés de soie avaient disparu de sa chambre, ainsi que le grand secrétaire en bois de rose avec des incrustations nacrées rapporté des Indes, les tapis et les tableaux ; il ne restait pour toute décoration qu'un grand Christ crucifié. « Elle est en train de faire don de ses meubles et de ses bijoux à l'Eglise », m'expliqua Frederick Williams, au vu de quoi nous décidâmes de remplacer les nonnes par des infirmières, et de trouver le moyen d'empêcher, même par la force, les visites du curé apocalyptique, car outre le fait qu'il emportait des objets, il semait la panique. Ivan Radovic, seul médecin en qui Paulina del Valle avait confiance, fut totalement d'accord. Quel plaisir de revoir ce vieil ami – la véritable amitié résiste au temps, à la distance et au silence, selon ses propres paroles – et de lui avouer, en riant, que dans mon souvenir il apparaissait toujours déguisé en Gengis Khan. « Ce sont les pommettes slaves », m'expliqua-t-il avec bonne humeur. Il lui restait un vague air de chef tartare, mais le contact avec les malades à l'hospice des pauvres où il travaillait l'avait adouci. De plus, il était moins exotique au Chili qu'en Angleterre, il aurait pu être un *toqui* araucan, en plus grand et plus propre. C'était un homme silencieux qui écoutait avec une grande attention, même le babillage incessant d'Adela, qui tomba aussitôt amoureuse de lui et, habituée comme elle l'était à séduire son père, elle utilisa les mêmes moyens pour enjôler

Ivan Radovic. Malheureusement, le docteur ne voyait en elle qu'une gamine, certes innocente et amusante, mais une gamine tout de même. L'inculture abyssale d'Adela et la pétulance avec laquelle elle énonçait les bêtises les plus énormes ne le gênaient pas ; je crois que cela l'amusait, même si ses assauts de coquetterie pleins de naïveté le faisaient somme toute rougir. Le docteur inspirait confiance, il m'était facile de lui parler de sujets que j'abordais rarement avec d'autres personnes de peur de les ennuyer, comme la photographie. Lui s'y intéressait parce qu'elle était utilisée dans la médecine depuis plusieurs années en Europe et aux Etats-Unis. Il me pria de lui apprendre à utiliser l'appareil photo, car il voulait cataloguer ses opérations et les symptômes externes de ses patients pour illustrer ses conférences et ses cours. Nous usâmes de ce prétexte pour aller voir don Juan Ribero, mais le studio était fermé et le local en vente. Le coiffeur d'à côté nous dit que le maître ne travaillait plus à cause d'une cataracte aux deux yeux. Il nous donna son adresse et nous allâmes lui rendre visite. Il vivait dans un bâtiment de la rue Monjitas, grand, vieux et rempli de fantômes. Une employée nous guida à travers plusieurs pièces qui communiquaient entre elles, entièrement tapissées du sol au plafond par les photographies de Ribero, jusqu'à un salon encombré de meubles anciens en acajou et de fauteuils en velours décrépits. Il n'y avait pas de lampe allumée et il nous fallut quelques secondes pour nous habituer à la faible lumière et apercevoir le maître assis avec un chat sur les genoux, devant la fenêtre par où pénétraient les dernières lueurs de l'après-midi. Il se leva et vint à notre rencontre d'un pas très sûr ; rien dans sa façon de marcher ne trahissait sa condition d'aveugle.

— Mademoiselle del Valle ! Excusez-moi, madame Domínguez maintenant, n'est-ce pas? s'exclama-t-il en me tendant les deux mains.

— Aurora, maître, la même Aurora que jadis, répliquai-je en l'embrassant.

Puis je lui présentai le docteur Radovic et lui expliquai son souhait d'apprendre la photographie à des fins médicales.

— Je ne peux plus rien enseigner, mon ami. Le ciel m'a puni en m'ôtant ce que j'avais de plus cher, la vue. Pensez, un photographe aveugle, quelle ironie!

— Vous ne voyez rien, maître? demandai-je, inquiète.

— Avec les yeux, rien, mais je continue à regarder le monde. Dites-moi, Aurora, avez-vous changé? Comment êtes-vous maintenant? L'image la plus nette que je garde de vous est celle de cette fillette de treize ans, têtue comme une mule, plantée devant la porte de mon studio.

— Je n'ai pas changé, don Juan, timide, bête et obstinée.

— Non, non, dites-moi par exemple comment vous êtes coiffée et la couleur de vos vêtements.

— Madame porte une robe blanche, légère, avec un décolleté en dentelle, j'ignore de quel tissu car je n'y entends rien, et une ceinture jaune, de la même couleur que le ruban de son chapeau. Je peux vous assurer qu'elle est très jolie, dit Radovic.

— Ne me faites pas rougir, docteur, je vous en conjure, l'interrompis-je.

— Et maintenant cette dame a les joues toutes rouges..., ajouta-t-il, et tous deux rirent en même temps.

Le maître agita une clochette et l'employée entra avec le service à café sur un plateau. Nous passâmes une heure fort agréable à parler des nouvelles techniques et des nouveaux appareils utilisés dans d'autres pays, et des progrès accomplis dans la photographie scientifique. Don Juan était au courant de tout.

— Aurora possède l'intensité, la concentration et la patience nécessaires à tout artiste. Je suppose qu'un bon médecin doit avoir ces mêmes qualités, non ? Demandez-lui de vous montrer son travail, docteur, elle est modeste et ne le fera que si vous insistez, suggéra le maître à Ivan Radovic au moment de prendre congé de nous.

L'occasion se présenta quelques jours plus tard. Ma grand-mère s'était réveillée avec de terribles douleurs d'estomac et ses calmants habituels ne lui étaient d'aucun secours. Nous fîmes appel à Radovic, qui vint aussitôt et lui administra une forte dose de laudanum. Tandis qu'elle se reposait dans son lit, nous sortîmes de la chambre et il m'expliqua alors qu'une nouvelle tumeur venait d'apparaître, mais elle était trop âgée pour subir une opération, elle ne résisterait pas à l'anesthésie ; il pouvait seulement essayer de limiter ses souffrances et de l'assister pour qu'elle s'en aille en paix. Je voulus savoir combien de temps il lui restait à vivre, mais il était difficile de le dire avec exactitude, car malgré son âge ma grand-mère était très forte et la tumeur évoluait lentement. « Il faut vous préparer à une issue fatale dans quelques mois, Aurora », dit-il. Je ne pus m'empêcher de verser quelques larmes. Sans Paulina del Valle, mes seules racines, j'étais à la dérive, et Diego, mon mari, ne m'aidait guère, au contraire. Radovic me tendit son mouchoir, il ne dit rien et détourna les yeux, ému par mes larmes. Je lui fis promettre de m'informer, que j'aie le temps de revenir pour accompagner ma grand-mère dans ses derniers instants. Le laudanum fit son effet et elle s'apaisa très vite. Quand elle se fut endormie, je reconduis Ivan Radovic jusqu'à la porte et là, il me demanda s'il pouvait rester un moment car il disposait d'une heure de libre, et dehors la chaleur était étouffante. Adela faisait la sieste, Frederick Williams était allé nager dans son club et l'énorme maison de la rue Ejército Libertador ressemblait à un bateau immobile. Je lui offris un verre de sirop d'orgeat et nous nous installâmes dans la galerie où fougères et cages à oiseaux voisinaient.

— Sifflez, docteur Radovic, lui dis-je.

— Que je siffle ? Et pourquoi ?

— Selon les Indiens, en sifflant on attire le vent. Nous avons besoin d'une légère brise pour nous soulager de cette chaleur.

— Pendant que je siffle, pourquoi ne m'apportez-vous pas vos photographies ? demanda-t-il. J'aimerais beaucoup les voir.

J'apportai plusieurs boîtes et m'installai à côté de lui. Je commençai par lui montrer quelques clichés pris en Europe, quand je m'intéressais plus à l'esthétique qu'au contenu, puis les impressions en platine de Santiago et celles des Indiens et des paysans du domaine, finalement celles des Domínguez. Il les regarda avec attention, comme s'il examinait ma grand-mère, posant une question de temps en temps. Il s'arrêta sur les photographies de la famille de Diego.

— Qui est cette femme si belle ? voulut-il savoir.

— Susana, la femme d'Eduardo, mon beau-frère.

— Et je suppose que celui-ci est Eduardo, non ? dit-il en montrant Diego.

— Non, c'est Diego. Pourquoi pensiez-vous que c'était le mari de Susana ?

— Je ne sais pas, il me semblait...

Ce soir-là j'ai posé les photos sur le sol et je suis restée

322

des heures à les regarder. Je suis allée me coucher très tard, tenaillée par l'angoisse.

Il a fallu que je prenne congé de ma grand-mère parce que nous devions retourner à Caleufú. En ce mois ensoleillé de décembre à Santiago, Paulina del Valle se sentait mieux — l'hiver avait été très long et solitaire pour elle aussi — et elle promit de venir me voir avec Frederick Williams après le Nouvel An, au lieu d'aller sur la côte, avec ceux qui pouvaient fuir la canicule de Santiago. Elle se sentait tellement bien qu'elle nous accompagna en train jusqu'à Valparaiso où Adela et moi prîmes le bateau en direction du Sud. Nous avons regagné la campagne avant Noël car nous ne pouvions pas être absentes pendant les fêtes qui, pour les Domínguez, étaient les plus importantes de l'année. Plusieurs mois à l'avance, doña Elvira s'occupait des cadeaux destinés aux gens du domaine, fabriqués à la maison ou achetés en ville : des vêtements et des jouets pour les enfants, des étoffes et de la laine pour les femmes, des outils pour les hommes. A cette occasion on répartissait les animaux, les sacs de farine, les pommes de terre, la *chancaca* ou sucre noir, les haricots et le maïs, le *charqui* ou viande séchée, l'herbe pour le *mate*, le sel et la pâte de coing, préparée dans d'énormes chaudrons en cuivre posés sur des feux en plein air. Les paysans venaient des quatre coins de la propriété, les uns marchaient pendant plusieurs jours avec leurs femmes et leurs enfants pour assister à la fête. On tua des veaux et des chèvres, on prépara des pommes de terre, des épis de maïs frais et des marmites de haricots noirs. J'avais pour mission de décorer, avec des fleurs et des branches de pin, les longues tables installées dans la cour, et de préparer les jarres de vin clair et sucré, qui n'enivrait pas les adultes et que les enfants buvaient mélangé avec de la farine grillée. Un curé vint et resta deux ou trois jours pour baptiser les plus jeunes, confesser les pécheurs, unir les couples non mariés et admonester ceux qui vivaient dans l'adultère. Le soir du 24 décembre, nous assistâmes à la messe de minuit devant un autel improvisé en plein air, parce que nous ne tenions pas tous dans la petite chapelle, et à l'aube, après un succulent petit déjeuner avec café au lait, pain cuit au feu de bois, crème, confiture et fruits de saison, l'Enfant Jésus fut promené en une joyeuse procession afin que chacun pût baiser ses pieds en faïence. Don Sebastián choisissait la famille la plus méritante pour sa conduite morale et lui confiait l'Enfant. Pendant un an, jusqu'au Noël suivant, l'urne en verre avec la petite statue occuperait la place d'honneur dans la masure de ces paysans, leur apportant toutes sortes de bienfaits. Tant qu'il serait là, rien de mauvais ne pouvait leur arriver. Don Sebastián s'arrangeait pour donner à chaque famille une chance d'abriter l'Enfant Jésus sous son toit. Cette année-là, il y avait en plus la pièce allégorique qui célébrait l'entrée dans le XXe siècle, à laquelle tous les membres de la famille participaient, sauf doña Elvira, trop faible, et Diego qui préféra se charger des aspects techniques, comme l'éclairage et la peinture des décors. Don Sebastián, de très bonne humeur, accepta le triste rôle de l'an vieux qui s'éloignait en grommelant et un des enfants de Susana — encore dans les langes — représentait l'an nouveau.

L'annonce d'un repas gratuit incita quelques Indiens vivant dans les Andes à faire le déplacement. Ils étaient très pauvres — ils avaient perdu leurs terres, et les plans de développement du gouvernement les ignoraient —, mais par orgueil ils ne venaient pas les mains vides. Ils apportaient

quelques pommes sous leurs vêtements, qu'ils nous offri-
rent recouvertes de sueur et de saleté, un lapin mort qui
puait la charogne et des calebasses avec du *muchi*, une liqueur préparée avec un petit fruit de couleur violacée qu'ils
mastiquaient et recrachaient mélangé à de la salive dans un
récipient, et qu'ils laissaient fermenter. Le vieux cacique
marchait devant suivi de ses trois femmes, ses chiens, et
d'une vingtaine de membres de sa tribu. Les hommes
étaient accrochés à leurs lances, et malgré trois siècles
d'abus et de défaites ils n'avaient pas perdu leur fière allure.
Les femmes n'étaient pas du tout timides, elles avaient autant d'indépendance et de pouvoir que les hommes ; il existait une égalité entre les sexes que Nívea del Valle aurait ap-
plaudie. Ils saluaient dans leur langue, sur un ton cérémonieux, appelant « frère » don Sebastián et ses enfants.
Ces derniers leur souhaitèrent la bienvenue et les invitèrent
à participer au festin, mais ils les surveillaient de près parce
qu'ils volaient à la première occasion. Mon beau-père
maintenait qu'ils n'avaient pas l'instinct de propriété, qu'ils
étaient habitués à vivre en communauté et à partager, mais
Diego disait que les Indiens, qui étaient si prompts à
prendre les choses d'autrui, ne permettaient à personne de
toucher à ce qui leur appartenait. Craignant qu'ils s'enivrent
et deviennent violents, don Sebastián offrit au cacique un
baril d'eau-de-vie cerclé à emporter. Ils prirent place dans
un large cercle pour manger, boire et fumer, tous avec la
même pipe, et faire de longs discours que personne
n'écoutait, sans se mélanger aux paysans de Caleufú, mais
tous les enfants couraient ensemble. Cette fête me donna
l'occasion de prendre des photos des Indiens comme bon
me semblait et de me lier d'amitié avec certaines femmes,
espérant qu'elles m'inviteraient dans leur campement de

l'autre côté du lac, où ils s'étaient installés pour l'été. Quand il n'y avait plus d'herbe ou qu'ils étaient fatigués du paysage, ils enlevaient les pieux qui soutenaient leurs tentes, les enroulaient et partaient vers de nouveaux horizons. Si je pouvais passer un peu de temps avec eux, peut-être s'habitueraient-ils à ma présence et à l'appareil. Je voulais les photographier dans leurs tâches quotidiennes, idée qui horrifia mes beaux-parents, car il circulait toutes sortes d'histoires effrayantes sur les coutumes de ces tribus où le patient labeur des missionnaires n'avait laissé qu'un léger vernis.

Ma grand-mère Paulina n'est pas venue me voir cet été-là, malgré sa promesse. Le voyage en train ou en bateau était une chose envisageable, mais les deux jours dans une carriole tirée par des bœufs entre le port et Caleufú lui fit peur. Ses lettres hebdomadaires étaient mon seul contact avec le monde extérieur. Ma nostalgie allait croissant à mesure que les semaines passaient. Je changeai d'humeur, je devins farouche, plus muette que d'habitude, supportant ma frustration comme la lourde traîne d'une robe de mariée. La solitude me rapprocha de ma belle-mère, cette femme douce et discrète, totalement dépendante de son mari, sans idées personnelles, incapable d'affronter les plus petits aléas de l'existence, mais qui compensait ses carences par une immense bonté. En sa présence, mes rages silencieuses partaient en fumée, doña Elvira avait cette qualité de me remettre sur les rails et d'apaiser l'anxiété qui parfois m'étouffait.

Pendant ces mois d'été nous fûmes occupés par les récoltes, les animaux qui mettaient bas et par la fabrication des conserves. Le soleil se couchait à neuf heures et les journées étaient interminables. La maison que mon beau-père nous avait fait construire à Diego et à moi était prête ; solide, fraîche et belle, elle était entourée de galeries sur les quatre côtés et sentait la glaise, le bois coupé et le thym, que les paysans avaient planté le long des murs pour éloigner le mauvais sort et les esprits malins. Mes beaux-parents nous donnèrent quelques meubles qui appartenaient à la famille depuis des générations, Diego acheta le reste au village sans me demander mon avis. A la place du vaste lit dans lequel nous avions dormi jusque-là, il en acheta deux, en bronze, et installa une table de nuit comme séparation. Après le déjeuner, tout le monde se reposait dans sa chambre jusqu'à cinq heures parce que, supposait-on, la chaleur paralysait la digestion. Diego s'allongeait dans un hamac sous la treille pour fumer un moment, puis il allait nager dans la rivière. Il aimait y aller seul, et il se montra si contrarié les rares fois où je voulus l'accompagner que je n'insistai pas. Comme nous ne partagions pas ces heures de sieste dans l'intimité de notre chambre, je les passais à lire ou à travailler dans mon petit laboratoire photographique, car je ne m'étais pas habituée à dormir en milieu de journée. Diego ne me demandait rien, ne me posait aucune question, il s'intéressait peu à mes activités ou à mes sentiments, il ne s'impatientait jamais de mes changements d'humeur, de mes cauchemars qui étaient revenus avec de plus en plus de fréquence et d'intensité, ou de mes silences sournois. Il pouvait s'écouler des jours sans que nous échangions un mot, mais il ne semblait pas s'en rendre compte. Moi je m'enfermais dans le mutisme comme à l'intérieur d'une armure, comptant les heures pour évaluer le temps que cela pouvait durer, mais je finissais toujours par céder parce que cette situation me pesait beaucoup plus qu'à lui. Avant, lorsque nous partagions le même lit, je me rapprochais de lui en feignant de dormir, je me collais à son dos et mêlais mes jambes aux siennes, ainsi franchissais-je parfois l'abîme qui existait entre nous. Durant ces rares étreintes je ne recherchais pas le plaisir, puisque j'ignorais que cela fût possible, uniquement une consolation et de la compagnie. Pour quelques heures je vivais l'illusion de l'avoir reconquis, mais quand l'aube pointait, tout reprenait son cours normal. Dans la nouvelle maison, même cette intimité précaire disparut, la distance entre les deux lits était plus vaste et hostile que les eaux tourmentées de la rivière. Parfois, cependant, quand je me réveillais en criant, cernée par les enfants en pyjamas noirs de mes rêves, il se levait, venait et m'enlaçait fortement jusqu'à ce que je me calme. Peut-être étaient-ce là les uniques rencontres spontanées entre nous. Ces cauchemars le préoccupaient et, croyant qu'ils pouvaient dégénérer en folie, il se procura un flacon d'opium et m'en donnait quelques gouttes diluées dans de la liqueur d'orange pour m'aider à trouver un sommeil paisible. A l'exception des activités partagées avec le reste de la famille, Diego et moi passions très peu de temps ensemble. Il partait souvent en excursion, traversait la Cordillère pour gagner la Patagonie argentine, ou bien il se rendait au village pour acheter des provisions, il disparaissait parfois deux ou trois jours sans donner d'explications. Je sombrais alors dans l'angoisse en songeant à un accident. Eduardo me tranquillisait en me disant que son frère avait toujours été comme ça, un solitaire qui avait grandi dans la vaste étendue de cette nature sauvage. Habitué au silence, il ressentait depuis tout petit le besoin des grands espaces, il avait une âme de vagabond et, s'il n'était pas né dans une famille si unie, peut-être aurait-il été marin. Nous étions mariés depuis un an et je me sentais fautive ; non seulement j'avais été incapable de mettre un enfant au monde, mais je n'étais pas parvenue à faire en sorte qu'il s'intéresse à moi, et encore moins qu'il m'aime : dans ma féminité il manquait quelque chose de fondamental. Je supposais qu'il m'avait choisie parce que j'étais en âge de me marier, la pression de ses parents l'avait obligé à chercher une femme, j'avais été la première, peut-être la seule qu'il avait croisée. Diego ne m'aimait pas. Je l'ai su dès le premier instant, mais avec l'arrogance du premier amour, et de mes dix-neuf ans, cela ne m'était pas apparu comme un obstacle insurmontable ; je croyais pouvoir le séduire à force de ténacité, de vertu et de coquetterie, comme dans les histoires romantiques. Angoissée et désireuse de comprendre ce qui ne fonctionnait pas en moi, je passais des heures et des heures à faire des autoportraits, les uns en face d'un grand miroir que je transportais dans mon atelier, les autres en me plaçant devant l'appareil. J'ai fait des centaines de photographies, sur certaines je suis habillée, sur d'autres toute nue, je me suis examinée sous toutes les coutures, et la seule chose que j'ai découverte c'est une tristesse crépusculaire.

De son fauteuil de malade, doña Elvira observait la vie de la famille sans perdre un seul détail, et elle avait bien remarqué les absences prolongées de Diego et mon désespoir. Elle fit ses petits calculs et parvint à certaines conclusions. Sa délicatesse, et l'habitude très chilienne de ne pas parler des sentiments, l'empêchaient d'affronter le problème directement, mais durant les nombreuses heures que nous passâmes toutes seules, il y eut un rapprochement intime entre nous, nous devînmes comme mère et fille. Ainsi, discrètement, petit à petit, elle me raconta les difficultés rencontrées au début entre son mari et elle. Elle s'était mariée très jeune et n'avait eu son premier enfant que cinq ans plus tard, après plusieurs fausses couches qui avaient laissé des blessures dans son corps et son âme. A cette époque, Sebastián Domínguez n'était pas mûr pour la vie conjugale, il n'avait aucun sens des responsabilités, il était impétueux, noceur et fornicateur, elle n'utilisa pas ce mot, bien entendu, je ne pense pas qu'elle le connût. Doña Elvira se sentait isolée, loin de sa famille, seule et apeurée, convaincue que son mariage avait été une terrible erreur dont la seule issue était la mort. « Mais Dieu a écouté mes prières, nous avons eu Eduardo et, du jour au lendemain, Sebastián a complètement changé. Il n'y a pas de meilleur père ni de meilleur mari, nous vivons depuis trente ans ensemble et tous les jours je rends grâces au ciel pour le bonheur que nous partageons. Il faut prier, ma petite, cela aide beaucoup », me conseilla-t-elle. Je priai, mais certainement pas avec l'intensité et la persévérance qu'il aurait fallu, parce que rien ne changea.

Mes soupçons avaient commencé quelques mois auparavant, mais je les avais rejetés, j'avais honte de moi; je ne pouvais les accepter sans mettre en évidence le mauvais côté de ma nature. Je me répétais que de telles suppositions ne pouvaient être que des idées diaboliques qui prenaient racine et poussaient comme des tumeurs mortelles dans ma tête, idées que je devais combattre sans pitié, mais la rancœur qui me rongeait fut plus forte que mes bonnes intentions. Tout avait commencé avec les photographies de la famille que j'avais montrées à Ivan Radovic. Ce qui n'était pas évident à première vue – à cause de cette habitude de ne voir que ce que nous voulons voir, comme disait mon maître Juan Ribero – se trouva reflété en noir et blanc sur le papier. Le langage sans équivoque du corps, des gestes, des regards, apparaissait là peu à peu. Partant de ces premiers soupçons, j'ai fait de plus en plus appel à mon appareil photo, et sous prétexte de faire un album pour doña Elvira, je passais mon temps à prendre des clichés de la famille que je révélais ensuite dans mon atelier, puis étudiais avec une attention perverse. Ainsi ai-je réussi à avoir une collection misérable de preuves minuscules, certaines tellement subtiles que j'étais la seule, envahie que j'étais par le dépit, à les percevoir. Avec l'appareil devant les yeux, tel un masque qui me rendait invisible, je pouvais superviser la scène et en même temps maintenir une distance glaciale. Vers la fin avril, lorsque la chaleur baissa, que les nuages encerclèrent la cime des volcans et que la nature commença à se recueillir pour l'automne, les signes révélés par les photographies me parurent suffisants ; je fis alors quelque chose d'infamant : je me mis à espionner Diego comme n'importe quelle femme jalouse. Lorsque je pris finalement conscience de cet étau qui me serrait la gorge et que je pus le nommer, j'eus l'impression de m'enfoncer dans un bourbier. Jalousie. Qui ne l'a jamais ressentie ne peut savoir à quel point elle est douloureuse, ni imaginer les folies que l'on commet en son nom. Au cours de mes trente années de vie je ne l'ai éprouvée qu'en cette unique occasion, mais la brûlure fut si profonde que les cicatrices n'ont pas disparu et j'espère qu'elles ne disparaîtront jamais, pour l'avoir en mémoire et tâcher de l'éviter à l'avenir. Diego ne m'appartenait pas — nul n'appartient jamais à quelqu'un d'autre —, et le fait d'être sa femme ne me donnait aucun droit sur lui et sur ses sentiments : l'amour est un contrat libre qui naît comme une étincelle et qui peut mourir de la même manière. Mille dangers menacent cet amour et si le couple décide de le défendre, il peut être sauvé, croître comme un arbre, faire de l'ombre et donner des fruits, mais cela ne pourra être qu'au prix d'une action commune. Diego n'a jamais rien fait, notre relation était condamnée dès le début. Aujourd'hui je le comprends, mais à l'époque j'étais aveugle, d'abord simplement de rage et ensuite, de désespoir.

En l'épiant montre en main, je constatai que ses absences ne coïncidaient pas avec ses explications. Quand, apparemment, il était parti chasser avec Eduardo, il revenait plusieurs heures avant ou après son frère ; quand les autres hommes de la famille se trouvaient dans la scierie ou au rodéo pour marquer les bêtes, lui surgissait tout à coup dans la cour et plus tard, quand j'en parlais à table, il s'avérait qu'il n'avait pas été avec eux de toute la journée. Quand il allait acheter quelque chose au village, il revenait sans rien, parce qu'il n'avait semble-t-il pas trouvé ce qu'il cherchait, même un outil aussi banal qu'une hache ou une scie. Nous passions de nombreuses heures en famille alors, et il évitait à tout prix les conversations, c'était toujours lui qui organisait les parties de cartes ou qui priait Susana de chanter. Si elle avait une de ses migraines, il s'ennuyait très vite et partait à cheval avec son fusil à l'épaule. Je ne pouvais le suivre dans ses excursions sans qu'il le remarque et sans éveiller les soupçons de la famille, mais j'ouvrais l'œil quand il se trouvait à proximité. Ainsi je remarquai qu'il se levait parfois au milieu de la nuit, mais pas pour aller dans la cuisine manger quelque chose, comme je le pensais ; il s'habillait, sortait dans la cour et disparaissait pour une heure ou deux, puis il revenait sans faire de bruit. Le suivre dans l'obscurité était plus facile que pendant le jour, quand six paires d'yeux nous regardaient ; le tout était de rester éveillée, en évitant de boire du vin au dîner et de prendre les gouttes d'opium avant de me coucher. Une nuit, à la mi-mai, il se glissa hors de son lit et dans la pâle lueur de la petite lampe à huile qui était toujours allumée devant la Croix, je le vis enfiler son pantalon et ses bottes, mettre sa chemise et sa veste et sortir. J'attendis quelques instants, puis je m'habillai rapidement et je le suivis, le cœur près d'éclater. Je le voyais mal dans la maison plongée dans la pénombre, mais quand il sortit dans la cour, sa silhouette se découpa dans la clarté de la lune, qui apparaissait entière par moments au firmament. Le ciel était partiellement couvert et les nuages la cachaient de temps en temps, nous plongeant dans l'obscurité. J'entendis les chiens aboyer et je me dis que s'ils approchaient, ils dévoileraient ma présence, mais ne les voyant pas venir, je compris que Diego les avait déjà attachés. Mon mari fit le tour complet de la maison et se dirigea d'un pas rapide vers l'une des granges où se trouvaient les chevaux de la famille, que l'on n'utilisait pas pour les travaux des champs ; il souleva la barre qui fermait la porte et entra. Je restai à attendre, protégée par l'ombre d'un orme qui se trouvait à quelques mètres des écuries, pieds nus et seulement couverte d'une fine chemise de nuit, sans oser faire un pas de plus, convaincue que Diego allait ressortir à cheval et que je ne pourrais pas le suivre. Il s'écoula un temps qui me sembla très long sans que rien se passe. Tout à coup, j'aperçus une lumière à travers la porte entrebâillée, une bougie ou peut-être une petite lampe. Je claquais des dents et me mis à trembler convulsivement de froid et de peur. J'étais sur le point de tout abandonner et de retourner me coucher lorsque je vis une silhouette arriver, venant de l'est – il était évident qu'elle ne venait pas de la grande maison – et entrer en repoussant la porte derrière elle. Je laissai passer un petit quart d'heure avant de me décider, alors je me forçai à faire quelques pas ; j'étais engourdie et pouvais à peine me déplacer. Je me dirigeai vers l'écurie, atterrée, me demandant comment réagirait Diego s'il me découvrait en train de l'espionner, mais incapable de faire demi-tour. Je poussai délicatement la porte qui céda sans offrir de résistance, la barre se trouvant à l'extérieur, et me glissai comme une voleuse par le mince entrebâillement. Dedans, tout était sombre, mais au fond brillait une lueur ténue et je m'y dirigeai sur la pointe des pieds, retenant mon souffle, précaution inutile puisque la paille amortissait mes pas et que plusieurs bêtes étaient réveillées, je pouvais les entendre remuer et souffler dans leur râtelier.

A la faible lueur d'une lanterne suspendue à une poutre et agitée par la brise qui passait entre les planches, je les vis. Ils avaient posé des couvertures sur un tas de paille, tel un nid ; elle y était allongée, sur le dos, vêtue d'un lourd manteau déboutonné sous lequel elle était nue. Elle avait les bras et les jambes écartés, la tête posée sur une épaule, ses cheveux noirs lui masquant le visage et sa peau brillant comme du bois blond dans la délicate clarté orangée de la lanterne. Diego, juste couvert de sa chemise, était agenouillé devant elle et lui léchait le sexe. Il y avait un tel abandon dans l'attitude de Susana et une passion si contenue dans les gestes de Diego que j'ai compris sur-le-champ combien j'étais étrangère à tout cela. En fait, je n'existais pas, ni Eduardo et les trois enfants, personne, sauf eux deux en train de s'aimer. Jamais mon mari ne m'avait caressée de la sorte. Ils s'étaient déjà retrouvés des centaines de fois dans cette situation, ça ne faisait aucun doute, ils s'aimaient depuis des années. Je compris alors que Diego m'avait épousée parce qu'il avait besoin d'un paravent pour couvrir ses amours avec Susana. En un instant les pièces de ce pénible puzzle prirent leur place, je pus m'expliquer son indifférence à mon égard, ses absences qui coïncidaient avec les

migraines de Susana, ses relations tendues avec son frère
Eduardo, l'attitude sournoise qu'il avait avec le reste de la
famille et comment il s'arrangeait pour être toujours à son
côté, la touchant, le pied contre le sien, la main sur son
coude ou son épaule et parfois, comme par hasard, dans le
creux de son dos ou de son cou, signes flagrants que les
photographies m'avaient révélés. Je pensai à Diego qui aimait tellement les enfants de Susana et je me dis que ces
derniers n'étaient peut-être pas ses neveux, mais ses enfants,
tous les trois avec les yeux bleus, la marque des Domínguez.
Je restai figée, à grelotter pendant qu'ils faisaient volup-
tueusement l'amour, savourant chaque frôlement, chaque
gémissement, sans se presser, comme s'ils avaient toute la
vie devant eux. Ils ne donnaient pas l'image de deux amants
se rencontrant furtivement, mais de jeunes mariés dans la
deuxième semaine de leur lune de miel, quand la passion est
encore intacte, mais qu'il existe déjà une confiance et la
connaissance du corps de l'autre. Pour ma part, je n'avais jamais fait l'expérience d'une telle intimité avec mon mari, je
n'aurais pas non plus été capable de la forger, même dans
mes plus audacieuses fantaisies. La langue de Diego par-
courait l'intérieur des cuisses de Susana, en remontant depuis les chevilles, s'arrêtant entre ses jambes et re-
descendant, tandis que ses mains remontaient le long de ses
hanches et manipulaient ses seins ronds et opulents, jouant
avec les tétons dressés et luisants comme des raisins. Le
corps de Susana, tendre et suave, tressaillait et ondulait,
c'était un poisson dans l'eau; sa tête allait d'un côté et de
l'autre, prise dans le désespoir du plaisir, les cheveux toujours sur le visage, la bouche ouverte en une longue plainte,
les mains cherchant Diego pour le diriger sur la belle
topographie de son corps, jusqu'à ce que sa langue la fasse

bondir de jouissance. Susana se cambra, emportée par l'extase qui la traversait tel un éclair et lança un cri rauque qu'il étouffa en plaquant sa bouche contre la sienne. A la suite de quoi, Diego la maintint dans ses bras, la berçant, la caressant comme un chat, lui murmurant une litanie de paroles secrètes à l'oreille, avec une délicatesse et une tendresse que je n'aurais jamais crues possibles chez lui. Puis elle se redressa, retira son manteau et commença à l'embrasser, d'abord sur le front, puis sur les paupières, les tempes, la bouche longuement, sa langue mutine explorant les oreilles de Diego, sautant sur sa pomme d'Adam, lui frôlant le cou, picorant avec ses dents les tétons virils, ses doigts enroulés dans les poils de sa poitrine. Alors ce fut à son tour de s'abandonner entièrement aux caresses. Il s'allongea à plat ventre sur la couverture et elle le chevaucha, lui mordant la nuque et le cou, se promenant sur ses épaules avec de brefs baisers joueurs, descendant vers ses fesses, explorant, reniflant, savourant et laissant une traînée de salive en chemin. Diego se retourna et elle prit son membre dressé dans sa bouche en un interminable travail de plaisir, de donner et prendre dans l'intimité la plus cachée jusqu'à ce que, n'y tenant plus, il se jette sur elle et la pénètre. Ils roulèrent comme deux ennemis dans une confusion de bras et de jambes, de baisers, de halètements et de soupirs, d'expressions d'amour que je n'avais jamais entendues. Puis ils s'assoupirent dans une chaude étreinte, sous les couvertures et le manteau de Susana, comme deux enfants innocents. Je reculai en silence et regagnai la maison, tandis que le froid glacial de la nuit s'emparait inexorablement de mon âme.

Un précipice s'ouvrit devant moi, je sentis le vertige qui

m'entraînait vers le fond, la tentation de sauter et de me perdre dans les profondeurs de la souffrance et de la terreur. La trahison de Diego et la peur du futur me laissèrent à la dérive, perdue et accablée. La rage qui me gagna dans un premier temps ne dura pas, je fus très vite assaillie par un sentiment de morbidité, de deuil absolu. J'avais donné ma vie à Diego, je m'étais placée sous sa protection, j'avais pris au pied de la lettre les paroles rituelles du mariage : nous étions unis jusqu'à la mort. Il n'y avait pas d'échappatoire. La scène de l'écurie me mit face à une réalité que je percevais depuis un bon moment, mais que je refusais d'affronter. Ma première impulsion fut de courir jusqu'à la grande maison, de me planter au milieu de la cour, de hurler comme une folle et de réveiller la famille, les paysans, les chiens, les prenant à témoin de l'adultère et de l'inceste. Ma timidité fut plus forte que mon désespoir. Je me traînai en silence et à tâtons jusqu'à la chambre que je partageais avec Diego et je m'assis sur le lit en tremblant, tandis que des larmes coulaient sur mes joues. Dans les minutes et les heures qui suivirent, j'eus le temps de réfléchir à ce qui s'était passé, et il fallut bien que j'accepte mon impuissance. Il ne s'agissait pas d'une aventure charnelle. Ce qui unissait Diego et Susana était un amour éprouvé, capable de courir tous les risques et d'emporter sur son passage tous les obstacles qui se présenteraient, tel un inexorable fleuve de lave incandescente. Eduardo et moi ne comptions pas, nous n'étions rien, juste des insectes, dans l'immensité de l'aventure passionnelle de ces deux êtres. Il fallait que j'en parle en priorité à mon beau-frère, décidai-je, mais en pensant au coup qu'une telle confession aurait sur la vie de cet homme si bon, je ne m'en sentis pas le courage. Eduardo le découvrirait de lui-même un jour, à moins qu'il n'ait la chance de ne jamais l'apprendre. Ou bien avait-il comme moi des soupçons, qu'il préférait ne pas confirmer pour préserver le fragile équilibre de ses illusions ? Dans cette histoire, trois enfants étaient en jeu, ainsi que son amour pour Susana et la cohésion monolithique du clan familial.

Diego revint dans la nuit, peu avant l'aube. A la lueur de la petite lampe à huile il me vit assise sur le lit, le visage congestionné par les larmes, incapable de prononcer un mot, et il crut que je m'étais réveillée à la suite d'un de mes cauchemars. Il s'assit à mes côtés et voulut m'attirer contre sa poitrine, comme il le faisait en d'autres occasions, mais je me recroquevillai dans un geste instinctif, et l'expression de rancœur dut être terrible car il recula aussitôt. Nous restâmes à nous regarder, lui surpris et moi le haïssant, jusqu'à ce que la vérité s'installe entre les deux lits, sans appel, énorme comme un dragon.

— Qu'allons-nous faire maintenant ?

C'est tout ce que je parvins à balbutier.

Il ne tenta pas de nier ou de se justifier. Il me fixa avec un regard d'acier, prêt à défendre son amour à n'importe quel prix, même si pour cela il devait me tuer. Alors la muraille d'orgueil, d'éducation et de bonnes manières qui m'avait retenue pendant tous ces mois de frustration se brisa, et les reproches silencieux se transformèrent en une avalanche de récriminations sans fin, qu'il reçut impassible et silencieux, mais attentif à chaque mot. Je l'accusai de tout ce qui me passait par la tête et pour finir, je le suppliai de réfléchir, je lui dis que j'étais disposée à pardonner et à oublier, que nous pouvions partir loin, où personne ne nous connaissait, que nous pourrions recommencer à zéro. Quand je fus à court de mots et de larmes, le jour était levé. Diego vint s'asseoir à côté de moi. Il me prit les mains et commença à m'expliquer avec calme et sérieux qu'il aimait Susana depuis longtemps et que cet amour était la chose la plus importante de sa vie, plus que l'honneur, la famille et le salut de son âme. Il pouvait me promettre de la quitter pour me tranquilliser, dit-il, mais ce serait une promesse en l'air. Il ajouta qu'il avait tenté de le faire en partant pour l'Europe, s'éloignant d'elle pendant six mois, mais sans résultat. Il m'avait même épousée pour voir s'il arriverait ainsi à briser le terrible lien qui l'unissait à sa belle-sœur, mais le mariage, loin de l'aider dans sa décision de s'en détacher, lui avait facilité les choses car il atténuait les soupçons d'Eduardo et du reste de la famille. Cependant, il était content que j'aie découvert la vérité parce qu'il était chagriné à l'idée de me tromper. Il ne pouvait rien me reprocher, m'assura-t-il, j'étais une très bonne épouse et il regrettait beaucoup de ne pas pouvoir m'offrir l'amour que je méritais. Il se sentait comme un misérable chaque fois qu'il me quittait pour aller retrouver Susana, ne plus devoir me mentir serait un soulagement pour lui. Maintenant la situation était claire.

— Et Eduardo ne compte donc pas ? demandai-je.

— Ce qui se passe entre Susana et lui les regarde. Ce que nous devons décider maintenant concerne notre relation à tous les deux.

— C'est toi qui as pris la décision, Diego. Je n'ai plus rien à faire ici, je vais retourner chez moi, lui dis-je.

— Ta maison est ici maintenant, nous sommes mariés, Aurora. Ce qui a été uni par Dieu ne peut être désuni.

— C'est toi qui as violé les préceptes divins, précisai-je.

— Nous pourrions vivre comme des frères. Tu ne manqueras de rien à mes côtés, je te respecterai toujours, tu auras ma protection et la liberté de te consacrer à tes photographies ou à ce que tu voudras. Tout ce que je te demande, c'est de ne pas faire de scandale.

— Tu ne peux plus rien me demander, Diego.

— Je ne te le demande pas pour moi. J'ai la peau dure et je peux affronter les choses comme un homme. Je te le demande pour ma mère. Elle ne supporterait pas...

C'est donc pour doña Elvira que je suis restée. Je ne sais comment j'ai trouvé la force de m'habiller, de me débarbouiller et me coiffer, de boire un café et de sortir de la maison pour vaquer à mes occupations quotidiennes. Je ne sais comment j'ai pu me retrouver devant Susana à l'heure du déjeuner, et quelle raison j'ai pu donner à mes beaux-parents pour expliquer mes yeux gonflés. Ce fut la pire journée : je me sentais moulue et étourdie, prête à fondre en larmes à la première occasion. Cette nuit-là, tous les os me faisaient mal et j'eus de la fièvre. Le lendemain, je me sentais plus détendue, et je pris mon cheval et partis vers les montagnes. Il se mit à pleuvoir et je trottai jusqu'à ce que la pauvre jument n'en puisse plus ; je mis pied à terre et m'ouvris un chemin à travers les buissons et dans la boue, sous les arbres, glissant et trébuchant, me relevant, et criant à pleins poumons, trempée de la tête aux pieds. Mon poncho mouillé était si lourd que je décidai de l'abandonner et je continuai, tremblant de froid et brûlant à l'intérieur. Je revins au coucher du soleil, sans voix et fiévreuse. Je bus une tisane et partis me coucher. J'ai peu de souvenirs de la suite car je passai les semaines suivantes à me battre contre la mort, et je n'eus ni le temps ni l'envie de penser à la tragédie de mon mariage. Après la nuit passée pieds nus dans l'écurie, et la chevauchée sous la pluie, j'avais attrapé une pneumonie qui faillit m'être fatale. On m'emmena en carriole à l'hôpital des Allemands, on me mit entre les mains d'une infirmière teutonne aux tresses blondes, qui me sauva la vie à force de ténacité. Cette noble walkyrie pouvait aussi bien me soulever comme un bébé dans ses puissants bras de bûcheron que me donner un consommé au blanc de poulet à la petite cuiller, avec une patience de nourrice.

Début juillet, lorsque l'hiver s'était définitivement installé et que la nature était imbibée d'eau – rivières torrentielles, inondations, bourbiers, pluie sans fin –, Diego et quelques paysans vinrent me chercher à l'hôpital et me ramenèrent à Caleufú enveloppée dans des couvertures et des fourrures, comme un paquet. Ils avaient installé une toile cirée au-dessus de la carriole, une litière et même un brasero pour combattre l'humidité. J'effectuai le lent trajet de retour en transpirant sous mes nombreuses couvertures, tandis que Diego chevauchait à mon côté. A plusieurs reprises la carriole s'embourba. Comme les bœufs n'avaient pas suffisamment de force pour la tirer, les hommes étaient obligés de poser des planches sur le sol boueux et de pousser. Diego et moi n'échangeâmes pas un traître mot durant cette longue journée de voyage. A Caleufú, doña Elvira vint à ma rencontre en pleurant de joie, nerveuse, asticotant les employées pour qu'elles s'occupent des braseros, des bouillottes, des soupes avec du sang de bœuf pour que je retrouve des couleurs et l'envie de vivre. Elle avait tellement prié pour moi, dit-elle, que Dieu avait eu pitié. Sous prétexte que je me sentais encore très faible, je lui demandai la permission de dormir dans la grande maison. Elle m'installa donc dans une chambre qui jouxtait la sienne, et pour la première fois de ma vie je bénéficiai de l'attention d'une mère. Ma grand-mère Paulina del Valle, qui m'aimait tellement et qui avait tant fait pour moi, n'était pas vraiment affectueuse, même si dans le fond c'était une grande sentimentale. Elle disait que la tendresse, ce mélange dou-cereux d'affection et de compassion, généralement repré-senté dans les calendriers par des mères en extase devant le berceau de leur bébé, était pardonnable quand on la des-tinait à des animaux sans défense, comme des chatons, par exemple, mais une monumentale bêtise chez les êtres hu-mains. Il y avait toujours eu un ton ironique et extrêmement libre dans nos rapports. Nous nous touchions peu, sauf quand nous dormions ensemble dans mon enfance, et d'une façon générale nous nous traitions avec une certaine brus-querie qui nous convenait très bien à toutes deux. Moi j'utilisais la câlinerie moqueuse quand je voulais obtenir quelque chose de sa part, et cela fonctionnait parce que ma formidable grand-mère s'attendrissait très facilement, plus pour échapper aux démonstrations d'affection que par fai-blesse de caractère. Doña Elvira, elle, était un être simple que des sarcasmes comme ceux dont ma grand-mère et moi usions aurait offensée. Elle était chaleureuse de nature, elle me prenait la main et la retenait entre les siennes, m'embras-sait, elle aimait me brosser les cheveux, me donnait elle-même les potions à base de moelle et de morue, m'appli-quait des cataplasmes de camphre contre la toux et me faisait transpirer en me frottant avec de l'huile d'eucalyptus et en m'enveloppant dans des couvertures chaudes. Elle veillait à ce que je me nourrisse correctement et me repose; le soir, elle me donnait les gouttes d'opium et restait à prier à mon côté jusqu'à ce que je m'endorme. Tous les matins elle me demandait si j'avais eu des cauchemars et me priait de les lui décrire en détail, « car c'est en parlant de ces choses qu'on finit par ne plus en avoir peur », disait-elle. Sa santé n'était pas bonne, mais elle tirait des forces de je ne sais où pour s'occuper de moi et m'accompagner; pour ma part, je feignais plus de fragilité que je n'en éprouvais réellement pour prolonger l'idylle avec ma belle-mère. « Il faut que tu guérisses vite, ma petite, ton mari a besoin de toi », avait-elle l'habitude de me dire, l'air préoccupé, même si Diego ne cessait de lui répéter qu'il valait mieux que je passe le reste de l'hiver dans la grande maison. Ces quelques semaines de convalescence sous son toit, à la suite de ma pneumonie, furent une expérience étrange. Ma belle-mère m'offrait tout ce que je n'aurai jamais eu de Diego. Cet amour doux et inconditionnel agit comme un baume et me guérit lentement de mon désir de mourir et de la rancœur que je ressentais envers mon mari. Je compris les sentiments de Diego et de Susana, et la fatalité inexorable de ce qui était arrivé. Leur passion devait être une force tellurique, un raz de marée qui les avait entraînés malgré eux. J'imaginais le combat qu'ils avaient dû mener contre cette attirance avant d'y succomber ; combien de tabous ils avaient dû vaincre avant de se retrouver dans les bras l'un de l'autre, quel terrible tourment de feindre chaque jour devant les autres une relation fraternelle, alors qu'ils se consumaient de désir. Je cessai de me demander pourquoi il leur avait été impossible de résister à la luxure et comment ils n'avaient pas vu, aveuglés par leur égoïsme, le naufrage qu'ils pouvaient provoquer chez des êtres proches, car je devinai quel pouvait être leur état d'égarement. J'avais aimé Diego désespérément, je pouvais comprendre ce que ressentait Susana pour lui aurais-je agi comme elle dans des circonstances similaires ? Je suppose que non, mais comment l'affirmer ? Même si la sensation d'échec était toujours intacte, je réussis à faire abstraction de ma haine, à prendre du recul et à me mettre dans la peau des autres protagonistes de cette tragédie. J'eus plus de compassion pour Eduardo que pour moi-même. Il avait trois enfants et il était amoureux de sa femme, pour lui le drame de cette infidélité incestueuse serait plus douloureux que pour moi. Je devais garder le silence également pour lui, mais le secret ne me pesait plus comme une pierre de moulin sur le dos, parce que l'horreur que je ressentais pour Diego s'atténua, grâce à doña Elvira. Ma reconnaissance envers cette femme vint s'ajouter au respect et à l'affection que j'avais ressentis pour elle dès le début, je m'y accrochai comme un chien de manchon ; j'avais besoin de sa présence, de sa voix, de ses lèvres sur mon front. Je me sentais dans l'obligation de la protéger du cataclysme qui se préparait au sein de la famille. J'étais disposée à rester à Caleufú en ravalant mon humiliation d'épouse éconduite, parce que si je m'en allais, elle découvrirait la vérité et en mourrait de chagrin et de honte. Son existence tournait autour de cette famille, elle veillait aux besoins de chacune des personnes qui vivaient derrière les murs de sa maison : c'était tout son univers. J'avais passé un accord avec Diego, je jouerais mon rôle jusqu'à la mort de doña Elvira, et ensuite je serais libre, il me laisserait partir et ne chercherait plus à me contacter. Il me faudrait supporter la condition — infamante pour beaucoup — de « femme séparée », et je ne pourrais plus me remarier. Mais au moins, je n'aurais plus à vivre avec un homme qui ne m'aimait pas.

A la mi-septembre, lorsque je n'eus plus aucune raison de rester dans la maison de mes beaux-parents et qu'il fallait retourner vivre auprès de Diego, je reçus le télégramme d'Ivan Radovic. En deux lignes le médecin me demandait de revenir à Santiago parce que la vie de ma grand-mère touchait à sa fin. J'attendais cette nouvelle depuis des mois, mais quand je la reçus, la surprise et la peine furent comme un coup de massue, j'en restai étourdie. Ma grand-mère était immortelle. Je n'arrivais pas à la voir comme la petite vieille chauve et fragile qu'elle était réellement, pour moi elle restait cette amazone aux deux perruques, gourmande et maligne. Doña Elvira me prit dans ses bras et me dit que je ne devais pas me sentir seule, maintenant j'avais une seconde famille, j'appartenais à Caleufú, elle allait s'occuper de moi et me protéger comme l'avait fait Paulina del Valle par le passé. Elle m'aida à faire mes deux valises, me mit à nouveau le scapulaire du Sacré-Cœur de Jésus autour du cou et me fit mille recommandations ; pour elle, Santiago était un antre de perdition et le voyage, une aventure extrêmement dangereuse. C'était l'époque de l'année où l'on remettait la scierie en marche, après la paralysie de l'hiver, bonne excuse qu'utilisa Diego pour ne pas m'accompagner à Santiago, malgré l'insistance de sa mère. C'est Eduardo qui m'accompagna jusqu'au bateau. Devant la porte de la maison de Caleufú, tout le monde était là pour me dire adieu : Diego, mes beaux-parents, Adela, Susana, les enfants et plusieurs paysans. Je ne les reverrais plus, mais je l'ignorais encore.

Avant de partir je fis un tour dans mon laboratoire, où je n'avais pas mis les pieds depuis cette funeste nuit dans l'écurie, et je constatai que l'on avait subtilisé les photographies de Diego et Susana, mais comme le voleur ignorait le procédé de la révélation, il n'avait pas cherché les négatifs. Ces preuves mesquines ne me servaient à rien, je les détruisis. Je mis les négatifs représentant les Indiens, les gens de Caleufú et la famille dans mes valises, ne sachant pas combien de temps je serais absente et ne voulant pas qu'elles s'abîment. Avec Eduardo nous fîmes le voyage à cheval, tandis que l'équipage suivait sur une mule. Nous faisions des haltes dans les fermes pour manger et nous reposer. Mon beau-frère, cet homme massif aux allures d'ours, avait le caractère doux de sa mère, la même naïveté quasi enfantine. En chemin nous eûmes le temps de parler seul à seul, comme nous ne l'avions jamais fait auparavant. Il m'avoua qu'il écrivait de la poésie depuis son enfance, « comment y résister quand on vit au milieu de tant de beauté ! » ajouta-t-il en montrant le paysage de forêts et de lacs qui nous entourait. Il me raconta qu'il n'était pas quelqu'un d'ambitieux, ni désireux de connaître d'autres horizons et, comme Diego, Caleufú lui suffisait. Lorsqu'il était allé en Europe dans sa jeunesse, il s'était senti perdu et profondément malheureux, il ne pouvait vivre éloigné de cette terre qu'il chérissait. Dieu avait été très généreux avec lui, dit-il, en le faisant naître dans ce paradis terrestre. Nous nous séparâmes dans le port avec une forte accolade, « que Dieu te protège toujours, Eduardo », lui dis-je à l'oreille. Il resta un peu déconcerté par cet adieu solennel.

Frederick Williams m'attendait à la gare avec une voiture, nous gagnâmes aussitôt la maison d'Ejército Libertador. Il s'étonna de me voir si pâle et ne fut pas convaincu par mon explication, selon laquelle j'avais été très malade. Il me fixa dans le fond des yeux en me demandant avec insistance des nouvelles de Diego, si j'étais heureuse, comment était la famille de mes beaux-parents et si je me plaisais à la campagne. La maison de ma grand-mère était sans aucun doute la plus belle de ce quartier résidentiel, mais elle était maintenant aussi délabrée que sa propriétaire. Plusieurs volets pendaient hors de leurs gonds et les murs semblaient décolorés, le jardin était tellement abandonné que le printemps ne l'avait pas frôlé, il restait plongé dans un hiver triste. A l'intérieur, la désolation était encore plus flagrante, les beaux salons d'antan étaient presque vides; meubles, tapis et tableaux avaient disparu, et il ne restait pas une seule des fameuses peintures impressionnistes, qui avaient fait scandale quelques années auparavant. L'oncle Frederick m'expliqua que, se préparant à la mort, ma grand-mère avait presque tout donné à l'Eglise. « Mais je crois qu'elle a conservé son argent, Aurora, parce qu'elle continue à tout calculer jusqu'au centime près et garde ses livres de comptes sous son lit », ajouta-t-il avec un clin d'œil entendu. Elle qui n'entrait dans une église que pour être remarquée, qui détestait ces essaims de curés quémandeurs et de nonnes obséquieuses qui voletaient en permanence autour de la famille, avait légué par testament une somme considérable à l'Eglise catholique. Toujours rusée pour les affaires, elle avait voulu acheter pour sa mort ce qui ne lui était d'aucune utilité de son vivant. Williams connaissait ma grand-mère mieux que quiconque et je crois qu'il l'aimait autant que moi. Contre toutes les prédictions des envieux, il n'avait pas accaparé la fortune de sa femme pour abandonner celle-ci dans son vieil âge. Il défendit les intérêts de la famille pendant des années, il fut un mari digne d'elle, prêt à l'accompagner jusqu'à la fin et il ferait beaucoup pour moi, comme cela s'avéra dans les années qui suivirent. Paulina n'était plus très lucide, les drogues qu'elle prenait contre ses douleurs la maintenaient dans un limbe sans souvenirs ni désirs. Son corps était flétri, elle ne pouvait plus rien avaler et on l'alimentait à travers un tube en caoutchouc enfoncé dans le nez. Il ne lui restait que quelques mèches blanches sur le crâne et ses grands yeux sombres avaient rapetissé: c'étaient deux petits points perdus dans un paysage de rides. Je me penchai pour l'embrasser, mais elle ne me reconnut pas et tourna la tête; en revanche, sa main cherchait à tâtons celle de son mari, et

quand ce dernier la lui prit, une expression de paix se des-
sina sur son visage.

— Elle ne souffre pas, Aurora, nous lui donnons beaucoup de morphine, me dit l'oncle Frederick.

— Vous avez averti ses deux fils ?

— Oui, je leur ai envoyé un télégramme il y a deux mois,
mais ils n'ont pas répondu, et je ne crois pas qu'ils arri-
veront à temps, Paulina n'en a plus pour longtemps, dit-il, la
voix cassée.

En effet, Paulina del Valle mourut silencieusement le
lendemain. A son chevet se trouvaient son mari, le docteur
Radovic, Severo, Nívea et moi. Ses deux fils surgirent bien
après avec leurs avocats, pour réclamer l'héritage que personne ne leur contestait. Le médecin avait retiré le tube
d'alimentation et Williams lui avait passé des gants parce
qu'elle avait les mains glacées. Ses lèvres étaient devenues
bleues, elle était très pâle et sa respiration était paisible et de
moins en moins perceptible, puis elle cessa tout simplement
de respirer. Radovic lui prit le pouls, une minute passa,
peut-être deux, puis il annonça qu'elle n'était plus. Il régnait
une douce quiétude dans la chambre, il se passait une chose
mystérieuse, peut-être l'esprit de ma grand-mère s'était-il
détaché et tournait-il comme un oiseau égaré au-dessus de
son corps, prenant congé. Son départ me causa une énorme
désolation, un sentiment que je connaissais pour l'avoir déjà
éprouvé, mais que je pus nommer et expliquer seulement
deux ans plus tard, quand le mystère de mon passé a fini par
s'éclaircir, et que j'ai compris que la mort de mon grand-
père Tao Chi'en, bien des années auparavant, m'avait plongée dans une angoisse similaire. La blessure existait à l'état
latent et elle se rouvrit à cet instant avec la même douleur
brûlante. La sensation de rester orpheline que me laissa ma

grand-mère était identique à celle que j'avais éprouvée à cinq ans, lorsque Tao Chi'en avait disparu de ma vie. Je suppose que les anciennes souffrances de mon enfance – perte après perte –, enterrées par les années dans les strates les plus profondes de la mémoire, relevèrent leur tête menaçante de Méduse pour me dévorer : ma mère morte en me mettant au monde, mon père se désintéressant de mon sort, ma grand-mère maternelle qui m'avait abandonnée sans explications entre les mains de Paulina del Valle, et surtout, l'absence subite de l'être que j'aimais le plus au monde, mon grand-père Tao Chi'en.

Neuf ans ont passé depuis ce jour de septembre où Paulina del Valle nous a quittés ; ce malheur et quelques autres sont derrière moi. Maintenant je peux repenser à ma formidable grand-mère le cœur tranquille. Elle n'a pas disparu dans l'immense noirceur d'une mort définitive, comme je l'ai cru au début, une part d'elle-même est restée de ce côté et tourne toujours autour de moi. Avec Tao Chi'en, ce sont deux esprits très différents qui m'accompagnent et m'aident, le premier pour les choses pratiques de l'existence, et la seconde pour résoudre les affaires sentimentales. Quand ma grand-mère cessa de respirer dans le lit de camp où elle avait passé ses derniers moments, je ne pensais pas qu'elle reviendrait et le chagrin m'assomma. Si je pouvais extérioriser mes sentiments, peut-être souffrirais-je moins, mais ils restent coincés à l'intérieur, comme un immense bloc de glace ; il peut se passer des années avant que la glace ne commence à fondre. Je n'ai pas pleuré quand elle est partie. Le silence dans la chambre semblait une erreur de protocole, parce qu'une femme qui avait vécu comme Paulina del Valle devait mourir sur les planches, chantant et accompagnée par un orchestre, comme à l'opéra. Mais elle partit sans bruit, la seule chose discrète qu'elle ait sans doute faite dans son existence. Les hommes sortirent de la chambre. Nívea et moi nous l'habillâmes pour son dernier voyage du vêtement de carmélite qui était suspendu dans son armoire depuis un an, mais nous ne pûmes résister à la tentation de lui passer ses plus beaux dessous français en soie mauve. En soulevant son corps je constatai combien elle était devenue légère, il ne restait qu'un squelette fragile et des chairs flasques. Je la remerciai en silence pour tout ce qu'elle avait fait pour moi, je lui dis des mots affectueux que je n'aurais jamais osé prononcer devant elle, j'embrassai ses belles mains, ses paupières de tortue, son front noble et je lui demandai pardon pour les caprices de mon enfance, pour être venue si tard lui dire adieu, pour le lézard séché que j'avais fait semblant de recracher lors d'un accès de toux et autres plaisanteries qu'elle avait dû supporter. Nívea profitait de l'occasion pour pleurer en silence ses enfants morts. Après avoir habillé ma grand-mère, nous l'aspergeâmes d'une eau parfumée au gardénia et ouvrîmes les rideaux et les fenêtres pour faire entrer le printemps, comme elle l'aurait souhaité. Pas de pleureuses ni d'habits noirs, pas question de couvrir les miroirs : Paulina del Valle avait vécu comme une impératrice provocante et méritait d'être célébrée avec la lumière de septembre. Ainsi le comprit Williams, qui se rendit au marché et remplit la voiture de fleurs coupées pour en décorer la maison.

Quand les parents et amis arrivèrent – en habits de deuil et un mouchoir à la main –, ils furent scandalisés, car ils n'avaient jamais vu une veillée funèbre avec des rayons de soleil, des fleurs de noce et sans larmes. Ils repartirent en bredouillant des imprécations et, encore des années plus tard, certains me montraient du doigt, convaincus que la mort de Paulina del Valle m'avait réjouie car j'avais l'intention de m'emparer de l'héritage. A la vérité, je n'ai hérité de rien, ses deux fils se sont rapidement occupés de l'affaire avec l'aide de leurs avocats. Mon père m'avait laissé suffisamment d'argent, de quoi vivre décemment, et si besoin était, je pouvais trouver un travail. Malgré tous les conseils et les leçons de ma grand-mère, je n'ai jamais eu de flair pour les bonnes affaires : je ne serai jamais riche et je m'en réjouis. Frederick Williams n'eut pas non plus à se battre contre les avocats parce que l'argent l'intéressait beaucoup moins que les mauvaises langues l'avaient murmuré pendant des années. De plus, sa femme lui en avait beaucoup donné de son vivant et lui, en homme prudent, l'avait mis en lieu sûr. Les deux fils de Paulina ne purent prouver que le mariage de leur mère avec l'ancien majordome était illégal et ils durent se résigner. Ils ne purent s'approprier les vignes car elles étaient au nom de Severo del Valle, et par dépit, ils lancèrent leurs avocats contre les curés, pour essayer de récupérer les biens que ces derniers avaient accaparés en faisant peur à la malade avec les bûchers de l'enfer, mais à ce jour personne n'a jamais gagné de procès contre l'Eglise catholique qui, comme tout le monde sait, a Dieu pour elle. De toute façon, il y avait beaucoup d'argent et les fils, plusieurs parents et même les avocats ont pu en vivre jusqu'à ce jour.

Notre seule joie tout au long de ces semaines déprimantes fut la réapparition dans nos vies de mademoiselle Matilde Pineda. Ayant appris la mort de Paulina del Valle, elle s'était armée de courage et s'était présentée à la maison d'où elle avait été expulsée au moment de la Révolution. Elle vint avec un bouquet de fleurs, accompagnée du libraire Pedro Tey. Elle s'était épanouie ces dernières années et sur le moment je ne la reconnus pas, mais lui était toujours ce petit homme chauve avec d'épais sourcils sataniques et des pupilles ardentes.

Après le cimetière, les messes chantées, les neuvaines que l'on fit dire et la distribution des aumônes et des charités voulues par feu ma grand-mère, prit fin le tourbillon des imposantes funérailles. Seuls dans la maison vide, Frederick Williams et moi allâmes nous installer dans la galerie vitrée pour évoquer, discrètement car nous n'aimons pas pleurnicher, le vide laissé par l'absence de ma grand-mère, ses nombreuses grandeurs et ses quelques rares misères.

— Que pensez-vous faire maintenant, oncle Frederick ? voulus-je savoir.

— Cela dépend de vous, Aurora.

— De moi ?

— Croyez-vous que j'aie pu ne pas remarquer quelque chose de bizarre chez vous, Aurora ? dit-il avec cette façon subtile de poser les questions qui lui était tellement personnelle.

— J'ai été très malade et le départ de ma grand-mère me remplit de tristesse, oncle Frederick. C'est tout, il n'y a rien de bizarre, je vous l'assure.

— Je regrette que vous me sous-estimiez, Aurora. Il faudrait que je sois bien bête ou que je vous aime bien peu pour ne pas m'être rendu compte de l'état dans lequel vous êtes. Dites-moi ce qui ne va pas, peut-être pourrai-je vous aider.

— Personne ne peut m'aider, mon oncle.

— Mettez-moi à l'épreuve, voyons..., me demanda-t-il.

Je compris alors que je n'avais personne d'autre au monde à qui me confier, et que Frederick Williams avait prouvé qu'il était d'excellent conseil, et la seule personne de la famille à avoir du bon sens. Pourquoi ne pas lui révéler mon drame ? Il m'écouta très attentivement, sans m'interrompre une seule fois.

— La vie est longue, Aurora. Maintenant vous voyez tout en noir, mais le temps guérit et efface presque tout. Vous avez l'impression de marcher dans un tunnel à l'aveuglette, vous pensez qu'il n'existe aucune issue, mais je vous promets qu'il y en a une. Il faut persévérer.

— Qu'adviendra-t-il de moi, oncle Frederick ?

— Vous aimerez quelqu'un d'autre, vous aurez peut-être des enfants et vous serez la meilleure photographe de ce pays, me répondit-il.

— Je me sens tellement perdue et si seule !

— Vous n'êtes pas seule, Aurora, je suis avec vous et je serai à vos côtés tant que vous aurez besoin de moi.

Il me conseilla de ne pas retourner auprès de mon mari. Je pouvais trouver une dizaine de prétextes, il était persuadé que Diego n'exigerait pas mon retour à Caleufú, il préférait me savoir le plus loin possible. Quant à la bonne doña Elvira, la seule chose à faire serait de la consoler à travers une correspondance nourrie, il fallait gagner du temps ; ma belle-mère souffrait du cœur et ne vivrait plus très longtemps, selon le diagnostic des médecins. L'oncle Frederick m'assura qu'il n'était pas pressé de quitter le Chili, j'étais son unique famille, il m'aimait comme une fille ou une petite-fille.

— Vous n'avez personne en Angleterre ? lui demandai-je.

— Personne.

— Vous savez qu'il circule des bruits sur vos origines, on dit que vous êtes un noble ruiné, et ma grand-mère ne l'a jamais démenti.

— Rien n'est plus loin de la vérité, Aurora ! s'exclama-t-il en riant.

— Vous n'avez donc pas de blason avec vos armes caché quelque part? fis-je en riant aussi.

— Regardez, Aurora, fit-il.

Il retira sa veste, déboutonna sa chemise, releva sa chemisette et me montra son dos. Il était strié d'horribles cicatrices.

— Flagellation. Cent coups de fouet pour avoir volé du tabac dans une colonie pénitentiaire en Australie. J'ai fait cinq ans de prison avant de m'échapper sur un radeau. J'ai été recueilli en haute mer par un bateau pirate chinois et là, ils m'ont fait travailler comme un esclave, mais dès que nous avons touché terre j'ai pris à nouveau la fuite. Ainsi, d'étape en étape, je suis arrivé en Californie. La seule chose que j'ai du noble britannique, c'est l'accent que j'ai pris en côtoyant un vrai lord anglais, mon premier patron en Californie. Il m'a également appris le métier de majordome. Paulina del Valle m'a engagé en 1870 et, depuis, je ne l'ai jamais quittée.

— Ma grand-mère connaissait cette histoire, mon oncle? demandai-je quand je me fus remise de la surprise et que je pus prononcer un mot.

— Bien entendu. Cela amusait beaucoup Paulina de savoir que les gens puissent confondre un bagnard et un aristocrate.

— Pour quelle raison avez-vous été condamné?

— Pour avoir volé un cheval quand j'avais quinze ans. On voulait me pendre, mais j'ai eu de la chance, ma peine a été commuée et j'ai atterri en Australie. Ne vous inquiétez pas, Aurora, je n'ai jamais plus volé un centime depuis; les coups de fouet m'ont guéri de ce vice, mais ils ne m'ont pas guéri du plaisir de fumer, dit-il en riant.

Nous sommes donc restés ensemble. Les fils de Paulina

del Valle vendirent la maison d'Ejército Libertador, laquelle fut transformée en école pour filles, et mirent aux enchères le peu d'objets qui y restaient encore. Je sauvai le lit mythologique en le subtilisant avant l'arrivée des héritiers, en le démontant et en cachant les pièces détachées dans un entrepôt de l'hôpital public où travaillait Ivan Radovic, d'où il ne bougea pas jusqu'à ce que les avocats se lassent de fouiller dans tous les coins. Avec Frederick Williams nous avons acheté une maison de campagne aux alentours de la ville, sur la route de la Cordillère. Nous possédons douze hectares de terrain entourés de peupliers qui frémissent, envahis de jasmins odorants, avec un modeste marais où tout pousse en liberté. Williams y élève des chiens et des chevaux de race, joue au croquet et exerce d'autres activités ennuyeuses et typiquement anglaises; moi j'y ai mes quartiers d'hiver. La maison est très vieille, mais elle a un certain charme, un bel espace pour mon atelier de photographie et au centre de ma chambre le fameux lit florentin trône avec ses créatures marines polychromes. C'est là que je dors sous la protection de ma grand-mère Paulina, qui apparaît toujours à temps pour éloigner à coups de balai les enfants en pyjamas noirs de mes cauchemars. Santiago va sans doute s'étendre du côté de la gare centrale et on nous fichera la paix dans cette campagne bucolique de peupliers et de collines.

Je peux dire que si je mène une vie agréable, c'est grâce à l'oncle Lucky qui m'a insufflé sa bonne fortune à ma naissance, et à la généreuse protection de ma grand-mère et de mon père. Je dispose de moyens et de liberté, et fais ce qui me plaît. Je peux passer mon temps à arpenter la géographie accidentée du Chili avec mon appareil photographique autour du cou, comme je l'ai fait durant les huit ou neuf dernières années. On parle dans mon dos, c'est inévitable. Certains parents et connaissances ont fait une croix sur ma personne, et s'ils me croisent dans la rue ils feignent de ne pas me reconnaître : qu'une femme abandonne son mari est pour eux une chose intolérable. Ces attitudes méprisantes ne m'empêchent pas de dormir : je ne tiens pas à plaire à tout le monde, seulement à ceux qui m'importent réellement, et qui sont une poignée. Le triste résultat de ma relation avec Diego Domínguez aurait dû me mettre en garde pour toujours contre les amours précipitées, mais il n'en a rien été. Il est vrai que j'ai passé plusieurs mois les ailes blessées, me traînant jour après jour avec une sensation d'échec absolu, celle d'avoir joué mon unique carte et d'avoir tout perdu. Il est également vrai que je suis condamnée à être une femme mariée sans mari, ce qui m'empêche de « refaire » ma vie, comme disent mes tantes, mais cette étrange condition me donne une grande aisance. Un an après ma séparation d'avec Diego, je suis tombée amoureuse, ce qui veut dire que j'ai la peau dure et que mes blessures cicatrisent facilement. Ma deuxième histoire d'amour ne fut pas une douce amitié qui s'est transformée avec le temps en une affaire sérieuse. Ce fut un simple élan passionnel qui nous prit tous deux par surprise, et par un pur hasard ça a marché... jusqu'à maintenant en tout cas. Qui sait ce qu'il en sera dans le futur ? C'était un jour d'hiver, une de ces journées de pluie verte et insistante, avec des éclairs en série qui vous rendent morose. Les fils de Paulina del Valle et leurs avocaillons m'avaient encore embêtée avec leurs interminables documents, chacun avec trois copies et onze sceaux, que je signais sans les lire. Frederick Williams et moi avions quitté la maison d'Ejército

Libertador et nous étions encore à l'hôtel, les travaux de notre maison de campagne, où nous vivons aujourd'hui, n'étant pas encore terminés. L'oncle Frederick avait croisé dans la rue le docteur Ivan Radovic, que nous n'avions pas vu depuis longtemps, et ils avaient décidé de m'emmener voir une compagnie de zarzuela espagnole qui effectuait une tournée en Amérique du Sud. Mais le jour dit, Frederick prit froid et dut garder le lit. Je me retrouvai donc toute seule à attendre dans le hall de l'hôtel, les mains gelées et les pieds endoloris parce que mes bottines me serraient. L'eau dégoulinait le long des vitres et le vent agitait les arbres de la rue comme des plumeaux. La nuit n'invitait pas à sortir et, l'espace d'un moment, je regrettai de ne pas avoir un refroidissement comme l'oncle Frederick, qui lui permettait de rester au lit avec un bon livre et une tasse de chocolat chaud, mais l'arrivée d'Ivan Radovic me fit oublier la tempête. Le docteur entra avec son manteau trempé et quand il me sourit je compris qu'il était beaucoup plus beau que dans mon souvenir. Nous nous regardâmes dans les yeux et je crois que nous nous vîmes pour la première fois ; du moins moi je l'observai de près, et ce que je vis me plut. Un long silence suivit, une pause qui aurait été pesante dans d'autres circonstances, mais qui à cet instant fut une forme de dialogue. Il m'aida à mettre ma cape et nous nous dirigeâmes lentement vers la porte, le pas vacillant, toujours les yeux dans les yeux. Nous ne voulions pas affronter l'orage qui déchirait le ciel, mais nous ne souhaitions pas non plus nous séparer. Un portier avec un grand parapluie vint à notre rencontre, nous proposant de nous accompagner jusqu'à la voiture qui attendait devant la porte, et nous sortîmes sans mot dire, hésitants. Je n'eus aucun éclair de clairvoyance sentimentale, aucun pressentiment que nous étions deux âmes jumelles, je ne devinai pas les prémices d'un amour romanesque, rien de tout ça. Je ne fis que constater les soubresauts de mon cœur, l'air qui me manquait, la chaleur et les picotements sur ma peau, et ma terrible envie de toucher cet homme. Je crains que de mon côté il n'y ait rien eu de sentimental dans cette rencontre, uniquement de la luxure, même si à cette époque j'étais trop peu experte et possédais un vocabulaire trop restreint pour mettre sur cette agitation le nom qu'il a dans le dictionnaire. L'important n'est pas le mot, ce qui est intéressant c'est que ce désordre viscéral fut plus fort que ma timidité, et dans l'intimité de la voiture, où il n'y avait pas d'échappatoire, je pris sa tête dans mes mains et sans y penser à deux fois je l'embrassai sur la bouche, comme des années auparavant j'avais vu Nívea et Severo del Valle s'embrasser, avec détermination et gloutonnerie. Ce fut un acte simple et sans appel. Il est inutile d'entrer dans les détails sur ce qui suivit, c'est facile à imaginer et si Ivan lit ces pages, nous aurons une dispute colossale. Il faut dire que nos batailles sont aussi mémorables que nos réconciliations sont passionnées. Ce n'est pas un amour paisible et doucereux, mais au moins peut-on dire en sa faveur que c'est un amour persistant ; les obstacles ne semblent pas l'effaroucher, mais le fortifier au contraire. Le mariage est une affaire de sens commun, chose qui nous manque à tous les deux. Le fait de ne pas être mariés nous permet de vivre un bel amour. Chacun peut se consacrer à ses occupations, disposer de son propre espace et quand nous sommes à deux doigts d'exploser, il reste toujours la possibilité de nous séparer quelques jours et de nous retrouver quand l'envie nous en prend. Avec Ivan Radovic j'ai appris à élever la voix et à sortir mes griffes. Si je le surprenais en train de me trahir – à Dieu ne plaise –, comme cela m'est arrivé avec Diego Domínguez, je ne me contenterais plus de pleurer comme une madeleine, je le tuerais sans l'ombre d'un remords.

Non, je ne vais pas parler de l'intimité que je partage avec mon amant, mais il y a un événement que je ne peux passer sous silence car il est lié à la mémoire et après tout, c'est pour cela que j'écris ces pages. Mes cauchemars sont un voyage à l'aveuglette vers les sombres cavernes où sommeillent mes souvenirs les plus anciens, bloqués dans les profondeurs de ma conscience. Par la photographie et l'écriture j'essaie de capter certains moments avant qu'ils ne disparaissent, de fixer le présent pour donner un sens à ma vie. Ivan et moi nous fréquentions depuis plusieurs mois, et nous nous étions habitués à la routine de nos rencontres discrètes, grâce à mon bon oncle Frederick, qui dès le début protégea nos amours. Ivan devait donner une conférence dans une ville du Nord et je l'accompagnai avec le prétexte de photographier les mines de salpêtre, où les conditions de travail sont extrêmement précaires. Les patrons anglais refusaient de dialoguer avec les ouvriers et il régnait un climat de violence croissante qui devait éclater quelques années plus tard. Quand cela arriva, en 1907, je m'y trouvais par hasard et mes photographies sont le seul document incontestable prouvant que le massacre d'Iquique a bien eu lieu, car la censure gouvernementale raya de l'histoire les deux mille morts que je vis. Mais c'est une autre histoire. La première fois que je me rendis dans cette ville avec Ivan, je n'imaginais pas la tragédie dont j'allais être le témoin par la suite ; pour nous deux, ce fut une courte lune de miel. Nous nous étions inscrits séparément à l'hôtel et cette nuit-là, après nos activités respectives, il vint dans ma chambre, où je l'attendais avec une excellente bouteille de *viña paulina*.

Jusque-là, notre relation avait été une aventure charnelle, une exploration des sens, qui pour moi fut fondamentale, car grâce à elle je suis parvenue à surmonter l'humiliation d'avoir été repoussée par Diego, et à comprendre que je n'étais pas une femme ratée, comme je le craignais. Chaque rencontre avec Ivan Radovic me donnait davantage confiance en moi, me permettait de passer outre à ma timidité et à mes pudeurs, mais je ne m'étais pas rendu compte que cette glorieuse intimité avait cédé la place à un grand amour. Cette nuit-là, nous nous étreignîmes avec langueur, après la fatigue de la journée et le bon vin, lentement, comme deux vieux sages qui ont fait l'amour neuf cents fois et qui ne peuvent plus se surprendre, ni se décevoir. Que m'était-il arrivé de particulier ? Rien, je suppose, sauf que la profusion d'expériences heureuses avec Ivan fut, cette nuit-là, sans doute suffisamment intense pour faire céder mes défenses. Le fait est que, dans ses bras, revenant de mon orgasme, je sentis un sanglot me secouer de la tête aux pieds, puis un autre et encore un autre, jusqu'à être submergée par une avalanche de larmes accumulées impossible à contenir. Je pleurai et pleurai, m'offrant et m'abandonnant, en sécurité comme je ne me souvenais pas l'avoir été auparavant. Une barrière s'était rompue en moi et cette ancienne douleur déborda comme de la neige fondue. Ivan ne me posa aucune question et ne tenta pas de me consoler ; il me serra fermement contre son torse, me laissa pleurer jusqu'à épuisement et quand je voulus lui parler, il me ferma la bouche d'un long baiser. Le fait est qu'à ce moment précis je n'avais aucune explication, il m'aurait fallu l'inventer. Maintenant je sais, car cela s'est reproduit plusieurs fois, que, me sentant totalement entourée et protégée, me sont revenues à la mémoire les cinq premières années de ma vie, ces années qui avaient été recouvertes d'une chape de mystère par ma grand-mère Paulina et tous les autres. D'abord, dans un éclair lumineux, j'ai vu l'image de mon grand-père Tao Chi'en murmurant mon nom en chinois, Lai-Ming. Ce fut un moment extrêmement bref, mais lumineux comme la lune. Puis j'ai revécu, éveillée, le cauchemar récurrent qui me tourmentait depuis toujours, alors j'ai compris qu'il existait une relation directe entre mon grand-père adoré et ces démons en pyjamas noirs. La main qui me lâche dans mon rêve est la main de Tao Chi'en. Celui qui tombe lentement est Tao Chi'en. La tache qui se répand inexorablement sur les pavés de la rue est le sang de Tao Chi'en.

Cela faisait plus de deux ans que je vivais officiellement avec Frederick Williams, mais de plus en plus enchaînée à Ivan Radovic, sans qui je ne pouvais plus concevoir mon destin, lorsque ma grand-mère Eliza Sommers resurgit dans ma vie. Elle revint telle qu'en elle-même, avec son odeur de sucre et de vanille, invulnérable aux pénuries et aux aléas de l'oubli. Je la reconnus au premier coup d'œil, bien que dix-sept ans se fussent écoulés depuis le jour où elle m'avait laissée chez Paulina del Valle ; durant tout ce temps je n'avais pas vu une seule photographie d'elle, et on n'avait que très rarement prononcé son nom en ma présence. Son image était restée coincée dans les engrenages de ma nostalgie, et Eliza avait si peu changé que, se matérialisant dans l'embrasure de la porte avec sa valise à la main, c'est comme si nous nous étions quittées la veille et que tout ce qui était arrivé durant ces années n'était qu'illusion. La seule nouveauté fut de la voir plus petite que dans mon souvenir, mais cela venait peut-être de moi, car la dernière fois que nous nous étions trouvées côte à côte, j'étais une gamine de cinq ans et je la regardais en levant la tête. Elle se tenait toujours droite comme un amiral, avec le même visage juvénile et la même coiffure sévère, bien que ses cheveux fussent parsemés de mèches blanches. Elle portait le même collier de perles que je lui avais toujours connu et, je le sais maintenant, qu'elle n'enlève pas même pour dormir. Elle était accompagnée de Severo del Valle qui était resté en contact avec elle durant toutes ces années ; il ne m'en avait rien dit parce qu'elle le lui avait défendu. Eliza Sommers avait donné sa parole à Paulina del Valle de ne jamais tenter de rentrer en contact avec sa petite-fille et elle avait tenu parole, jusqu'à ce que la mort la libère de sa promesse. Quand Severo del Valle lui avait écrit pour lui annoncer la nouvelle, elle avait bouclé ses valises et fermé la maison, comme elle l'avait déjà fait à diverses reprises, et s'était embarquée pour le Chili. Se retrouvant veuve en 1885 à San Francisco, elle avait entrepris son pèlerinage en Chine avec le corps embaumé de son mari, pour l'enterrer à Hong Kong. Tao Chi'en avait vécu la majeure partie de sa vie en Californie et il était l'un des rares émigrants chinois à avoir obtenu la nationalité américaine, mais il avait toujours manifesté le souhait d'être enterré en terre chinoise, ainsi son âme ne se perdrait pas dans l'immensité de l'univers et trouverait la porte du ciel. Cette précaution ne fut pas suffisante, car je suis sûre que le fantôme de mon ineffable grand-père Tao Chi'en erre toujours dans ce monde, sinon je ne m'explique pas pourquoi je le sens rôder autour de moi. Ce n'est pas pure imagination de ma part, ma grand-mère Eliza m'en a donné maintes preuves, comme l'odeur de mer qui parfois m'enveloppe et cette voix qui murmure un mot magique : mon nom en chinois.

— Bonjour, Lai-Ming.

C'est ainsi qu'elle me salua en me voyant.

— *Oi poa !* me suis-je exclamée.

Je n'avais pas prononcé ce mot – grand-mère maternelle, en cantonais – depuis la lointaine époque où je vivais avec elle, au-dessus d'une clinique où l'on pratiquait l'acupuncture dans le quartier chinois de San Francisco, mais je ne l'avais pas oublié. Elle posa une main sur mon épaule et m'examina de haut en bas, puis elle approuva avec la tête et finalement elle m'embrassa.

— Je me réjouis que tu ne sois pas aussi jolie que ta mère, dit-elle.

— Mon père me disait la même chose.

— Tu es grande, comme Tao. Et d'après Severo, tu es aussi intelligente que lui.

Chez nous, on offre du thé quand la situation est un peu embarrassante, et comme je me sens presque toujours gênée, je passe mon temps à proposer du thé. Ce breuvage a la vertu de m'aider à contrôler mes nerfs. Je mourais d'envie de prendre ma grand-mère par la taille et de danser une valse avec elle, de lui raconter à gros bouillons toute ma vie et de lui faire les reproches que j'avais marmonnés en mon for intérieur pendant des années, mais rien de tout cela ne fut possible. Eliza Sommers n'est pas le genre de personne qui invite à la familiarité. Sa dignité est intimidante, et il faudrait attendre des semaines avant qu'elle et moi puissions parler de façon détendue. Heureusement le thé, ainsi que la présence de Severo del Valle et de Frederick Williams, de retour d'une promenade dans les environs, et habillé en explorateur africain, firent baisser la tension. Dès que l'oncle Frederick eut enlevé son drôle de chapeau et ses lunettes fumées, et qu'il vit Eliza Sommers, quelque chose changea dans son attitude : il bomba le torse, éleva la voix et fit le beau. Son admiration redoubla en voyant les malles et les valises portant les étiquettes de ses voyages, et en apprenant que cette petite dame était une des rares étrangères à être parvenue jusqu'au Tibet.

J'ignore si l'unique raison de ma *oi poa* de revenir au Chili fut de me connaître, mais je la soupçonnai de vouloir aussi poursuivre son voyage vers le pôle Sud où aucune femme n'avait jamais encore mis les pieds. Quel qu'en fût le motif, sa visite a été déterminante pour moi. Sans elle, ma vie serait encore parsemée de zones d'ombres ; sans elle, il me serait impossible d'écrire ces souvenirs. Cette grand-mère maternelle m'a fourni les pièces manquantes qui m'ont permis de combler les vides de mon existence : elle m'a parlé de ma mère, des circonstances de ma naissance et m'a donné la clef de mes cauchemars. C'est également elle qui m'accompagnerait plus tard à San Francisco pour faire la connaissance de mon oncle Lucky, un commerçant chinois prospère, gros et boiteux, absolument enchanteur, et pour exhumer les documents qui m'ont permis de reconstruire mon histoire. La relation entre Eliza Sommers et Severo del Valle est aussi profonde que les secrets qu'ils ont partagés pendant de nombreuses années ; pour elle, il est mon vrai père car il est l'homme qui a aimé sa fille et l'a épousée. L'unique fonction de Matías Rodríguez de Santa Cruz a été de donner accidentellement quelques gènes.

— Peu importe ton géniteur, Lai-Ming, tout le monde peut faire ça. C'est Severo qui t'a donné son nom et qui s'est occupé de toi, m'assura-t-elle.

— Dans ce cas, Paulina del Valle a été ma mère et mon père, je porte son nom et elle s'est occupée de moi. Les autres sont passés comme des comètes dans mon enfance en laissant une vague traînée de poussière sidérale, lui ai-je rétorqué.

— Avant elle, ton père et ta mère ont été Tao et moi, nous t'avons élevée, Lai-Ming, me dit-elle – avec raison, car ces grands-parents maternels ont eu une influence si forte sur moi que, trente années durant, je les ai portés en moi comme une douce présence, et je suis certaine que je continuerai à les porter pour le restant de mes jours.

Eliza Sommers vit dans une autre dimension aux côtés de Tao Chi'en, dont la mort fut un grave choc, mais pas un obstacle pour continuer à l'aimer comme avant. Ma grand-mère Eliza est un de ces êtres destinés à un seul amour grandiose, je crois qu'aucun autre n'entre dans son cœur de veuve. Après avoir enterré son mari en Chine à côté de la tombe de Lin, sa première épouse, et avoir accompli les rites funéraires bouddhistes comme il l'aurait souhaité, elle se trouva libre. Elle aurait pu retourner à San Francisco pour vivre auprès de son fils Lucky et de la jeune épouse qu'il avait commandée sur catalogue à Shanghai, mais l'idée de devenir une belle-mère crainte et vénérée signifiait s'abandonner à la vieillesse. Elle ne se sentait pas seule et n'avait aucune appréhension du futur, puisque l'esprit protecteur de Tao Chi'en l'accompagnait partout; en vérité, ils sont plus proches qu'avant, ils ne se séparent jamais. Elle s'est habituée à discuter avec son mari à voix basse pour ne pas passer pour folle aux yeux des autres; la nuit, elle dort du côté gauche de son lit pour lui laisser sa place, à droite, selon leur habitude. L'âme aventurière qui l'avait poussée à fuir le Chili à l'âge de seize ans pour aller en Californie, cachée dans le ventre d'un bateau, se réveilla à nouveau. Elle évoqua un moment d'épiphanie alors qu'elle avait dix-huit ans, en pleine fièvre de l'or, quand le hennissement de son

cheval et le premier rayon de lumière de l'aube la réveillèrent dans l'immensité d'un paysage sauvage et solitaire. Ce
matin-là, elle découvrit l'exaltation de la liberté. Elle avait
passé la nuit seule sous les arbres, entourée de mille dangers : bandits sans foi ni loi, Indiens sauvages, serpents, ours
et autres bêtes féroces ; cependant, pour la première fois
dans sa vie, elle n'avait pas eu peur. Elle avait été élevée
dans un corset, le corps, l'âme et l'imagination comprimés,
effrayée même de ses propres pensées ; mais cette aventure
l'avait libérée. Il lui fallut développer une force qu'elle avait
peut-être toujours eue, mais qu'elle ignorait alors parce
qu'elle n'avait pas eu besoin de la mettre à l'épreuve. Elle
avait abandonné la chaleur de son foyer alors qu'elle était
encore une enfant, pour suivre les traces d'un amant volage ;
enceinte, elle s'était embarquée clandestinement sur un
bateau, où elle avait perdu le bébé et failli perdre aussi la
vie ; elle était arrivée en Californie, s'était habillée en
homme, prête à arpenter ce territoire de long en large, sans
autre arme que l'élan désespéré de son amour. Elle avait
réussi à survivre seule dans une région peuplée d'hommes,
où régnaient la cupidité et la violence, et c'est là qu'elle avait
appris le courage et pris goût à l'indépendance. Elle n'avait
jamais oublié cette euphorie intense de l'aventure. C'est
également par amour qu'elle avait vécu pendant trente ans
comme la discrète épouse de Tao Chi'en, mère de famille et
pâtissière, faisant son devoir et sans autre perspective que
son foyer à Chinatown, mais la graine plantée durant ces années de nomade était demeurée intacte dans son esprit,
prête à germer le moment voulu. Après la disparition de
Tao Chi'en, unique horizon de son existence, le moment de
repartir dans sa dérive était arrivé. « Dans le fond, j'ai toujours été une aventurière. Ce que j'aime, c'est voyager sans

destination fixe », avait-elle écrit dans une lettre à son fils Lucky. Cependant, elle voulait auparavant tenir la promesse faite à son père, le capitaine John Sommers, de ne pas abandonner sa tante Rose dans ses vieux jours. De Hong Kong elle gagna l'Angleterre, disposée à accompagner la vieille dame jusqu'à la fin, c'est le moins qu'elle pouvait faire pour cette femme qui avait été une mère pour elle. Rose Sommers avait soixante-dix ans passés et sa santé commençait à décliner, mais elle continuait à écrire ses romans d'amour, tous plus ou moins sur le même modèle. Elle était devenue le plus célèbre écrivain romantique en langue anglaise. Des curieux venaient de loin pour apercevoir sa frêle silhouette en train de promener son chien dans le parc, et la reine Victoria, disait-on, trouvait un réconfort à son veuvage dans la lecture de ses histoires à l'eau de rose où l'amour triomphe toujours. L'arrivée d'Eliza, qu'elle aimait comme une fille, fut une énorme consolation pour Rose Sommers, entre autres parce que ayant un poignet faible, elle avait de plus en plus de mal à tenir sa plume. Elle se mit donc à lui dicter ses romans et plus tard, quand elle commença à perdre la tête, Eliza feignait de prendre des notes mais en réalité c'était elle qui écrivait, et ni l'éditeur ni les lectrices n'eurent jamais aucun soupçon. Il suffisait simplement de répéter la formule. A la mort de Rose Sommers, Eliza était restée dans la même petite maison située dans le quartier bohémien – très prisé parce qu'il était devenu à la mode – et avait hérité du capital accumulé par sa mère adoptive grâce à ses romans d'amour. La première chose qu'elle fit, ce fut d'aller rendre visite à son fils Lucky à San Francisco et de faire la connaissance de ses petits-enfants qui ne lui semblèrent ni très beaux, ni très drôles ; à la suite de quoi, elle partit vers des horizons plus exotiques, assumant finalement son destin de vagabonde. C'était une de ces voyageuses qui s'évertuent à se rendre dans des endroits d'où les autres partent en courant. Rien ne lui plaisait tant que de voir sur ses bagages des étiquettes et des décalcomanies des pays les plus perdus de la planète. Elle n'était jamais aussi fière que lorsqu'elle attrapait une infection ou qu'elle était mordue par une bestiole inconnue. Pendant des années elle alla d'un côté et de l'autre avec ses malles d'exploratrice, mais elle retournait toujours dans sa maison de Londres, où l'attendait la correspondance de Severo del Valle, avec des nouvelles me concernant. Quand elle apprit que Paulina del Valle n'était plus de ce monde, elle décida de retourner au Chili, le pays qui l'avait vue naître, mais auquel elle ne pensait plus depuis un demi-siècle, pour retrouver sa petite-fille.

Lors de la longue traversée sur le vapeur, ma grand-mère Eliza repensa peut-être à ses premières seize années passées au Chili, ce pays étroit et venté, à son enfance auprès d'une Indienne au bon cœur et de la belle Miss Rose, à sa paisible existence choyée jusqu'à l'apparition de l'amant qui, après l'avoir mise enceinte, l'avait abandonnée pour aller chercher de l'or en Californie et qui n'avait jamais plus redonné signe de vie. Comme ma grand-mère Eliza croit au karma, elle avait dû en conclure que ce long périple était nécessaire pour retrouver Tao Chi'en, qu'elle doit aimer à chacune de ses réincarnations. « Quelle idée bien peu chrétienne ! » fit Frederick Williams quand j'essayai de lui expliquer pourquoi Eliza Sommers n'avait besoin de personne.

Ma grand-mère Eliza me ramena en cadeau une vieille malle qu'elle me donna avec un clin d'œil coquin dans ses pupilles sombres. Il contenait des manuscrits jaunis signés par *Une Dame Anonyme*. C'étaient des romans pornographiques écrits par Rose Sommers dans sa jeunesse, un autre secret de famille très bien gardé. Je les ai lus attentivement dans un esprit purement didactique, pour le bénéfice direct d'Ivan Radovic. Cette littérature plaisante – où cette célibataire victorienne puisait-elle de telles audaces? –, et les confidences de Nívea del Valle, m'ont aidée à combattre ma timidité, qui au début était un obstacle quasi insurmontable entre Ivan et moi. Il est vrai que le jour de l'orage, lorsque nous devions aller voir une zarzuela, que nous n'avons finalement pas vue, c'est moi qui dans la voiture avais pris les devants en l'embrassant avant qu'il ait le temps de réagir; mais mon audace n'était pas allée au-delà. Ensuite, nous avons perdu un temps précieux à nous débattre entre ma piètre assurance et ses scrupules, parce qu'il ne voulait pas « nuire à ma réputation », comme il disait. Il ne fut pas facile de lui faire comprendre que ma réputation était passablement entamée avant qu'il n'apparaisse dans ma vie, et qu'elle continuerait à l'être, parce que je n'avais nullement l'intention de retourner auprès de mon mari, ni de renoncer à mon travail ou à mon indépendance, toutes choses très mal vues sous ces latitudes. Après l'expérience si humiliante avec Diego, il me semblait impossible d'inspirer le désir ou l'amour. A mon absolue ignorance de la sexualité venait s'ajouter un sentiment d'infériorité : je me croyais laide, mal faite, peu féminine, j'avais honte de mon corps et de la passion qu'Ivan réveillait en moi. Rose Sommers, la lointaine grand-tante que je n'ai pas connue, m'a fait un magnifique cadeau avec le don de cette liberté joueuse, si utile pour faire l'amour. Ivan prend les choses trop au sérieux, son tempérament slave l'entraîne vers le tragique. Parfois il sombre dans le désespoir en pensant que nous ne pourrons pas vivre ensemble avant la mort de mon mari, et alors nous serons sans doute deux petits vieux... Quand ces nuages lui obscurcissent l'esprit, je plonge dans les manuscrits d'*Une Dame Anonyme*, où je découvre toujours de nouvelles façons de lui donner du plaisir, ou au moins de le faire rire. A force de m'ingénier à lui plaire dans l'intimité, j'ai peu à peu perdu ma pudeur et j'ai acquis une assurance qui, jusque-là, était inexistante. Je ne me vois pas comme une séductrice, l'effet positif des manuscrits n'est pas allé jusque-là, mais au moins je ne crains pas de prendre l'initiative pour devancer Ivan qui, sinon, pourrait s'accommoder ad vitam aeternam de la même routine. Ce serait un gâchis de faire l'amour comme un vieux couple puisque nous ne sommes même pas mariés. L'avantage d'être des amants, c'est que nous devons veiller de près à notre relation, parce que tout concourt à nous séparer. La décision d'être ensemble doit être renouvelée jour après jour, cela nous maintient alertes.

Voici l'histoire que m'a racontée ma grand-mère Eliza Sommers.

Tao Chi'en ne put se pardonner la mort de sa fille Lynn. Sa femme et Lucky lui répétèrent qu'aucun pouvoir humain ne pouvait s'opposer à l'accomplissement du destin, que comme *zhong yi* il avait fait son possible, et que la science médicale était encore impuissante à prévenir ou à interrompre une de ces hémorragies fatales qui causaient la mort de tant de femmes lors de l'accouchement. En pure perte, car Tao Chi'en avait l'impression d'avoir tourné en rond pour se retrouver au point où il se trouvait trente ans auparavant, à Hong Kong, quand sa première épouse, Lin, avait donné naissance à une fille. Elle aussi avait commencé à perdre son sang, et dans son désespoir pour la sauver, il aurait donné n'importe quoi en échange de la vie de Lin. Le bébé était mort quelques minutes plus tard et lui se dit que ç'avait été le prix à payer pour sauver sa femme. Il n'aurait jamais pensé que bien des années plus tard, de l'autre côté de la planète, il lui faudrait payer à nouveau avec la mort de sa fille Lynn.

— Ne parlez pas ainsi, père, s'il vous plaît, lui répétait Lucky. Il ne s'agit pas d'un troc entre une vie et une autre vie, ce sont des superstitions indignes d'un homme intelligent et cultivé comme vous. La mort de ma sœur n'a rien à voir avec celle de votre première épouse, ou avec vous-même. Ces malheurs arrivent tous les jours.

— Pourquoi toutes ces années d'études et d'expérience si je n'ai pas réussi à la sauver? se lamentait Tao Chi'en.

— Des millions de femmes meurent au cours de l'accouchement, vous avez fait ce que vous avez pu pour Lynn...

Eliza Sommers était aussi accablée de douleur que son mari par la perte de leur fille, mais elle avait de surcroît la responsabilité de veiller sur la petite orpheline. Tandis qu'elle dormait debout de fatigue, Tao Chi'en ne fermait pas l'œil; il passait ses nuits à méditer, arpentant la maison comme un somnambule et pleurant en cachette. Ils n'avaient pas fait l'amour depuis plusieurs jours et, vu l'ambiance qui régnait dans cette maison, on ne pouvait envisager qu'ils le feraient dans un avenir proche. Une semaine plus tard, Eliza opta pour l'unique solution qui lui sembla viable : elle mit sa petite-fille dans les bras de Tao Chi'en et lui annonça qu'elle ne se sentait pas capable de l'élever, qu'elle avait passé plus de vingt ans de sa vie à élever ses enfants, Lucky et Lynn, comme une esclave et qu'elle n'avait pas la force de recommencer avec la petite Lai-Ming. Tao Chi'en se retrouva donc avec un nourrisson orphelin dans les bras, qu'il devait nourrir toutes les demi-heures avec du lait coupé d'eau à travers un tube, parce que la petite avalait difficilement, et bercer continuellement parce qu'elle pleurait jour et nuit à cause des coliques. L'enfant n'était même pas agréable à regarder : minuscule et fripée, elle avait la peau jaunâtre, les traits aplatis à cause de l'accouchement difficile et pas un seul cheveu sur le crâne. Mais après l'avoir soignée pendant vingt-quatre heures, Tao Chi'en put la regarder sans en être effrayé. Après l'avoir portée pendant vingt-quatre jours dans une poche fixée dans son dos, nourrie avec le tube et avoir dormi avec elle, il commença à la trouver amusante. Après l'avoir élevée pendant vingt-quatre mois comme une mère, il était fou amoureux de sa petite-fille, et convaincu qu'elle serait encore plus belle que Lynn, même si rien ne pouvait appuyer une telle affirmation. La petite n'était plus le mollusque qu'elle avait été à sa naissance, mais elle était loin de ressembler à sa mère. Les routines de Tao Chi'en, qui jadis se limitaient à la salle de consultation et aux quelques heures d'intimité avec sa femme, changèrent du tout au tout. Son emploi du temps fut calqué sur celui de Lai-Ming, cette fillette exigeante qui vivait collée à lui, à qui il devait raconter des histoires, qu'il fallait nourrir de force, endormir avec des chansons, promener, à qui il fallait acheter les plus beaux vêtements dans les boutiques américaines et dans celles de Chinatown, et qu'il devait présenter à tout le monde dans la rue, parce qu'on n'avait jamais vu une fillette si dégourdie, comme le croyait son grand-père, obnubilé par son affection. Il était persuadé que sa petite-fille était un génie et pour le prouver, il lui parlait en chinois et en anglais, ce qui, venant se mélanger au sabir d'espagnol qu'utilisait sa grand-mère, créait une monumentale confusion. Lai-Ming répondait aux stimulations de Tao Chi'en comme tout enfant de deux ans, mais lui pensait que ces maigres exploits étaient la preuve irréfutable d'une intelligence supérieure. Il réduisit ses consultations à quelques heures dans l'après-midi, ainsi pouvait-il passer la matinée avec sa petite-fille, lui enseignant de nouveaux trucs, comme à un macaque dressé. C'est de mauvaise grâce qu'il permettait à Eliza de l'emmener l'après-midi au salon de thé, pendant qu'il travaillait, car il s'était mis dans la tête qu'il pouvait l'initier à la médecine dès l'enfance.

— Dans ma famille il y a six générations de *zhong yi*, Lai-Ming sera la septième, puisque toi tu n'as pas la moindre aptitude, dit Tao Chi'en à son fils Lucky.

— Je pensais que seuls les hommes pouvaient exercer la médecine, fit Lucky.

— C'était comme ça avant. Lai-Ming sera la première femme *zhong yi* de l'histoire, répliqua Tao Chi'en.

Mais Eliza Sommers s'opposa à ce qu'il remplît la tête de sa petite-fille de théories médicales à son jeune âge. Il y aurait tout le temps pour cela, pour le moment il fallait sortir l'enfant de Chinatown quelques heures dans la journée pour l'américaniser. Sur ce point au moins, ils étaient tous deux d'accord, Lai-Ming devait appartenir au monde des Blancs, où elle aurait sans aucun doute plus d'opportunités que parmi les Chinois. Le fait que la petite n'avait aucun trait asiatique – elle était aussi espagnole d'aspect que la famille de son père – faciliterait son intégration. L'éventualité que Severo del Valle revienne un jour pour réclamer cette fille supposée, afin de l'emmener au Chili, leur semblait intolérable, de sorte qu'ils n'en parlaient pas. Ils espéraient seulement que le jeune Chilien respecterait ce qui avait été décidé, car il avait donné de nombreuses preuves de sa noblesse. Refusant de toucher à l'argent qu'il avait destiné à l'enfant, ils le déposèrent sur un compte pour son éducation future. Tous les trois ou quatre mois Eliza envoyait une brève note à Severo del Valle, pour lui donner des nouvelles de « sa protégée », comme elle l'appelait, afin qu'il fût bien clair qu'elle ne lui reconnaissait aucun droit de paternité. Pendant la première année il n'y eut pas de réponse, parce que Severo était accaparé par son deuil et par la guerre, mais ensuite il s'arrangea pour répondre de façon régulière. Ils ne revirent jamais Paulina del Valle. Elle ne vint plus au salon de thé, et ne mit pas à exécution sa menace de leur arracher leur petite-fille et de leur rendre la vie difficile.

Ainsi s'écoulèrent cinq années harmonieuses dans la maison des Chi'en, jusqu'à ce que se produise l'inévitable sous la forme d'une suite d'événements qui allaient entraîner la famille à sa perte. Tout commença avec la visite de deux femmes qui, se présentant comme des missionnaires presbytériennes, demandèrent à parler en privé avec Tao Chi'en. Le *zhong yi* les reçut dans la salle de consultation, pensant qu'elles venaient pour des raisons de santé ; il n'y avait pas d'autre explication pour que deux femmes blanches surviennent à l'improviste chez lui. On aurait dit deux sœurs. Jeunes, grandes, toutes roses, elles avaient les yeux clairs et la même attitude de radieuse assurance qui accompagne généralement la conviction religieuse. Elles se présentèrent sous leurs noms de baptême, Donaldina et Martha, et se mirent à lui raconter que la mission presbytérienne de Chinatown avait agi jusque-là avec une prudence et une discrétion extrêmes pour ne pas offenser la communauté bouddhiste ; maintenant elle comptait avec de nouveaux membres bien décidés à instaurer les normes minimales de décence chrétienne dans ce secteur qui, selon elles, « n'était pas un territoire chinois, mais américain, où on ne pouvait admettre que soient violées les lois et la morale ». Elles avaient entendu parler des *sing song girls*, mais pour du trafic des filles esclaves à des fins sexuelles, il existait une conspiration du silence. Les missionnaires savaient que les autorités américaines recevaient des pots-de-vin et fermaient les yeux. Quelqu'un leur avait dit que Tao Chi'en serait le seul à avoir le courage de leur raconter la vérité et de les aider : telle était la raison de leur visite. Le *zhong yi* avait attendu ce moment pendant des années. Dans son lent labeur pour sauver ces misérables adolescentes, il n'avait compté que sur l'aide silencieuse de certains amis quakers, lesquels se chargeaient de sortir les petites prostituées de Californie pour les initier à une nouvelle vie, loin des *tongs* et des entremetteurs. Il se chargeait d'en acheter certaines dans les ventes aux enchères clandestines et de recueillir celles qui étaient trop malades pour travailler dans les bordels. Il essayait de guérir leurs corps et de consoler leurs âmes, mais il n'y parvenait pas toujours ; beaucoup mouraient entre ses mains. Chez lui, il y avait deux chambres destinées à accueillir les *sing song girls,* presque toujours occupées, mais plus la population chinoise augmentait en Californie, plus le problème des esclaves empirait, et Tao Chi'en ne pouvait y remédier tout seul. Ces deux missionnaires étaient des envoyées du ciel, tout d'abord parce qu'elles avaient le soutien de la puissante Eglise presbytérienne, ensuite parce qu'elles étaient blanches. Elles pourraient mobiliser la presse, l'opinion publique et les autorités américaines pour en finir avec ce monstrueux trafic. Alors il leur raconta en détail comment ces enfants étaient achetées ou enlevées en Chine, la façon dont la culture chinoise méprisait les filles. Dans ce pays il était fréquent de trouver des nouveau-nés de sexe féminin noyés dans des puits ou abandonnés dans la rue, mordus par les rats et les chiens. Les familles n'en voulaient pas. Il était donc facile de les acheter pour quelques centimes, et de les amener en Amérique, où on pouvait les exploiter et gagner des milliers de dollars sur leur dos. Elles étaient transportées comme des bêtes dans de grandes caisses, dans les cales des bateaux, et celles qui survivaient à la déshydratation et au choléra entraient aux Etats-Unis avec de faux contrats de mariage. C'étaient toutes des futures épouses aux yeux des fonctionnaires de l'immigration, et leur jeune âge, leur état physique lamentable et l'expression de terreur sur leur visage ne soulevaient apparemment aucun soupçon. Ces gamines ne comptaient pour rien. Ce qui pouvait leur arriver était « l'affaire des *célestes* », cela ne concernait pas les Blancs. Tao Chi'en expliqua à Donaldina et Martha que l'espérance de vie des *sing song girls*, une fois leur travail commencé, était de trois ou quatre ans : elles recevaient jusqu'à trente hommes par jour, mouraient de maladies vénériennes, des suites d'un avortement, de pneumonie, de faim et de mauvais traitements ; il était rare de trouver une prostituée chinoise de vingt ans. Personne ne se souciait de leurs vies, mais comme elles entraient dans le pays avec un document légal, il fallait inscrire sur un registre la date de leurs décès, dans le cas improbable où quelqu'un les réclamerait. Beaucoup devenaient folles. Elles étaient bon marché, on pouvait les remplacer aussitôt, personne n'investissait dans leur santé, ou dans leur avenir. Tao Chi'en indiqua aux missionnaires le nombre approximatif de filles esclaves à Chinatown, quand avaient lieu les ventes aux enchères et où se trouvaient les bordels, des plus miteux, où les fillettes étaient traitées comme des animaux en cage, jusqu'aux plus luxueux régentés par la célèbre Ah Toy, qui était devenue la principale importatrice de chair fraîche du pays. Elle achetait des fillettes de onze ans en Chine et au cours du voyage en Amérique, elle les livrait aux marins, de sorte qu'en arrivant, elles savaient dire « payez d'abord » et distinguer l'or véritable du bronze, pour ne pas se laisser abuser avec de la pacotille. Les filles de Ah Toy étaient sélectionnées parmi les plus belles et avaient plus de chance que les autres, dont le destin était d'être vendues aux enchères comme du bétail, de servir les hommes les plus misérables et d'obéir à leurs exigences, même cruelles ou humiliantes. Beaucoup devenaient des créatures sauvages, se comportaient comme des bêtes féroces, que l'on devait attacher au lit avec des chaînes et étourdir avec des drogues. Tao Chi'en donna aux missionnaires le nom de trois ou quatre commerçants chinois, qui avaient pignon sur rue, parmi lesquels son propre fils Lucky, susceptibles de les aider dans leur tâche ; les seuls qui étaient comme lui désireux d'éliminer ce type de trafic. Donaldina et Martha, les mains tremblantes et les yeux humides, prirent note de tout ce que dit Tao Chi'en, le remercièrent et, en prenant congé, lui demandèrent si elles pouvaient compter sur lui lorsque le moment serait venu d'agir.

— Je ferai ce que je pourrai, répondit le *zhong yi*.

— Nous aussi, monsieur Chi'en. La mission presbytérienne ne lèvera pas le pied avant d'avoir mis fin à ces perversités et sauvé ces pauvres filles, même si pour cela nous devons ouvrir à coups de hache les portes de ces antres de dépravation, lui assurèrent-elles.

En apprenant ce qu'avait fait son père, Lucky Chi'en fut assailli par de mauvais présages. Il connaissait beaucoup mieux le milieu de Chinatown que Tao et comprit que ce dernier avait commis une imprudence irréparable. Grâce à son habileté et sa bonhomie, Lucky avait des amis à tous les niveaux de la communauté chinoise. Depuis longtemps, il faisait des affaires lucratives et gagnait avec modération, mais constance, autour des tables de *fan tan*. Malgré sa jeunesse, il était devenu une personne aimée et respectée de tous, même des *tongs*, qui ne lui avaient jamais cherché querelle. Pendant des années il avait aidé son père à sauver les *sing song girls*, avec l'engagement tacite de ne pas s'engager davantage dans cette cause. Il comprenait très bien le besoin de discrétion absolue qu'il fallait pour survivre à Chinatown, où la règle d'or consistait à ne pas se mélanger avec les Blancs – les *fan güey* craints et haïs – et tout résoudre, principalement les crimes, entre compatriotes. Tôt ou tard, on apprendrait que son père informait les missionnaires, et ces dernières les autorités américaines. Il n'existait pas de formule plus sûre pour attirer le malheur sur soi, et toute sa chance ne suffirait pas à les protéger. Ainsi s'en ouvrit-il à Tao Chi'en, et l'irréparable eut lieu en octobre 1885, le mois de mon cinquième anniversaire.

Le sort de mon grand-père fut scellé ce mardi mémorable où les deux jeunes missionnaires, accompagnées de trois policiers irlandais très costauds et du vieux journaliste Jacob Freemont, spécialisé dans les crimes, pénétrèrent dans Chinatown en plein jour. L'activité dans la rue s'interrompit et une foule se rassembla pour suivre le cortège des *fan güey*, inhabituel dans ce quartier, qui se dirigeait d'un pas résolu vers l'une des maisons pauvres. Derrière l'étroite porte grillagée, se montraient les visages fardés avec de la poudre de riz et du rouge de deux *sing song girls*, offrant leurs charmes aux clients avec leurs miaulements et leurs poitrines de petites chiennes à l'air. En voyant approcher les Blancs, les fillettes disparurent à l'intérieur en poussant des cris et à leur place apparut une vieille femme, l'air furieux, qui accueillit les policiers avec une bordée d'injures dans sa langue. Sur un signe de Donaldina une hache surgit dans les mains de l'un des Irlandais, qui se mit aussitôt à abattre la porte, à la stupéfaction de la foule. Les Blancs firent irruption dans le local par l'étroit passage, puis on entendit des hurlements, des courses et des ordres en anglais. Une quinzaine de minutes plus tard, les attaquants ressortirent en traînant une demi-douzaine de filles terrorisées, la vieille qui tapait des pieds, traînée par l'un des policiers, et trois hommes qui marchaient tête baissée sous la menace d'un pistolet. Dans la rue, il y eut un grondement et des passants commencèrent à s'avancer l'air menaçant, mais ils s'arrêtèrent tout net quand retentirent plusieurs coups de feu tirés en l'air. Les *fan güy* firent monter les filles et le reste des prisonniers dans une voiture fermée de la police et les chevaux partirent avec leur chargement. Les habitants de Chinatown passèrent le reste de la journée à commenter l'événement. Jamais auparavant la police n'était intervenue dans le quartier pour des raisons qui ne concernaient pas directement les Blancs. Les autorités américaines étaient très tolérantes pour ce qui touchait aux « coutumes des Jaunes », comme ils les appelaient. Personne ne se donnait la peine de mettre le nez dans les fumeries d'opium, les tripots, et on s'occupait encore moins des filles esclaves qui, pour eux, étaient une des nombreuses perversions des *célestes*, comme manger des chiens préparés avec de la sauce au soja. Le seul à ne pas avoir été surpris fut Tao Chi'en; il montrait au contraire sa satisfaction. L'illustre *zhong yi* faillit être agressé par un homme de main d'un *tong* dans le restaurant où il avait l'habitude de déjeuner avec sa petite-fille, lorsqu'il manifesta à voix suffisamment haute pour être entendu par-dessus le brouhaha, sa satisfaction de voir finalement les autorités de la ville s'occuper de l'affaire des *sing song girls*. Même si la majorité des clients considéraient que, dans une population presque entièrement masculine, les filles esclaves étaient un article de consommation indispensable, ils prirent la défense de Tao Chi'en parce qu'il était la personne la plus respectée de la communauté. Sans l'intervention opportune du patron du restaurant, une bagarre aurait éclaté. Tao Chi'en sortit indigné, emmenant sa petite-fille d'une main et dans l'autre, le repas enveloppé dans un morceau de papier.

Cette action menée dans le bordel n'aurait peut-être pas eu de conséquences majeures si deux jours plus tard elle ne s'était répétée dans une autre rue, et dans les mêmes conditions : les mêmes missionnaires presbytériennes, le même journaliste Jacob Freemont et les trois mêmes policiers irlandais. Mais cette fois il y en avait quatre autres en renfort et deux gros chiens d'attaque tirant sur leurs chaînes. L'opération dura huit minutes et Donaldina et Martha emmenèrent dix-sept filles, deux matrones, quelques hommes de main et plusieurs clients qui sortirent en tenant leurs pantalons. La rumeur sur les intentions de la mission presbytérienne et du gouvernement des *fan güy* se répandit comme une traînée de poudre dans Chinatown, et atteignit aussi les immondes cellules où survivaient les esclaves. Pour la première fois dans leurs pauvres vies, il y eut un espoir. Les menaces de les battre comme plâtre si elles se révoltaient furent inutiles, de même que les histoires terrifiantes qu'on leur raconta selon lesquelles les diables blancs les emmenaient pour leur sucer le sang. Dès lors, les filles cherchaient le moyen de se faire repérer par les missionnaires, et en l'espace de quelques semaines les incursions de la police se multiplièrent, accompagnées par des articles dans les journaux. Finalement, la plume incisive de Jacob Freemont œuvra pour une juste cause, secouant les consciences des citoyens avec son éloquente campagne sur l'horrible destin des petites esclaves en plein cœur de San Francisco. Le vieux journaliste devait mourir peu après sans avoir pu mesurer l'impact de ses articles ; en revanche, Donaldina et Martha verraient le fruit de leur zèle. Dix-huit ans plus tard j'ai fait leur connaissance, lors d'un voyage à San Francisco. La peau toujours rose et la même ferveur messianique dans le regard, elles continuent d'arpenter quotidiennement Chinatown, toujours en alerte, mais on ne les appelle plus les maudites *fan güy*, et quand elles passent on ne leur crache plus au visage. Maintenant on les appelle *lo mo*, mères d'amour, et les passants leur font une courbette en guise de salut. Elles ont sauvé la vie de milliers de filles et éliminé le trafic monstrueux d'enfants, même si elles ne sont pas parvenues à en finir avec d'autres formes de prostitution. C'est mon grand-père Tao Chi'en qui serait satisfait !

Le deuxième mercredi de novembre Tao Chi'en alla, comme tous les jours, prendre sa petite-fille Lai-Ming dans le salon de thé de sa femme, sur la Place de l'Union. La fillette restait avec sa grand-mère Eliza l'après-midi jusqu'à ce que le *zhong yi* en ait terminé avec son dernier patient, après quoi il venait la chercher. Il n'y avait que sept rues entre le salon de thé et la maison, mais Tao Chi'en avait l'habitude d'emprunter les deux rues principales de Chinatown. A cette heure-là, on allumait les lanternes en papier dans les boutiques et, le travail achevé, les gens allaient faire leurs courses pour le dîner. Il tenait la main de sa petite-fille en passant devant les magasins, où s'empilaient les fruits exotiques qui venaient de l'autre côté de l'océan, les canards laqués suspendus à des crochets, les champignons, les insectes, les fruits de mer, les organes d'animaux et les plantes qu'on ne trouvait nulle part ailleurs. Comme personne n'avait le temps de cuisiner chez lui, Tao Chi'en choisissait attentivement ce qu'il allait ramener à la maison. C'était presque toujours les mêmes choses parce que Lai-Ming était très difficile pour la nourriture. Son grand-père la tentait en lui faisant goûter quelques échantillons des délicieux plats cantonais que l'on vendait sur les étals dans la rue, mais d'une façon générale ils se décidaient toujours pour les mêmes variétés de *chau mein* et pour les côtes de porc. Ce jour-là, Tao Chi'en portait un nouveau costume, confectionné par le meilleur tailleur chinois de la ville, qui ne travaillait que pour les hommes les plus distingués. Cela faisait des années qu'il s'habillait à la mode américaine, et depuis qu'il avait obtenu la nationalité du pays, il le faisait avec une grande élégance, en signe de respect envers sa patrie d'adoption. Il était superbe dans son impeccable costume sombre, avec sa chemise blanche à plastron et sa cravate, son manteau d'une belle étoffe anglaise, son chapeau haut de forme et ses gants de chevreau couleur ivoire. L'allure de la petite Lai-Ming contrastait avec les vêtements occidentaux de son grand-père ; elle portait des pantalons bien chauds et une veste en soie matelassée dans des tons brillants de jaune et de bleu, tellement épais que la fillette se déplaçait en bloc, comme un ourson. Elle avait les cheveux coiffés en une tresse serrée et un bonnet noir brodé à la mode de Hong Kong. Tous deux attiraient l'attention dans cette foule bigarrée, presque entièrement masculine, habillée avec le pantalon typique et la tunique noire, tous tellement semblables qu'ils avaient l'air de porter l'uniforme. Les gens s'arrêtaient pour saluer le *zhong yi*, car s'ils n'étaient pas de ses patients, du moins le connaissaient-ils de vue et de nom, et les marchands offraient une babiole à la petite-fille pour s'attirer les grâces du grand-père : un scarabée phosphorescent dans sa petite cage en bois, un éventail en papier, une gourmandise. A la tombée du jour à Chinatown, il régnait toujours une atmosphère de fête : conversations virulentes, rabattage et marchandage. La rue sentait la friture, les condiments, le poisson et les ordures, qui s'amoncelaient au milieu de la rue. Le grand-père et sa petite-fille déambulèrent dans les endroits où ils avaient l'habitude de faire leurs courses, discutèrent avec les hommes qui jouaient au *mah-jong* assis à même les trottoirs. Ils allèrent jusqu'à l'échoppe de l'herboriste pour récupérer quelques plantes médicinales que le *zhong yi* avait commandées à Shanghai, s'arrêtèrent dans un tripot pour voir les tables de *fan tan* depuis la porte, parce que Tao Chi'en ressentait une fascination pour les jeux de cartes, mais il les fuyait comme la peste. Ils burent aussi une tasse de thé vert dans la boutique de l'oncle Lucky, où ils purent admirer la dernière livraison d'antiquités et de meubles sculptés qui venait d'arriver. Puis ils firent demi-tour pour reprendre tranquillement le chemin en sens inverse et regagner la maison. Soudain, un gamin vint à leur rencontre en courant, il était très agité et dit au *zhong yi* de le suivre au plus vite parce qu'un accident venait d'arriver : un homme avait reçu des coups de sabot d'un cheval et il crachait du sang. Tao Chi'en le suivit à toute allure sans lâcher la main de sa petite-fille par une ruelle latérale, puis par une autre et encore une autre, empruntant des passages étroits à travers la folle topographie du quartier, et ils se retrouvèrent finalement seuls dans une voie sans issue, mal éclairée par les lanternes en papier de quelques fenêtres, brillant comme des lucioles fantastiques. Le gamin avait disparu. Comprenant qu'il venait de tomber dans un piège, Tao Chi'en tenta de faire marche arrière, mais il était trop tard. De l'ombre surgirent plusieurs hommes armés de bâtons qui l'entourèrent. Le *zhong yi* avait étudié les arts martiaux dans sa jeunesse et il portait toujours un couteau à la ceinture, sous sa veste, mais il ne pouvait se défendre sans lâcher la main de la fillette. Il eut le temps de demander ce qu'ils voulaient, ce qui se passait et d'entendre le nom de Ah Toy pendant que les hommes en pyjamas noirs, les visages recouverts de mouchoirs, dansaient autour de lui. Alors il reçut le premier coup dans le dos. Lai-Ming se sentit tirée vers l'arrière et essaya de se cramponner à son grand-père, mais la main tant aimée le lâcha. Elle vit les bâtons monter et descendre sur le corps de son grand-père, elle vit jaillir un flot de sang de sa tête, elle le vit tomber face contre terre, elle vit comment ils continuaient à le frapper alors qu'il n'était plus qu'une masse sanguinolente sur les pavés.

« Quand on a apporté Tao sur un brancard improvisé et que j'ai vu ce qu'ils en avaient fait, quelque chose s'est brisé à l'intérieur en mille morceaux, comme un vase en cristal, et ma capacité à aimer s'est évanouie pour toujours. Je suis devenue sèche à l'intérieur. Je n'ai plus jamais été la même. J'ai de l'affection pour toi, Lai-Ming, et aussi pour Lucky et ses enfants, j'en ai eu pour Miss Rose, mais je ne peux sentir d'amour que pour Tao. Sans lui, tout m'est un peu égal ; chaque jour que je vis est un jour de moins dans la longue attente pour aller le retrouver », me confessa ma grand-mère Eliza Sommers. Elle ajouta qu'elle avait eu pitié de moi parce qu'à cinq ans j'avais assisté au martyre de l'être que j'aimais le plus, mais s'était dit que le temps effacerait le traumatisme. Elle avait pensé que ma vie auprès de Paulina del Valle, loin de Chinatown, pourrait me faire oublier Tao Chi'en. Elle n'aurait jamais imaginé que la scène de la ruelle resterait gravée pour toujours dans mes cauchemars, et que l'odeur, la voix et le léger frôlement des mains de mon grand-père me poursuivraient à tous les moments de la journée.

Tao Chi'en arriva vivant dans les bras de sa femme, dix-huit heures plus tard il reprit connaissance et, passé quelques jours, il put prononcer quelques mots. Eliza Sommers avait fait venir les médecins américains qui avaient à plusieurs reprises fait appel aux connaissances du *zhong yi*. Ces derniers l'examinèrent avec tristesse : on lui avait fracassé la colonne vertébrale et dans le cas improbable où il vivrait, il resterait paralysé. La science ne pouvait rien pour lui, dirent-ils. Ils se contentèrent de nettoyer ses blessures, de raccommoder un peu les os brisés, de lui recoudre la tête et de lui laisser des doses massives de drogues. Entre-temps, la petite fille, oubliée de tous, se recroquevilla dans un coin près du lit de son grand-père, l'appelant en silence – *oi goa ! oi goa...!* –, sans comprendre pourquoi il ne lui répondait pas, pourquoi on l'empêchait de s'approcher, pourquoi elle ne pouvait pas dormir lovée dans ses bras comme à son habitude. Eliza Sommers administra les drogues au malade, et avec patience elle essaya de lui faire avaler de la soupe à travers un tube. Elle ne se laissa pas aller au désespoir ; calme, elle veilla sans pleurer son mari pendant plusieurs jours, jusqu'à ce qu'il puisse lui parler à travers ses lèvres enflées et ses dents brisées. Le *zhong yi* comprit que dans ces conditions il ne pouvait, ni ne voulait vivre. Ainsi le fit-il savoir à sa femme, la priant de ne plus lui donner à manger et à boire. L'amour profond et l'intimité absolue qu'ils avaient partagés pendant plus de trente ans leur permettaient de deviner mutuellement leurs pensées. Quelques paroles suffirent. Si Eliza fut tentée de prier son mari de continuer à vivre comme un infirme dans son lit, uniquement pour ne pas la laisser seule ici-bas, elle ravala ses paroles parce qu'elle l'aimait trop pour lui demander un tel sacrifice. De son côté, Tao Chi'en ne crut pas nécessaire de lui donner des explications, car il savait que sa femme l'aiderait à mourir dignement, comme il l'aurait fait pour elle, si les choses avaient tourné différemment. Il se dit aussi qu'il était inutile d'insister pour qu'elle emmène son corps en Chine parce que cela ne lui paraissait plus vraiment important, et il ne voulait pas ajouter une charge supplémentaire sur les épaules d'Eliza; mais cette dernière avait décidé de le faire de toute façon. Ni l'un ni l'autre n'avait envie de discuter d'une chose qui semblait évidente. Eliza lui dit simplement qu'elle ne pouvait pas le laisser mourir de faim et de soif, parce que cela risquait de se prolonger pendant des jours, voire des semaines, et elle ne pouvait accepter de le laisser agoniser tout ce temps. Tao Chi'en lui indiqua la marche à suivre. Il lui dit d'aller dans la salle de consultation, de chercher dans un certain placard et de ramener un flacon bleu. Elle l'avait aidé dans la clinique pendant les premières années de leur relation et continuait à le faire quand l'assistant était absent; elle savait lire les caractères chinois sur les récipients et faire une injection. Lucky entra dans la chambre pour recevoir la bénédiction de son père et ressortit aussitôt, secoué par les sanglots. « Lai-Ming et toi ne devez pas vous inquiéter, Eliza, car je ne vous abandonnerai pas, je serai toujours là pour vous protéger, rien de mauvais ne pourra vous arriver à toutes deux », murmura Tao Chi'en. Elle souleva sa petite-fille dans les bras et l'approcha de son grand-père pour que ce dernier lui dise au revoir. La fillette vit ce visage tuméfié et recula effrayée, mais elle croisa les pupilles noires qui la regardaient avec un franc amour, et elle le reconnut. Elle s'accrocha aux épaules de son grand-père, l'embrassa en l'appelant désespérément, le mouillant de ses larmes chaudes. Puis on la sépara en la tirant vers l'arrière, on l'emmena et elle atterrit sur la poitrine de son oncle Lucky. Eliza Sommers retourna dans la chambre où elle avait été si heureuse avec son mari et ferma doucement la porte derrière elle.

— Que s'est-il passé, *oi poa*? lui demandai-je.

— J'ai fait ce que je devais faire, Lai-Ming. Puis je me suis allongée à côté de Tao et je l'ai longuement embrassé. J'ai emporté son dernier souffle...

Épilogue

Sans ma grand-mère Eliza, qui est venue de loin éclairer les coins sombres de mon passé, et sans ces centaines de photographies qui s'empilent chez moi, comment aurais-je pu écrire cette histoire? Il m'aurait fallu la forger avec l'imagination, sans autre matériel que les fils vagues de quelques vies étrangères et de certains souvenirs illusoires. La mémoire est fiction. Nous sélectionnons ce qui est le plus brillant et le plus sombre, ignorant ce qui nous fait honte, ainsi brodons-nous la vaste tapisserie de notre vie. A travers la photographie et la parole écrite j'essaie désespérément de maîtriser la condition fugace de mon existence, d'attraper les moments avant qu'ils ne s'évanouissent, de dissiper la confusion de mon passé. Chaque instant disparaît dans un souffle et rapidement se transforme en passé; la réalité est éphémère et migrante, simple regret. Avec ces photographies et ces pages je maintiens en vie mes souvenirs, elles servent de point d'appui à une vérité fugitive, mais vérité tout de même. Elles prouvent que ces événements ont eu lieu et que ces personnages ont traversé mon destin. Grâce à elles je peux ressusciter ma mère, morte à ma naissance, mes grand-mères et mon sage grand-père chinois, mon pauvre père et d'autres éléments de la longue chaîne de ma famille, tous de sang mêlé et ardent. J'écris pour élucider les vieux secrets de mon enfance, définir mon identité, créer ma propre légende. Finalement, la seule chose que nous possédons pleinement, c'est la mémoire que nous avons tissée. Chacun choisit le ton pour raconter sa propre histoire, moi je voudrais opter pour la clarté durable d'une impression au platine, mais rien dans mon destin ne possède cette lumineuse qualité. Je vis cernée par des nuances diffuses, des mystères voilés, des incertitudes, et le ton pour raconter ma vie s'ajuste davantage à celui d'un portrait sépia...

Impression réalisée sur CAMERON par

BUSSIÈRE CAMEDAN IMPRIMERIES

GROUPE CPI

à Saint-Amand-Montrond (Cher)
pour le compte des Éditions Grasset
en septembre 2001

Nº d'édition : 12105. — Nº d'impression : 013925/4.
Première édition : dépôt légal : mai 2001.
Nouveau tirage : dépôt légal : septembre 2001.

Imprimé en France

ISBN 2-246-61771-5